캐나다한인문학연구

송 명 희

지식과교양

{ 머리말 }

교통 통신의 발달로 국민국가의 경계를 넘어 이동하는 자본, 노동, 물자, 정보의 양이 점차 증가하는 세계화의 시대이자 초국가적 디아스포라의 시대를 우리는 살아가고 있다. 초국가적 디아스포라는 세계 각처에 재외한인문단을 형성했고, 2000년대 이후 국문학 연구자들은 국경의 경계를 뛰어넘어 재외한인문학에 대해 지대한 관심을 가지게 되었다.

나의 재외한인문학 연구는 2000년과 2001년에 LA와 워싱턴에서 열린 국제펜클럽 한국본부의 미국지부 결성시에 미국의 서부와 동부에서 활동하고 있는 재미한인문학에 대한 논문을 발제하게 된 것을 계기로 시작되었다. 그 후 한림대학교의 정덕준 교수 연구팀의 일원으로 참여하면서 재일한인문학과 미주지역 한인문학 연구로 넓혀졌다. 그리고 중국조선족문학, 중앙아시아고려인 문학 등 세계 여러 지역으로 나의 재외한인문학 연구는 점차 확대되어 왔다. 지금까지 재외한인문학연구를 위해 캐나다를 비롯하여 미국, 중국, 일본, 중앙아시아지역의 우즈베키스탄과 카자흐스탄 등지를 방문하여 현지의 한인 문인들을 직접 만나보고 문단 분위기를 체험하여 왔다.

캐나다한인문학에 대해 관심을 갖게 된 것은 미국, 캐나다, 아르헨티나 등 미주지역한인문학에 대한 연구를 시작하면서부터였다. 2008년 여름에 캐나다를 직접 방문하여 당시 캐나다한인문인협회 회장이었던 수필가 손정숙 씨를 만나 그녀에게 캐나다한인문인협회 기관지인 『캐나다문학』 자료 요청을 하고 귀국하여 우편으로 자료를 주고받은 것으로부터 재외한인문학 가운데 미답의 영역으로 남겨져 있던 캐나다한인문학 연구의 첫걸음을 내딛게 되었다. 2009년에 처음으로 「캐나다한인문단의 형성」이란 논문을 발표한 후 수필과 비평에 관한 2편의 논문을 더 발표하였다. 그리고 전 장르에 걸쳐 체계적으로 캐나다한인문학 연구의 필요성을 절감하던 중 2013년에 한국연구재단의 저술출판지원사업 가운데 저술성과확산지원사업(NRF2013S1A6A4A02012300)에 선정되어 연구를 계속할 수 있었다.

이 저서는 1977년에 출발한 캐나다한인문단의 형성으로부터 시문학, 소설문학, 수필문학, 비평문학으로 나누어서 캐나다한인문학을 전 장르에 걸쳐 고찰하였다. 캐나다한인문학은 이주 초기에 한인들이 겪었던 정체성 갈등과 문화충격, 그리고 부적응의 단계를 벗어나서 캐나다에 성공적으로 안착해 나가는 한인들의 디아스포라의 경험과 삶을 진술하게 보여주고 있다. 백인중심사회에서 유색인종 이민자로서 한인들은 피부색과 언어의 차이로 인해 이주 초기에는 현지 적응에 어려움도 겪었지만 점차 문화적응을 이루고 모국문화와 거주국 문화를 통합해 나갔다는 것을 그들의 문학은 보여준다. 적응력이 뛰어난 한민족의 우수한 저력을 캐나다한인문학에서도 발견할 수 있는 것이다.

　최근 들어 한국이 경제대국으로 성장함으로써 한인들은 이민한 거주국에서 더욱 당당하게 살아가고 있으며, 모국에 대해서도 국경의 경계를 뛰어넘어 장거리 민족주의를 표출하고 있다. 이러한 배경에는 우리나라에서 2009년 재외국민 참정권법이 통과되어 2012년 총선부터 재외국민들이 투표권을 행사하게 된 전향적 조처들과 관련된다. 즉 우리나라는 재외동포를 모국을 떠난 이민자가 아니라 재외국민으로 호명하며 선거권을 부여하고 주민등록증까지 발급하며 한민족의 혈통을 지닌 국민으로서 자부심을 갖고 모국 발전에 기여하길 기대한다. 재외한인이 재외국민으로 호명되는 만큼 이제 그들의 문학도 국문학의 연구영역으로 받아들여 적극적으로 연구하고, 그들의 문학적 발전을 모국에서도 지원하지 않을 수 없는 것이다.

　이 저서에서 필자는 디아스포라문학으로서 캐나다한인문학이 지금까지의 걸어온 발자취를 살펴보고, 앞으로 그들의 문학이 지향해야 할 방향을 제시해 보고자 하였다. 2008년에 처음 시작되어 8여 년의 시간 동안 지속해온 나의 캐나다한인문학 연구는 이 저서를 통해 일단락되었다. 캐나다한인들이 열악한 환경에도 불구하고 문단을 조직하여 그들의 영혼을 담은 문학을 발전시켜 오늘에 이르렀다는 데 대해 심심(深深)한 경의를 표한다. 부족하나마, 40여 년의 역사를 축적한 캐나다한인문학의 전모를 파악했다는 데 대해 나름대로 성취감을 느끼며, 본 저서가 앞으로 전개될 캐나다한인문학의 발전과 향후 누군가에 의해 쓰여질 '캐나다한인문학사' 기술에 작은 도움이 되길 바란다. 그리고 국문학과 북한문학, 그리고 재외한인문학 전체를 아우르는 '한민족문학사'가 조만간에 저술되길 바라며, 그것에도 조금이나마 보탬이 되었으면 한다.

　끝으로 이번 저서의 집필에 자료 등 여러 모로 도움을 주신 제20대 캐나다한인문인협회 회장을 역임하신 손정숙 수필가와 캐나다한국문인협회의 박오은(『한카문학』 편집장)님께 감사의 말씀을 드린다. 그리고 재외한인문학의 연구세계로 이끌어주신 정덕준 박사님과 한국연구재단의 지원에도 감사드린다.

2016년 봄
송 명 희 씀

차례

제Ⅰ부 서론 / 8

　제1장 연구 목적 및 필요성 / 10

　제2장 연구 범위 및 방법 / 17

제Ⅱ부 캐나다한인문단의 형성 / 28

　제1장 캐나다한인문단의 형성 / 30

제Ⅲ부 캐나다한인시 / 52

　제1장 캐나다한인 초기 시에 나타난 문화 변용의 태도 / 54

　제2장 2000년대 이후 캐나다한인시에 반영된 문화변용의 태도 / 78

　제3장 주요 시인과 시집 / 121

제Ⅳ부 캐나다한인소설 / 125

　제1장 캐나다한인소설에 재현된 문화적응의 단계 변화 / 126

　제2장 캐나다한인소설에 재현된 서발턴의 서사와 거주 공간의

　　　분리 / 151

제3장 캐나다한인소설에 반영된 이민가족의 황폐한 풍경 / 181

제4장 그 밖의 소설들 / 214

제5장 주요 소설가와 소설집 / 224

제Ⅴ부 캐나다한인수필 / 229

제1장 캐나다한인수필에 나타난 디아스포라와 아이덴티티 / 230

제2장 주요 수필가와 수필집 / 280

제Ⅵ부 캐나다한인문학비평 / 283

제1장 캐나다한인문학의 정체성과 방향 탐색의 비평 / 284

제2장 주요 평론가와 평론 / 307

제Ⅶ부 결론 / 310

참고문헌 / 323

찾아보기 / 343

제Ⅰ부
서론

제1장 연구 목적 및 필요성

:

국민국가의 경계를 넘어 이동하는 자본, 노동, 물자, 정보의 양이 점차 증가하는 세계화의 시대이자 초국가적 디아스포라의 시대를 우리는 살아가고 있다. 세계화 시대의 개막과 함께 재외한인문학에 대한 연구 역시 활발해지고 있다. 이는 기존의 민족문학에 대한 폐쇄적인 태도를 넘어서서 한국문학의 외연을 확장하려는 국문학 연구자들의 전향적 태도에 힘입고 있다.

재외한인문학 연구의 활성화는 700만 명에[1] 달하는 재외한인들을 재외국민으로 호명하며, 그들의 역량을 모국 발전에 기여하도록 참정권을 부여하는 등 획기적 결정을 한 정부 당국의 태도와도 긴밀히 연관되어 있다.

재외한인에게 참정권을 부여한 것은 그들이 어디에서 살든, 즉 거주지역과 상관없이 대한민국 국민으로서의 권리와 의무를 지닌다는 뜻이다. 정부는 2015년에 재외동포예산 518억2천800만 원을 배정하

---

1) '2011년 재외동포현황'에 따르면, 재외한인의 숫자는 170개국에 726만 9천 명이었지만 2013년에 701만 1천 명으로 감소했다.

고,[2] 재외국민들에게도 주민등록증을 발급하는 등 그 어느 때보다도 재외동포 관리에 지대한 관심을 기울이며, 그들을 모국 발전에 동참시킬 다양한 방안들을 모색하고 있다. 다시 말해 재외동포를 '재외국민'으로 호명함으로써 그들이 모국 발전에 적극적으로 참여하기를 기대하고 있는 것이다. 이와 같은 '국민'의 개념에 대한 전향적 의식 변화는 재외한인문학을 국문학자들이 연구하게 만드는 한 동기로 작용하고 있다. 한인들의 캐나다로의 이민은 만성적인 노동력 부족에 시달리던 캐나다가 1960년대 후반 유색인종에 대해 문호를 개방하면서 본격적으로 시작되었다. 이전에도 소수의 유학생, 목사, 의사 등이 이주하여 캐나다 한인사회의 토대를 마련하였지만 이민 형태의 인구 이동은 1960년대 후반부터 본격화되었다.

1967년에 제정된 캐나다 이민법이 인종과 민족보다는 캐나다의 노동시장의 수요와 개인의 기술을 중시하게 됨으로써 독일, 베트남, 브라질, 아르헨티나, 파라과이 등에 광부, 기술자, 농업이민자로 이주했던 한인들이 캐나다로 재이주하면서 캐나다한인사회의 초석을 다졌다. 1970년대 중반부터는 한국에서 직접 캐나다로 이민한 이주자가 증가했고, 1980년대 후반에는 캐나다 정부가 투자이민을 적극 장려하면서 큰 자본을 가지고 이민생활을 시작하는 새로운 부류의 이민자 집단이 유입되기 시작했다. 그리고 한국이 외환위기에 처한 1997년 이후 일자리를 잃거나 장래가 불안정해진 30대의 전문직·사무직 출신의 중산층 이민이 증가하는 한편, 어학연수나 조기유학을 목적으로 한 초·중·고 학생들도 한인사회를 구성하는 새로운 구성원이 되어

---

2) 재외동포신문 2014년 12월 4일자 뉴스.

캐나다 한인사회는 제2의 형성기를 맞은 바 있다.[3]

하지만 캐나다한인의 숫자는 2011년을 정점으로 최근 감소하고 있는 추세이다.[4] 이는 조기 유학생이 절반 이하로 감소했기 때문이다. 조기 유학생 감소의 원인은 2008년 글로벌 금융 위기 이후 국내의 경기 침체, 그리고 비싼 유학비용을 들인 만큼 국내의 대학 입시나 취업에서 조기 유학이 더 이상 유리하지 않다는 현실적인 판단 때문이다.

외교부의 재외동포현황에 따르면 캐나다에는 20만6천 명(2013년 통계)의 한인이 살고 있다. 즉 캐나다 전체 인구 3,506만 명(2013년 1월 기준)의 0.58%에 이르는 소수민족의 하나로 캐나다한인들은 살아가고 있는 것이다.

캐나다의 한인문단은 한국에서 직접 캐나다로 이민한 사람들이 증가한 1977년에 조직되었다. 이는 이주 역사가 훨씬 길고 문인의 숫자가 더 많은 미국의 한인문단 조직보다도 한발 앞선 것이었다. 이처럼 문단의 조직이 빠른 시기에 이루어질 수 있었던 것은 이민자들 속에 기성문인들이 여럿 포함되어 있었고, 그들이 주로 토론토(Toronto)에 모여 살았기 때문에 용이했다. 캐나다한인문단을 대표하는 '캐나다한인문인협회'[5]는 2016년에 창립 39주년을 맞는다. 지난 2014년은 한·캐 수교 50주년을 기념하는 해로서 박근혜 대통령은 캐나다를 공식 방문하였다. 캐나다한인문인협회는 이를 기념하여 한글과 영어를 동시에 실은 『시와 수필 대표작 선집』(2013)을 발간하였다.

---

3) 윤인진, 『코리안 디아스포라』, 고려대학교출판부, 2005, 263-268면.
4) 캐나다한인의 통계 출처 : 외교부 「재외동포현황」(단위: 천 명)

연도	2003	2005	2007	2009	2011	2013
숫자	170	198	216	223	231	206

5) 1977년 조직 당시의 명칭은 '캐너더한국문인협회'였음.

현재 캐나다에는 캐나다 전체를 총괄하는 토론토 중심의 '캐나다한 인문인협회' 이외에도 밴쿠버(Vancouver)에 '(사)한국문인협회 캐나 다 밴쿠버지부', 캐나다한국문인협회(Korean Writer's Association of Canada)[6], '캐나다한인문학가협회' 등이 조직되어 있다. 그리고 캘거 리(Calgary) 지역에 '캘거리한인문인협회(Calgary Korean Canadian Writers Association)', 에드먼턴(Edmonton) 지역에 '에드몬튼한인얼 음꽃문학회'가 결성되어 활발하게 활동하고 있다.

2000년을 전후하여 국내에 재외한인문학 연구의 붐이 시작되었음 에도 캐나다한인문학은 연구자들의 관심을 끌지 못 한 채 소외되어 왔다. 그 이유는 그동안의 재외한인문학 연구가 미국, 중국, 일본, CIS 고려인 문학 등 재외한인의 숫자가 많고, 한인들의 이주 역사가 오래 된 지역부터 먼저 이루어졌기 때문이다. 뿐만 아니라 캐나다는 지리 적으로 미국과 연접해 있고, 역사·문화·관습·제도 등에서 미국과 유사성을 보이며, 한인들의 이민 동기(고학력자들이 자녀교육이나 보다 높은 삶의 질을 추구하기 위한 자발적 이민)도 미국과 유사하다 는 점에서 캐나다한인문단을 재미한인문단의 한 변방 정도로 여겨온 것이 사실이다. 그리고 이것은 캐나다한인문학에 대한 연구의 무관심 으로 이어졌다. 따라서 캐나다한인문학 연구는 이제 막 연구가 시작 된 단계라고 할 수 있다.[7]

---

6) 밴쿠버에 여러 문인단체가 설립되어 있는 것은 밴쿠버 한인의 인구증가와 관련된 다. 2009년 외교부 외교백서에 따르면 토론토 11만 1,379명, 밴쿠버 9만 9,439명으 로 밴쿠버는 토론토 다음으로 인구가 많다.

7) 송명희의 「캐나다한인문단의 형성」, 이상갑의 「경계와 탈경계의 긴장관계-캐나 다한인소설을 중심으로」, 김정훈의 「캐나다한인시문학연구」, 김남석의 「캐나다한 인문학비평의 전개양상연구」 등 4편의 논문이 『우리어문연구』34, 우리어문학회,

캐나다한인문학은 다른 지역의 재외한인문학에 비해 역사가 일천
한 것이 사실이지만 한인문단이 형성되어 활동을 시작한 지 39년에
이르는 현 시점(2016년)에서 지금까지 전개되어온 캐나다한인문학
을 체계적으로 정리하고 평가하여야 할 필요성과 함께 그들 문학이
나아가야 할 방향과 정체성을 올바로 제시해야 할 필요성이 제기된
다.

그런데 캐나다한인 집단 또는 캐나다의 대학에는 캐나다한인문학
을 연구할 만한 인적 자원이 존재하지 않는다. 토론토 요크대학교 동
양학부에서 한국학을 강의하는 비교문학자 현태리(테레사 현) 교수
[8]가 있지만 그녀는 캐나다한인문학 연구에는 그리 관심을 보이지 않
는다. 또한 캐나다한인문단 내에서 두어 명의 평론가가 활동하고 있
지만 그들의 평론은 구체적 작가와 작품에 대한 가치평가를 지향하는
본격적 비평이라고 보기 어렵다. 현재 중국, 미국, 일본, 러시아 등에
는 한인문학 또는 한국문학을 연구하는 인력이 일부 존재하지만 캐나
다를 비롯한 다른 지역의 한인문단에는 자체적으로 연구를 진행할 인
력이 전무하다. 뿐만 아니라 캐나다 한인문단 내에서는 연구의 필요
성은 물론이며, 자료 보관의 중요성조차 크게 인식하고 있지 않은 듯
했다. 더욱이 문단 형성 초창기의 문인들-이덕형(2008 사망), 이석현
(2009 사망), 이재락(2012 사망), 유인형(2013 사망) 등-이 점차 세

2009에 수록되었다. 이밖에 송명희의 「캐나다한인수필에 나타난 디아스포라와 아
이덴티티」가 『한국언어문학』70, 한국언어문학회, 2009에, 「재(在)캐나다 한인문
학의 몇 가지 특징-시를 중심으로」가 이동하·정효구의 『재미한인문학연구』, 월
인, 2003에 수록되었다.

8) 한국인과 결혼한 프랑스계 캐나다인으로 한국어로 시집 『판문점에서의 차 한 잔』,
시와시학, 2012을 발간했다.

상을 뜨고 있는 상황에서 캐나다한인문학의 연구가 시급히 이루어져야 할 필요성은 더욱 커지고 있다. 따라서 국내 연구진이 체계적으로 자료를 수집하고 집중적으로 연구하지 않는다면 현 단계에서도 자료가 소실될 가능성마저 있다.

현재 캐나다한인 문인의 숫자는 250여 명(캐나다한인문인협회 100여 명, 기타지역 문인협회 150여 명) 정도에 이른다. 한인의 숫자가 20만 명에 불과한 캐나다한인사회는 인구 규모가 크지 않을 뿐만 아니라 이민 숫자의 증가도 미미하고, 한국의 경제사정이 개선되면서 역이민을 하는 사례도 늘어나고 있다. 시간이 지나면서 현지어(영어, 불어)로 창작하는 작가들이 배출되겠지만 현재는 전무한 실정이다. 이민 2세들은 모국어인 한국어로 의사소통은 물론 창작이 불가능하기 때문에 미래의 어느 시점에서 한인문단이 해체될지 알 수 없는 상황이다.[9] 따라서 문단 형성 초창기를 기억하고 있는 이민 1세들이 생존하고 있는 동안에 지금까지 전개되어 온 캐나다한인문학의 성과들을 체계적으로 정리하는 연구의 필요성은 더욱 절실하다고 하겠다.

세계화 시대의 개막과 함께 거주국의 문학에도, 국문학의 범주에도 포함되지 못 하는 재외한인문학을 국문학이 아니라 '한민족문학'이라는 보다 넓고 새로운 개념 속에 포함시키는 트랜스내셔널리즘 (trance-nationalism)에 입각한 새로운 문학사, 즉 한민족문학사가 기술되어야 필요성이 제기되고 있다. 따라서 개별 지역의 한인문학에 대한 우선적 정리와 연구의 필요성은 더욱 커진다. 현재 『소비에

---

9) 캐나다한인문인협회에서는 한영대조작품집을 발간함으로써 언어적 문제점을 극복하려는 노력을 보이고 있다.

트중앙아시아 고려인문학사』(2004), 『중국조선족문학의 어제와 오늘』(2006) 등 일부 지역의 재외한인문학사가 나와 있지만 그 밖의 다른 지역의 한인문학사는 아직 출간되지 않고 있다. 더욱이 한인의 숫자가 적은 캐나다, 아르헨티나, 호주 등의 한인문학 연구는 이제 시작 단계에 있다.

오늘날 디아스포라는 한국만이 아니라 전 지구적인 보편적 현상이 되고 있다. 대한민국 인구의 14%에 해당되는 700여 만 명의 한인이 모국을 떠나 해외에서 살아가고 있다. 재외동포에게 재외국민이라는 새로운 국민정체성을 부여하고 있는 현 시점에서 연구자들은 국문학사, 북한문학사, 재외한인문학사를 포괄하는 '한민족문학사'의 기술에 관심을 가져야 한다. 이러한 학문적 과제를 달성하기 위해 캐나다 한인문학을 포함하여 재외한인문학에 대한 보다 체계적인 정리와 연구의 필요성은 필연적으로 요청된다.

제2장 연구 범위 및 방법

· · · · ·

재일한인문학, 중국조선족문학, CIS고려인문학, 재미한인문학이 3세대에서 4세대로 넘어간 것에 비교해볼 때에 캐나다한인문학의 역사는 매우 짧다고 할 수 있다. 캐나다한인문학은 아직 그 역사가 40여 년에 불과하며, 이민 1세대 작가들이 중심이 되어 문단이 유지되고 있다. 문단 형성의 역사가 짧을 뿐만 아니라 한인들의 이주 시기가 1960년대부터 2010년대까지 다양하고, 한인들의 이주 기간도 50년에서 10년 미만까지 천차만별이다. 그리고 아직 2세 작가 군이 배출되지 않은 상황이기 때문에 현재 캐나다한인문단은 이민 1세대들에 의해서 주도되고 있으며, 큰 범주에서 단일성을 유지하고 있다고 볼 수 있다.

캐나다와 인접한 미국은 209만 명(2013년 외교부 재외동포현황)의 한인이 살고 있고, 이민 역사가 길 뿐만 아니라 이창래, 노라 옥자 켈러, 수잔 최 등 1.5세, 2세, 3세들이 영어로 작품활동을 활발히 하며 매스컴의 주목을 받고 있다. 즉 한국어로 창작이 가능한 이민 1세의 유입이 계속 이루어지고 있는 한편으로 영어로 글을 쓰는 차세대와 차차세대 문인들이 다수 육성되어 있다. 이와 달리 캐나다는 영어(불어)로 작품활동을 하는 차세대의 문인이 거의 육성되어 있지 않다. 아직 이민 1세대 중심의 단일한 성격을 유지하고 있는 것이다.

캐나다한인문단에서 평론활동을 하고 있는 변창섭은 「캐나다동포문학의 어제, 오늘 그리고 내일」(2003)이라는 글에서 캐나다한인문학사의 시대구분의 기점으로 1990년 이전과 이후로 나눌 수 있다고 했다. 1990년 이전의 문학은 '캐나다한인문인협회'를 중심으로 『캐나다뉴스』, 『한국일보』 등의 매체를 통해 작품을 발표하고 개인적으로 작품집을 내며 독자적인 문학활동을 하는 문인이 등장하고, 내용적으로는 두고 온 고향을 그리워하는 소위 '망향가'의 작품들이 주류를 이루고 있는 시기이며, 이후의 문학은 "문협을 중심으로 '시모임'과 '시동인(시동인지), 산문동인(산문마당)과 그 밖의 『백지문학』, 『한카문학』이 탄생하는 등 구체적인 문학활동이 시작되며, 특히 모국문단과의 연계가 이루어지는 시기"로 외적 활동의 특징을 구분했다. 그리고 내용상으로는 "고국을 그리워하는 '망향가'에서 이주현실로 눈을 돌리"는 변화가 일어났다고 평가했다.[1]

그렇지만 캐나다한인들만의 독자적 활동의 시기와 모국 문단과의 교류가 이루어진 시기로 시대구분을 하는 것은 캐나다한인문학이 발전해 간 시대 구분의 기준점이 될 수 없다. 그리고 변창섭이 지적했던 1990년을 기점으로 '망향가'에서 '이주의 현실'로 내용상의 변화가 확연히 이루어진 것이 아니라는 것은 실제 작품분석에서 쉽게 확인된다.

---

1) 변창섭, 「캐나다동포문학의 어제, 오늘 그리고 내일」, 『캐나다문학』11, 캐나다한인문입협회, 2003, 269-274면.

　현재 40여 년에 불과한 캐나다한인문학의 역사를 굳이 구분하자면 처음 문단을 조직하고 합동작품집을 낸 1977년부터 모국의 IMF로 인해 한국 중산층의 캐나다 이민이 증가함으로써 캐나다한인문인의 숫자가 100여 명으로 급격히 증가한 2000년 이전과 이후로 나누는 것이 타당할 것이다. 한인들의 문단 조직의 명칭이 캐나다 속의 한국문인협회의 지부 정도로 인식했던 '캐나다한국문인협회'에서 '캐나다한인문인협회'로 바뀐 것은 2001년이다. 이때를 기점으로 문인들은 자신들의 정체성을 '캐나다에 살고 있는 한국인'이 아니라 '캐나다한인(Korean Canadian)'이라는 이중적 정체성을 지닌 존재로 인식했고, 그들이 활동하고 있는 문단도 '캐나다한국문인협회'가 아니라 '캐나다한인문인협회'로 명칭을 변경했던 것이다. 이러한 명칭 변경은 당연히 그들 문학의 내용에도 영향을 미쳤을 것이다. 2000년 이후부터 그들은 한국문단의 일원이 아니라 캐나다라는 거주국의 일원(캐나다한인)으로서 문학활동과 문단활동을 하기 시작한 것이다. 『캐나다문학』14집(2009)에서 박충도가 캐나다 포스트모더니즘 작가 마이클 온다아치를 소개하는 평론을 발표한 것은[2] 매우 의미심장하다. 즉 캐나다한인들이 자신들이 창작하고 있는 한글문학 이외에도 캐나다의 주류문학에 대해서 관심을 가지기 시작했다는 의미인 것이다.

　뿐만 아니라 토론토 중심의 '캐나다한인문인협회' 이외에 밴쿠버, 캘거리, 에드먼턴 등 여타 지역에도 문인단체가 조직되어 활동을 시작함으로써 캐나다한인문단이 다양화된 것도 2000년 이후의 일이다.

---

2) 박충도, 「마이클 온다아치의 Divisadero」, 『캐나다문학』14, 캐나다한인문인협회, 2009, 219-221면.

따라서 2000년을 분수령으로 하여 이전과 이후를 형성기와 발전기로 구분하여 접근할 수 있다고 생각한다. 하지만 2000년 이전과 이후의 캐나다한인문학을 꼼꼼히 읽어볼 때 내용상 그 특징이 확연하게 변별되지 않고 있다. 더욱이 캐나다로의 이주는 계속 일어나고 있고, 아직 2세대의 작가 군이 출현한 상황이 아니기 때문에 캐나다한인문학의 시대구분은 아직 무의미하다고 할 수 있다.

따라서 본 저서는 시대적 발전과정을 염두에 두고 작품들을 살핀 장르(시)도 있지만 채 40년이 안 된 캐나다한인문학을 형성기와 발전기로 굳이 시대를 구분하여 접근을 하는 것은 시기적으로 아직 이르다고 판단하였다. 따라서 본 저서는 캐나다한인문학을 장르별로 구분하여 연구하는 것을 기본으로 하여 기술하였다.

본 저서는 캐나다한인문학을 시문학(동시 포함), 소설문학(동화 포함), 수필문학, 문학비평 등 각 장르별로 그 특성을 고찰하고, 그 가치를 평가함으로써 캐나다한인문학 연구를 한 단계 심화시키고 체계화하여 캐나다한인문학사 나아가 한민족문학사 기술의 토대를 구축하고자 한다.

현재 미국과 캐나다, 즉 북미지역의 한인문인들은 한국에서 등단한 후 이민한 작가, 이민 후 현지문단에서 등단한 작가, 현지문단에서 등단한 후 모국 문단에서 재등단한 작가의 3가지 유형으로 구분할 수 있다. 특히 이민 후 현지 문단에서 등단한 문인들은 모국인 한국문단에서 재등단하는 것이 거의 관례화되어 있다시피 하다. 이 경우 작품의 질적 수준의 향상이라는 긍정적인 측면과 함께 재외한인문학으로서의 개성이 전혀 발현되지 않을 수 있으며, 한국문학과 차별화가 되지 않는 문제점이 노정된다.

심지어 북미지역의 문인들은 (사)한국문인협회의 지부-미주지회 (LA)(72), 샌프란시스코지부(93), 워싱턴지부(07), 캐나다 밴쿠버지부(14)-나 국제펜클럽 한국본부의 지부-뉴욕지부, LA지부, 샌프란시스코지부, 캐나다지부-에 소속되어 활동하려는 경향마저 보인다. 즉 북미지역의 한인문단은 거주국에서의 독자성을 신장하려 하기보다는 한국문인협회의 지부로 명칭마저 바꾸어 활동하려는 경향을 나타낸다. 그만큼 모국문단을 추수하려는 경향이 강하다고 할 수 있다. 그러나 내용상 한국문학과 전혀 변별되지 않는 문학은 재외한인문학이라고 볼 수 없다.

따라서 본 저서는 캐나다한인문학 가운데 디아스포라 문학으로서의 경험과 정체성, 그리고 개성이 드러나는 작품들만을 논의의 대상으로 삼아 그 특성을 연구하고자 한다. 즉 한국문학인지 캐나다한인문학인지 전혀 구별할 수 없는 작품들은 연구 대상에서 제외하겠다는 뜻이다. 그러면 디아스포라 문학이란 어떤 문학인가?

재외한인의 디아스포라에 대해 오랫동안 연구한『코리안 디아스포라』의 저자 윤인진은 '디아스포라(diaspora)'의 개념을 민족분산, 또는 민족이산으로 번역하며, 단지 민족성원들이 세계 여러 지역으로 흩어지는 과정뿐만 아니라 분산한 동족들과 그들이 거주하는 장소와 공동체를 가리키기도 한다고 했다. 그리고 코리안 디아스포라를 "한민족의 혈통을 가진 사람들이 모국을 떠나 세계 여러 지역으로 이주하여 살아가는 한민족 분산"으로 정의하였다. 그리고 이 과정에서 나타난 적응, 동화, 정체성, 공동체 등의 제 현상을 연구하는 것을 디아

스포라의 연구로 규정하였다.[3]

윤인진이 규정한 디아스포라의 개념을 재외한인의 디아스포라 문학에 전유해 본다면 세계 여러 지역으로 이주하여 살아가는 한민족의 이주와 정착 과정에 나타나는 재외한인의 경험-이주, 차별, 적응, 문화접변, 동화, 공동체, 민족문화와 민족 정체성 등-을 형상화하거나 주제로서 구현한 문학을 디아스포라 문학으로 규정할 수 있을 것이다. 그러면 디아스포라 문학의 연구에 있어 어떤 방법이 유용할 것인가? 이에 가장 근접한 연구방법론은 탈식민주의 비평이라고 할 수 있다.

탈식민주의 비평은 주로 제국주의 유럽의 식민지였거나 정치, 문화적으로 강력한 통제 아래에 있었던 나라들에서 과거의 식민지 문화에 대한 분석과 비판 등을 문학과 문화비평의 핵심문제로 삼는 데에서 시작하였다. 이는 오늘날 식민지 경험 국가의 정치 경제 문화적 영역에 끼친 제국주의의 지배와 그 영향의 정도가 문학을 비롯한 음악, 회화, 무용 등의 문화예술 장르에 얼마나 강하게 코드화되어 있는가를 분석하고 비평하는 것으로 확장되었다. 탈식민주의 비평은 식민주의 시기로부터 현재에 이르기까지 제국주의적 영향으로부터 자유로울 수 없었던 모든 문화를 포괄하는 통문화적 비평(cross-cultural criticism)과 그 담론을 지칭한다.

탈식민주의 비평의 대상인 탈식민주의 문학은 제국주의 세력과의 긴장 관계를 통해서, 그리고 제국주의 국가가 수행하는 동일화 논리와 차별화를 선언함으로써 자신들의 존재를 주창한다. 그리고 탈식민주의 문학은 식민지 이후의 상황에서 개인의 삶에 수반되는 이점과

해방감뿐만 아니라 갈등과 모순 또한 중심 테마로 삼고 있다.[4]

탈식민주의 비평(postcolonial criticism)은 지배와 종속 관계를 매개로 하거나 그에 도전하거나 반영하는 문화적 형상물의 분석을 주된 과제로 삼는다. 즉 탈식민주의가 분석해야 할 대상은 경제, 문화, 정치 등의 다방면에 걸쳐 다른 민족, 인종, 문화 사이에 형성된 지배와 종속 관계뿐만이 아니라 같은 인종이나 문화권 그 자체 내에서 형성된 지배와 종속 관계에까지 확대될 수 있다. 즉 보이지 않는 힘에 의한 지배와 종속관계의 재생산이 전 계층과 성별 사이에서 분명히 지속되고 있기 때문에 이주민과 거주국의 주류집단 사이에 형성된 불가시적 긴장관계, 나아가 이주민들이 주류집단으로부터 겪는 불평등한 차별 등 재외한인의 경험, 심지어 모국인 한국문학과 재외한인문학 사이에 형성된 중심과 주변의 관계 등은 탈식민주의적 시각의 분석을 가능하게 한다. 물론 디아스포라 문학을 전적으로 탈식민주의 시각으로 분석하는 것은 무리가 따르겠지만 본 연구의 가장 유용한 연구방법론으로 탈식민주의 비평을 원용할 것이다.

실제로 탈식민주의 이론을 최초로 구성한 에드워드 사이드(Edward Wadie Said)는 '미국에 사는 아랍인'이란 경계인의 위치에서 탈식민주의 이론서 『오리엔탈리즘』을 저술했다. 대체로 탈식민주의는 서구 대도시에 이주한 비서구 지식인들에 의해서 주도되었다. '이들 이산(diaspora) 지식인들은 모국과 서구 어디에도 속하지 않은 집단으로서 이들의 삶에서 중심과 주변의 경계는 애매하며, 자신의

---

4) 탈식민주의 비평(Postcolonial criticism): 한국문학평론가협회, 『문학비평용어사전』, 국학자료원, 2006.

정체성이 무엇인지 특정하기 어렵다.[5] 바로 그들의 경계인으로서의
모호한 정체성으로부터 탈식민주의 이론이 제기되어 나왔듯이 모국
문학과 거주국 문학의 경계에 놓인 재외한인문학의 연구에서도 탈식
민주의 비평 방법론으로 접근할 때에 가장 적절한 이해가 가능할 것
으로 생각된다.[6]

21C에 국민국가의 경계를 넘는 세계화와 트랜스내셔널리즘(trans-
nationalism)은 보편적인 현상이 되었음에도 국민국가라는 공고한 시
스템은 여전하다. '국민국가의 강고한 시스템에서 이탈된 난민, 이민
자, 망명자가 증가한 역설적 상황 속에서 포스트콜로니얼 문학이란
유랑과 이산의 현실에서 생겨난 매우 현대적인 문학의 형태'[7]라는
주장도 대두된다.

> 포스트콜로니얼 문학은 종주국과 식민지, 제국주의와 내셔널리즘,
> 보편주의와 토착주의를 우위에 두는 일 없이, 그 대립을 옆으로 밀쳐
> 내며, 대립이 성립되고 있는 그 공간 자체를 무너뜨려버린다. 이렇게
> 해서 포스트콜로니얼 문학에서는 '하이브리드(잡종성)와 디아스포라
> (이산)가 중요한 모토가 되고 있다. 원래 이들 용어들은 국민주의와 순
> 화주의에서는 부정적인 낙인이 찍혀 있던 개념들이었다. 그러나 포스
> 트콜로니얼 문학은 이것을 완전히 역전시켜 '잡종'과 '이산'에 적극적

---

5) 하정일, 「한국문학과 탈식민」, 『시와 사상』30, 시와사상사, 2001, 29면.
6) 송명희, 「미 서부 지역의 재미작가 연구」, 『비평문학』16, 한국비평문학회, 2002,
130-144면.
7) 이연숙, 「디아스포라와 국문학」, 『민족문학사연구』19, 민족문화연구소, 2001, 62
면.

인 가치를 부여하려고 한다.[8]

따라서 중심과 주변의 경계를 가로지르며 유동하는 정체성과 디아스포라의 현실과 문화적 잡종성(hybridity)을 지닐 수밖에 없는 재외한인문학 연구에서 탈식민주의는 가장 유용한 연구방법론이 될 수 있는 것이다.

그리고 캐나다와 같은 다인종 다민족 사회에서 소수민족집단의 문화변용을 연구한 베리(J. W. Berry)의 문화변용론(acculturation theory)과 베넷(M. J. Bennett)의 '문화 간 감수성 발전 모형이론'도 중요하게 원용하고자 한다. 왜냐하면 문화변용과 문화적응이야말로 이주민의 핵심적 경험이며, 디아스포라문학의 가장 중요한 테마이기 때문이다.

베리에 의하면 문화변용(acculturation)이란 "서로 다른 인종, 문화적 집단의 사람들이 장기간의 접촉을 하여 발생하는 모든 변화의 과정"이다. 그는 문화변용이 집단적 수준과 개인 수준의 변화를 의미하는 것일 뿐만 아니라 이 둘 사이에는 유기적 관계가 있다고 하였다. 그는 문화변용을 3단계로 구분하여 제시하였는데, 제1단계는 접촉단계로서 서로 다른 두 개의 문화가 만나는 초기 단계이다. 제2단계는 갈등단계로서 이민자들을 수용하는 주류사회가 이민자들에게 압력을 가하는 단계이다. 이때 이민자들은 모국과 거주국, 즉 기원사회와 정착사회의 문화정체성 사이에서 선택과 정체성의 갈등과 혼란을 경험한다. 제3단계는 해결단계로서 문화변용이 특정한 전략을 사용해

---

8) 위의 글, 61면.

서 정체성의 혼란을 극복하는 단계이다.[9]

또한 베리는 소수집단의 문화적응전략과 이데올로기를 그들이 고유문화의 정체성을 얼마나 중요시하는가 하는 정도를 의미하는 문화적 유지(cultural maintenance)와 이주민이 새로운 주류문화를 수용하는 정도를 뜻하는 접촉과 참여(contact and maintenance)의 두 가지 차원에서 통합, 동화, 분리(고립), 주변화의 4가지로 분류한 바 있다. 즉 전통문화와 주류문화에 모두 동일시하는 통합, 주류문화에는 동일시하지만 전통문화에 대해서는 약하게 동일시하는 동화, 고유문화에 동일시하나 주류문화는 무시하는 분리, 주류문화나 고유문화에 모두 동일시하지 않는 주변화가 그것이다. 한편, 그는 이주민들에 대한 다수집단 성원들의 문화정책전략과 이데올로기를 다문화주의, 동화주의, 분리주의, 배척 4가지로 분류했다. 그는 다수의 주류집단이 이주민들의 고유한 정체성과 생활방식을 존중하고 문화적 다양성을 유지하면서 사회통합을 이루도록 다문화주의를 추구하면 소수집단은 통합적 정체성을 추구하는 반면, 주류집단 대부분이 동화주의, 분리주의, 배척의 정책을 채택하면 소수집단이 통합적 정체성을 가지기가 어렵다고 했다.[10] 그가 제시한 문화변용은 소수민족 집단성원이 정착사회에서 적응하는 초기과정에서 나타나는 문화와 정체성의 변화를 의미한다.[11]

인간의 '타 문화에 대한 적응을 여섯 단계를 통해 발전하는 것으로

---

9) 윤인진, 앞의 책, 36-37면.
10) 김혜숙 · 김도영 · 신희천 · 이주연, 「다문화시대 한국인의 심리적 적응: 집단 정체성, 문화적응 이데올로기와 접촉이 이주민에 대한 편견에 미치는 영향」, 『한국심리학회지; 사회 및 성격』 25-2, 한국심리학회, 2011. 58-59면에서 재인용.
11) 윤인진, 앞의 책, 37면.

파악한 베넷(M. J. Bennett, 1998)의 '문화 간 감수성 발전 모형이론'
은 부정단계 → 방어단계 → 최소화단계 → 수용단계 → 적응단계 →
통합단계의 여섯 단계를 통해 인간은 점차적으로 타 문화에 적응해
나가는 것으로 설명한다.[12] 캐나다한인들이 캐나다라는 이질적인 새
로운 문화에 적응해 나간 과정을 살피는 데 있어 베넷의 이론은 시사
하는 바가 클 것으로 기대된다.

---

12) 최윤희, 『문화 간 케뮤니케이션』, 커뮤니케이션북스, 2013(네이버 지식백과), '문
화 간 감수성 발전 모형' 항목.

제Ⅱ부
캐나다한인문단의
형성

제 **1** 장 │ 캐나다한인문단의 형성[1]

1. 명칭

　캐나다한인문단을 대표하는 '캐나다한인문인협회'는 캐나다로의 이민이 본격화된 1960년대 후반으로부터 불과 10년 만인 1977년에 그 조직이 형성되어 40여 년에 가까운 세월 동안 발전되어 왔다. 한국에서 작가로 등단한 기성문인들이 중심이 되어 미국보다도 일찍 문단이 조직되었다. 즉 '캐너더한국문인협회'는 1977년에 조직되었는데, 이 명칭은 1979년에 『이민문학』2집을 발간하면서 '캐나다한국문인협회'로 바뀌었다. 그리고 2001년 『캐나다문학』10집 발행 때부터 '캐나다한인문인협회'(이하 문협으로 약칭)로 다시 명칭을 바꾸고, 영어 명칭도 창립 당시에는 'Korean Canadian P.E.N Club'이던 것이 『캐나다문학』8집(1997)부터는 'Korean Literary Society of Canada'로 바뀌었고, 다시 2001년에는 'Korean Canadian Writers' Association'으로

---

1) 이 글은 원래 「캐나다한인문단의 형성」이라는 제목으로 『우리어문연구』34, 우리어문학회, 2009에 수록되었으나, 2009년도 이후의 자료들을 보충하여 개고하였다.

바뀌어 오늘에 이르렀다. 캐나다한인문인협회는 캐나다한인문단을 대표하는 가장 규모가 크고 오래된 문인단체이다.

2. 창립 및 회원

1977년 1월 15일에 권순창, 김영매, 김인, 김창길, 문인귀, 설종성, 이석현, 장석환 등 8명은 '캐너더한국문인협회'를 창립하고, 같은 해 5월 15일에 작품(시) 113편을 수록한 합동 작품집 『새울』을 출간하였다. 이후 박옥선, 이정원, 조미래, 여동원, 박희원 등 5명의 새 회원이 가입하여 창립 첫해에 회원 수는 13명으로 늘어났다. 창립회원들은 단체가 조직되기 이전부터 한인사회에서 발간되는 『코리언 저널』, 『캐너더 뉴스』, 『가톨릭시보』, 『소년한국』 등에 작품을 발표해온 기성 문인들이다. 2년 뒤인 1979년 7월 15일에 제호를 바꾸어 발간된 『이민문학』(제2집)에 등록된 회원의 숫자는 25명에 이른다. 이후 회원의 숫자는 지속적으로 증가하여 1980년에는 27명, 1981년에는 33명, 1997년에는 67명, 2001년에는 102명, 2003년에는 97명, 2005년에는 106명, 2007년에는 99명, 2009년 110명, 2011년 107명, 2013년 99명으로, 2001년에 처음 100명이 넘은 후 2009년을 최고 정점으로 한 이후 조금씩 감소하는 추세에 있다. 하지만 이는 토론토 이외의 다른 지역에 문인단체가 결성되었기 때문에 문인 전체의 숫자가 감소한 것은 아니다. 오히려 문인의 숫자는 전반적으로 증가 일로에 있다. 왜냐하면 다른 지역의 문인단체들도 자체의 신춘문예를 통하여 지속적으로 신인들을 배출하고 있기 때문이다.

캐나다한인문인협회에는 2000년대 이후 100명 안팎의 회원들이 고정적으로 활발한 활동을 하고 있고, 회원의 75-80%는 토론토(Toronto)에서 거주하고 있다. 그 외 20-25%의 회원은 밴쿠버(Vancouver), 앨버타(Alberta), 몬트리올(Montreal), 마니토바(Manitoba), 윈저(Windsor) 등지에서 거주하고 있다.

창립 이후 캐나다한인문인협회가 회원을 지속적으로 확보할 수 있었던 것은 1978년부터 시행한 '신춘문예'를 통해서였다. 신춘문예는 문협의 기관지 이외에 별도의 문예지가 없는 캐나다한인사회에서 문인이 될 수 있는 유일한 등용문이다. 그 밖의 회원은 한국에서 등단한 기성문인이 새롭게 이민왔을 때 이들을 영입한 경우로서, 2008년까지 영입 회원은 38명 정도이다.[2] 특히 1997년 이후 한국의 외환위기에 따른 이민자의 증가는 2000년대 이후 회원 숫자의 급격한 증가로 이어졌다.

그리고 캐나다에서 신춘문예로 등단한 후 한국의 문예지로 재등단한 경우가 최근 들어 증가 일로에 있다. 이들의 등단지를 살펴보면 시에는 『현대시학』, 『월간문학』, 『심상』, 『한맥문학』, 『열린문학』, 『믿음의 문학』, 『시조문학』, 『순수문학』, 『자유문학』, 『전남매일』(신춘문예) 등이며, 수필은 『한국수필』, 『현대수필』, 『에세이문학』, 『수필춘추』, 『수필시대』 등이다. 소설은 『현대문학』, 『문학과 의식』, 『한맥문학』, 『참여문학』 등 다수의 문예지가 캐나다한인 작가의 재등단에 문호를 개방하고 있음을 볼 수 있다.

문인들의 직업은 자영업이 주를 이루며, 부동산 중개업, 모텔 운영,

---

2) 20대 캐나다한인문인협회 회장인 수필가 손정숙과의 인터뷰(2008.7).

학원 강사, 대학교수, 학생, 의사, 간호사, 도서관 사서, 그밖에 관공서 근무 등 다양하다.

3. 캐나다한인문인협회의 주요활동

캐나다한인문인협회는 정관에서 첫째, 회원의 권익옹호에 대한 사업. 둘째, 신춘문예, 문학작품 추천, 백일장, 현상모집. 셋째, 회지, 합작집 발행 및 출판사업. 넷째, 문학연극발표회, 토론회, 강연회 및 문학강좌 개최. 다섯째, 국내외 작가 및 문학단체와의 교류사업. 여섯째 기타 사업을 하는 것으로 명시하고 있다.

이 가운데 정기적으로 개최되는 중요한 사업은 정기간행물『캐나다문학』의 발간과 '신춘문예 공모', '호반문학제', '겨울문학캠프' 등이다.

3.1 『캐나다문학』의 발간

캐나다한인문인협회는 창립한 첫해부터 곧바로 회원 합동작품집을 발간했는데, 이것이 오늘의 『캐나다문학』의 모태이다. 『새울』(제1집, 1977), 『이민문학』(제2집, 1979), 『이민도시』(제3집, 1980), 『이민문학』(제4집, 1981), 『이민문학』(제5집, 1989), 『이민문학』(제6집, 1992), 『이민문학-옮겨 심은 나무들』(제7집, 1995), 『캐나다문학』(제8집, 1997), 『캐나다문학』(제9집, 2000), 『캐나다문학』(제10집, 2001), 『캐나다문학』(제11집, 2003), 『캐나다문학』(제12집, 2005), 『캐나다문학』(제13집, 2007), 『캐나다문학』(제14집, 2009), 『캐나다문학』(제15집, 2011), 『캐나다문학』(제16집, 2013), 『캐나다문학』
(제17집, 2015)으로 이어져온 캐나다한인문인협회의 정기간행물은
1997년부터 '캐나다문학(Korean Canadian Literature)'으로 그 제목
을 고정하고, 2001년 이후 격년으로 발간해오고 있으며, 2015년에 제
17집을 발간했다.

　현재 캐나다한인문인협회는 이민 1세 중심의 한인문학에서 탈피
하여 한국어를 모르는 2세와 영어를 공용어로 사용하는 캐나다인들
에게 그들의 문학을 읽히기 위해 2007년부터 한영작품집-제1집인
『*Literary Collection Of KCWA Members*』(2007)를 발간한 이래 제
2집 『*KCWA Literary Collections*』(2009), 제3집 『*KCWA Literary
Collections*』(2011), 그리고 한캐 수교 50주년 기념으로 『시와 수
필 대표작 선집』(*An Anthology of Poetry and Essays by Korean
Canadian Writers*)(2013)-을 격년으로 발간해 오고 있다. 이는 거주
국 캐나다 내에서의 현지화에 대한 적극적 의지의 표출로 보인다. 즉
영어를 읽을 수 있는 독자들까지 독자의 외연을 넓히고자 하는 의지
의 일환이다.

　그리고 2009년(2월 8일)부터 '캐나다한인문인협회'는 인터넷카페
(http://cafe.daum.net/koreansassocia)를 개설함으로써 격년으로 발
간되는 『캐나다문학』이 가진 발표지면의 한계를 극복해 나가기 시작
한다. 즉 카페 개설로 회원들은 자유롭게 인터넷 상에 수시로 작품을
발표를 할 수 있게 되었다. 특히 소설분야는 중편과 장편 연재가 가능
해짐으로써 인터넷 카페는 소설 장르의 활성화에 크게 기여하고 있
다.

　최근 우리나라는 재외동포들의 문화활동에 관심을 갖고 이들의

활동에 경제적 지원을 하기 시작했다. 『캐나다문학』 제13집(2007) 발간과 문협 창립 30주년(2007) 기념행사에 대해 재외동포재단이 2,000달러를 처음으로 지원한 것을 시작으로 하여, 2008년 호반문학제에도 2,000달러를 지원했다. 이후 캐나다한인문인협회는 『캐나다문학』 발간 지원금을 계속 신청하고 있다.[3]

3.2 '신춘문예' 공모

'신춘문예'는 캐나다한인문인협회의 중요한 행사의 하나로서 매년 실시하고 있다. 즉 1978년 1월부터 '신춘문예'를 실시하여 문학신인들을 꾸준히 발굴해내고, 회원으로 가입시켜왔다. 1978년(1회) 4명, 1979년(2회) 6명, 1980년(3회) 2명, 1981년(4회) 7명, 1982년(5회) 1명, 1983년(6회) 1명, 1984년(7회) 1명, 1985년(8회) 입상자 없음, 1986년과 1987년 미실시, 1988년(9회) 5명, 1989년(10회) 5명, 1990년(11회) 6명, 1991년(12회) 5명, 1992년 미실시, 1993년(13회) 12명, 1994년(14회) 7명, 1995년(15회) 6명, 1996년(16회) 6명, 1997년(17회) 1명, 1998년(18회) 3명, 1999년(19회) 4명, 2000년(20회) 3명, 2001년(21회) 3명, 2002년(22회) 3명, 2003년(23회) 1명, 2004년(24회) 5명, 2005년(25회) 6명, 2006년(26회) 2명, 2007년(27회) 3명, 2008년(28회) 6명, 2009년(29회) 8명, 2010년(30회) 1명, 2011년(31회) 2명, 2012(32회) 4명, 2013년(33회) 7명, 2014년(34회) 6명, 2015년(35회) 6명이 입상했다. 캐나다한인문인협회는 2015년까

---

3) 손정숙 문협 회장과의 이메일 인터뷰(2009.5.16.).

지 '신춘문예'를 통해 모두 147명의 문학 신인을 배출하였다.

　2015년까지 장르별로 배출된 문인의 숫자는 시 54명, 수필 42명, 소설 22명, 아동문학 14명[4], 평론 4명, 희곡 2명, 콩트 4명, 번역 5명 등 총 147명이다.

　처음 신춘문예를 공모했던 1978년에는 장르가 시, 소설, 수필, 문예 평론의 4개 분야였다. 이어서 1979년부터는 시, 단편(소설), 수필, 평론, 아동문학(동시, 동화)의 5개 장르로 확대되었다. 1993년부터 희곡이 추가되었으며, 2002년(22회)에는 시 장르에 시조를 포함시켰고, 2006년에는 콩트가 추가되었다. 2008년부터는 드라마와 번역이 추가되어 현재 단편소설, 콩트, 시 시조, 수필, 평론, 아동문학(동화, 동시), 드라마, 번역 등 전 문학 장르를 공모하고 있다. 특히 번역의 중요성을 인식하기 시작한 것은 매우 고무적인 일이다.

　신춘문예는 처음에는 캐나다한인문인협회 단독으로 실시했지만, 1988년부터는 『캐나다한국일보』의 후원으로, 2007년부터는 캐나다 한인문인협회와 『캐나다한국일보』의 공동주최로 바뀌었다. 그리고 『캐나다한국일보』는 '문협광장'을, 『캐나다중앙일보』는 '살며 생각하며'란을 고정하여 정기적으로 문인들의 발표매체로서 중요한 기능을 하고 있다. 이밖에 『캐나다조선일보』가 2011년에 창간되었으며, 밴쿠버에도 『밴쿠버한국일보』, 『밴쿠버중앙일보』, 『밴쿠버조선일보』 등의 현지신문이 발간되어 문인들에게 발표지면을 제공하고 있다.

---

4) 2009년 '동시'에 당선된 김효진은 시에도 '당선'되어 이중으로 계산되었다.

3.3 기타 사업

캐나다한인문인협회는 교양강좌 개최를 통하여 고국의 문인을 초청하거나 교환교수로 캐나다에 와 있는 국내의 문인교수들과 교류를 갖기 시작했다. 즉 1978년 2월 1일에 서정주 시인을 초청하여 '한국문학 간담회'를 가졌고, 1979년 8월 1일에는 연극평론가 유민영 교수를 초청하여 '한국연극의 어제 오늘'이라는 교양강좌를, 1981년 11월 19일에는 교환교수로 와 있던 박동규 교수를 초청하여 '한국문학의 현대적 특성'에 대한 교양강좌를 가졌다. 1985년에 소설가 정연희 초청간담회, 1990년에 미국의 권민지(메사추세츠 대학 수학 중) 문학평론가 초청강좌, 1991년에 김영문 교수(토론토대학 교환교수) 초청강좌, 1995년에 강정희 교수 초청강좌 등이 이어졌다.

1997년에 한국문인협회가 주관하고 문화공보부와 문예진흥청이 공동후원하는 '제7회 해외문학 심포지엄'이 '해외동포문학의 국내 수용과 그 활성화 방안'이라는 주제로 캐나다에서 열렸다. 이때 주제발표자는 한국의 평론가 이유식, 시인 장호, 캐나다의 평론가 박충도 등이었다. 그리고 7년 뒤인 2004년에도 한국문인협회 주관의 제14회 해외문학 심포지엄이 '남북통일을 앞둔 선비들의 앉음새'라는 주제로 열렸다. 이 심포지엄에는 수필가 윤재천, 문학평론가(시인) 이운룡, 시인 신협, 시인(문학평론가) 리현석이 발제자로 나섰으며, 한국문인협회 신세훈 이사장 등 한국문인 36명이 대거 참가함으로써 캐나다한인문인협회 창립 이래 가장 큰 규모의 교류가 이루어졌다. 2010년에 김영곤 교수와 정병훈 교수의 문학강연과 2011년에는 불문학자 곽광수 교수의 문학강연이 이루어졌다. 한국문단과의 교류는 호반문학제의 문학세미나를 통해서도 이루어지는데, 2002년 제2회 호반문학제 세미나에서는 토론토 대학에 교환교수로 와 있던 박동규와 수필가 이현복, 시인 이시환, 미국의 수필가(평론가) 명계웅 등이 초청되었다.

또한『캐나다문학』을 통해 한국문단 또는 다른 지역의 동포문단과 지상교류가 이루어지고 있는 점도 특기할 사항이다. 즉『캐나다문학』 제8호(1997)에 중국, 일본, 미동부, 시카고 지역 해외동포문학의 현황과 중국, 일본, 뉴욕, 캘리포니아, 시카고 동포문인들의 시와 수필이 실렸다.『캐나다문학』제11호(2003)에는 '해외문인작품'이라는 특집 하에 한국 및 일본, 중국, 독일의 동포문인들의 작품이 실렸다. 제12호(2005)와 제13호(2007)에 한국문인작품 특집이, 제14호(2009)에도 한국 및 재미 시인의 작품이 특집으로 실려 있다.

이렇듯이 캐나다한인문인협회는 창립 초기단계부터 교양강좌, 심포지엄, 문학세미나 개최 등을 통하여 모국의 문단 및 타 지역 동포문단과 교류하며 문단적 네트워크를 넓혀나갔다. 이들은 '문학의 밤'과 '협동시화전' 개최를 통해 회원 간의 친목을 도모하는 한편 문학적 역량을 강화한다. 그리고 독자를 위한 '교민백일장'과 '청소년현상글짓기'도 개최하고 있다.

백일장과 현상글짓기 개최는 동포들로 하여금 모국어에 대한 의식을 제고하기 위한 뜻있는 사업이다. 이민 1.5세와 2세의 경우 모국어 사용 및 한인으로서의 정체성 문제 및 1세와의 의사소통 등에 큰 문제를 안고 있는 것이 사실이며, 이러한 문제를 해결하기 위해 한인사회는 한국어학교(한글학교) 운영을 통해 한국어를 가르치기 시작했다.[5]

---

5) 30여 년 전부터 한국어학교가 개설되었는데, '캐나다 한인학교 협의회'와 한국 교

한국어학교의 운영에 대해서는 캐나다 주정부(Board of Education)
로부터 교실 임대료와 교사의 강사료 지원을 받고 있으며, 한국 정
부도 교육영사를 총영사관에 상주시키며 한국어교육을 지원하고 있
다.[6) 한편 재외동포재단은 해외에 거주하는 동포들의 창작활동 장려
와 동포사회의 문예진흥기반을 조성코자 1999년부터 재외동포의 이
주와 정착 경험, 이민스토리 등을 주제로 한 '재외동포문학상'을 제정
하여 수상해 오고 있다.

이밖에 회원 간의 교류 및 독자와의 교류를 목적으로 실시되는 '호
반문학제'와 '겨울문학캠프'에서는 문학강연, 세미나, 백일장, 문예창
작 워크숍 등의 행사가 이루어지고 있다. 호반문학제는 2001년 6월
22일~23일에 'Lake Couchiching YMCA Camp장'에서 처음 개최된
이래 9회(2014년)까지 개최됐다. '겨울문학캠프'도 2006년 12월 1~2
일에 처음 개최된 이래 격년으로 실시하고 있다.

4. 타 지역 문인단체

밴쿠버(Vancouver) 거주의 문인 숫자가 증가함으로써 1997년부

육부가 관장하는 토론토 '한국교육원'의 자료에 의하면, 2005년 4월 현재 등록된
한국어 학교들은 113개에 이르며, 학교의 명칭도 '한글학교', '한국어학교', '한국학
교', '한국문화학교', '한인학교', '한국문화원' 등으로 다양하다. 이 학교들은 한인 최
대 주거지인 토론토(89개교)와 그 인근 지역에 집중되어 있으며 벤쿠버(19개교),
몬트리얼(4개교), 오타와(1개교)의 순서로 되어 있다.: 김영곤, 「캐나다 대학 속의
한국학」, *Journal of American - Canadian Studies*, 토론토 대학교, 2007. 2, 49면.
6) 손정숙 회장과의 이메일 인터뷰(2009.5.16.).

터 캐나다한인문인협회는 밴쿠버지부를 조직했다. 2000년 12월 14
일부터 캐나다한인문인협회 밴쿠버지부는 '캐나다크리스챤문인협
회'(초대회장 반병섭)라는 명칭을 사용하기 시작했는데, 2004년에
'밴쿠버한인문인협회 Korean Literary Society of Vancouver(K.L.S.V)'
로 개칭한다. 그리고 2014년 9월에는 '(사)한국문인협회 캐나다 밴쿠
버지부'(회장 신현숙)로 개칭하여 활동하고 있다. 이 단체는 2005년
에 『바다 건너 글 동네』 창간호[7]를, 2008년에는 제2집을, 2013년에
제3집을 발간했다. 밴쿠버를 중심으로 한 캐나다 서부지역 문인들을
아우르는 이 단체는 2002년부터 '신춘문예' 공모를 통하여 신인들을
다수 배출해왔고, 이들을 회원으로 가입시켰다. 현재 회원은 48명(시
18명, 수필 26명, 시조 1명, 동화 1명, 소설 1명, 평론 1명)이다. 주요
활동은 1)신춘문예(작품모집) 공모, 2)문협 뉴스 및 작품집 발행, 3)
연구 발표회 및 강연 개최, 4)문학의 밤 개최, 5)백일장 개최, 6)타 문
학단체와의 교류, 7)친목모임 등이다.

2009년에 밴쿠버를 중심으로 창립된 '캐나다한국문인협회(Korean
Writer's Association of Canada)는 2014년 9월까지 『한카문학』[8] 제
6집을 발간하였다. 교포사회에서 "생활 속의 한국문학"과 "차세대
한국문학교육", "다민족간 문학교류"를 목적으로 설립한 이 단체에
는 현재 50여 명의 회원들이 활발히 활동하고 있다. 캐나다뿐만 아
니라 한국, 미국, 독일, 인도 등에도 회원이 있는 이 단체는 캐나다 주
류문단인 '캐나디언의 문협(Canadian Authors Association, Burnaby

---

7) 28명의 회원작품 수록.
8) 뉴스레터 형식.

writers Society)'의 모임에도 참가하고, 회원의 시를 영어로 번역하여 '캐나다인의 문협' 작품집에 발표하는 등 캐나다 주류문단과의 소통에 지속적인 노력을 기울이고 있다.[9] 그리고 『한카문학』 발간 및 한카문학제, 시낭송회, 세미나 등을 개최해오고 있다. 이 단체에서 가장 활발하게 활동하는 작가는 이종학으로 그는 수필, 평론, 소설 등의 장르에서 두루 작품을 발표하고 있다. 한상영도 시, 소설, 평론에서 활

---

9) 캐나다한국문인협회(Korean Writer's Association of Canada)는 2009년 6월 17일 창립되었다. (카페 http://cafe.daum.net/KWA-CANADA) 교포사회에서 "생활 속의 한국문학"과 "차세대 한국문학교육"을 목적으로 설립되었으며, 2012년에는 "다민족 간 문학교류"를 추가하여 지금까지 활발히 움직이고 있다. 정회원은 50명 정도이고 카페 정회원은 290명 정도 된다. 캐나다 및 한국, 미국, 독일, 인도 등에서 회원님들이 활동하고 있다. 2009년 6월 창립총회와 함께 "제1회 한마음문학제"를 개최하였으며, 제2회부터 "한카문학제(Canada Korea Literary Festival)"로 개칭하여, 해마다 9월이면 주제를 바꿔가며 열리고 있다. "한카문학제"는 캐나다 문인들과 한국 문인들이 함께하는 가장 큰 행사이며, 품격 있고 단단한 문학축제로 밴쿠버에 이미 알려져 있다. 캐나디언과 한국인이 함께 사회를 보는 이중 언어로 진행한다. 캐나디안의 문협(Canadian Authors Association, Burnaby writers Society) 모임에도 나가고, 회원의 시를 영어로 번역하여 동 캐나다인문협의 작품집 등에 발표하고 있다. 또한 7기에 걸친 "한국문예창작대학"을 통해 예비문인들을 배출하고 있으며, 그 외에도 '한국문학 세미나', '해외문학 감상', '문학사랑방', '해외문학기행', '시 낭송강좌', '열린 시 낭송 경연대회' 등 다양한 행사로 교민사회에서 회원 간 문학을 통해 폭 넓은 교류를 하고 있다. 회원들의 작품활동 증진을 위해 현재 "밴쿠버 중앙일보", 주간 "U&레이디", 격 주간 "코리언뉴스"에 회원창작품을 게재하고 있으며, 한국의 여러 문예잡지에 회원작품을 꾸준히 발표해 오고 있다. 또한 2012년 3월부터 시작된 동인지 '한카문학(3월, 9월 발행)'이 현재(2014.12) 6호까지 발간되었으며, 한국과 캐나다의 문학 교류를 위해 현지 캐나다 작가들의 작품도 게재하고 있다. 2013년에는 기존의 행사 이외에 "한카문학상"을 제정, 유능한 교민 문학가들을 발굴하고 있다. 향후 밴쿠버에 거주하는 다국적(영어권, 비 영어권 포함) 문학인들과 함께 하는 행사도 기획 중에 있으며, 차세대 청소년들을 위한 한국문학 강좌를 확대하는 등 문학의 생활화를 위해 더욱 노력하고자 한다. 뿐만 아니라 한국에서 활동하는 문인들과의 폭넓은 교류를 통해, 근원은 같지만 배경이 다른 한국문학의 상호 발전과 이해를 도모해 나갈 계획을 갖고 있다. : 박오은('한카문학' 편집장)과의 이메일 인터뷰(2014.12.6.).

발하게 활동한다.

밴쿠버 중심의 '캐나다한인문학가협회'는 2003년 '세계크리스천문인협회'로 출발하여 2006년에 개칭했다. 이 단체는 캐나다와 한국에서 활동하는 크리스천 문인들로 구성되어 있다.

에드먼턴(Edmonton)에는[10] '에드몬튼한인얼음꽃문학회'(초대회장 박능재, 현 회장 김영숙)가 2000년 7월에 "문학활동을 통하여 한국어 계승과 우리의 전통문화를 계승 유지한다."는 것을 목표로 조직되었다. 현재까지 『얼음꽃문학』을 제13집(2013)까지 발행하는 등 30명의 회원[11]이 활발히 활동하고 있다. 주요활동으로는 한인도서관 설립, 동인지 발간, 신춘문예 실시, 시화전, 독후감 경진대회, 문학의 밤 개최 외에 영문 동인지를 2집까지 발간했다.

'캘거리한인문인협회'(초대회장 이유식)는 캘거리 소재 문인들이 중심이 되어 조직된 단체로 2003년 2월에 이유식, 안희선, 오혜정, 안세현 등이 창립멤버가 되어 창립됐다. 현재 이유식, 강목수, 최광력, 방세형, 원주희, 고성복, 김영애, 이희라, 이진종, 김희조, 박충선, 김목례, 유진원, 오혜정, 김민식, 신금재, 안세현 등 총 17명이 참여하고 있으며, 한국문단에서 등단한 회원은 10명이다. 캘거리한인문인협회는 2007년부터 신춘문예를 공모하여 신인을 배출해왔고, 2007년에 창간한 동인지 『맑은 물 문학』은 2014년에 제4집을 발간했다. 현재(7대 회장) 회장은 심금재이다. 그들이 살고 있는 '캘거리(Calgary)'가 인

---

10) 캐나다 서남부의 알바타주의 도시로서 로키산맥의 동쪽의 대평원에 위치함.
11) 박능재, 김중현, 김영숙, 소병희, 김덕산, 윤원식, 서영옥, 전선희, 이종배, 이항운, 이종숙, 안재빈, 전미자, 노신옥, 조용옥, 조율리, 양정윤, 전혜나, 박영호, 조혜란, 김경숙, 박동순 등.

디언 원어로 '맑은 물'이라는 뜻을 지니고 있기 때문에 '맑은 물 문학'이라는 동인지 제목이 붙여졌다.[12]

이밖에 '국제펜클럽 한국본부 캐나다지역위원회'도 설립되었지만 별다른 활동은 없다. 그리고 2013년에 캐나다 중부지역 사스캐추완(Saskatchewan)주에 '사스캐츠완문학회'가 창립되어 2013년에 동인지 『밀밭』을 창간했다. 그밖에 동인으로 '시둥지', '문예동인', '여성동인' 등이 있다.

5. 캐나다한인문학이 나아가야 할 방향

캐나다한인문학은 한국 이민 역사와 더불어 시작하였으나 1970년대까지는 이질적인 문화권 속에서의 정착에 바빠 문단을 조직할 수 있는 정신적 여유가 없었다. 하지만 캐나다에서의 새로운 환경에 차츰 적응하고 생활의 안정을 찾게 되면서 교민 주간지 등을 통해 작품활동을 시작했고, 1977년에 '캐나다한국문인협회'가 창립됨으로써 본격화되었다.[13]

앞에서 살펴보았듯이 캐나다한인문학은 2000년까지는 '캐나다한인문인협회'를 중심으로 전개되어 왔으나 이후 밴쿠버, 에드먼턴, 캘거리 등의 지역에도 문인단체가 구성되어 문단이 다변화되어 가고 있다. 그리고 각 문인단체는 기관지를 발행하며, 그들의 문학활동을 기

12) 초대회장 이유식과의 이메일 인터뷰(2009.2).
13) 박충도, 「캐나다 속의 한국이민문학」, 『캐나다문학』8, 캐나다한국문인협회, 1997, 313면.

록으로 남기고 있을 뿐만 아니라 신춘문예 공모를 통하여 차세대 문인의 육성에도 큰 노력을 기울이고 있다. 그리고 2000년대 이후 각 문인단체는 인터넷 카페를 개설함으로써 발표 지면의 부족이라는 한계를 극복해 나간다. 특히 소설의 경우 각 문인협회의 기관지에는 실을 수 없었던 중편과 장편의 연재가 가능해져 소설 장르의 활성화에 인터넷 카페는 크게 기여하고 있다.

캐나다한인 문인들은 점차 자신들을 캐나다에 살고 있는 한국인이 아니라 다민족 사회인 캐나다를 구성하고 있는 캐나다한인 (Korean Canadian)이라는 이중적 정체성을 지닌 존재로 인식하며, 그들의 문학을 '이민문학'으로 규정하고, 이민문학의 정체성에 큰 관심을 표명해왔다. 문협의 명칭을 '캐나다한국문인협회'에서 2001년부터 '캐나다한인문인협회'로 바꾼 것은 바로 그와 같은 이중적 정체성에 대한 자각과 표현으로 읽을 수 있다.

> 생활양상이며 문화토양이 서로 다른 다민족사회에 뛰어들어 숨 쉬는 평상의 적응과 동화과정에서 때로 저항을 느끼고, 좌절을 겪으면서도 우리다운 옛 보람을 이 땅에 심고, 이 고장의 정신적 예술적 자양분을 흡수, 또 하나의 차원에서 한국문학의 새 분야를 개척하는 것이 교포문학인의 스스러운 사명이라 마음 새겼기에 한 자리에 붓을 모아 고되고, 때로는 역겨운 이민생활을 작품에 담았다.[14]

캐나다한인들은 이석현이 말했듯이 이민자로서의 정체성을 뚜렷

---

14) 『이민문학』2, 캐나다한국문인협회, 1979, 〈머리말〉, 1면.

이 갖고, "우리다운 옛 보람을 이 땅에 심"는 것과 더불어 "이 고장의 정신적 예술적 자양분을 흡수, 또 하나의 차원에서 한국문학의 새 분야를 개척하는 것"을 그들의 문학적 목표로 지향했다. 즉 한국문화를 캐나다에 옮겨 심는 이식뿐만 아니라 그들이 선택한 새로운 땅, 즉 캐나다의 예술적 자양분을 흡수 합병함으로써 새로운 차원의 한국문학을 개척하는 것을 중요한 과제요, 목표로 설정했던 것이다.

이석현은 「이민문학론」[15]에서 이민문학을 "한국적 풍토에서 전승해온 문화적 특장과 유산(사상·전통·역사·풍습 포함)을 서구적 다양문화 및 토착문화인 인디언, 에스키모의 원색문화에 접목시키는 한편, 이민생활에서 직면하는 온갖 양상-피나는 고충이며 절절한 고적감, 잠을 잃은 향수들이 혼합하여 산출되는 색다른 차원의 한국문학"이라고 정의했다. 그리고 이민문학은 세 가지로 특징지어질 수 있을 것이라고 했다. 첫째, 이민생활에서 겪는 이질문화와 생활풍습에 대한 경이와 당혹. 둘째, 여러 민족의 문화적 장점과 예술 각 분야의 특수성을 흡수하여 그것을 한국문학에 적응시키는 것. 셋째, 그곳 토착문화에 한국적 정서와 사상을 적응·활용시키는 문제 등이 그것이다. 하지만 둘째와 셋째의 특징은 하나의 이상론으로 제기되었다고 할 수 있다.

잘 알려진 바대로 캐나다는 다양한 인종·민족·문화·종교·언어가 공존하는 다문화사회다. 이석현의 「이민문학론」에는 캐나다가 표방한 다문화적 가치가 반영되고 있음을 볼 수 있다.

---

15) 이석현, 「이민문학론」, 위의 책, 63-64면.

　　캐나다에는 100에 육박하는 종류의 각국인이 모여 살며 〈모자이크
문화권〉을 형성하며 소규모 인종 전시장을 이루고 있다. 그들 각 민족
의 예술과 민속, 생활양상들은 창작활동에 값진 소재를 안겨주고 있다.
그들 이질적인 문화소재의 정수를 받아들여 동양적·한국적인 그것과
융화시킴으로써 창작세계의 특수 분야가 개척될 것이다.[16]

　　다문화주의란 동화가 아닌 공존을 지향한다. 즉 소수민족과 이민자
들의 다양한 문화가 모두 평등하게 인정되어야 한다는 것을 강조한
다. 특히 캐나다는 국가가 정책적으로 소수민족과 이민자들의 고유문
화를 발전시키는 데 도움을 주고 있다.

　　하지만 캐나다한인문인협회가 창립된 지 15년째로 접어든 시점인
2001년에 박민규는 한인들의 문학이 캐나다 문학에 속할 수 있느냐
의 정체성 문제를 심각하게 자문한다. 즉 캐나다에서 그들의 공용어
인 영어나 불어로 캐나다에서의 삶을 소재와 주제로 다룬 글을 쓴다
고 해서 무조건 캐나다문학에 들어간다는 낙관론이 통용되지 않다는
것을 지적한 것이다. 다시 말해 캐나다의 주류 문단에는 이주 역사가
짧은 소수민족의 문학을 배타적으로 대하는 엄연한 현실의 벽이 존재
하며, 이는 단지 한국어로 글을 썼느냐, 캐나다의 공용어인 영어나 불
어로 글을 썼느냐의 문제, 즉 언어의 문제가 아니라는 것이다. 박민규
는 캐나다의 "국수주의적, 배타적 문단은 이민 2, 3세 작가에게도 차
가운 시선으로 경계선을 긋는 경우가 많다."라고 말함으로써[17] 캐나

---

16) 위의 글, 63면.
17) 박민규, 「캐나다한인문인협회와 한인문학」, 『캐나다문학』10, 캐나다한인문인협
　　회, 2001, 195면.

다 주류문단과 소수민족문단 사이에 작용하고 있는 중심과 주변의 권력문제를 처음으로 제기하였다.

캐나다가 다문화주의를 표방하며 주류사회와 비주류사회 상호간의 구조적 차별을 극복하는 사회통합을 정책적으로 지향한다 할지라도 캐나다 주류문단에는 여전히 소수민족문학에 대한 배타적 분위기가 형성돼 있다는 것이 박민규의 지적이다. 하지만 아직 캐나다 주류문단에 진출한 2, 3세 한인작가가 부재하고, 한인문단과 주류문단과의 교류가 없는 상황[18]에서 그것은 그저 담론상의 논의일 뿐이다. 물론 교류가 없다는 것 자체가 절대적 소외일 수 있다. 따라서 캐나다한인문단의 보다 시급한 과제는 한국어든 현지어든 간에 문학성이 뛰어난 작품의 창작일 것이다.

'캐나다한인문인협회'는 2007년부터 한영작품집을 격년으로 발간해오고 있다. 그리고 '에드몬튼얼음꽃문학회'에서는 영문동인지를, '캐나다한국문인협회'에서는 '캐나디언문협'에 참가하여 영어로 번역한 작품을 그들의 작품집에 수록하는 방식으로 현지화를 도모하고 있다. 영문 작품집의 발간은 이민 1세 중심이 된 그들만의 문학이 아니라 한글을 모르는 캐나다한인 2세와 영어를 공용어로 사용하는 캐나다의 다른 독자들에게도 그들의 문학을 읽히고, 소개하겠다는 적극적 의지의 표출로 이해된다.

위에서 살펴보았듯이 한인작가들은 초기부터 자신들의 문학이 걸어가야 할 길을 담론적 차원에서는 분명하게 인식하고 있었다. 초기

---

18) 영시집을 발간한 문인은 안봉자, 한태호, 이유식, 한영시집에 반병섭, 이금실 등이 있다.(손정숙과의 이메일 인터뷰, 2009.1).

에 그들의 문학은 고향과 모국을 떠나온 이민자로서 느끼는 향수와 소외감을 표현하는 한계를 나타냈으나 점차 이민자로서 현지 적응과 정에서 경험한 부적응과 갈등을 깊이 있게 형상화하는 단계로 발전을 거듭하고 있다.

무엇보다도 그들의 문학은 캐나다한인이라는 이중적 정체성을 지닌 문학으로의 주제적 심화라는 과제를 안고 있다. 캐나다가 다문화사회이기 때문에 정체성의 문제를 피해갈 수 있는 것이 아니라 오히려 더욱 정체성이라는 주제를 요구받는다. "다문화사회에서 다양한 인종 또는 민족의 공존을 상정하게 될 때 분명히 정체성은 매우 중요한 주제"가 된다. 뿐만 아니라 자아와 타자, 중심과 주변, 다수문화와 소수문화가 갈등하고 대립하는 것이 아니라 공존과 통합의 길을 모색하기 위해서도 정체성이라는 주제에 큰 관심을 기울여야 한다.[19] 캐나다한인은 이중적 정체성을 지닌 존재이며, 한국인과는 다른 새로운 정체성을 요구받는 존재이다. 정체성이란 주제의 깊이 있는 형상화야말로 이들 문학의 핵심적인 주제이다. 캐나다의 다문화주의가 추구하는 모자이크문화를 만들기 위해서도 그들만의 색깔과 무늬를 가져야만 하기 때문이다.

캐나다한인들은 미국보다도 더 일찍 통합된 문단조직을 만들어 성공적으로 캐나다한인문학을 형성해 왔다. 캐나다한인문학은 고향과 모국에 대한 향수나 이민자로서의 소외의식을 표현하는 단계를 넘어서서 자신의 정체성에 대한 진지한 성찰과 캐나다의 소수민족으로서

---

19) 박홍순, 「다문화와 새로운 정체성-포스트콜로니얼 시각을 중심으로」, 오경석 외, 『한국에서의 다문화주의』, 한울아카데미, 2007, 117면.

겪는 현실의 벽 등에 관해 깊이 있게 형상화하는 문학적 성숙을 도모
하고 있다. 그러나 한인중심의 문단의 경계를 뛰어넘어 캐나다 주류
문단에서도 경쟁력을 갖춘 캐나다 공용어로 작품을 쓰는 뛰어난 한인
작가의 출현을 기다려야 한다. 나아가 40여 년의 역사를 쌓아가는 캐
나다한인문학을 정리하고, 캐나다한인으로서 후손들에게 어떤 정체
성을 심어주고, 문화적 전통을 계승할 것인가도 고민해야 할 시점이
다.

  빌 애쉬크로프트는 "식민지 이전의 절대적인 문화적 순수성을 회
복하거나 그 상태로 되돌아가려는 시도는 불가능한 일"[20]이라고 했
다. 즉 탈식민화는 필요하지만 식민지 이전의 상태로 되돌아가려는
일은 가능하지도, 필요하지도 않음을 지적한 것이다. 이와 마찬가지
로 캐나다한인문학이 추구해야 할 방향은 그들 스스로 잘 인식하고
있듯이 순수한 한국문학일 수도 없으며, 또한 한국문학일 필요는 더
욱 없다. 그들은 한국문단과 캐나다 주류문단에서는 창작할 수 없는
새로운 소재들을 발굴해야 한다. 즉 디아스포라의 삶이 갖는 사회적
정치적 경제적 문화적 갈등을 비롯하여 한국과 캐나다 두 문화의 합
병에서 오는 문화적 혼종, 캐나다한인이라는 경계인의 입장에서 본
한국문화와 역사 등 그들의 이중적 정체성, 주변성, 모호한 경계를 오
히려 그들의 문학적 개성이자 장점으로 활용하는 전략과 태도가 필요
하다.[21]

---

20) 빌 애쉬크로프트 외, 이석호 역, 『포스트콜로니얼 문학이론』, 민음사, 1996, 314
   면.
21) 송명희, 「재미동포문학과 민족정체성」, 『비교문학』 32, 한국비교문학회, 2004,
   267면.

에드워드 사이드는 "내가 '아웃사이더'라고 자신을 부를 때, 그것은 슬프거나 박탈당한 것을 의미하지는 않는다. 오히려 그 반대로 제국이 나누어 놓은 두 세계에 다 속해 있다는 것은 그만큼 그 두 세계를 더 잘 이해할 수 있다는 것을 의미한다"[22]라고 했다. 캐나다한인들이야말로 한국과 캐나다 두 세계를 더 잘 이해할 수 있는 사람들로서 자신들의 장점을 살려 보다 글로벌한 호소력을 지닌 작품을 창작할 수 있을 것이다.

2000년대를 전후하여 한국과의 교류가 확대되면서 캐나다한인 문인들은 한국의 문예지를 통해 재등단하고 있고, 작품집의 출판도 대부분 한국에서 이루어지고 있다. 캐나다 내의 제한된 독자, 발표지면의 부족, 열악한 출판사정, 1.5세, 2세들의 한국어사용능력의 결여 등의 제반사정은 그들로 하여금 한국문단과의 교류를 더욱 확대하도록 작용하고 있다. 그리고 이러한 교류가 캐나다한인문학의 질적 발전에 긍정적 영향을 미치는 것도 사실이다. 하지만 이러한 현상의 가속화는 캐나다한인문학을 한국문학의 주변으로 만들 가능성을 배제할 수 없다.

중앙아시아 고려인문학이 모국과의 교류 없이 그들만의 독자적인 문학세계를 구축한 것과 달리 재일한인문학이나 중국조선족문학은 북한과 교류했고, 미국과 캐나다 등 미주지역 한인문학은 남한과의 교류가 빈번했다.[23]

---

22) 에드워드 사이드(E. W. Said), 김성곤 · 정정호 역, 『문화와 제국주의』, 창, 2000, 43면.

23) 재일한인문학(조총련계)은 김대중 대통령의 6 · 15 공동성명(2000) 이후, 중국조선족문학은 한중수교(1992) 이후 한국문단과의 교류가 시작되었다.

캐나다한인문학뿐만 아니라 재외한인문학이 한민족문학이라는 큰 카테고리에 속하면서도 개별 지역문학으로서의 개성과 정체성을 갖지 못 한다면 한국문학의 주변으로 전락할 위험성은 크다. 따라서 재외한인 문인들은 모국과의 관계 설정에서 적당한 거리를 유지해야만 한다. 즉 캐나다한인문학은 한국문학 그리고 캐나다문학과의 적절한 거리를 유지함으로써 그들만의 개성을 추구하고 고유한 정체성을 확립하지 않으면 안 된다.

제Ⅲ부
캐나다한인시

제1장 캐나다한인 초기 시에 나타난 문화변용의 태도[1]

․
․
․
․
․

1. 서론

캐나다한인문학은 1977년에 이석현 등 8명의 기성문인들이 '캐너더한국문인협회'를 창립하고, 시 113편을 수록한 첫 번째 작품집인 『새울』(1977)을 출간함으로써 시작되었다. 캐나다한인들은 1979년 제2집(『이민문학』)을 발간할 때 '캐나다한국문인협회'로 명칭을 바꾼 이래 제9집(『캐나다문학』, 2000)까지 같은 명칭으로 작품집을 발간했다. 하지만 제10집(2001)부터 '캐나다한인문인협회'로 명칭을 변경하여 격년으로 발간해 오고 있다.[2]

캐나다한인문학은 그 역사가 40여 년에 불과하기 때문에 '캐나다한인문학사'와 같은 저서는 발간되지 않았으며, 연구도 최근에야 시작되었다.[3] 따라서 일천한 역사를 가진 캐나다한인문학은 시대 구분

---

1) 이 글은 「고려인 시와 캐나다한인 시에 반영된 문화변용의 비교연구-형성기 작품을 중심으로」, 『국어국문학』171, 국어국문학회, 2015'에서 캐나다한인시에 관한 부분만을 발췌한 것임.
2) 현재 『캐나다문학』 17집(2015)까지 발간되었다.
3) 송명희의 「캐나다한인문단의 형성」, 이상갑의 「경계와 탈경계의 긴장관계-캐나

자체가 무의미하지만 처음 '캐너더한국문인협회'가 조직된 1977년부터 '캐나다한인문인협회'로 명칭을 바꾼 2000년 이전과 이후로 시대를 구분할 수는 있을 것이다. 왜냐하면 캐나다한인들은 2000년까지는 자신들을 캐나다에 살고 있는 한국인(Korean in Canada)으로 인식하여 '캐나다한국문인협회'라는 명칭을 사용했지만 2001년부터 캐나다한인(Korean Canadian)이라는 이중적 정체성 인식을 갖기 시작하여 문협의 명칭도 '캐나다한인문인협회'로 바꾸었기 때문이다. 그리고 이러한 정체성 인식의 변화는 문학창작에도 당연히 반영되고 있다. 따라서 1977년부터 2000년까지를 캐나다한인문학의 형성기로 규정할 수 있을 것이다. 캐나다한인문학은 2000년대에 접어들어 토론토 중심의 '캐나다한인문인협회' 이외에 밴쿠버, 캘거리, 에드먼턴, 사스캐추완 등에도 문인협회가 조직되어 새로운 발전상을 보이므로, 2000년을 전후로 그 성격이 달라졌다고 볼 수 있다.

따라서 본고에서는 1977년부터 2000년까지의 캐나다한인시, 즉 이주 초기의 작품들에 반영된 캐나다한인의 문화변용의 태도를 비교하고자 한다. 즉 이주로 인해 이질적인 문화에 접촉함으로써 갖게 된 모국 및 거주국에 대한 태도를 캐나다한인의 초기 시를 중심으로 분

다한인소설을 중심으로」, 김정훈의 「캐나다한인시문학연구」, 김남석의 「캐나다한인문학비평의 전개양상연구」 등 4편의 논문이 『우리어문연구』 34, 우리어문학회, 2009에 수록되었다. 송명희의 「캐나다한인수필에 나타난 디아스포라와 아이덴티티」는 『언어문학』70, 한국언어문학회, 2009에, 송명희의 「캐나다한인문학의 정체성과 방향」은 『한어문교육』26, 한국언어문학교육학회, 2012에, 이동하·정효구의 『재미한인문학연구』, 월인, 2003에 수록된 「재(在)캐나다한인문학의 몇 가지 특징-시를 중심으로」, 박준희의 「재캐나다 한인 시 연구」, 대구가톨릭대학교 석사논문, 2009 등이 있다.

석하고자 한다.

베리(J. W. Berry)에 의하면 문화변용(acculturation)이란 소수민족집단성원이 정착사회에서 적응하는 초기과정에서 나타나는 문화와 정체성의 변화를 의미한다.[4] 그는 소수집단의 문화적응전략과 이데올로기를 그들이 고유문화의 정체성을 얼마나 중요시하는가 하는 정도를 의미하는 문화적 유지(cultural maintenance)와 이주민이 새로운 주류문화를 수용하는 정도를 뜻하는 접촉과 참여(contact and maintenance)의 두 가지 차원에서 통합(integration), 동화(assimilation), 고립(isolation), 주변화(marginality)의 4가지로 분류한 바 있다. 즉 전통문화와 주류문화에 모두 동일시하는 통합, 주류문화에는 동일시하지만 전통문화에 대해서는 약하게 동일시하는 동화, 고유문화에 동일시하나 주류문화는 무시하는 고립(분리), 주류문화나 고유문화에 모두 동일시하지 않는 주변화가 그것이다. 한편, 그는 이주민들에 대한 다수집단 성원들의 문화정책전략과 이데올로기를 다문화주의, 동화주의, 분리주의, 배척 4가지로 분류했다. 그는 다수의 주류집단이 이주민들의 고유한 정체성과 생활방식을 존중하고 문화적 다양성을 유지하면서 사회통합을 이루도록 다문화주의를 추구하면 소수집단은 통합적 정체성을 추구하는 반면, 주류집단 대부분이 동화주의, 분리주의, 배척의 정책을 채택하면 소수집단이 통합적 정체성을 가지기가 어렵다고 했다.[5]

---

4) 윤인진, 『코리안 디아스포라』, 고려대학교출판부, 2005, 37면.
5) 김혜숙 · 김도영 · 신희천 · 이주연, 「다문화시대 한국인의 심리적 적응: 집단 정체성, 문화적응 이데올로기와 접촉이 이주민에 대한 편견에 미치는 영향」, 『한국심리학회지: 사회 및 성격』 25-2, 한국심리학회, 2011, 58-59면에서 재인용.

캐나다한인시에 대한 연구에는 정효구[6]와 김정훈[7]의 논문이 있을 뿐이다. 정효구는 캐나다한인시문학의 특징을 이민자의식에서 출발, 고향에 대한 그리움, 현실적응을 위한 모색, 기독교와의 만남이라는 4 가지 항목으로 다루었다. 김정훈은 고국과 고향에 대한 그리움의 표출, 정착의 모색과 이방인 의식의 노정, 적응하기와 더불어 살기의 3가지 특성을 논의하면서도 이주기간이 길지 않은 캐나다한인시문학의 일관된 주제는 '한국인으로서의 정체성 추구'라고 결론 내린 바 있다.

2. 캐나다한인시에 반영된 문화변용

2.1 이민의 이상과 현실 – 후회와 향수의 정서

이민 1세인 캐나다한인들의 초기 시에서는 다문화사회인 캐나다로의 이민의 이상과 현실에 대한 질문이 빈번히 표출된다.

세상에서
제일 아름다운 곳.

하얀 얼굴
누런 얼굴

---

6) 정효구, 「재캐나다한인문학의 몇 가지 특징」, 이동하·정효구, 『재미한인문학연구』, 월인, 2003, 457-478면.
7) 김정훈, 「캐나다한인시문학연구-『캐나다문학』을 중심으로」, 『우리어문연구』 34, 우리어문학회, 2009, 39-66면.

꺼먼 얼굴의 아이들이
손에 손잡고
골목마다 꽃밭 이룬다.

- 이석현의 「하나의 세계」(1976) 부분[8]

여기는
지구 0번지

유색인종
무색인종
흘러흘러 모여든 지역.

〈바벨〉기슭을 연상케 하는
어설픈 언어며 풍습들이
얼키설키
모자이크문화를 빚어내는
틈서리에서

썰물인 양
아침마다 뺨의 살이
팍팍 줄어드는
이민생활.

허위허위 넘는 시곗고개도

---

8) 『새울』1, 캐너더한국문인협회, 1977, 120면.

어느 결에
달력은 반허리를 넘어서고 만다.

거리에 나서면
같은 살갗의 사람끼리
이웃을 느낌은
물보다 짙은 피의 탓인가.

해를 거듭할수록
가슴속에 진해짐은
오직 너뿐
고국산천.

　　　　－ 이석현의 「이민생활」(1977) 전문[9]

　이석현의 「하나의 세계」에 의하면 캐나다는 "하얀 얼굴/누런 얼굴/꺼먼 얼굴의 아이들이/손에 손잡고/골목마다 꽃밭 이룬다."처럼 백인, 황인, 흑인 등 다양한 인종이 차별 없이 공존하며 하나의 세계를 이룬 아름다운 꽃밭과 같은 나라이다. 캐나다야말로 이민자들이 세운 이민국가로서 그야말로 다문화주의가 구현된 지상의 낙원과도 같은 곳이라고 노래한다.

　하지만 그는 「이민생활」에서는 다문화주의의 이상이 어긋나는 현실을 진술한다. 즉 캐나다는 유색인종 무색인종이 흘러흘러 모여들어 "어설픈 언어며 풍습들이/얼키설키/모자이크문화를 빚어내는" 곳이

─────────────

9) 『이민문학』 2, 캐나다한국문인협회, 1979, 52면.

다. 여기서 모자이크문화(mosaic culture)란 캐나다와 같은 다문화주
의를 지향하는 문화를 나타내는 말로서 다양한 인종, 언어, 문화를 가
진 사람들이 자신들의 고유한 정체성과 문화적 고유성을 잃지 않고
조화를 이룬 문화를 일컫는다. 따라서 모자이크사회란 다양한 인종,
언어, 역사, 문화적 배경을 가진 민족들이 각자의 독특한 특성과 가치
를 존중받으면서 고유의 정체성을 잃지 않은 채 조화롭게 살아가는
다문화사회라는 개념을 갖고 있다. 캐나다 정부는 1971년에 문화적
다원주의에 기초한 다문화주의(multi-culturalism)를 공식적인 사회
통합의 이념으로 제창한 후 1988년에 다문화주의 법령을 제정함으로
써 다문화주의를 보다 명백한 이주민 정책으로 채택하였다.[10]

　　그런데 이석현은 「이민생활」에서 이 모자이크에 대해서 다소 부정
적인 톤으로 진술한다. 즉 "어설픈 언어며 풍습들이 얼키설키"라는
표현에서 캐나다 정부가 정책적으로 지향하는 다문화주의가 어설프
고 허술하다는 인상을 전달한다. 따라서 그 허술한 모자이크문화의
틈서리에서 화자는 자고 일어나면 뺨의 살이 줄어드는 부적응을 겪고
있다. 그리고 "거리에 나서면/같은 살갗의 사람끼리/이웃을 느낌은/
물보다 짙은 피의 탓인가."에서 보듯이 같은 황색인종끼리 친밀감을
느끼고, 혈통이 같은 동족끼리 동질감을 느끼게 된다. 즉 백인중심의
주류문화에 동화되지 못 하는 대신 한국인이나 동양인에 대해서 정서
적 친밀감과 편안함을 느낀다. 이를 통해 캐나다 정부가 공식적으로
다문화주의 정책을 실시했음에도 한국 출신의 이민자들은 주류사회
에 대해 통합적 정체성을 느끼는 대신 고유문화에는 동일시하나 주류

---

10) 윤인진, 앞의 책, 280-283면.

문화는 무시하는 고립(분리)의 태도를 갖고 있다는 것을 알 수 있다. 즉 캐나다의 관주도형 공식적 다문화주의가 이주민 그룹 간의 분열을 막고 국가에 대한 소속감을 강화하기 위한 정치수단의 성격을 띰으로써 정작 이주민들은 정부가 제창하는 다문화주의에 대해 회의적인 시각을 갖고 있다는 것을 이석현의 시는 보여주었다. 따라서 이주민들은 현지 부적응의 결과로 고국을 그리워하는 향수에 사로잡히게 된다. 이석현의 위의 두 작품은 다문화사회인 캐나다로의 이주가 갖고 있는 이상과 현실의 괴리를 잘 나타냈다.

이주 초기 캐나다한인들은 몸은 새로운 거주지인 캐나다로 자발적으로 옮겨갔음에도 정신적으로는 완전한 이주가 이루어지지 않았다. 즉 모국과의 정신적 단절이 이루어지지 않은 것이다. 따라서 캐나다한인 1세들은 자신을 한국인과 동일시하는 민족정체성 인식을 그대로 드러낸다. 뿐만 아니라 그들이 추구해야 할 문학도 또 하나의 색다른 차원의 한국문학[11]으로 인식한다.

> 입술을 붉히며
> 피부 밑을 죄이며
> 사랑한다고 고백했던
> 당신의 품을
> 그날
> 어이 없이 떠나 왔어요.
>
> 장미색 바벨론의

---

11) 이석현, 「이민문학론」, 『이민문학』 2, 63면.

매혹적인 애무는
바나나의 향내처럼
젊고 싱싱하여
잠깐은 행복했어요.

허나 희부옇게 슬은
곰팡이를 걷어서
특효라는 문명은
흰 것, 검은 것의 오만과 경멸
둔한 혀 놀림과
쫓기는 피로는
검은 거품같이 이는
혼동 속에서
호젓이 외 남은
이방인의 그것

절망에 젖은 당신의 하이얀 눈물에
차마 돌아설 수 없는
아픔을 갈보리 산상 향하여
돌기둥으로
희망을 심었습니다.
          - 김인의 「이민」 전문[12]

김인의 「이민」이란 시는 캐나다로의 이민이 하나의 환상이었다는

---

12) 『새울』 1, 53-54면.

것을 고백하고 있다. 화자는 "장미색 바벨론의/매혹적인 애무는/바나나의 향내처럼/젊고 싱싱하여/잠깐은 행복했어요."라고 진술하는데, 바벨론(Babylon)이란 하늘을 향해 끝없이 올라가는 건축물, 즉 사람들의 마음을 풍부한 이미지로 자극하는 낙원을 상징한다. 다시 말해 이민은 매혹적인 장밋빛 꿈에 도취된 허황된 것으로, 캐나디언 드림이 잠시잠깐의 행복한 도취에 화자를 빠지게 했지만 그 꿈을 깬 현실은 냉정하다는 것이다. "흰 것, 검은 것의 오만과 경멸"에서 보듯이 백인이 오만한 태도로 유색인종을 경멸하는 인종 간의 차별이 엄존하고, 언어 장벽에서 오는 "둔한 혀 놀림"은 스트레스를 가중시키며, 그로 인해 이민자들은 "쫓기는 피로는/검은 거품같이 이는/혼동 속에서"에서 보듯이 피로와 혼란과 혼동 속으로 빠져들며 부유하고 소외되고 있다는 것이다.

거주국 캐나다에서 동양계의 이민자들이 겪는 가장 큰 스트레스는 무엇보다도 피부색과 언어의 차이이다. 그것은 단순한 차이의 문제가 아니라 백인들로부터 차별을 유발시키는 요인이 된다. 김두섭은 캐나다 밴쿠버의 한국계 이민자들은 적극적으로 사회 참여를 하지 않고, 한국의 문화 정체성을 강하게 유지하여 '고립'되는 경향을 보인다고 했다. 그 이유는 무엇보다도 문화적 차이와 언어 구사 능력의 부족 때문이다. 특히 언어능력의 부족으로 인해 현지 사회로부터 스스로 고립을 자초한다는 것이다.[13)]

「이민」에서 화자는 이민자로서 겪는 스트레스와 절망을 예수가 수

---

13) 김두섭, 「중국인과 한국인 이민자들의 소수민족사회형성과 사회문화적 적용 : 캐나다 밴쿠버의 사례연구」, 『한국인구학』21-2, 한국인구학회, 1998, 144-181면.

난을 당한 갈보리 산상을 향하여, 즉 기독교라는 종교에 의탁함으로 써 절망을 희망으로 승화시키고자 노력한다. 기독교라는 종교에의 귀 의는 이민자들이 이민의 스트레스로부터 벗어나기 위해 선택하는 자 기위안 방식의 하나이다. 실제 한인교회는 현지사회의 부적응으로 인 해 스트레스가 큰 이주민들에게 큰 위안이 되어온 것이 사실이다. 한 인들은 종교적 신앙 이외에도 같은 언어를 사용하는 교민들끼리의 친 분을 이용한 사회·경제적 도움을 얻기 위해서 교회에 나가고 있는 것으로 알려졌다. 즉 종교를 중심으로 한 커뮤니티는 이민자들에게 정신적으로뿐만 아니라 현지 정착과 사회화 과정에서 큰 도움을 주고 있다.

장석환의 「온타리오의 밤」, 「어느 마을에서」도 이민자로서의 정체 성의 혼란과 이민생활의 고통을 호소한다.

온타리오 호숫가 찢기는 불빛은
밤을 모르고
박쥐는 낮을 모르고 나른다.

(중략)

미소 잃은 밤 사람은
세월에 쫓겨 간다.

낮을 모르는 밤을 즐거워하며
아니, 낮을 잊은 밤을 흐느적거리며
하얀 물거품 속에서

모든 것을 잊어버릴 때
후회만이 침묵을 감싸며
온타리오 호숫가 찢기는 불빛 속에서
핏빛 날개를 버둥대겠지.
  - 장석환의 「온타리오의 밤」 부분[14)

길을 잘못 든 내 작은 차는
후회를 원망으로 바꾸며 피를 토했지,
진한 각혈을 하얀 눈밭에 뿌리며.

내 작은 빨간 차는
검게 검푸르게 변해갔지,
하얀 눈발을 붉게붉게
점점을 뿌리며
      - 장석환의 「어느 마을에서」 부분[15)

「온타리오의 밤」에서 시인 자신의 투영으로 보이는 "미소 잃은 밤 사람"은 새도 쥐도 아닌 박쥐에다 한국인도 캐나다인도 아닌 어정쩡한 자신의 처지를 투사한다. 뿐만 아니라 온타리오 호숫가의 밤을 잊은, 낮과 같은 불빛과 낮을 모르고 밤에 나는 박쥐를 통해 이민으로 하여 모든 가치가 전도된 상황을 은유한다. 이민으로 인해 어느 것이 옳고 그른 것인지 판단이 모호해진 상황은 낮과 같은 밤의 상황이나,

---

14) 『이민문학』 2, 12면.
15) 위의 책, 15면.

새도 쥐도 아닌 박쥐의 상징을 통해 탁월하게 드러나고 있다. 가치의 혼란, 그것은 다름 아닌 이민자로서 겪는 문화충격이라고 할 수 있다. 이때 화자는 후회의 감정에 사로잡히는데, 이민에 대한 후회는 바로 이민생활의 문화충격과 스트레스가 야기한 부적응의 감정이다.

「어느 마을에서」는 이민이란 잘못된 길로 들어선 한인들의 처지를 눈길에 길을 잘못 들고 자동차마저 멈춰버린 오도가도 못 하는 상황에 비유하고 있다. 눈은 쏟아지고, 길은 잘못 들어섰으며, 검은 엔진오일마저 터져버린 상황은 여러 악조건이 다중으로 겹쳐진 고난 속에 빠져 오도가도 못 하는 이민자의 신세에 다름 아니다. 언어소통은 안되고, 길조차 제대로 찾아갈 수 없는, 즉 문제해결능력의 부재라는 부정적 상황이 "검게 검푸르게 변해"간 색채이미지를 통해서 적절히 환기되고 있다. 그것은 회피-회피의 갈등구조로서 문화변용에서 주변화의 태도이다.

왔던 길을 돌려다오
봇짐 지고 떠난 사람
가야 할 길을 돌려다오
귀뚜라미 지새우는 밤
생쥐의 시린 이빨을 돌려다오
흘린 눈물을 돌려다오
오곡 물결 춤추는 곳
메뚜기 떼들의 웃음을 돌려다오
벗들을 돌려다오
쉬임 없이 뒤척이는 몽유병 환자
소줏잔을 돌려다오

태평양 우주보다

넓고 깊은 사랑

냉이국 미나리 향내를 돌려다오

삼천리금수강산을 돌려다오

흰 옷 입은 사람들의 애환을 돌려다오

운명의 장난을 돌려다오

돌려다오

돌려다오

　　　　　　- 이유식의 「돌려다오」 전문[16]

이유식은 "왔던 길을 돌려다오", "삼천리금수강산을 돌려다오", "운명의 장난을 돌려다오"라고 '돌려다오'를 반복하며 이민을 되돌려놓고 싶은 후회의 감정에 사로잡힌다. 돌려달라는 것은 결국 이민에 대한 후회의 감정 표출이며, 모국에 대한 강렬한 향수의 감정이다. 후회나 향수는 이민으로 인한 문화충격을 겪을 때 나타나는 대표적인 감정의 하나이다.

이민자가 현지의 주류문화에 적응하는 대신 모국에의 향수에 사로잡히는 것은 베리의 이론에 따르자면 일종의 고립(isolation)이라고 할 수 있다. 하지만 한인 이민자들이 갖는 고립의 태도는 의도적인 것이라기보다는 소수민족집단이 이주 정착사회에 적응하는 초기단계에서 나타나는 문화변용의 한 형태일 뿐이다. 즉 이민 기간이 짧아 캐나다사회의 주류문화와의 통합이 아직 어려운 데서 오는 일종의 문화적응전략이라고 할 수 있는 것이다.

---

16) 『캐나다문학』9, 캐나다한국문인협회, 2000, 63면.

토론토에 비 내리는 저녁
공원 벤치에
촉촉이 어둠에 젖는 나그네.

(중략)

실어증(失語症)을 달래는 나그네의
이웃은
무수한 불빛들에 밀려난 외등(外燈)뿐이다.

(중략)

토론토에 비 내리는 밤
공원 벤치에 화석(化石)된 나그네는
비안개 속에
무국적(無國籍)이 되고 만다.
– 이석현의 「망향」 1, 3, 5연[17]

토론토에서도
해받이 모닝사이드 · 팍에
서럽도록 서늘하게
가을은 기울어

시나브로 지는

_____

17) 『새울』 1, 125면.

울음 빛 낙엽에
심장이 저려오는
이방인의 모진 아픔
묻어 볼까.

시려오는 계절
원시를 더듬는 침묵 사이로
세월이 파도치는 소리
고향 앞바다
썰물 저무는 소리.

낙엽에 지는 하늘가
저 등성에
피로한 몸을 눕힐까.

어려오는 고향생각
가슴 저민다.
　　　　　　- 조정대의 「시려오는 계절」 전문[18]

　이석현과 조정대의 시에서도 핵심을 이루는 정서는 향수이다. 이석현의 시에서 화자는 비가 내리는 저녁시간에 공원 벤치에서 어둠에 젖어 있는데, 그 어둠이란 다름 아닌 이민자로서의 소외감, 슬픔, 향수 같은 것이다. 비 내리는 저녁의 공원 벤치에 앉아 실어증을 달래는

---

18) 『이민문학』4, 캐나다한국문인협회, 1981, 11-12면.

나그네는 바로 이민자이며, 그렇게 소외되고 타자화된 시적 자아는 무수한 불빛에 밀려난 외등에 감정을 이입한다. 실어증에 빠져 말조차 잃어버리고, 캐나다 주류사회의 휘황한 불빛에 밀려난 희미한 외등처럼 그는 지금 빛도 말도 잃어버린 채 화석화되어 있다. 그리고 그는 지금 자신의 국적이 한국인지 캐나다인지조차 알 수 없다. 한국은 스스로 떠나왔으므로, 캐나다는 자발적으로 이민을 왔지만 아직 새로운 사회에 적응할 수 없으므로 그는 자신의 국적이 어디인지 알 수조차 없어진 것이다. 주인이 아니라 '나그네'와 '무국적자'로 자신을 호명하고 있는 시적 자아는 자신의 정체성을 어디에서 찾아야 할지 갈등과 회의에 사로잡혀 있다. 주류문화나 고유문화 어디에도 동일시할 수 없는 소외된 자아인식은 베리가 말한 주변화(marginality)이다. 그리고 이러한 주변화는 캐나다정부가 추구하는 다문화주의 정책이 현실의 차원에서 개개인에게 피부로 스미지 못 함으로써 야기된다.

조정대의 시는 서럽도록 서늘한 가을을 배경으로, 울음 빛 낙엽을 통해 이방인의 아픔과 슬픔을 촉각과 시각을 동원하여 이미지화한다. 토론토의 모닝사이드 · 파크에서 화자는 세월이 파도치는 소리를 통해 고향 앞바다의 썰물 저무는 소리를 떠올린다. 모닝사이드 파크에 앉아 있는 화자는 토론토의 저물어가는 가을에 마음이 시려오고 그 시린 마음을 고향에 대한 향수로 달래는 중이다. 즉 그의 오감은 서럽고 슬프고 고통스러운 현실을 벗어나 고향의 파도소리를 통해서 위로받기를 갈망하고 있는 것이다. 고향 앞바다의 파도소리를 통해서 현재의 자아가 위로를 받는다는 것은 문화변용의 태도에서 일종의 고립이다.

2.2 1.5세대의 정체성 혼란

1.5세들에게 이민은 어떻게 받아들여졌을까?

사진 속 나는 늘 그대로인데,
거울 속 나는 늘 변하는 모습이다.

거울 속 나는 내 모습 그대로인데,
마음속 나는 내 모습과 다르다.

마음속 나는 내가 느끼는 나인데,
꿈속 나는 내가 그려본 나이다.

꿈속 나는 나를 바꾼 나인데,
현실 속 나는 정말 나인가.

그대로 있을 수 없다.
변하는 그대로 있을 수는 있다.

나의 시계는 착각착각 간다.
            – 박민규의 「착각」 전문[19]

시인 박민규는 부모를 따라 이민하여 캐나다에서 대학을 다닌 1.5

---

19) 『옮겨심은 나무들』 7, 캐나다한국문인협회, 1995, 32면.

세이다. 「착각」은 여러 개의 자아로 분열된 모습을 그려낸다. 즉 사진 속의 나, 거울 속의 나, 마음속의 나, 꿈속의 나, 현실 속의 나라는 다중의 자아가 그것이다. 화자는 다중의 자아 속에서 어느 것이 진정한 자아인지를 질문하며 심각한 자아정체성의 혼란에 휩싸여 있음을 보여준다. 정말 진정한 나는 사진 속, 거울 속, 마음속, 꿈속, 현실 속 그 어디에 존재하는 것일까? 이민생활이 가져다주는 정체성의 혼란과 갈등을 「착각」이라는 시는 탁월하게 형상화하고 있다. 시간은 착각거리는 시계소리처럼 흘러가지만 진정한 자아를 그 어디에서도 찾을 수 없는 것이다. 시계가 착각거리는 매순간마다 정체성의 혼란과 혼돈을 겪을 수밖에 없는 1.5세의 아노미 상태가 탁월하게 포착되어 있다. 그리고 이민은 매순간마다 자아를 실제와 다르게 지각하거나 생각하게 만드는 착각(illusion)을 불러일으킨다는 의미도 아울러 표출되어 있다.

> 1이 되기엔 이미 늦었고
> 2가 되기엔 역부족이다
> 너는 언제나
> 그렇게 중간이어야 한다
>
> 어디에도 완전히 속할 수 없는
> 너는 영원한 이방인
> 동양과 서양
> 어른과 아이 사이에서
> 방황하는 미아
>
> 적당한 절충지대에 서서

더도 말고 덜도 말고
중간 정도만 가라고 한다
1은 1에 멈춰 있고
2는 2에 가 있고
너는 그렇게 가 있고
너는 그렇게
중간을 지키며 서 있으라 한다

그래도
2를 향해 뛰는 것이 좋은 거라면
언젠가는 반올림된 삶을 살 수 있다고 믿어보렴
삶의 막다른 골목마다에서
어, 떻, 게
라는 단어를 잡고 씨름해 보렴
먹는 것 입는 것 말하는 것
연애하고 결혼하는 것까지
이것은 1처럼 저것은 2처럼

아아, 그 어, 떻, 게,
를 알고 있는 누군가가
네 좌석이 여기라고 보여준다면
어정쩡하게 서 있지 말고
이젠 앉아도 된다고 말해준다면.
　　　　　－ 오승연의 「1.5」 전문[20]

───────────────

20) 『캐나다문학』9, 캐나다한국문인협회, 2000, 47~48면.

오승연의 「1.5」는 그야말로 1.5세의 고민과 혼란을 극명하게 드러
낸다. 이민 1세이거나 2세도 아닌 어정쩡한 1.5세의 혼란은 절충도 중
간도 아닌 방황 그 자체이다. 동양도 아닌, 서양도 아닌, 어른도 아닌,
그렇다고 아이도 아닌 채 영원히 정체성의 혼란을 겪을 수밖에 없는
영원한 이방인이 바로 1.5세 청소년이라는 것이다. " 어, 떻, 게," "아
아, 그 어, 떻, 게,"의 반복과 음절 사이의 쉼표가 나타내는 당혹감은
정체성의 혼란과 함께 삶의 갈피갈피마다 이럴 수도 저럴 수도 없는
1.5세의 혼란을 적확하게 형상화해낸다. 그야말로 먹고 입는 것, 말하
는 것으로부터 연애와 결혼에 이르기까지, 즉 의식주의 생활문화로부
터 언어생활, 연애나 결혼과 같은 인생의 중요한 선택에 이르기까지
모든 것이 아노미이다. 매순간마다 모국의 기준과 문화규범을 따라야
할지 거주국의 기준과 문화규범을 따라야 할지 국면 국면마다 1.5세
들은 갈등하고 혼돈에 빠져든다.

즉 1.5세는 매순간 순간마다 혼란스런 딜레마(disorienting
dilemmas)에 빠지게 된다. 이민 1세는 모국과 거주국 사이의 문화적
갈등에서 대체로 모국의 문화적 규범을 따른다고 할 수 있는 반면, 2
세는 거주국의 규범을 따른다고 할 수 있다. 이와 달리 어린 나이에
이민 온 1.5세는 삶의 갈피갈피마다 모국과 거주국 사이에서 경계인
으로서의 극심한 갈등에 끊임없이 시달리는 혼란스런 존재라고 할 수
있다. 이민 1세인 부모세대가 그들의 자의적 결정에 따라 이민을 선
택한 세대라면 1.5세는 전혀 선택의 자율권을 행사하지 못 한 세대이
며, 현지에서 태어난 2세들과도 달리 중간에 낀 세대인 것이다. 그들
의 문화적응의 스트레스를 박민규와 오승연의 시는 아주 탁월하게 포
착하여 시화하였다. 1.5세의 혼란은 모국과 거주국 양쪽으로부터 배

제된 주변화라고 할 수 있다.

3. 결론

캐나다로의 한인들의 이주는 어디까지나 자발적 선택이었고 캐나다는 다문화주의를 이민자정책으로 실시하였다. 그럼에도 불구하고 그들의 시는 문화적 배경(언어, 음식, 생활양식, 관습과 제도 등)이 상이한 캐나다에서 소수민족으로서 새롭게 적응하는 일이 결코 쉽지 않았음을 보여준다. 그것은 가히 문화충격이라 표현할 만한 것들이다. 문화충격(cultural shock)이란 완전하게 다른 문화권으로 옮겼을 때 정신적으로나 육체적으로 나타나는 여러 증상이다. 피부색의 차이나 언어소통의 어려움은 말할 필요가 없고, 모든 것이 생소하고 낯설어 예전에 사용했던 것들이 쓸모없게 느껴지고, 어느 것이 옳고 그른 것인지 판단 기준이 혼동되는 것 또한 이민생활의 어려움을 가중시키는 요소이다. 문화충격을 겪을 때에 나타날 수 있는 증상은 슬픔과 외로움, 향수병, 불면증, 우울증과 무력감, 감정의 기복과 대인기피, 정체성 혼란, 문제해결능력 불가능, 자신감 소멸, 불안감 증진 등이다.[21]

캐나다한인들의 형성기 시에는 이민을 선택한 자신의 경솔함에 대한 한탄, 언어소통의 어려움뿐만 아니라 근본적인 사고방식의 차이, 가치관의 혼란, 현실에 대한 좌절감 등등 이민 초기에 겪었을 문화충

---

21) 은숙 리 자엘펠더, 평택대학교 다문화가족센터 편, 『한국사회와 다문화가족』, 양서원, 2008, 34-35면.

격의 다양한 증상들이 표현되고 있다. 그리고 그에 대한 방어기제로
서 모국에 대한 향수가 집중적으로 표현되어 있다. 그리고 1.5세의 경
우는 정체성의 혼란이 집중적으로 드러나는데, 이것은 이민 1.5세들
이 1세들에 비하여 모국과 거주국 사이에서 더 큰 정체성을 겪고 있
기 때문이라 생각된다.

캐나다한인들의 초기 시는 문화변용에서 다문화주의가 지향하는
주류문화와 고유문화 모두를 동일시하는 통합(integration)의 유형을
보여주는 대신 고유문화에는 동일시하지만 주류문화는 무시하는 '고
립'과 주류문화에도 참여하지 않고 고유문화도 잃어버리는 '주변화'
의 태도를 나타냈다.

캐나다의 주류집단이 이주민들에 대해 그들의 문화적 다양성을 인
정하며 사회통합을 이루도록 다문화주의 정책을 폈음에도 캐나다한
인들은 백인중심의 주류사회, 특히 피부색과 언어장벽, 또는 생활양
식이나 관습과 제도의 차이로 인하여 이민 초기에 새로운 사회에서
문화적 단절감과 좌절을 느낄 수밖에 없었고, 그것이 '고립'이나 '주
변화'의 태도로 나타났다고 생각된다.

베리는 다수의 주류집단이 이주민들의 고유한 정체성과 생활방식
을 존중하고 문화적 다양성을 유지하면서 사회통합을 이루도록 다문
화주의를 추구하면 소수집단은 통합적 정체성을 추구한다고 했다. 하
지만 캐나다의 관주도형 다문화주의 정책은 이민자 개개인의 현실 속
으로 파고들지 못 한 채 유리된 측면을 보여주었다는 것을 한인들의
시는 보여주었다.

하지만 이민 초기에 새로운 문화에 쉽게 통합되지 못한 채 나타나
는 고립이나 주변화의 태도는 자연스런 것일 수 있다. 왜냐하면 새로

운 사회에 적응하고 통합을 이루는 데는 시간이 필요하기 때문이다. 2000년대 이후 캐나다한인시는 고립과 주변화를 벗어나 점차 적응과 통합을 이루는 변화를 나타내는 것으로 보인다.

제2장 2000년대 이후 캐나다한인시에 반영된 문화변용의 태도[1]

1. 서론

국민국가의 경계를 넘어 이동하는 자본, 노동, 물자, 정보의 양이 점차 증가하는 세계화의 시대이자 초국가적 디아스포라의 시대를 우리는 살아가고 있다. 세계화 시대의 개막과 함께 재외한인문학에 대한 연구 역시 활발해지고 있다. 이는 세계화로 인해 세계 각지의 재외한인문단과 국내 문단과의 교류와 소통이 활발해진 외적 현상과 함께 기존의 민족문학에 대한 폐쇄적인 태도를 넘어서서 한국문학의 외연을 확장하려는 국문학 연구자들의 전향적 태도에 힘입고 있다.

한인들의 캐나다로의 이민은 만성적인 노동력 부족에 시달리던 캐나다가 1960년대 후반 유색인종에 대해 문호를 개방하면서 본격적으로 시작되었다.[2] 캐나다의 한인문단은 캐나다로의 이민이 본격화된 1960년대 후반으로부터 불과 10여 년 만인 1977년에 조직되었다. 이처럼 '캐나다한인문인협회'가 빠르게 조직될 수 있었던 것은 이민자

---

1) 『한국문학이론과 비평』67, 한국문학이론과비평학회, 2015.
2) 윤인진, 『코리안 디아스포라』, 고려대학교출판부, 2005, 263-268면.

들 속에 기성문인들이 여럿 포함되어 있었기 때문이다. 그리고 그들이 주로 토론토에 모여 살았기 때문에 문단 조직이 용이했다.

2014년은 한·캐 수교 50주년이 되는 해였다. 이를 기념하여 박근혜 대통령은 캐나다를 공식 방문하였으며, '캐나다한인문인협회[3]'는 『캐나다문학』16집(2013)의 발간과 수교 50주년을 기념하여 한글과 영어를 동시 수록한『시와 수필 대표작 선집』(2013)을 발간하였다.

캐나다한인문학에서 시 장르는 가장 활동이 두드러진 분야이다. 처음 캐나다에 문인협회를 결성한 사람은 이석현 등 8명의 시인이었고, 첫 합동작품집『새울』은 113편의 시로만 편집되었다. 현재에도 시인은 다른 장르에 비해 숫자가 가장 많고, 활동 역시 가장 활발하다.

정효구는 캐나다한인 시문학이 이민자의식에서 출발하여 고향에 대한 그리움, 현실 적응을 위한 모색, 기독교와의 만남이라는 특징을 나타내는 것으로 파악하였다.[4] 김정훈은 고국과 고향에 대한 그리움의 표출, 정착의 모색과 이방인 의식의 노정, 적응하기와 더불어 살기의 3가지 특성을 갖지만 이주기간이 길지 않은 캐나다한인 시문학의 일관된 주제는 '한국인으로서의 정체성 추구'라고 결론 내린 바 있다.[5] 송명희는 캐나다한인들이 더 나은 삶을 위해 자발적 이민을 했음에도 익숙한 모국을 떠나왔다는 것 자체가 큰 스트레스로 작용하여, 새로운 사회에서 겪는 정체성과 문화 갈등에 대한 반작용이 모국에 대한 향수로 표출되었다고 파악했다. 그리고 캐나다 정부가 다문

---

3) 1977년 조직 당시의 명칭은 '캐너더한국문인협회'였다.

4) 정효구, 「재캐나다한인문학의 몇 가지 특징」, 이동하 정효구, 『재미한인문학연구』, 월인, 2003, 457~478면.

5) 김정훈, 「캐나다한인시문학 연구-『캐나다문학』을 중심으로」, 『우리어문연구』34, 우리어문학회, 2009, 39~66면.

화주의 정책을 폈음에도 한인들의 초기 시는 문화변용에서 통합의 태도를 갖지 못 했다고 파악했다.[6] 정효구, 김정훈, 송명희의 지적에서 드러나듯이 초기 캐나다한인시의 특징은 여전히 한국인으로서의 정체성을 갖고 모국에 대한 향수를 짙게 표출해 왔다고 할 수 있다.

하지만 캐나다한인문학은 2000년을 전후하여 변화를 보이기 시작한다. 첫째, 캐나다한인문학의 중심이 되어온 '캐나다한국문인협회'가 2001년부터 명칭을 '캐나다한인문인협회'로 바꾸었다. 즉 캐나다한인들은 자신들의 정체성을 '캐나다에 살고 있는 한국인'이 아니라 '캐나다한인(Korean Canadian)'이라는 이중적 정체성을 지닌 존재로 인식하기 시작한 것이 명칭 변화에 반영된 것이다.[7] 둘째, 2000년 이후 토론토 이외에 밴쿠버, 에드먼턴, 캘거리 등에도 문인협회가 조직되어 캐나다한인문단이 다변화되기 시작했다. 즉 캐나다 전체를 총괄하는 토론토 중심의 '캐나다한인문인협회' 이외에도 밴쿠버에 '(사)한국문인협회 캐나다 밴쿠버지부', 캐나다한국문인협회(Korean Writer's Association of Canada)[8], 그리고 '캐나다한인문학가협회'가 조직되었다. 그리고 캘거리 지역에 '캘거리한인문인협회(Calgary Korean Canadian Writers Association)'와 에드먼턴 지역에 '에드몬튼한인얼음꽃문학회'가 결성되어 활발하게 활동하고 있다.

---

6) 송명희,「고려인 문학과 캐나다한인문학의 문화변용 비교연구」,『고려인 이주 150주년 기념학술세미나 CIS 고려인 사회와 문학』, 한국언어문학교육학회/부경대학교 인문사회과학연구소, 2014, 40-57면.

7) 송명희,「캐나다한인문단의 형성」,『우리어문연구』34, 우리어문학회, 2009, 26면.

8) 밴쿠버에 여러 문인단체가 설립된 것은 밴쿠버 한인의 인구 증가와 관련된다. 2009년 외교부 외교백서에 따르면 토론토 11만 1379명, 밴쿠버 9만 9439명으로 밴쿠버는 토론토 다음으로 한인들의 숫자가 많다.

따라서 본고는 1960년대에 시작된 캐나다로의 이민이 초기의 접촉
단계를 어느 정도 지났다고 생각되는 2000년대 이후 캐나다한인시에
반영된 문화변용의 태도를 베리(J. W. Berry)의 문화변용론을 토대로
분석하고자 한다.

본고가 문화변용에 관심을 갖는 이유는 이것이 디아스포라문학의
핵심적 주제의 하나라고 생각하기 때문이다. '이민자들이 낯설고 익
숙하지 못 한 문화권으로 이동해 상당 기간 그 환경과 상호작용할 때
재사회화 또는 문화변용(acculturation)을 겪는 것은 필연적 과정이
다. 이민자들은 새로운 거주국의 주류문화에 처음에는 거부감을 보이
지만 점차 적응하기 위한 노력을 기울이고, 거주국의 낯선 문화적 규
범과 가치를 수용해 익숙해지려고 노력한다.'[9]

문화변용(acculturation)이란 베리에 의하면 소수민족집단성원이
정착사회에서 적응하는 초기과정에서 나타나는 문화와 정체성의 변
화를 의미한다.[10] 그는 소수집단의 문화적응전략과 이데올로기를 그
들이 고유문화의 정체성을 얼마나 중요시하는가 하는 정도를 의미하
는 문화적 유지(cultural maintenance)와 이주민이 새로운 주류문화
를 수용하는 정도를 뜻하는 접촉과 참여(contact and maintenance)
의 두 가지 차원에서 통합(integration), 동화(assimilation), 고립
(isolation), 주변화(marginality)의 4가지로 분류한 바 있다. 즉 전통문
화와 주류문화에 모두 동일시하는 통합, 주류문화에는 동일시하지만
전통문화에 대해서는 약하게 동일시하는 동화, 고유문화에 동일시하

---

9) 최윤희, 『문화 간 커뮤니케이션』, 커뮤니케이션북스, 2013.(네이버 지식백과), '문
   화적응' 항목.
10) 윤인진, 앞의 책, 37면.

나 주류문화는 무시하는 고립(분리), 주류문화나 고유문화에 모두 동일시하지 않는 주변화가 그것이다. 한편, 그는 이주민들에 대한 다수집단 성원들의 문화정책전략과 이데올로기를 다문화주의, 동화주의, 분리주의, 배척 4가지로 분류했다. 그는 다수의 주류집단이 이주민들의 고유한 정체성과 생활방식을 존중하고 문화적 다양성을 유지하면서 사회통합을 이루도록 다문화주의를 추구하면 소수집단은 통합적 정체성을 추구하는 반면, 주류집단 대부분이 동화주의, 분리주의, 배척의 정책을 채택하면 소수집단이 통합적 정체성을 가지기가 어렵다고 했다.[11)]

2. 이민에 대한 실망감과 아웃사이더의식, 그리고 종교에의 귀의

2.1 이민에 대한 실망감과 아웃사이더의식

2000년대 이후 캐나다한인시의 가장 큰 특징의 하나는 여전히 이민에 대한 실망감이 표출되고 있다는 것이다. 물론 이전의 시에서도 '이민의 이상과 현실의 괴리에 대한 표출은 핵심적 주제의 하나였다. 그리고 이민에 대한 실망감은 자연스레 모국에 대한 향수를 불러왔다. 즉 초기의 캐나다한인시는 아직 한국인으로서의 정체성을 벗어

---

11) 김혜숙 · 김도영 · 신희천 · 이주연, 「다문화시대 한국인의 심리적 적응: 집단 정체성, 문화적응 이데올로기와 접촉이 이주민에 대한 편견에 미치는 영향」, 『한국심리학회지; 사회 및 성격』25-2, 한국심리학회, 2011, 58-59면에서 재인용.

나지 못 한 상태에서 새로운 사회에 대한 부적응과 그에 대한 도피기
제로서 향수라는 감정이 집중적으로 표출되었다.[12] 그런데 2000년대
이후의 시에서 그것은 다소 다른 양상으로 나타난다. 즉 향수로의 도
피가 아니라 현지에서 생존해야 한다는 것을 전제로 한 실망감과 소
외감의 표출이라는 점이 초기의 시들과 변별된다.

당신은 당하지 아니하여 모르리라
시든 꽃잎이 떨어져 내리며
가슴 벽 한 모퉁이에 붉은 눈물로
흐느끼고 서 있는 모습을……
아이들이 맥없이 차별당하고 있는 모습을
아픈 눈길로 쳐다봐야 했던 심정을

당신은 당하지 아니하여 모르리라
해외에서 산 자들의 가슴앓이를
길거리에서 치이던 힘없는 돌멩이였음을……
  -장석환의 「이민 별곡」[13] 부분

장석환[14]의 시 「이민 별곡」에서는 "당신은 당하지 아니하여 모르리
라"라고 이민자의 서러움이 보다 직설적인 톤으로 진술된다. 이 시에

---

12) 송명희, 「고려인 문학과 캐나다한인문학의 문화변용 비교연구」, 『고려인 이주
    150주년 기념학술세미나 CIS 고려인 사회와 문학』, 40-57면.
13) 『캐나다문학』10, 캐나다한인문인협회, 2001, 78면.
14) 1946년 서울 출생, 시집에 『서울』, 『에밀레이야를 부르면서』, 『바람꽃 당겨 시간
    의 갈기만 눕히네』 등이 있다.

서 화자는 이민자를 "가슴 벽 한 모퉁이에 붉은 눈물로/흐느끼고 서 있는" 떨어져 내리는 시든 꽃잎이나 "길거리에 치이던 힘없는 돌멩이"에 비유한다. '떨어져 내리다', '시들다', '치이다', '흐느끼다'와 같은 동사나 '붉다', '맥없다', '아프다', '힘없다'와 같은 형용사로 된 시어들이 드러내는 것은 아웃사이더로서의 소외감과 슬픔의 표출이다. 시든 꽃잎이 떨어져 내리며 붉은 눈물로 오열하는 이유는 아이들이 맥없이 당하는 차별에 대해서 아픈 눈길로 쳐다보는 것 이상의 아무 것도 할 수 없다는 무력감 때문이다. 이민자로서 겪는 무력감은 길거리에 치이던 힘없는 돌멩이에 대한 비유에서도 잘 드러난다. "당신은 당하지 아니하여 모르리라"라는 행의 반복을 통해 이민자의 서러움과 항의는 보다 강하게 표출된다. 떨어져 내리는 시든 꽃잎과 길거리에서 치이는 힘없는 돌멩이 신세라는 자의식이야말로 주류사회로부터 배제된 아웃사이더로서 느끼는 타자의식이다. 「이민 별곡」에서 화자는 모국에 대한 향수조차 가질 여유가 없다. 그만큼 새로운 사회에서의 삶이 고달프기 때문이다. 이 시에 나타난 화자의 태도는 캐나다의 주류문화나 모국의 고유문화 모두 동일시하지 않는 주변화의 태도이다.

한경애[15]의 「하늘로 띄워드린 편지-어머니 49제에」[16]에서는 "사방을 더듬어 봐도 혈육 한 점 없는/이곳, 지상천국이라는 캐나다/불효자에겐 형벌의 유배지였습니다."라고 진술한다. 즉 캐나다가 '지상천국'이라는 외연 속에 사실은 혈육 한 점 없는 형벌의 유배지나 다름없

---

15) 1942년생, 1992년 캐나다 이민, 1995년 캐나다한인문인협회 회원.
16) 『캐나다문학』11, 캐나다한인문인협회, 2003, 110-118면.

다는 고백이다. 그 유배지에서 "후회와 아쉬움에 죽지도 못 하는/이
방인"으로 화자는 자신을 호명한다. 후회와 아쉬움은 모국을 떠나 이
민 온 사실에 대한 후회와 아쉬움이다. 동시에 지상천국이라는 거주
국 캐나다에 대한 실망감으로부터 우러나오는 감정이기도 하다. 이민
자는 일시적인 여행자처럼 모국으로 돌아갈 수도 없고, 그렇다고 캐
나다 주류사회에도 아직 편입되지 못 한 상황이다. 이 작품에서 화자
가 갖는 유배의식, 후회와 아쉬움에 빠져 있는 아웃사이더의식이야말
로 문화변용에서 거주국과 모국 어느 문화권에서도 배제된 주변화의
태도라고 할 수 있다.

Ⅰ.
바람이었나
아니 안개였으리라
하늘로 올라가려 버둥이다
짙은 먹구름에 막혀
밑으로 밑으로만 자맥질하던 시절.

빛이 되고자 떠난 길
그러나
먼 하늘 이국 땅 광활한 평야 속에서
다시
바람 되고
안개 되어 사는 삶

떠나온 곳

가슴에 쌓아 놓고 조금씩 들출 때마다
바람처럼
안개처럼
머물다 가버리고
잊혀졌다 생각난다
        -유장원의 「이민길」 (2004.09.26)[17] 부분

유장원은 이민을 떠날 수밖에 없었던 상황을 "바람이었나/아니 안
개였으리라/하늘로 올라가려 버둥이다/짙은 먹구름에 막혀/밑으로
밑으로만 자맥질하던 시절."로 표현한다. 바람, 안개, 하늘과 같은 시
어들은 현실로부터의 탈출을 모색하던 모국에서의 삶을 표상한다. 그
런데 바람, 안개, 하늘의 이미지는 불확실한 것, 모호한 것, 붙잡을 수
없는 것을 의미한다. 즉 하늘로 표상되는, 다시 말해 상승적인 변화
를 추구하던 그의 시도는 짙은 먹구름에 막혀 좌초되고 말았던 것이
다. 따라서 빛이 되고자, 아니 빛을 찾아서 "먼 하늘 이국 땅 광활한
평야", 즉 희망을 찾아 멀고 먼 캐나다로의 이민을 시도했던 것이다.
그렇건만 새로운 거주국에서의 삶 역시 바람 되고 안개 되는 삶이 되
고 말았다. 즉 바람처럼 붙잡을 수 없고, 안개처럼 불확실한 삶이 되
고 말았다는 의미이다. 그리고 떠나온 모국에 대한 그리움마저 이제
는 바람이나 안개처럼 실체를 잡을 수 없는 것, 머물다 가버리고 잊혀
졌다 생각나는 불확실한 것이 되고 말았다고 화자는 진술한다. 즉 이
시의 화자는 모국과 거주국 양쪽으로부터 삶의 확실성을 보장받지 못

---

17) 캘거리한인문인협회 카페(http://cafe.daum.net/calgary403), 2008.5.4.

하는 주변인의 신세로 전락했음을 보여준다. 하지만 캐나다에서의 이주의 삶이 실패로 결론난다고 하더라도 이제는 떠나온 모국에 대한 향수에 매달릴 수도 없다는 현실감이 은연중 시에서 묻어난다. 이 시는 부분적으로는 모국문화에 동일시하는 고립(분리)의 태도를 보이지만 전체적으로는 양쪽으로부터 모두 배제된 주변화의 태도가 보다 강하게 표출되었다고 할 수 있다.

　　어느 집
　　열어 논 현관문으로
　　잘못 날아들어 온 들새의 당혹함처럼
　　참을 수 없이 어수선한 현실이
　　마음에 달라붙어

　　이제는 내 색깔조차
　　잃어버린 이국의 삶

　　때로는 가슴과 토닥토닥 다투는 출근길이
　　폭풍을 견뎌내는 쑥대밭이다.
　　　　　　　　　　　　　-박영미의 「쑥대밭」 부분[18]

　박영미[19]의 「쑥대밭」에서는 이민자로서의 불안한 정체성과 당혹감이 "열어 논 현관문으로/잘못 날아들어 온 들새"라는 대상에 비유된

---

18) 『캐나다문학』12, 캐나다한인문인협회, 2005, 79-80면.
19) 1973년 캐나다 이민, 2003년 『열린문학』 신인상, 캐나다한인문인협회 및 캘거리 한인문인협회 회원.

다. 이민이 잘못되었다는 것은 "잘못 날아들어 온 들새"에, 그리고 이민자로서 겪는 당혹감, 어수선한 현실, 자신의 색깔마저 잃어버린 삶, 그러면서도 하루하루를 견뎌내야 하는 삶은 "폭풍을 견뎌내는 쑥대밭"으로 비유되어 있다. 하지만 그의 가슴이 쑥대밭처럼 어지럽게 황폐화되어 있어도 현실의 그는 출근을 하며 생존해 나가야 한다는 냉엄한 현실인식을 보여준다. 이미 한국인으로서의 색깔조차 잃어버렸기 때문에 현지에 적응하는 과제만이 이민자에게 남겨져 있다는 자각을 화자는 하고 있다.

또한 박영미의 「들꽃」에서 화자는 '들꽃'에 감정을 이입한다. 그 들꽃은 다름 아닌 "어수선한 자갈밭에 앉아/아무렇게나 삐쳐 나온/들꽃"이다. 들꽃에서 화자는 자신의 모습을 발견한다. "볼품없는 내 모습이/저 모습 같은지/들꽃이 멀거니 나를 본다"[20]처럼 들꽃과 화자 사이에는 동병상련하듯 상호 동일시가 이루어진다. 이 시에서 이민자들이 처한 현실은 '쑥대밭'이나 '어수선한 자갈밭'의 황폐함과 불모성의 상징을 통하여 적절하게 포착되어 있다. 그러면서도 한편에서 잘못 날아든 들새나 자갈밭에 아무렇게나 핀 들꽃처럼 불모의 현실을 극복하고 생존해야만 한다는 의지를 읽지 않을 수 없다.

박영미의 두 편의 시는 이민의 부적응과 황폐함을 보여주면서도 "이제는 내 색깔조차/잃어버린 이국의 삶"에서 보듯이 모국에의 동일시나 향수를 통해서 부적응을 벗어나려 하지 않는다는 것이 특징이다. 즉 캐나다로의 이주를 기정사실로 받아들이며 현실의 냉혹함을 견뎌내고자 하는 것이 2000년 이전의 초기 시들과의 변별점이라 생

---

20) 『캐나다문학』12, 78면.

각된다. 그것은 문화변용에서 모국과 동일시하는 고립(분리)의 태도
를 점차 벗어나고 있다는 것으로 해석할 수 있다.

마치
유통기간이 지난 물건처럼
내동댕이쳤다가
필요하면
진드기처럼 들러붙는
이민사회의 인간관계

어느 날
빨간불이 켜졌다가
갑자기 노란불로 켜지는가 하면
파란불이 켜지고
참으로 묘한
네거리 신호등 같은 인간관계

살면서
살아가면서
가장 외로운 날엔
누구를 만나야 할까?
만날 사람이 없다
모두 다
떠돌다 가는 나그네

때로는
서로의 필요 때문에
만나고 헤어지는
우리들…
인내와 투지의 연속
어디서부터
잘못된 것일까?

텅 빈 가슴에 상채기가
찢어지도록 아프다
이럴 땐
가슴속으로 난
길 따라
먼 여행을 떠나고 싶다

생의
쓴맛도
단맛도 녹아서
혓바닥을 데우고
지금은
무슨 맛인지?

　　　　　　　　-서영옥[21]의 「이민사회」 전문[22]

---

[21] 에드몬튼한인얼음꽃문학회 회원.
[22] 에드몬튼한인얼음꽃문학회 카페(http://cafe.daum.net/EdmontonLiterary),
　　 2014.3.14.

이민사회의 각박한 인간관계를 서영옥은 유통기간이 지난 물건과 수시로 바뀌는 교통신호에 비유한다. "내동댕이쳤다가/필요하면/진드기처럼 들러붙는" 인간관계, 네거리의 교통신호등처럼 수시로 변화하는 인간관계 속에서 화자는 살아가면서 가장 외로운 날에 누구를 만나야 할지 알 수 없다. "서로의 필요 때문에/만나고 헤어지는" 계산적인 인간관계 속에서 진정으로 가슴을 열고 만나야 할 사람이 부재하는 것이다. 따라서 화자의 가슴은 텅 비고, 오히려 동포사회로부터 마음의 상처를 받는다. 「이민사회」에는 그 누구로부터 위로받을 수 없는, 이민사회의 계산적이고 비진정성을 보이는 인간관계에 대한 실망감과 상처가 잘 표현되어 있다. 인간관계에 상처받은 시적 자아는 "가슴속으로 난/길 따라/먼 여행을 떠나고 싶다"처럼 자아 내부로 깊이 도피한다. 이는 동포사회에의 동일시마저 불가능한 주변화의 태도이다.

2.2 종교에의 귀의

이민에서 느끼는 좌절감과 이민자로서 느끼는 소외감, 이민사회의 인간관계에서 느끼는 실망감과 같은 부정적 감정을 한인들은 종교에의 귀의를 통해서 해소하고자 한다.

남루한 기억일랑
두툼한 책갈피에
빛바랜 흑백사진처럼 간직해 둔 채
무지개 꿈을 안고 창공을 날아갑니다.

체면의 탈도
치열한 안간힘도
초라한 가슴 내미는 허세도
애벌레 허물처럼 다 벗어 던지고
흰 나래 팔랑이며 호수를 건너갑니다.

언뜻 비끼는 쏜살구름이 당신을 향한 기도라면
산뜻 내미는 말간 하늘은 당신의 응답인가요.
펄럭 드리운 검은 구름이 미지를 향한 두려움이라면
활짝 퍼지는 황금 햇살이 당신의 미소이군요.

손에 손잡고
어깨와 어깨를 나란히 걸고
낯선 말 낯선 땅에 당당히 서라며
눈꽃을 천사 삼아 떨고 있는 어깨를 감싸줍니다.
　　　　- 김혜영[23]의 「멀리 이사 오던 날」[24]

　　김혜영의 「멀리 이사 오던 날」은 이민에의 벅찬 기대감이 잘 표현
되어 있다. 화자는 이민자를 조국에서의 남루한 삶을 떨치고 무지갯
빛 꿈을 안고 창공을 높이 날아가는 새로 표현한다. 또한 초라한 애벌
레의 허물을 벗어 던지고 흰 나래를 팔랑이며 호수를 건너가는 나비
로 나타낸다. 즉 새나 나비와 같은 대상을 통한 비상의 이미지는 빛바
랜 흑백사진과 애벌레 허물의 남루한 이미지와 대조된다. 그만큼 화

---

23) (사)한국문인협회 캐나다 밴쿠버지부 회원.
24) (사)한국문인협회 캐나다밴쿠버지부 카페(http://cafe.daum.net/klsv), 2004.3.7.

자는 이민에 대한 기대감과 희망이 크다. 그런데 벅찬 기대감을 갖고
한껏 날아오른 화자에게 하늘은 "낯선 말 낯선 땅에 당당히 서라며"
검은 구름 같은 미지에의 두려움을 떨치라고 응답한다. 김혜영의 시
는 이민자들이 이민에 대한 기대감과 동시에 두려움의 양가감정을 갖
고 있다는 것을 보여준다. 그리고 두려움의 부정적 감정을 "언뜻 비끼
는 쏜살구름이 당신을 향한 기도라면/산뜻 내미는 말간 하늘은 당신
의 응답인가요."에서 보듯이 종교에 귀의하여 극복하고자 한다.

> 가느다란 목숨 줄 늘이고
> 고층빌딩 유리창을 닦는 청소부를 보면
> 삶이 곡예라는 생각이 듭니다.
>
> 거미처럼 빌딩에 붙어서
> 세상 때를 닦는 저 외로운 줄 하나.
>
> 권력 줄보다 든든한 줄
> 돈 줄보다 당당한 줄
> 인맥 줄보다 믿을 수 있는 줄
> 내 피붙이 먹여 살리는 줄
> 세상 어느 줄보다 성스럽고 질긴 거미줄입니다.
>
>   -이금실[25]의 「줄」[26]

---

25) 1975년 캐나다 이주, 2000년 제2회 재외동포문학상 시부문 최우수상 수상, 시집
   에 『누가 너에게 호수를 주었는가』 외 다수.
26) 『캐나다문학』10, 캐나다한인문인협회, 2001, 74-75면.

이금실의 시에서 화자는 "가느다란 목숨 줄 늘이고/고층빌딩 유리 창을 닦는 청소부를 보면/삶이 곡예라는 생각이 듭니다."처럼 고층빌 딩의 유리창을 닦는 청소부에 감정이입을 한다. 외줄에 자신을 의지 하여 아슬아슬하게 빌딩 벽을 오르내리는 청소부는 시인 자신이며, 동시에 위태로운 곡예와도 같은 삶을 살아가는 캐나다한인을 상징한 다. 이 시의 화자는 "젊은 목을 가파른 골고다 언덕에 매달고/세상의 속 때를 닦다가 스스로/뜨근뜨근한 밥과 국물이 되어준 아름다운/청 년의 줄이 보입니다."처럼 기독교에의 귀의를 통해서 위태로운 곡예 와도 같은 삶의 불안감으로부터 벗어나고자 한다. 제목인 '줄'은 청소 부를 고층빌딩에 매단 생명의 줄이다. 그 '가느다란 목숨 줄'이야말로 화자에 의하면 권력의 줄보다 든든하고, 돈줄보다 당당하며, 그 어떤 인맥의 줄보다 신뢰할 수 있는 줄이다. 왜냐하면 그 줄은 "내 피붙이 먹여 살리는 줄", 바로 가족의 생계를 책임진 줄이기 때문이다. 따라 서 그 줄은 "세상의 어느 줄보다/성스럽고 질긴 거미줄"이다. 그리고 청소부의 그 위태로운 외줄에서 화자는 세상의 죄를 대속하고 골고 다의 언덕에서 처형된 청년 예수의 줄을 발견하며 질문을 던진다. "님 이시여! 오늘도/보이지 않는 당신의 줄을 붙들고 이승의/겉 때 속 때 의 어지럼증을 앓고 있는 나는/누구의 가슴에 불을 놓아야 할 줄입니 까?"라고…. 이때의 줄이란 그가 어떻게 살아가야 할지에 대한 질문, 바로 삶의 방향성과 목표에 대한 질문이다. 화자는 그 길을 기독교의 예수에게서 발견했던 것이다.

정충모[27]의 「이민 그리고 애환」에서도 이민에의 이상과 현실이 대

---

27) 캐나다한인문인협회 회원, 한국문인협회 회원, 1993년 캐나다 이민.

조되며, 기독교에의 귀의를 통해 이상이 붕괴된 현실로부터 도피하고
자 하는 태도가 나타나고 있다.

부푼 꿈 부여안고 북미 땅에 둥지 틀어
한 알의 밀알 뿌려 신토불이 일구려던 꿈
흰둥이 눈총 속에 허망히 무너졌네.

(중략)

저당 잡힌 이민의 벽 빗장 풀지 못 하고
표류하는 나룻배인 양 방향 잃고 헤매는데
홀연히 귓가 울리는 성령의 계시 받아

이끼 낀 봉건세습 훌훌 털어버리고
무에서 유를 찾는 소망 은혜 받고 보니
이제사 하늘의 섭리 깨달아 기도하네.
　　　　　　　　－정충모의 「이민 그리고 애환」[28] 부분

　정충모는 캐나다에서의 정착이 제대로 실현되지 못 한 이유를 "흰
둥이의 눈총" 때문으로 직설어법을 통해 진술한다. 즉 캐나다정부가
다문화주의 정책을 실시한다고는 하지만 경제나 현실의 영역에서 백
인들의 차별은 이주민들의 정착을 가로막는 장애요인으로 작용하고
있음을 "저당 잡힌 이민의 벽 빗장 풀지 못 하고"라고 비판한다. 백인

---

28) 『캐나다문학』12, 캐나다한인문인협회, 2005, 136면.

중심주의의 차별의 벽을 넘지 못 하고 방황하는 화자에게 들려오는 소리는 바로 성령의 계시이다. '성령의 계시', '소망 은혜', '하늘의 섭리' 등의 시어는 화자가 기독교에 귀의함으로써 좌절과 방황에서 벗어났음을 보여준다. 즉 현실적인 꿈의 좌절을 종교를 통해 위안을 받고 있는 것이다.

실제 한인교회는 현지사회의 부적응으로 인한 스트레스가 큰 이주민들에게 큰 위안이 되어온 것이 사실이다. 뿐만 아니라 한인들은 신앙 이외에도 같은 언어를 사용하는 교민들끼리의 친분을 이용한 사회경제적 도움을 얻기 위해 교회를 나가고 있는 것으로 알려졌다. 즉 종교를 중심으로 한 한인들의 커뮤니티는 이민자들에게 정신적으로뿐만 아니라 현지 정착과 재사회화에 큰 도움을 주고 있다. 하지만 기독교라는 종교에의 귀의나 교포사회의 종교적 커뮤니티를 통해서 이민의 부적응으로부터 도피하려는 태도는 모국에의 동일시를 보여주는 고립(분리)과 유사한 문화변용의 태도라고 생각된다.

3. 거주국에서의 생존전략

2000년대 이후 캐나다한인시에는 백인사회에서의 생존전략과 생존의지를 불태우는 욕망이 치열하게 나타난다.

나는 초식동물이었다.

America 대륙의 숲 속 한가운데

눈빛 번뜩이는 백인들의 사냥법을
배우지 못 한 나는
이빨을 갈아서라도 송곳니 하나쯤 만들어야 한다.

약육강식을 숭상하는
야성의 피가 이 땅에 도도히 흐른다.
잘 훈련된 표범처럼
늘 높은 콘크리트 그늘 위
그들은 표적을 찾고 있다.

이빨을 송두리째 갈아야겠다.
제기랄 아직도 초식동물인가, 나는
         -김한성[29]의 「Hunter」 전문[30]

    김한성의 시는 주류사회인 백인들이 살아가는 세계를 "약육강식을 숭상하는/야성의 피가 이 땅에 도도히" 흐르는 세계로 표현한다. "눈빛 번뜩이는 사냥법", 다시 말해 "잘 훈련된 표범처럼/늘 높은 콘크리트 그늘 위/그들은 표적을 찾고 있다."에서 보듯이 유색인종인 화자는 초식동물로 비유되는 반면 백인들은 잘 훈련된 표범 같은, 야성의 피가 흐르는 육식동물로 대조된다. 백인들은 대륙의 숲속에서 먹잇감을 찾는 동물세계의 맹수가 아니라 사람들이 살아가는 도시의 콘크리트 그늘에서 호시탐탐 표적을 찾는 인간세계의 맹수이다. 따라서 백

---

29) 1986년 캐나다 이주, 캐나다한인문인협회 회원.
30) 『캐나다문학』10, 캐나다한인문인협회, 2001, 52-53면.

인중심의 거주국에서 생존하기 위해서는 초식동물의 유순한 습성을
벗어나 "이빨을 갈아서라도 송곳니 하나쯤 만들어야"만 한다. 즉 적
자생존의 현실 속에서 살아남기 위해서는 초식동물에게는 원래 없던
강인한 야성을 길러야만 하는 것이다. 그럼에도 불구하고 현실의 그
는 약육강식의 원리에 철저하지 못 하고, 아직 생존의 투지를 갖지 못
한 초식동물에 불과하다. 감탄사 '제기랄'은 거주국의 약육강식과 적
자생존의 질서에 적응하지 못 한 채 허약함에 빠져 있는 화자 자신에
대한 못마땅함과 불만을 단적으로 드러내 준다. 이 작품은 적어도 한
국문화와 캐나다문화의 차이와 상대성을 인식하고 탐구하려는 태도
를 보였다는 점에서 문화변용에서 주변화를 벗어나려는 노력을 보여
준 단계로 볼 수 있다.

나뭇가지에 앉으면
나뭇가지가 되고
풀잎에 사이에 누우면
풀잎이 된다.

가슴을 찌르는 시선
날카로운 발톱에 쫓겨
꼬리를 떼어내고 피 흘리느니
옷을 바꾸어 입고 서 있다.

하루하루 부닥치며 기어갈 때
눈보다 더듬이로 길을 찾고

복잡하게 생각하지 않는다
생활은 피부로 느낄 때 절실하다

아무도 나를 부르지 않는다.
다리 사이에 감춘 꼬리
그림처럼 매달려 흔들거리지만
그들은 피부의 색깔을 먼저 본다

축복과 기회의 땅이건
저주와 차별의 땅이건
다만 색깔의 차이지만
풀과 나무가 여전히 자라고
그 사이에 두 팔 벌리고 서 있다.

　　　　　　- 박성민[31)의 「카멜레온을 위하여」 전문[32)

　김한성은 「Hunter」에서 백인사회에서 생존하기 위해는 초식동물임에도 불구하고 "이빨을 갈아서라도 송곳니 하나쯤 만들어야" 하는 육식동물의 야성을 길러야 한다고 말했다. 하지만 이주의 양가성을 표현한 박성민의 「카멜레온을 위하여」에서는 카멜레온적인 색깔의 변화를 통한 생존전략을 말하고 있다. 즉 생존과 적응을 위하여 카멜레온처럼 변신의 생존전략을 구사해야만 살아남을 수 있다는 것이다. 하지만 카멜레온처럼 나뭇가지가 되었다가 풀잎이 되었다가 옷을 바

---

31) 1976년 캐나다 이주, 1983년 토론토대학 졸업, 1989년 LA 한국일보 현상문예 소
　　설 가작, 소설 「캐비지 타운」 외 다수.
32) 『캐나다문학』10, 캐나다한인문인협회, 2001, 61~62면.

꾸어 입으며 아무리 생존전략을 구사해 보아도 피부색의 차이, 즉 인종차별의 근본적 벽을 뛰어넘기가 어렵다고 진술된다. "다만 색깔의 차이"에 불과한 "피부의 색깔"이 차별이 되어 있는 엄연한 현실 앞에서 유색 이민자들은 좌절할 수밖에 없다는 것이다. 박성민의 시는 백인중심의 캐나다 사회에서 유색인종인 한인들은 피부색에 따른 차별에서 벗어날 수 없다는 한계의식에 사로잡혀 있음을 보여준다. 이민자들에게 캐나다는 "축복과 기회의 땅이건/저주와 차별의 땅이건"에서 보듯이 축복과 기회라는 긍정적 가치와 저주와 차별이라는 부정적 가치의 양가성을 함께 지닌 곳으로 인식된다. 마지막 연에서 긍정과 부정의 양가성과 차별 속에서도 풀과 나무가 두 팔을 벌리고 여전히 자란다는 것은 무엇을 의미하는가? 그것은 이민자들이 긍정과 부정의 양가성을 카멜레온처럼 넘나들고 피부색의 차별을 넘어서서 생존하고 있다는 엄연한 사실에 대한 일깨움이다. 즉 카멜레온과 같은 적응의 태도로 캐나다라는 새로운 문화에 적응하여 자신을 변화시켜 나가고자 노력하겠다는 것이다. 박성민의 시는 김한성의 "제기랄 아직도 초식동물인가, 나는"과 같은 자탄의 태도보다 한걸음 나아간 적응의 유연성을 보여주고 있다. 그러나 이 단계는 주변화를 벗어나고자 적극적으로 노력하지만 아직 동화나 통합의 단계에는 이르지 못 하고 있다.

최성혜의 시에서는 이민 1세대들의 삶의 구체적 목표를 발견할 수 있다.

봄을 딛고 희끗이는
초분을 보라. 나도

누군가의 고향이 되어
아무도 헤매잖게, 붙박이 고향
희망으로 반짝이고 싶다
　　　-최성혜의 「나도 누군가의 고향이 되어」[33] 부분

　최성혜[34]의 「나도 누군가의 고향이 되어」에서는 이민 1세의 이주의 목표를 찾아볼 수 있다. 그것은 누군가의 고향이 되어주기 위한 것이다. 그 누군가는 바로 자식세대인 이민 2세이다. 자식들이 캐나다를 붙박이 고향으로 여기게 만들기 위한 초석, 즉 디딤돌이 되기 위한 것이 1세들의 삶의 목표라는 것이다. 윤인진은 캐나다 이민 1세들의 사회적응양식을 '디딤돌 놓기'로 표현한 바 있다. 그에 의하면 이민 1세들은 그들의 중류층적 배경과 높은 신분상승욕구에도 불구하고 캐나다 사회에서 이민자로서 겪는 불이익과 차별에 부딪치자 자녀들의 주류사회 참여를 위해 자신들은 당대에서 성공을 추구하기보다는 자녀세대의 성공을 위해 디딤돌이 되어주는 것으로 목표를 수정한다는 것이다. 그리고 그들의 억제된 신분 상승에의 욕구는 자녀세대에게는 부채의식으로 전승되어 사회경제적 성공에의 동기로 작용한다고 보았다.[35]

　최성혜의 시는 바로 이민 1세의 2세를 위한 디딤돌이 되겠다는 희망을 표현했다. 떠나야 할 장소가 아니라 '붙박이'의 안정된 고향을 2세들에게 만들어 주기 위해 이민 1세는 "희망으로 반짝이고 싶다"는

---

33) 『캐나다문학』13, 캐나다한인문인협회, 2007, 107면.
34) 1991년 이주, 캐나다한인문인협회 회원.
35) 윤인진, 앞의 책, 315면.

것이다. 즉 당대에 주류사회 진입이라는 꿈을 실현할 수 없기에 2세들을 위한 디딤돌 역할로 목표를 수정한 1세들의 현실적응 전략을 최성혜의 시는 보여주었다.

유색인종 이민자에 대한 차별이 엄존하는 거주국의 냉엄한 현실을 꿰뚫어보며 치열한 생존전략을 보여주는 시들에서는 한인들의 현지사회 적응과 강렬한 동화에의 의지를 읽게 된다. 하지만 백인들의 차별에 대한 강한 비판에서 보듯이 아직 캐나다한인들은 거주국의 문화에 완전히 적응하지 못 하고 갈등상태에 빠져있다. 한인들은 현실에 굴하지 않고 주류사회 진입을 위한 다양한 생존전략을 구사하는가 하면 때론 실현 가능한 것으로 목표를 수정함으로써 현실적응을 도모한다. 즉 주변화로부터 벗어나려는 적극적 노력을 다양하게 보여주고 있다.

4. 캐나다의 자연풍광과 복지제도에 대한 찬양

한인들의 시에서는 캐나다의 자연풍광에 대한 찬양과 사랑을 보여주는 시가 다수 발견된다. 그만큼 캐나다는 자연풍광이 아름다운 나라이다. 그런데 한인들의 시에 표현된 자연풍광의 아름다움에 대한 찬양은 단순한 자연 찬양이 아니라 거주국 캐나다에 대한 애정의 다른 표현이다. 이민 초기에 떠나온 조국의 산천을 그리워하며 향수에 젖어 있던 태도로부터 변화된, 즉 캐나다한인들의 거주국에 대한 긍정적 태도와 마음의 여유를 캐나다의 자연 찬양에서 읽을 수 있다.

아침 동네 길을 가노라면
백색 세상 동화 속의 나라

이국의 겨울 아침은
평화롭기만 하누나

눈 덮인 맥클레오드 언덕길을
조심스레 내려가노라면

다운타운 어여쁜 정경이
두 눈에 꽉 차게 들어오는데

아침 햇살에 반사되어
뻘겋게 불타는 빌딩숲들

캘거리의 겨울 아침은
아름답기만 하구나.
　　　－고기원[36]의 「캘거리의 겨울 아침」(2003.11.03)[37] 부분

　　고기원의 시에서 눈 내린 캘거리의 겨울 아침은 평화로움, 어여쁨, 아름다운 모습으로 다가온다. 눈 풍경을 동화 속의 아름다운 나라로 여길 수 있는 마음의 여유를 통해 시간이 지날수록 이민자들이 캐나다 현지에 정착하여 성공적으로 적응해 가고 있음을 알 수 있다. 즉

---

36) 캘거리한인문인협회 회원.
37) 캘거리한인문인협회 카페(http://cafe.daum.net/calgary403), 2008.5.4.

캐나다의 풍광에 대한 찬양은 다름 아니라 한인들이 캐나다를 자신들의 집, 즉 편안한 장소로 느끼고 있다는 증거이다. 이와 같은 태도는 이민 초기에 쓴 이석현의 「망향」(1975)과 같은 시에서 보여준 "토론토에 비 내리는 저녁/공원 벤치에/촉촉이 어둠에 젖는 나그네."[38]에 나타난 아웃사이더의식과는 분명 차별화된 평화로운 태도이다.

> 금요일에 찾아오는 그리움이
> 월요일보다 진하게 전해오듯이
> 삶의 그늘에서 허덕일 때마다
> 그대를 생각했다.
>
> 마치 전선에서 잠시 숨을 돌린 전사가
> 그의 사랑하는 여인과의 즐거운 한때를 떠올리며
> 애정 어린 미소를 갈구하듯
> 그대의 이름을 떠올렸다.
>
> 호수는 나를 기다리고 있었다.
> 더 나은 곳에서 시간을 보내고
> 나의 기억이 멀어져 갔을 때도
> 세상 모든 사람들에게
> 첫사랑의 애틋함과 기쁨을 맞이하듯
> 호수는 그 기쁨을 나에게 주고 있었다.

---

38) 『새울』1, 캐나다한인문인협회, 1977, 125면.

호수는 모든 사람들의 이야기를 들어주고 있었다.
그리고 밤이면 계곡 사이에 깔려있는 침묵을 향해
새벽빛이 수면에 닿을 때까지
그들의 이야기를 전하고 있었다.
마치 그들의 기원을 다 들어주려는 것처럼.
　　　　　　－송요상[39]의 「레이크 루이스」[40] 부분

　송요상의 「레이크 루이스」는 한인들이 삶이 괴로울 때 위안을 받으려고 찾아가고 싶고, 그리워하는 곳이 더 이상 모국의 고향이 아니라는 것을 보여준다. '레이크 루이스(Lake Louis)'는 캐나다 로키산맥(Rocky Mts.)에 위치한 호수이다. 이 호수는 로키산맥의 만년설이 녹아 흘러 만들어진 세계 10대 절경의 하나이다. 이 호수에 대한 찬가인 「레이크 루이스」는 화자가 삶의 그늘에서 허덕일 때마다 찾아가는 곳이 바로 레이크 루이스라는 것을 보여준다. 마치 치열한 삶의 전선에서 잠시 숨을 돌리고 사랑하는 여인과 즐거웠던 한때를 떠올리며 애정 어린 미소를 갈구하듯 화자는 삶에 지칠 때마다 레이크 루이스를 찾아간다. 그때마다 호수는 그에게 어김없이 첫사랑의 애틋함과 같은 기쁨을 선사한다. 화자의 호수에 대한 장소감은 위안, 기쁨, 그리움, 애정, 휴식과 같은 것들이다. 이것은 진정한 장소감이라고 할 수 있다. '진정한 장소감은 무엇보다도 개인으로서 그리고 공동체의 일원으로서 장소에 속해 있다는 느낌이다. 그것은 집이나 고향, 혹은 지역이나 국가에 대해서 느끼는 감정이다. 이러한 진정하고 무의식적

---

39) 캐나다한인문학가협회 회원.
40) 캐나다한인문학가협회 카페(http://cafe.daum.net/ckmoonhakga) 2013.11.2.

인 장소감은 개인의 정체성에 중요한 원천을 제공하고, 이를 통해 공동체에 대해서도 정체감의 원천이 된다.'[41] 화자가 레이크 루이스라는 장소를 통해 진정한 장소감을 갖게 되었다는 것은 캐나다라는 국민 공동체의 일원으로서의 정체성을 갖게 되었다는 뜻이다. 한인들이 현지에 적응하여 캐나다 국민으로서의 정체성과 소속감을 갖고 살아가고 있다는 것을 시인은 레이크 루이스에 대한 장소감을 통해서 나타냈다고 할 수 있다. 25수의 연작시조로 된 서정건[42]의 「밴쿠버 예찬」[43]에서도 밴쿠버는 지상낙원으로 칭송된다. 겨울도 춥지 않고 여름도 덥지 않은, 천재지변이 없는 복지(福地)인 캐나다 밴쿠버는 더 이상 이민자에게 소외감을 불러일으키는 장소가 아니다.

　캐나다에 관한 찬양은 장소나 자연풍광에 대한 예찬에서 그치지 않고, 복지국가 캐나다의 우월한 사회보장제도에 대한 찬양으로 이어진다. 유정자[44]의 「노인연금」[45]에서 노년의 화자는 "노인연금이 통장에 입금되던 처음 몇 달은 부끄러웠다/남의 것 훔친 것 같아 불안했고/일하지 않고 내 앞으로 거저 들어온 천여 불의 생활비가/남의 것인 양 낯설었다/그런데 일 년이 지난 지금은 아니다"라고 진술한다. 즉 처음 노인연금을 받았을 때는 부끄러움, 불안, 낯설음을 느꼈지만 지금은 그렇지 않다는 것이다. 오히려 연금을 "내 인생의 마지막 훈장"처럼 자랑스럽게 향유한다. 더 이상 초라한 가게 하나를 붙들고 생

41) 에드워드 렐프, 김덕현 외 옮김, 『장소와 장소상실』, 논형, 2005, 150면.
42) (사)한국문인협회 캐나다 밴쿠버지부 회원.
43) (사)한국문인협회 캐나다 밴쿠버지부 카페(http://cafe.daum.net/klsv), 2005.7.7.
44) 1975년 캐나다 이민, 캐나다한인문인협회 신춘문예 당선, 캐나다한인문인협회 회원.
45) 『캐나다문학』13, 83면.

계유지를 위해서 새벽부터 노심초사할 필요가 없게 만들어 준 것이 노인연금이기 때문이다. 따라서 "고맙다/아침이면 일하러 분주히 떠나는 저 많은 사람들/고마워 그들에게/절 한 번 꾸뻑한다"처럼 화자의 태도는 감사로 바뀐다. 그가 일하러 가는 사람을 향해 인사를 하는 것은 노인연금은 열심히 일하는 젊은 세대의 노동으로부터 나오는 것이기에 그에 대한 감사의 의미이다. 「노인연금」은 캐나다의 사회복지제도를 찬양한 시이다.

캐나다의 자연풍광에 대한 찬양이나 복지제도에 대한 감사의 시에서 이민자들이 이민 초기의 고립과 주변화의 단계를 벗어나고 있다는 것을 읽을 수 있다. 즉 캐나다의 자연적 사회적 장점을 향유함으로써 정체성의 혼란을 극복하고 점차 통합을 이루며 문화적응의 완성단계를 향해 가고 있다는 것을 알 수 있다.

5. 모국에 대한 관심과 장거리 민족주의

이민 초기에 단순한 향수로 표출되던 모국에 대한 관심과 애정은 점차 모국과 일정한 거리를 확보하면서 모국이 처한 현실에 대한 관심으로 확대된다. 즉 모국에서 일어난 정치사회적 사건들이 시적 소재로 채택되는데, 세월호 사건, 고 노무현 대통령의 자살사건, 장자연 사건, 독도문제 같은 큰 사건이 그것이 그것이다.

원주희[46)]의 「무게 중심」, 이종숙(루시아)[47)]의 「평안히 잠드소서…
(세월호 침몰로 떠난 영혼들을 위로하며)」[48)], 조종수[49)]의 「사월의 꽃
잎-세월호의 어린 영혼에게」[50)] 등은 세월호 사건에 희생된 어린 영혼
들에 대한 애절한 위로의 뜻을 담고 있다.

  차마 피지 못 한 채
  져버린 그들의 눈물이
  비가 되어 내립니다
  -이종숙(루시아)의 「평안히 잠드소서…(세월호 침몰로 떠난 영혼
    들을 위로하며)」 부분

  세월이 흘러가도
  무게 중심은 낮아져야 하고
  세월이 아무리 흘러가도
  무게 중심은 잃지 말아야 하고[51)]
  -원주희의 「무게 중심」 부분

---

46) 캘거리한인문인협회 회원.

47) 에드몬튼한인얼음꽃문학회 회원.

48) 에드몬튼한인얼음꽃문학회 카페(http://cafe.daum.net/EdmontonLiterary)
   2014.5.5.

49) 캐나다한국문인협회 회원.

50) 캐나다한국문인협회 카페(http://cafe.daum.net/KWA-CANADA), 2014.5.6.

51) (고국의 세월호 참사를 애도하며 국가나 개인의 무게 중심을 높은 데 두면 조금
   만 흔들려도 복원력을 잃으니 무게 중심을 아래로 하여 국가 재난에 대처하는 능
   력과 개인의 위기를 극복하는 위기 극복 능력을 키워야 함을 절실히 느끼며…):
   에드몬튼한인얼음꽃문학회 카페(http://cafe.daum.net/EdmontonLiterary),
   2014.4.24.

그 바다 사월의 아침
맹골수도엔 피지 못 한 꽃잎들이
흩날려 떨어졌다

깊이를 알 수 없는
사월의 아침 바다
격실에 가로막힌 어린 손들
하얀 파도에 부서지고 있었다

영산홍
백목련
붉게 또 하얗게 파도에 피고 지고
네 어린 목소리
"살려주세요!"
"살려주세요!"
그렇게 피어선 흩날리던
네 마지막 목소리
조약돌 귀가 닳도록
따각따각 들린다
　　　　　-조종수[52]의 「사월의 꽃잎-세월호의 어린 영혼에게」[53] 부분

　이종숙의 시는 "차마 피지 못 한 채/져버린 그들의 눈물이/비가 되
어 내립니다"에서 보듯이 하늘에서 내리는 '비'를 피지도 못 한 채 죽

---

[52] 캐나다한국문인협회 회원.
[53] 캐나다한국문인협회 카페(http://cafe.daum.net/KWA-CANADA), 2014.5.8.

어간 어린 학생들의 처절한 눈물에 비유하고 있다. 원주희의 시는 무게중심을 잃음으로써 세월호가 전복되었다는 데 착안하여 한국사회가 무게중심을 잃지 말아야 할 것을 주문하고 있다. 무게 중심을 잃지 말아야 할 것은 단지 세월호뿐만이 아니다. 즉 무게 중심을 상실한 모국의 위태로운 안전상황에 대한 일종의 경고라고 할 수 있다.

조종수의 「사월의 꽃잎-세월호의 어린 영혼에게」에서 영산홍, 백목련과 같은 봄꽃들은 제대로 꽃으로서 피어보지도 못 한 채 세월호 사건에 희생된 어린 영혼들의 산화를 상징한다. "그 바다 사월의 아침/맹골수도엔 피지 못 한 꽃잎들이/흩날려 떨어졌다"에서 그 바다는 세월호 사건이 일어난 진도 앞바다이다. 2014년 4월, 수학여행을 가던 어린 학생들은 피지 못 한 꽃잎으로, "흩날려 떨어졌다", 즉 산화(散花)했다. 한 명도 구조되지 못 하고 모두 목숨을 잃은 것이다. "조약돌 귀가 닳도록/따각따각 들린다"는 어린 학생들의 '살려주세요'라는 절규가 후벼 파는 소리이다. 저 멀리 캐나다에서도 수백 명의 어린 영혼들이 희생된 세월호사건은 시적 상상력을 크게 불러일으켰음을 알 수 있다.

유정자[54]의 「봉하마을 소년이 말한다」[55]와 정봉희[56]의 「월터루에 내리는 비」[57]는 고 노무현 대통령의 자살을 시적 소재로 삼고 있다.

오늘은 거기에서 내 삶을 던진다

---

54) 1975년 캐나다 이민, 제1회 캐나다한인문인협회 신춘문예 당선(1979).

55) 『캐나다문학』14, 캐나다한인문인협회, 2009, 57면.

56) 1981년 캐나다 이민, 『전남매일일보』신춘문예 시 당선(1978), 제4회 캐나다한인문인협회 신춘문예 당선(1982).

57) 『캐나다문학』14, 81-82면.

그리운 땅에
어머니 가슴 내 고향 땅에
산산이 부서져 남김없이 부서져
넋으로만 묻히고자
이 세상 질서를 꿈꾸며
선한 역사를 꿈꾸며
마지막 장엄하게 이 순간을
숨쉰다
　　　　　-유정자의「봉하마을 소년이 말한다」부분

　　유정자의 시는 "봉하마을 소년이 말한다"로 시작한다. 화자는 고 노무현의 입장에서 왜 그가 하필이면 부엉이바위에서 투신하여 죽을 수밖에 없었는가를 상상적으로 진술한다. 부엉이바위는 소년 노무현이 가난이 버거울 때 찾아갔던 장소다. 거기에서 벌러덩 드러누워 하늘을 보았을 땐 하늘의 반짝이는 별들처럼 그는 그의 꿈을 결코 슬퍼하지 않았다. 가난해도 모든 것은 아름다웠기 때문이다. 노무현이 소년 시절에 위안을 받고 그의 영혼이 산뜻하게 정화되었던 장소가 바로 부엉이바위다. 하지만 대통령에서 내려온 노무현은 오늘 바로 그곳에서 "이 세상 질서를 꿈꾸며/선한 역사를 꿈꾸며" 삶을 던진다. "살아서만 삶이 아님을" 알기에 투신한 것이다. 「봉하마을 소년이 말한다」는 고 노무현 대통령의 죽음에 대한 애도와 왜 그가 거기서 투신을 할 수밖에 없었는가를 안타까운 마음으로 상상하며 쓴 시이다.

　　변은숙[58]의 「꽃 이야기」는 고 장자연 사건을 소재로 한 작품이다.

---

58) 제4회 캐나다한인문인협회 신춘문예 입상(1981), 캐나다한인문인협회 회원.

감히 높은 곳을 엿보았다고

7월의 햇빛 아래 교수형을 당한 꽃무더기를 보았다.

안에서는 웃음소리

여러 가지 언어로 잔 부딪히는 소리

단내 나는 포도주가 엎질러졌을 때

짧은 탄식이 끈적였을 때

꽃덩굴은 스스로의 향기마저

참을 수 없었나보다

여름은 짧았고

발코니로 기어오르는 길

제 덩굴에 감겨 꽃이 그만 목이 메어

난감해진 벤치 아래

툭툭 떨어지기도 했다.

바람이 쓸고 지나간 것은

보랏빛 도는 붉은 기억뿐이었다.

　　　　　*고 장자연님께 드립니다.

　　　　-변은숙의 「꽃 이야기」 59)전문

　'장자연 사건'이란 2009년 영화배우 고 장자연 양이 여자연예인 노
예계약과 여자연예인 술시중과 성접대 의혹이 담긴 '장자연 리스트'
를 남기고 비극적인 자살을 한 사건을 말한다. 그 당시 언론사 사주와
기업인들의 이름이 언론에 오르내렸고 의혹을 받았지만 진실의 실체
마저 제대로 밝혀지지 않은 채 묻혀버렸던 사건이다. 시적 화자는 자

---

59) 『캐나다문학』15, 캐나다한인문인협회, 2011, 108면

살한 그녀를 "감히 높은 곳을 엿보았다고/7월의 햇빛 아래 교수형을 당한 꽃무더기"로 시화하며, 안타까운 죽음을 추모한다. 그녀의 자살은 "제 덩굴에 감겨 꽃이 그만 목이 메어/난감해진 벤치 아래/툭툭 떨어지기도 했다."와 같은 '목이 메어'나 '툭툭 떨어'짐과 같은 부정적이고 하강적인 이미지를 환기하는 시어를 통해 포착되어 있다. 하지만 그녀가 자신의 자살과 남긴 리스트를 통해서 연예인 성접대의 실상을 밝히려던 의도는 진실조차 제대로 규명되지 않았고, "바람이 쓸고 지나간 것은/보랏빛 도는 붉은 기억뿐"처럼 보랏빛 도는 붉은 기억만을 남긴 채 세인들의 관심으로부터 멀어져 갔다. 「꽃 이야기」는 안의 웃음소리, 잔 부딪히는 소리, 단내 나는 포도주를 즐기는 사람들과 밖의 발코니를 기어오르다가 떨어진 꽃 덩굴의 대조를 통한 갑을관계 속에서 툭툭 떨어져 패배를 할 수밖에 없었던 '을'인 장자연의 운명을 애도하고 있다.

이상묵의 「아들의 광고사진」에서는 오늘날 IT 강국 코리아를 세계에 날리는 삼성휴대폰 광고사진을 통해 느끼는 한인으로서의 자부심이 한껏 드러나고 있다.

고속도로 달리다
저 멀리서 쏜살같이 다가오는 빌보드
위에 붙은 휴대폰 사진
네가 여러 밤을 새우며 찍었다는
삼성제품 휴대폰 광고사진을 본다
광고 속에 선명한 삼성 로고
하늘색 바탕에 흰색 영어 알파벳 SAMSUNG
　　　　-이상묵의 「아들의 광고사진」 부분

「아들의 광고사진」은 화자의 아들이 찍었다는 대한민국을 대표하는 기업 삼성 휴대폰의 광고사진을 통해서 대한민국의 발전상을 고무적으로 시화한다. 화자는 캐나다의 고속도로를 달리다가 옥외광고판에서 아들이 여러 밤을 새우며 찍었다는 삼성 휴대폰 광고사진을 본다. 그는 옥외광고판에 선명하게 찍힌 삼성의 로고를 보며 조국의 발전상에 감격하고 있다. 여기서 삼성의 로고는 곧바로 대한민국에 대한 환유이다. 그가 젖먹이 아들을 안고 조국을 떠날 때 "내 지상의 삶은 질퍽거렸고/하늘에 빈혈의 구름들만 떠돌고 있었지"처럼 대한민국의 경제상황은 매우 열악했다. 하지만 오늘날 대한민국은 삼성의 휴대폰이 세계를 누비듯이 경제대국으로 성장하였다. 화자는 조국의 경제성장에 대해 자부심을 한껏 드러낸다. 한민족의 후손이라는 징표인, 손주 엉덩이의 몽고만점에 대해 가졌던 "뜻밖의 불청객/언젠가는 지워질 거라고 무심했었지"와 같은 불편한 감정도 사라졌다. 대신 "엷은 하늘색 바탕 몽고반점 위에/흰 구름의 획들도 뚜렷한 SAMSUNG/그 떳떳함의 근원을 찾아"처럼 자부심으로 충만해 있다. 한국인의 후예라는 사실이 예전에는 불편하기만 했었는데, 이제는 떳떳함으로 느껴지는 극적 변화가 이루어진 것은 바로 조국이 눈부신 경제발전을 이루었기 때문이다.

(3)

앗아라

앗아라

까마귀 싸우는 곳에

백로가 어찌 갈까마는

까마귀 싸움에 가지 않을 수 없는

칠천만 민족이여

우리는 일어서야 한다

싸워야 한다

두 번 다시 그 땅 그 조국이

섬나라 야만인들에게

착취와 능욕을 당하지 않도록

하나의 돌덩어리가 되어

우리 것을 지켜야 한다

저 태양이 빛을 잃을 때까지

흰 두루마기 검정치마가

용해되어 섬나라를 덮을 때까지

형아 동생아

누이야 우리의 자손들아

독도는 우리 땅

우리 것을 가꾸고 지키자

-이유식[60]의 「오 독도여!」[61]

이유식의 「오 독도여!」는 최근 한일 간의 분쟁지역으로 떠오른 '독도'에 대한 민족주의적인 애정을 환기한다. 그에게 민족은 남북한을 포함한 칠천만 민족이다. "칠천만 민족이여/우리는 일어서야 한다/싸

---

60) 경북 봉화 출생, 『열린문학』(1992)과 『신동아』(2007)로 등단, 『지울 수 없는 그림자』 외 시집 4권, 캘거리문학회 초대 회장, '파블로 네루다 문학상' 대상 수상, 민초 해외문학상 제정.

61) 캘거리한인문학회 카페(http://cafe.daum.net/calgary403), 2008.5.5.

워야 한다/두 번 다시 그 땅 그 조국이/섬나라 야만인들에게/착취와 능욕을 당하지 않도록/하나의 돌덩어리가 되어/우리 것을 지켜야 한다"에서 보듯이 국토의 일부인 독도를 수호하는 데 있어서 남북한이 같은 민족으로서 "하나의 돌덩이가 되어" 독도를 수호해야 할 것을 촉구한다. 왜냐하면 독도는 바로 우리의 땅 우리의 국토이기 때문이다. 시인은 일제강점의 치욕스런 역사를 반복하지 않기 위해서는 온 국민, 즉 "형아 동생아/누이야 우리의 자손들아"에서 보듯이 온 민족이 일체가 되어 돌덩이처럼 단단하게 결속하여 국토 수호를 해나가야 할 것을 당부한다. 국토 수호에는 남녀노소와 남북한이 따로 있을 수 없다는 것이 재외한인들의 생각이다.

이유식의 「아 아 나의 조국」[62]과 「광복 60년」[63]에서도 장거리 민족주의라고 할 만한 민족의식이 강하게 고취되고 있다.

> 일어서자 하나 되자
>
> 조국이여
>
> 검정치마 무명두루마기 입은 민족이여
>
> 오대양 육대주에 뿌리내린 단군선조의 핏줄들이여
>
> 뭉치고 사랑함이 선열들의 염원일진대
>
> 성황당 고갯길에서 철썩이는 파도소리
>
> 총총히 박힌 저 하늘의 별들처럼
>
> 영마루 넘어가는 60평생 한 생애

---

62) 캘거리한인문학회 카페(http://cafe.daum.net/calgary403), 2008.5.3.

63) 2005년 8월 13일 다운타운 밀레니엄 공원에서 개최된 캘거리 한인회 주최 광복 60주년 기념식에서 낭송한 시, 캘거리한인문학회 카페(http://cafe.daum.net/calgary403), 2005.8.14.

희망의 횃불을 밝혀라

아침햇살 찬란한 이슬방울 들

칡넝쿨 얽혀얽혀

그 민족 그 땅이 하나 되어

저 태양이 빛을 잃고

파아란 하늘이 숨을 멈출 때까지

영원히 빛나라

사랑하는 나의 조국이여

　　　　－이유식의 「광복 60년」 부분

　이유식은 「오 독도여!」에서 민족의 개념이 남북한의 경계를 넘었듯
이 「광복 60년」에서는 오대양 육대주 그 어느 곳에 흩어져 살아간다
하더라도 동일한 민족이라는 의식을 표현하고 있다. 그의 민족 개념
은 국민국가를 배경으로 한 영토 개념을 뛰어넘는다. 그것은 "오대양
육대주에 뿌리내린 단군선조의 핏줄들이여"에서 보듯이 혈통에 기반
을 둔 원시적인 민족개념이지만 지역적 장소에 구애받지 않는다는 점
에서 장거리 민족주의(long-distance nationalism)라고 할 수 있다.[64]
디아스포라가 보편화되고 세계화가 진행되는 시대에는 이처럼 초국

---

64) 앤더슨은 모국으로부터 다소 멀리 떨어져 정착한 이주민들이 모국의 간섭에
　　대해 저항하거나 혹은 모국과의 차별화가 필요하다고 느낄 때 등장하는 크리
　　올 민족주의(creole nationalism), 지배를 정당화시키는 위로부터의 관주도 민
　　족주의(official nationalism), 민족의 공용어를 가지는 유럽적 기원을 가진 언어
　　적 민족주의(linguistic nationalism), 모국이란 지역적 장소에 구애받지 않는, 특
　　히 세계화 시대에 점점 대두되는 새로운 형태의 장거리 민족주의(long-distance
　　nationalism)로 민족주의의 유형을 분류하였다.(Anderson, Benedict(2001),
　　"Western nationalism and eastern nationalism: is there a difference that
　　matters?", *New Left Review* Ⅱ, 9: pp.31-42.)

가적이고 국경의 경계를 초월하는 장거리 민족주의와 같은 새로운 형태의 민족주의가 대두하게 된다.

현재 대한민국은 이중국적이 허용되는 국외에서 영주권자 신분을 획득한 경우, 국외에 거주하더라도 법적으로 대통령선거와 국회의원 선거 같은 국내에서 실시되는 선거에서 투표권 행사를 할 수 있도록 법령을 개정하였다. 즉 혈통에 기반한 '재외국민'이라는 개념을 만들어서 이들에게 2012년 4월의 국회의원 선거에서부터 투표권을 부여하기 시작하였다. 따라서 재외한인들의 모국에 대한 지대한 관심이 결코 지나친 것은 아닌 것이다.

살펴보았듯이 캐나다한인들이 모국의 현실에 대해 갖는 관심은 모국에서 일어난 정치사회적 사건들에 대한 시화로 나타났다. 하지만 이때 그들이 보여준 태도는 초기 이민자들이 보여주었던 향수의 감정과는 다른 차원의 것으로, 그것은 장거리 민족주의라 부를 수 있다. 이상묵의 「아들의 광고사진」에서 보듯이 조국의 경제성장과 국력이 재외한인으로 살아가는 데 있어서도 자부심을 갖게 한 것이다. 따라서 그들은 한국에서 일어난 정치사회적 사건들에 대해서 큰 관심을 갖고 시적 형상화를 통해 그 관심을 표출한다. 특히 한일 간의 분쟁지역으로 떠오른 독도문제에 대해서는 민족감정을 강하게 환기한다. 디아스포라가 보편화된 전지구화 시대에는 민족 개념에서 어디에 거주하고 있는가가 더 이상 중요하지 않다. 교통과 통신의 발달로 국경을 초월한 교류가 보편화되었기 때문에 거주지가 어디든 어느 나라에 정서적 애착을 느끼느냐가 중요하고, 혈통이 중요해졌다. 그것은 다름 아닌 혈통에 기반한 장거리 민족주의라고 할 수 있다.

캐나다한인 문인들은 모국어인 한글로 문학을 하고 있고, 캐나다문단보다도 한국문단에서 등단하는 것을 선호한다. 실제로도 모국과의 교류가 매우 활발하다. 더욱이 최근에 한국은 재외한인들에게 재외국민이라는 지위로 투표권을 부여하기 시작했다. 따라서 그들의 한국에 대한 관심은 결코 지나친 것이 아니다.

6. 결론

2000년대 이후 캐나다한인시에 나타난 문화변용의 태도를 파악해 보았다. 2000년대 이후 캐나다한인시에는 첫째, 거주국에 대한 실망감과 소외감이 솔직하게 표현되었으며, 이민의 좌절감을 기독교에 대한 귀의를 통해서 극복하고자 하였다. 둘째, 현지 적응을 위한 치열한 생존전략이 표출되었다. 셋째, 캐나다의 자연풍광 및 복지제도를 찬양하였다. 넷째, 모국의 정치사회적 문제에 대한 관심과 비판, 또는 장거리 민족주의가 표현되었다.

즉 캐나다한인들은 이민에 대한 실망감과 소외의식을 종교(기독교)를 통해 해소하는 한편 현지 적응을 위해 치열하게 노력한 결과 점차 캐나다 현지에서 적응을 해가고 있다는 것을 시에서 찾아볼 수 있었다. 캐나다의 자연풍광과 복지제도에 대한 찬양은 다름 아닌 캐나다한인들이 캐나다라는 국가 공동체의 일원으로서 진정한 소속감을 갖기 시작했다는 의미이다. 한편 캐나다한인시는 한국의 정치사회적 문제에 대해서도 깊은 관심을 표출한다. 그것은 같은 혈통의 민족으로서 갖는 장거리 민족주의의 표출이라고 할 수 있다.

2000년대 이후 캐나다한인시는 문화변용에서 고립과 주변화를 벗어나 점차 통합의 태도를 보여주기 시작했다. 즉 거주국의 자연풍광과 복지제도에 대한 찬양과 모국에 대한 장거리 민족주의를 통해서 거주국과 모국 모두를 동일시하는 통합이 이루어지고 있다. 이는 거주국인 캐나다한인들이 모국의 문화를 유지할 수 있도록 다문화주의 정책을 실시했을 뿐만 아니라 경제대국으로 성장한 한국과의 빈번한 교류와 한국의 재외국민정책의 전환, 그리고 그들이 자발적으로 이민한 사람들이라는 사실들이 복합적으로 작용한 결과일 것이다.

제3장 주요 시인과 시집

⋮

1977년에 캐나다한인문인협회를 주도한 것은 이석현 등 8명의 시인이었으며, 첫 합동문집 『새울』은 113편의 시로만 편집되었다. 현재에도 캐나다한인문인협회를 비롯하여 문인단체의 회원 가운데 시인의 숫자는 가장 많고 신춘문예를 통해서 배출한 문인도 다른 장르에 비하여 시인이 가장 많다.

캐나다한인문단에서 활동하고 있는 문인들은 현재 이민 1세 중심이며, 개인 시집을 발간한 시인들은 다음과 같다.

캐나다한국문인협회의 창립회원이자 1, 2, 3대 회장을 역임한 이석현(1925-2009)은 1975년에 이민했으며 2009년에 작고했다. 그는 이민 전 한국에서 등단했고, 언론인으로도 활동을 했던 문인이다. 그는 제2회(1971) 한정동아동문학상과 제12회(1984) 새싹문학상을 수상했으며, 제1회(1996) '캐나다한국인상'을 수상했다. 그는 1997년까지 저서 12권, 편저 10권, 번역서 12권을 저술했다. 저서에 동요시집 『어머니』(가톨릭청년사, 1958), 동화집 『성큼성큼』(새벗사, 1970), 동시집 『가을 산마을』(1975), 시집 『들리는 소리』(가톨릭출판사, 1975), 수상집 『이역 하늘 아래서』(성바오로출판사, 1990) 등이 있다.

목사인 반병섭은 캐나다한인문인협회 10대 회장을 역임했으며, '밴쿠버문인협회' 초대회장으로서 여러 권의 시집과 수상집을 냈다. 그는 시, 시조, 소설로 등단했는데,[1] 시집(시조집)에『살아있음이 이리도 기쁜데』(종로서적, 1994),『겨울 창가에서』(보이스사, 2002),『물은 스스로 소리가 없지만』(2003),『양지로만 흐르는 강』, 한영시집『교포의 정원』(2002) 등이 있으며, 수상집(설교집 포함)에『잔칫집과 같은 교회』(보이스사, 1984),『나는 그저 물이면 된다』(보이스사, 1985),『마른 뼈에 대언하라』(보이스사, 1988),『목장의 메아리』(보이스사, 1988),『질그릇 같은 나에게도』(양서각, 1988),『길보다 먼여정』(종로서적, 1995) 등이 있다.

조정대는 동국대 국문과 출신으로 1975년에 이민했으며, 캐나다한인문인협회 6대 회장을 역임했다. 시집『세월의 바닷가에서』(문예한국, 1993),『겨울 나이아가라』(문예한국, 1993) 등을 펴냈다.

김영주는 파인 김동환의 딸로서 이화여대 국문과 졸업 후『월간문학』으로 등단했으며, 1987년에 캐나다로 이민했다. 시집『사랑이 무어라 알기도 전에』(시와시학, 1997),『바다 건너 시동네』와 산문집『내가 사는 데서 그대의 집 갑절로 그립다』(장문사, 1997),『사랑 그일 도의 하늘에는』 등이 있다.

이유식은 1974년에 이민했고,『열린문학』으로 등단했으며, 캘거리한인문인협회를 조직하여 초대회장을 맡았다. 시집『로키산마루의 노을』(시간과공간사, 1992),『이민길1』(살림터, 1998),『이민길2』(포엠토피아, 2001),『그날은 오는가』(북토피아, 2000),『지울 수 없는

---

1) 시는『심상』, 시조는『시조문학』, 소설은『한맥문학』으로 등단했다.

그림자』(온북스, 2006), 『이방인의 노래』(다트앤, 2010) 등의 저서가 있다.

이금실은 1975년에 이민했고, 한영시집 『누가 너에게 호수를 주었는가』(성바오로출판사, 2000)를 출간했다.

장석환은 1946년 서울 출생으로 시집에 『바람 깃 당겨 시간의 갈기만 눕히네』(문학예술, 1995), 『서울』, 『에밀리아를 부르면서』 등이 있다.

이상묵은 1940년생으로 1969년에 캐나다로 이주했다. 제22대 캐나다한인문인협회 회장으로 『문학과 비평』(1988)을 통해 등단했다. 시집에 『링컨 생가에서』(아침나라, 1993)와 『백두산 들쭉밭에서』(살림터, 1996)가 있다.

박영희는 『열린문학』으로 등단했으며, 시집에 『테임즈강변에서 달빛사냥』이 있다.

안봉자는 『순수문학』으로 등단했고, 시집 『파랑날개 물고기』(시한울, 2004), 『그대 오신다기에』(순수문학사, 2006), 수필집에 『낙타처럼 그리움 등에 업고』(시한울, 2007) 등이 있다.

유병옥은 충남대 국문과를 졸업하고, 1975년에 이민했다. 『시조문학』으로 등단(1995)하여 『산은 산 따라 흘러도』(혜진서관, 2002), 『어제는 나를 찾아 강물이 되고』(문학마을, 2004)를 출간했다.

조혜미는 시집 『불꽃나무』(시와시학사, 1995)를 출간했고, 홍정희는 시집 『내 모국어로 부는 바람』(시와시학사, 1996)을 출간했다.

김한선은 『안개는 섬으로 간다』(예진기획, 1994)를, 안희선은 『날 위한 이별』(경운출판사, 2002)을 출판했다.

권순창은 시집 『위대한 자유의 부자유』(시문학사, 1984)를, 길미자는 시집 『이처럼 함께』(강원일보사, 1985)와 시조집 『산새』(강원일보, 1984), 신앙수기 『아멘, 아멘, 아멘』(조형사, 1981)을 출간했다.

김영매는 시집 『너에게』(예전사, 1988)를, 손성호는 시집 『숙녀는 건배를 들고』(토론토, 1980)를, 박옥선은 시문집 『방향감각』(성바오로출판사, 1979)을 출간했다.

권천학은 『현대문학』으로 등단한 후 『고독 바이러스』(풀잎문학, 1994), 『청동거울 속의 하늘』(푸른물결, 1998), 『초록비타민의 서러움 혹은』(문학의 전당, 2011), 『노숙』(월간문학, 2014), 『유명한 무명시인』(신아출판, 2015) 등 다수의 시집을 발간했다. 단편소설 「오이소박이」로 경희해외동포문학상 대상을 수상(2010년)했으며, 수필 「나와 무궁화」로 흑구문학상 제1회(2014) 특별상을 수상했다.

에드몬튼얼음꽃문학회 소속의 조용옥은 『푸르게 걸어가는 길』(시선사, 2012), 전마리아[2]는 『글 없는 일기장』, 김숙경은 『시월애(詩月愛)』(문학공원, 2008)를 출간했다.

---

2) 『참여문학』 시 부문 신인상(1995), 한국시인협회 회원, 한국펜클럽 회원, 참여문학회 회원. 서울시 시낭송클럽 회원. 에드몬튼한인얼음꽃문학회 회원.

제IV부
캐나다한인소설

제 1 장 캐나다한인소설에 재현된 문화 적응의 단계 변화[1]

⋮

1. 서론

인간의 타 문화에 대한 적응은 여러 단계를 통해 발전한다. 베넷(M. J. Bennett, 1998)의 '문화 간 감수성 발전 모형이론'은 여섯 단계에 걸쳐 타 문화에 적응해 나가는 단계를 잘 설명해준다. 그가 말한 여섯 단계의 발전이란 부정단계 → 방어단계 → 최소화단계 → 수용단계 → 적응단계 → 통합단계이다.[2]

이 여섯 단계를 간단히 설명하면 다음과 같다. 첫째 부정단계에서 사람들은 문화의 차이를 해석할 줄 모른다. 문화적으로 다른 사람들과 접촉이 거의 없기 때문에 다른 이들이 지닌 상이한 가치 체계를 인정하려 들지 않는다. 이들은 자신만이 '옳다'고 믿으며, 다른 사람들의 문화적 차이를 인정하지 않는다. 오히려 차이를 '나쁜 것'으로 인식한다. 둘째, 방어단계에서 사람들은 자신들의 가치 체계가 절대적

---

1) 『한어문교육』 33, 한국언어문학교육학회, 2015.
2) 최윤희, 『문화 간 커뮤니케이션』, 커뮤니케이션북스, 2013.(네이버 지식백과), '문화 간 감수성 발전 모형' 항목.

인 것이 아니라는 점을 인정하기 시작한다. 하지만 문화의 차이에 대한 인식이 차이에 대한 인정으로 발전하는 것은 아니다. 즉 자신들의 부정적인 고정관념으로 남을 평가하고 자신의 세계관을 유지하려 든다. 이 단계에 속한 사람들은 상이한 가치 체계가 존재한다는 사실을 인정하기 두려워 남을 부정적인 고정관념으로 보려는 방어적 행동을 취하게 된다. 셋째, 최소화단계에서 사람들은 문화마다 차이가 있지만 그러한 차이는 인간이 지닌 유사성에 비하면 사소한 것에 불과하다고 생각한다. 즉 문화적 차이를 피상적 수준으로 치부하는데, 인간은 근본적으로 같다는 태도를 취함으로써 자민족중심주의 사고의 틀을 벗어나지 못 하고, 다른 문화를 이해하는 자세를 제대로 갖추지 못 한다. 넷째, 수용단계에서 사람들은 자신들의 가치관과 규범이 반드시 옳은 것은 아니며, 다른 문화도 존중되어야 할 가치관과 규범을 지닌다는 점을 수용하게 된다. 이들은 문화적 차이를 인식하고 탐구하려고 노력한다. 하지만 이들이 민족상대주의(ethnorelative)로 들어갔음을 의미하지는 않는다. 이들은 상이한 사고와 행위 방식이 싫지만 그러한 차이의 가능성을 수용한다. 즉 사람들이 문화적 상대성을 생각하기 시작하는 첫 단계다. 다섯째, 적응단계는 행위의 변화가 수반된다. 사람들은 문화적 차이를 수용할 뿐만 아니라 다른 문화권 사람들과 상호작용할 때 자신들의 행위를 변화시킬 수 있다. 그렇다고 자신의 문화적 정체성을 버리는 것은 아니다. 오히려 이중문화적(bicultural) 또는 다문화적(multicultural)인 사람이 되는 것을 의미한다. 이들은 다양한 문화권에서 적응할 수 있는 행위적 기술을 지니고 있다. 여섯째, 통합단계는 다른 문화권 사람들의 행위를 그들의 문화권 맥락에서 해석하는 능력이 있다. 사람들은 자신이 지닌 가치관 중

일부가 상충될지라도 복합적인 가치관을 자신들의 정체성에 통합시키는 방법을 안다. 여기서 통합(integration)이란 새로운 문화의 일부가 되면서 자신의 고유문화를 유지하는 것을 말한다. 통합 단계로 이동하면서 사람들은 자신의 국가적, 민족적 배경 외에 문화 간 커뮤니케이션 전문가(interculturalists) 또는 다문화 간 커뮤니케이션 전문가(multiculturalists)의 정체성을 확보한다.'[3]

민족 이산을 의미하는 디아스포라(diaspora)는 기본적으로 모국으로부터의 이주와 거주국에의 적응 사이에 작동하는 정치적 관계, 문화적 차이, 그리고 정체성 등의 문제를 안고 있다.[4] 본고는 베넷의 '문화 간 감수성 발전 모형이론'에 의거하여 캐나다한인들이 캐나다라는 거주국에서 새로운 문화에 적응해 나가는 발전 단계를 소설 작품을 통해 분석해 보고자 한다. 디아스포라는 모국에서 거주국으로의 단순한 공간적 이동을 의미하는 개념이 아니다. 오히려 공간적 이동은 순식간에 일어나지만 상이한 사회시스템, 언어, 문화, 생활양식에의 적응이라는 긴 시간에 걸친 과제가 이주민들에게는 주어져 있다.

본고를 위해 필자는 캐나다한인문인협회를 비롯한 캐나다 여러 지역의 한인문인협회 기관지 및 카페에 발표된 작품들과 개인 작품집을 읽고 문화적응을 주제로서 형상화한 작품들을 텍스트로 선정하였다.[5]

---

3) 최윤희, 위의 책, '문화 간 감수성 발전 모형' 항목.

4) Wahlbeck, "The concept of diaspora as an analytical tool in the study of refugee communities", *Journal of Ethnic and Migration*, Vol.28, No.2, 2002, pp.221-238.

5) 캐나다한인문단의 중심이 되고 있는 캐나다한인문인협회에서 발간한 『캐나다문학』과 동 단체의 카페(http://cafe.daum.net/koreansassocia)에 발표된 소설들, 그리고 2000년을 전후해서 조직된 다른 지역 문인단체들의 카페-'(사)한국문인협회 캐나다 밴쿠버지부' 카페(http://cafe.daum.net/klsv), '에드몬튼한인얼음꽃문학회' 카페(http://cafe.daum.net/Edmon tonLiterary), '캘거리한인문인협회' 카

캐나다한인소설에 관한 연구는 이제 연구가 시작되는 단계로서 기존 연구가 거의 축적되어 있지 않다. 연구의 텍스트도 캐나다한인문인협회에서 발간한 『캐나다문학』과 일부 작품집에 한정되어 있다. 이상갑은 캐나다한인소설의 특징을 '경계의 삶과 순혈주의적 사고'와 '이주에의 현실과 탈경계의 삶'이라는 두 가지의 관점에서 파악한 바 있다. 그는 캐나다한인문학에서 순혈주의적 사고는 다문화사회인 캐나다에서의 적응에 긍정적 측면보다는 부정적 측면이 많다는 것을 지적하며 민족과 언어의 굴레를 넘어서는 탈경계의 태도, 즉 이주의 현실에 보다 적응하는 태도가 요청된다고 했다.[6]

한편, 이기인은 캐나다한인작가 이종학과 장명길이 재미작가와 유사한 면모를 보이는 것은 사실이지만 재미작가에게서 볼 수 없었던 백인과의 충돌, 2세 교육과 세대 간의 갈등, 교민단체나 교회와 같은 교민사회 등이 다루어졌다고 분석했다.[7]

유금호는 캐나다한인작가 장명길의 소설집 『풀의 기원』(2004)에 대해 "피폐한 조국의 삶에서 탈출구로 선택한 이민생활이 삭막한 토양에 부딪혀 겪는 좌절과 분노, 절망들이 만드는 음울한 풍경화"로 그 성격을 규정지은 바 있다.[8]

페((http://cafe.daum.net/calgary403), '캐나다한국문인협회' 카페(http://cafe.daum.net/KWA-CANADA)- 등에 발표한 소설들과 개인 작품집을 읽었다. 캐나다한인문인협회 이외의 문인단체들도 기관지를 발간하고 있다. 하지만 카페에는 기관지에 발표한 작품을 포함하여 새로운 작품들이 더 많이 올라 있다.

6) 이상갑, 「경계와 탈경계의 긴장관계-캐나다한인소설을 중심으로」, 『우리어문연구』34, 우리어문학회, 2009, 67-92면.

7) 이기인, 「미주지역 이민 1세대 소설 비교연구」, 『한국언어문학』72, 한국언어문학회, 2010, 401면.

8) 유금호, 「뿌리 뽑힌 삶과 노스텔지어의 그늘-장명길 소설의 풍경들」, 장명학, 『풀

2. 캐나다한인의 문화적응 단계 변화

2.1 부정과 방어 단계

한국인으로 태어나서 성장한 후 이주한 이민 1세대들은 이주 이후에도 계속 한국인으로서의 정체성을 유지하려는 경향을 강하게 나타내는 반면에 캐나다의 새로운 문화에 대해서는 부정하려는 경향을 나타낸다. 태어나서 수십 년 동안 형성된 한국인으로서의 정체성이 이민이란 공간의 이동에 의해서 금방 변화하기는 어렵기 때문에 이러한 태도는 이주 후 상당기간 계속된다.

현우성의 「밀양아리랑」(1992)[9]에는 캐나다 서부 밴쿠버를 배경으로 하여 "자녀로부터 독립하여 정부가 지급하는 효도금으로 살아가"는 70대의 세 노인이 등장한다. 그들은 1년 중 300여 일을 낚시로 소일할 만큼 낚시광이다. 장도사로 불리는 장인창, 명창 이달영, 메뚜기 영감이란 별명을 가진 최익균이 그들이다. 그들은 비록 영어도 제대로 하지 못 하지만 노인연금을 지급받으며 낚시를 즐길 수 있는 캐나다를 "아… 정말 지상의 낙원이여"라고 생각하는 인물들이다. 한마디로 세 노인은 캐나다의 복지제도를 찬양하며 거주국 캐나다에 동화된 태도를 나타낸다.

그런데 이 세 노인과 데이비의 할아버지 박철규를 만나면서 정체성이란 주제가 부각된다. 박철규는 백인과 이혼한 후 홀로 아들을 키우

의 기원』, 사단법인 한국소설가협회, 2004, 259면.
9) 『이민문학』6, 캐나다한국문인협회, 1992, 243-256면.

던 딸이 갑자기 위암으로 사망하자 귀국을 서두른다. 세 노인은 "세계에서 인종차별 제일 잘 하는 곳이 한국"일 거라며 박 노인이 혼혈의 데이비를 한국에 데려가는 것을 극구 만류한다. 하지만 박 노인은 강경하게 귀국을 고집한다. 즉 그는 자신이 옳다고 믿는 것 이외의 다른 가치를 인정하려 들지 않는 부정의 태도를 강하게 갖고 있다.

> "잘들 듣게 우리에겐 변할 수 있는 것과 변하지 못 하는 것이 있네. 영어를 잘하면 한국말을 안 써도 살 수 있어. 쌀밥 깍두기 김치 된장찌개를 안 먹고 서양음식을 먹고도 살 수도 있지. 그뿐 아냐. 이곳에서 쭉- 교육을 받으면 생각까지도 바꿀 수 있어. 다시 말해서 음식, 언어, 의복, 사고방식까지도 다 바꿀 수 있네. 그런데 꼭 바꿀 수 없는 것이 둘이 있어. 그게 무엇인지 아나?"
> 박 노인의 표정은 흥분돼 있었다. 자신감이 넘치는 그의 소신과 의지 앞에 삼총사는 그저 빨려들어 가고만 있었다.
> "모든 것이 다 바뀌어도 못 바뀌는 첫째는 우리 혈관에 흐르는 피일세. 둘째는 우리의 조상이야. 박사학위를 몇 개 얻고 머리에 노란 염색을 해도 이 둘만은 변할 수 없네. 내 말 알아듣겠어. 나는 꼭 데이비를 데리고 갈 걸세. 그리고 밀양 박씨 32대손 박덕유로 아들놈 호적에 입적시킬 걸세. 데이비 부모가 남기고 간 집을 처리해서 큰돈을 가져가니 얼마간은 아들 녀석이 농사짓느라 농협이 진 빚을 갚아주고 나머지는 은행에 장기저금을 하면 그 이자만으로도 데이비와 그 외사촌들까지 내가 죽더라도 대학교육까지 못 시키겠나."[10]

---

10) 현우성, 「밀양아리랑」, 위의 책, 253-254면.

박 노인은 "모든 것이 다 바뀌어도 못 바뀌는 첫째는 우리 혈관에 흐르는 피일세."라며 언어, 음식, 사고방식에 우선하여 바꿀 수 없는 것으로 피와 조상을 들고 있다. 즉 그는 혈통에 기반한 민족의식을 갖고 있다. 하지만 '자신감이 넘치는 소신과 의지'마저 갖고 있는 그의 민족관념은 엄밀히 말하자면 순혈주의적 사고는 아니다. 왜냐하면 서양인과 한국인 사이의 혼혈인 데이비는 순수한 한국인의 혈통을 물려받지 않았다. 뿐만 아니라 부계혈통주의 전통을 가진 한국의 가족주의와 박 노인의 외손자에 대한 사고방식이 반드시 일치하는 것은 아니다. 그럼에도 불구하고 박 노인은 서구적인 외모와는 달리 한국어를 잘 구사하며 김치를 잘 먹는, 그리고 한국인의 피가 절반 섞인 외손자를 한국으로 데려가 밀양 박 씨 32대손 박덕유로 아들의 호적에 입적시켜 한국인으로 키우겠다고 고집하며 세 노인이 말하는 다른 가치체계를 아예 인정하려 들지 않는다. 즉 한국의 인종차별을 염려하며 다민족 다문화 국가인 캐나다에서 데이비를 키우는 것이 나을 것이라는 세 노인의 권고를 받아들이지 않는다.

"저 사람들도 다 가는데 할아버지 왜 못 가."

데이비는 거의 울상이었다. 고향에 가고 싶지 않은 사람이 어디 있을까. 짐승들도 늙거나 죽을 때는 제 난 곳을 찾아간다는데 사람이 어찌 짐승만 못할까. 이민! 누가 말했던가. 역마살이 낀 사람들의 행진이라고. 아니 인생의 오발탄이라 한다면 심한 착각일까. 은둔! 그것은 옛 선비들의 말을 남용한 과찬인 것만 같다. 이민, 그것은 역마살도 아니고 오발탄도 아니고 은둔도 아니고 그저 고달픈 삶의 한 장이라고 장 도사는 생각했다.

가고픈 고향, 자녀들도 다 나와서 미국으로 캐나다로 흩어져 살고 혈육도 없는 고향! 젊은 친지들도 산업의 물결을 따라 도시로 나간 그림 같은 전원은 시멘트 색깔에 물든 고향이지만 그 산과 들과 냇물이 보고 싶었다. 그 보고픈 마음은 데이비의 어린 동심과 조금도 다를 게 없는데 어연 80년이란 긴 세월이 바람같이 허무하게 지나갔다.[11]

인용문은 데이비가 박 노인을 따라 한국으로 떠나는 공항에서 세 노인을 향해 다른 사람들도 다 가는 고향에 왜 가지 않느냐는 질문에 대해서 장 도사라 불리는 장인필이 갖는 생각이다. "이민, 그것은 역마살도 아니고 오발탄도 아니고 은둔도 아니고 그저 고달픈 삶의 한 장이라고 장 도사는 생각했다."처럼 그들은 입으로는 노인연금을 지급받으며 낚시로 소일할 수 있는 캐나다를 지상낙원이라 불렀지만 그들의 내면에서 이민은 고달픈 삶의 한 장일 뿐이다. 또한 그들은 마음 속에서 고향으로 돌아가고 싶은 욕망을 품고 있지만 현실에서 그 욕망을 실현할 수 없는 상황이다. 왜냐하면 고향에 가고 싶어도 혈육들이 이미 세계 이곳저곳으로 흩어져 살아가고 있고, 친지들마저 고향을 떠나 도시로 나가 살고 있기에 고향에 돌아가 봤자 반겨줄 사람이 아무도 없기 때문이다. 그렇지만 시멘트로 변해버린 고향 풍경일지라도 가슴속 깊은 곳에서는 돌아가고 싶은 욕망을 가지고 있다는 것을 인용문은 보여주었다. 즉 박 노인뿐만 아니라 캐나다에 동화된 것처럼 보이는 인물들의 마음속에도 고향에 대한 그리움이 간직되어 있다는 것을 작가는 말하고 싶었던 것 같다.

---

11) 위의 글, 255면.

이종학[12]의 콩트 「딸의 모습」(2001)에서는 어머니의 김치 솜씨를 닮아 배우지 않아도 김치도 잘 담그고, 더욱이 한국유학생을 만나 혈통의 순수성을 지켜준 이민 2세인 딸에 대한 자부심을 갖는 이민 1세대가 등장한다.

미시즈 킴은 "어느 날 불쑥 다른 민족의 남자를 데리고 집에 와서 결혼하겠다고 일방 선언하는 딸로 해서 혼비백산한 교민 가정의 이야기를 들을 때마다 해질 무렵이 되면 공연히 방정맞은 생각에 시달렸다." 하지만 그녀의 노심초사가 기우라는 듯 큰딸은 "한국에서 대학 재학 중에 영어 연수를 하려고 에드먼턴에 와 있던 젊은이"와 결혼을 한다. 무엇보다도 그 점이 그녀는 흐뭇하다. 큰딸이 부모의 가장 큰 걱정거리였던 한국인으로서의 혈통의 순수성을 지켜주었기 때문이다.

또한 그녀는 밑반찬을 만들고 김치를 담글 때마다 큰딸에게 "아무리 이민 와서 타국 땅에 뿌리를 내리고 살아도 조상으로부터 물려받은 입맛은 보존해야 한다고 잔소리를" 해왔던 터였다. 그러나 그 말을 건성으로 흘려버리고 음식 만들기를 배우지 않던 큰딸이 결혼하여 김치를 직접 담가 먹는다는 사실에 놀라움을 금치 못 한다.

그 사람들 자기 아내에게 뭐라고 다그쳤는지 아십니까? 캐나다에서 나서 자란 교포의 딸은 김치를 제대로 담가 먹는데 한국에서 자란 여자들은 식품점 신세를 면치 못 하니 도대체 어떻게 된 노릇이냐고 길

---

12) 1988년에 이민, 에드몬튼얼음꽃문학회, 캐나다한국문인협회, 캐나다한인문인협회 회원, 장편소설집 『태아가 보이는 세상』(2007), 장편소설 『업녀』1.2(2010) 등이 있다.

길이 뛰었다지 뭡니까. 그리고 나서는 이 여자들, 저 사람을 김치 담그는 스승으로 모시고 있답니다.[13]

이민 1세는 2세가 동족 간의 결혼을 통해서 혈통의 순수성을 지켜주길 바랄 뿐만 아니라 모국의 음식문화 등 문화적 규범도 그대로 보존하고 계승하여 주기를 소망한다. 큰딸은 바로 이민 1세의 민족주의적 기대를 충족시켜준 인물이다. 이종학은 「딸의 모습」에서 이민 1세뿐만 아니라 2세까지도 한국인에 민족정체성을 일치시키고 거주국 캐나다의 문화가 아니라 모국문화에 통합하여야 한다는 것을 짧은 콩트를 통해서 표현했다.

혈통에 기반한 민족정체성 의식은 이종학의 소설집 『검은 며느리』[14]에 수록된 「피의 충동」에서도 잘 드러난다. 제목에서 이미 드러났듯이 「피의 충동」 역시 혈통에 기반한 민족의식을 고취하고 있다. 그리고 언어가 민족정체성의 확인에서 혈통 못지않게 중요한 요소라는 것을 강조했다.

현우성과 이종학의 소설 속 주인공들이 보여주는 문화적응의 태도는 부정과 방어의 단계에 해당된다. 이들은 캐나다 현지의 문화에 적응하는 것에 관심이 없으며, 오히려 부정적인 고정관념을 갖고 캐나다 문화를 판단한다. 현우성의 「밀양아리랑」에 등장하는 데이비의 할아버지 박철규는 다문화주의 국가인 캐나다의 장점 같은 것을 아예 보려하지 않는다. 그는 한국이 인종차별이 가장 심한 나라니까 혼혈인 데이비를 캐나다에서 키우는 것이 낫지 않겠느냐는 세 노인의 충

---

13) 이종학, 「딸의 모습」, 『캐나다문학』 10, 캐나다한인문인협회, 2001, 183면.
14) 이종학, 『검은 며느리』, 백암, 2002.

고도 아랑곳하지 않은 채 귀국을 고집한다. 이종학의 「딸의 모습」에 등장하는 미시즈 킴도 마찬가지이다. 딸이 혈통의 순수성을 지켜 한국인과 결혼해주길 바라고, 김치 등 음식문화도 모국의 입맛을 지켜주길 소망한다. 이들은 모국의 문화만이 우월하다는 고정관념으로 타문화를 부정적으로 평가하는 인물들이다. 그야말로 자민족중심주의(ethnocentrism)의 사고에 머물러 있다. 그들은 모국에서 습득한 문화가 유일한 것이기 때문에 그들의 행위와 사고는 옳고, 정상적인 반면 다른 사람들의 행위와 사고는 옳지 않으며 잘못되고 열등한 것으로 취급한다. 즉 그들의 사고방식과 문화만을 당연시하고 정당화한다. 소설 속 인물들은 이민 초기 부정과 방어 단계에 머물러 있는 문화적응의 태도를 보여주었다.

2.2 최소화 단계에서 수용단계로

김외숙[15]의 「우리의 만찬」(2009)은 이민족 간의 결혼과 이주의 갈등을 다룬 소설이다. 이 작품은 작가 자신의 자전적 경험도 어느 정도 묻어나 더욱 설득력을 가지는데, 그녀는 캐나다인 목사와 결혼하여 2003년에 캐나다로 이민했다. 소설의 1인칭 화자이자 주인공은 외국인과의 결혼에 극도의 스트레스를 느낀 나머지 이혼까지도 고려하는 상황이다. "애초에 같은 나라 사람도 아닌 그와의 결혼을 앞두고 있었을 때, 나는 이렇게 생각을 했다. '아무려면 사람 사는 곳이 달라봐

---

15) 2003년 캐나다 이민, 캐나다한인문인협회 회원, 『그대 안의 길』(1997), 『두 개의 산』(1999), 『바람의 잠』(2003), 『아이스와인』(2006), 『유쾌한 결혼식』(2009), 『매직』(2011), 『그 바람의 행적』(2013) 등의 소설집이 있다.

야 얼마나 다를까?' 하고. 그것은 말도 생김새도, 문화도, 생각도, 정서도 다른, 앞으로의 삶에 대한 자신감이기도 했고 그것에 나이가 작용을 하기도 했다."라고 생각하며 결혼을 감행했던 것이다. 이때 주인공이 가졌던 태도는 문화적응에서 최소화의 단계라고 할 수 있다. 즉 타국으로의 이민과 외국인과의 결혼이 문화적 차이를 야기하겠지만 그것은 피상적 수준일 것으로 치부했던 것이다. 그리고 사람 사는 곳이 차이가 있어 봐야 얼마나 차이가 있을까 하고 유사성에 비해 차이를 최소화했다.

하지만 외국인과의 결혼, 더욱이 모국을 떠나와 캐나다에서의 생활은 사소한 국면에서부터 문화충격을 유발한다.

정서와 관습이 함정이 될 수 있음을 예상치 못 했던 것은 나의 불찰이었다. 권유나 양보, 사양 이전에 공정한 서로의 몫과 경계선을 분명히 해 두는 것에 익숙한 그의 정서는 낯선 것에 낯가림이 심한 내게는 늘 날카로운 칼날을 들이대는 것 같다. 그것은 적어도 내게는 지독한 이기주의로, 몰인정으로 느껴진다. 이처럼 대답이 분명하니 그와 나 사이에 존재하는 공통점을 나는 찾기 힘들고 그것 때문에 나는 낯선 곳에서 마음 붙일 수가 없다.

왜 이토록 나와 다른가?

자르는 것 같은 그의 대답의 습관, 그리고 내게 요구하는 대답에 내가 할 수 있는 말은 이것뿐이었다. '왜 이렇게 다르냐?'는 말. 낯가림으로 삶의 갈피로 스며들지 못 하고 겉돌며 서걱대면 나는 그렇게 포크를 들이대듯 앙탈을 부렸다.[16]

---

16) 김외숙, 「우리의 만찬」, 『캐나다문학』14, 캐나다한인문인협회, 2009, 249면.

주인공이 가장 참을 수 없는 것은 남편의 지나치게 "공정한 서로의 몫과 경계선을 분명히 해 두는" 성격이다. 그것이 "낯선 것에 낯가림이 심한 내게는 늘 날카로운 칼날을 들이대는 것 같"이 받아들여지며, 지독한 이기주의요, 몰인정으로 느껴졌던 것이다. 이민자인 '나'에게는 남편의 다름과 차이를 받아들일 마음의 여유 같은 것은 아예 없다. 아니 남편의 성격에 대하여 부정적인 고정관념을 적용하고, 자신의 성격에 대해서는 긍정적인 고정관념을 적용한다. 주인공이 남편의 성격에 대해 낯설음을 느끼는 것은 일종의 문화충격(culture shock)이다. 남편의 성격을 이해하지 못 하고, 현지문화에 적응하지 못 하는 주인공은 남편과의 사이에서 공통점을 찾기 힘들고, 낯설음에 적응하지 못 하는 피로감을 견디다 못 해 이혼까지도 심각하게 고려하는 위기에 직면한다.

"낯설어, 너무 낯설어 내가 죽을 것 같아."
그가 미처 삼키지 못 한 입속의 고기를 삼키는지 목젖이 움찔 움직였다. 그가 뭔가를 말하려다 입속에다 가두며 대신 와인 잔을 들어 한 모금 마셨다. 그리고 자세를 고쳐 앉았다.
"당신 이거 알아, 이러는 당신이 나도 낯설다는 거?"
'내가 낯설다고?'
그것은 뜻밖이었다. 낯설다는 것은 당연히 근거지를 옮겨온 내 몫인 줄 알았다. 내가 무겁게 내려앉으려는 눈까풀에다 준 힘으로 그를 겨냥했다.
"당신은 말하지 않았잖아, 내가 낯설다고."

찬물을 한잔 들이킨 기분이었다.[17]

하지만 "왜 이토록 나와 다른가?"라고 주인공이 앙탈을 부렸을 때, 남편은 의외에도 "당신 이거 알아, 이러는 당신이 나도 낯설다는 거?" 라고 반응한다. '나'는 "낯설다는 것은 당연히 근거지를 옮겨온 내 몫인 줄 알았"었는데, 남편의 뜻밖의 반응에 '나'는 "찬물을 한 잔 들이킨" 것 같은 충격에 휩싸인다. 그런데 남편이 보여준 예상 밖의 반응을 통해 주인공은 처음으로 자신의 규범과 가치관만이 반드시 옳은 것은 아니라는 데에 생각이 미친다. 그리고 자신과 다른 사람의 규범과 가치관도 존중되어야 한다고 생각하게 되는 사고의 일대 전환이 이루어진다.

이 작품은 "붙잡아주고 써는 모습이 오히려 다정하고 순하여 그 관계가 아름답기조차" 한 포크와 나이프의 관계처럼 부부간에는 서로의 다름을 조화로 승화시키며, 특히 이민족끼리의 결혼에 있어서는 서로 간에 익숙해지는 데에 시간이 필요하다고 말한다. 뿐만 아니라 차이에서 오는 갈등을 속으로 삭일 것이 아니라 말로 표현해야 하고, 포크와 나이프의 관계처럼 상호보완적 관계를 통해 차이에서 오는 갈등을 극복해 나가야 할 것을 작가는 강조하고 있다.

이와 같은 태도는 비단 이민족끼리의 결혼에서만 요청되는 것이 아닐 것이다. 즉 디아스포라라는 낯선 환경에 처했을 때에도, 낯선 것에 익숙해지는 데에는 시간이 필요하다는 것, 즉 낯설음과 차이에 서로 적응하려는 노력과 인내가 필요하다는 것이다. 「우리의 만찬」은 현지

---

17) 위의 글, 253면.

인들이 이민자를 일방적으로 이해해 주길 바랄 것이 아니라 이주에서 느끼는 문화충격을 이민자들이 어떻게 받아들이고 적응해 나가야 할 것인가에 대한 방향을 제시해주고 있다. 즉 서로 간에 문화적 차이를 인정하고 통합을 이루어 나가려는 꾸준한 노력과 인내의 태도가 쌍방 간에 모두 필요하다는 것이다. 이 작품에서 주인공은 처음에 가졌던 최소화의 단계를 벗어나 남편의 다른 성격과 문화적 차이를 수용하게 된다. 즉 자신의 가치와 규범만이 유일한 것이 아니라는 것을 인식하는 수용단계의 문화적응을 보여주었다. 이때 주인공의 태도는 자문화 중심주의를 벗어난 문화상대주의 초입 단계라고 할 수 있다.

2.3 적응과 통합의 단계로

김해영[18]의 「시간의 섬」(2004)[19]은 이민 5년차 주부의 내적 갈등을 다루고 있다. 그녀의 현지에서의 갈등은 백인 여성의 차별적 발언, 최근 이민 온 최 부부의 과시, 1.5세인 딸의 현지 부적응 문제 등 다양하다. 그녀는 자신의 이민 스트레스를 다음과 같이 표현하고 있다.

지난날 한 번도 삶을 즐겨 본 적이 없었다는 생각이 들었다. 모처럼 여름휴가를 가면 철저한 계획 아래 완벽한 준비물로 국군의 날 사열식에 참여한 군인처럼 긴장한 채 보냈다. 등산을 가도 과녁을 겨냥한 궁

---

18) 2003년 밴쿠버문인협회 신춘문예 시부문에 당선되어 문단 데뷔, (사)한국문인협회 캐나다 밴쿠버지부 회원으로 시집 『바다로 간 달팽이』(2012)를 발간했다.

19) (사)한국문인협회 캐나다 밴쿠버지부 카페(http://cafe.daum.net/klsv), 2004.10.6.

수처럼 자기와 싸우며 행진했다. 능선을 건너다 볼 여유도 발밑에 방
긋 웃는 풀꽃의 미소에 답할 짬도 없이 앞만 보고 살아온 시간이었다.
여가를 즐기는 연습이 안 돼 있는 그들에게 남는 시간은 부질없는 그
리움과 외로움만 불러다 주었다.[20]

주인공의 이주 이후의 삶은 그야말로 "한 번도 삶을 즐겨 본 적이
없"는 고도의 긴장상태, 즉 스트레스의 연속이다. 심지어 여름휴가 때
조차 "국군의 날 사열식에 참여한 군인처럼" 긴장하며 보냈고, 등산
을 가서도 "과녁을 겨냥한 궁수처럼" 팽팽한 긴장상태에서 자연을 즐
길 줄 모르는 채 자기와 싸우면서 행진했다. 주인공은 자신이 겪고 있
는 스트레스를 민족성의 차이에서 야기된 것으로 인식한다.

"이건 안 돼, 저것도 안 돼." 끊임없이 제재만 받고 살아 온 그녀가 늘
움츠러든 자라목이라면 실수를 해도 "Good try." 하며 칭찬 받는 서양
인들은 시원하게 뻗은 기린 목이었다. 캐나다인들에게서는 자연스러
움이 묻어났다. 도덕과 이상으로 옭아매지 않고, 거짓과 허세의 가면을
쓰지 않고 타고난 그대로 천연스럽게 살고 있었다.[21]

그녀는 한국인과 캐나다인의 차이를 움츠러든 자라목과 시원하게
뻗은 기린 목으로 비유한다. 한국인인 그녀가 도덕과 이상으로 삶을
옭아매고 허세의 가면을 쓰고 살아왔다면, 캐나다인들은 도덕과 이상
에 얽매이지도 거짓과 허세의 가면도 쓰지 않고 타고난 그대로 천연

---

20) 김해영, 「시간의 섬」, 위의 카페, 2004.10.6.
21) 위의 글, 위의 카페, 2004.10.6.

스럽게 사는 것으로 인식된다. 즉 그녀는 한국인과 캐나다인의 문화적 차이를 어느 정도 인식하고 있는 상황이다.

그녀가 이민 온 지 5년이 지난 캐나다에 대해 아직도 "여색선을 탄 듯한 멀미"를 앓으며 결코 편안한 느낌을 가질 수 없는 이유는 무엇보다도 백인들의 인종차별적 태도로부터 비롯된 것으로 인식한다. 그녀는 산책 중에 아름다운 3층집을 발견하고 가까이 갔다가 집주인인 백인여자로부터 개인 소유지역을 침범했다는 경고를 받는다. 뿐만 아니라 그녀는 골목길까지 따라 나와 "No. But I don't want see a stranger around my house.(아니. 하지만 내 집 주변에서 낯선 사람 보고싶지 않아.)"라는 불합리한 차별적 발언을 내뱉는다. 따라서 "약이 올라 팔짝팔짝 뛸 노릇이었다. 처음엔 남의 소유지를 침범했으니 미안하게 여겼지만 골목까지 나와 쫓아내는 건 아무래도 견딜 수 없는 인권침해이고 텃세였다. 동양인이 아닌 서양인이어도 그랬을까. 절대로 못 하지. 분명히 인종차별이야. 아이구, 왜 시원하게 욕 한 마디 못 해 줬을까."라고 주인공은 극도로 흥분한다.

현지 백인들의 동양인에 대한 인종차별적 태도만이 그녀에게 스트레스를 안겨주는 것은 아니다. 같은 민족인 한인들끼리의 만남에서도 그녀는 스트레스를 받게 된다. 그녀는 저녁에 이민 20년차인 대니 부모로부터 차 한 잔 하자는 초대를 받는데, "두 종류의 차-녹차와 커피-와 쿠키, 과일 한 접시, 손님이 갖고 온 듯한 치즈 케익이 다였다." 그야말로 캐나다인이 다 된 대니네는 캐나다 식으로 간단한 다과만을 준비해 놓았던 것이다. 이민 20년차인 대니네는 현지 문화에 완전히 동화된 태도를 보여주고 있다. 그녀 부부는 그런 대니네에 대해 다소의 거리감을 느낀다.

그녀 부부는 대니네 집에서 만난, 이민 온 지 1개월 된 최 씨 부부
로부터도 마음의 상처를 받게 된다. 최 씨는 모국의 상황을 "개판이
에요. 북한에서는 핵무기로 공격한다고 야단이지요, 정부는 대기업
때려잡는 데만 혈안이지요, 기업가들이 더 이상 한국은 희망이 없다
고 중국이나 월남으로 공장들을 옮기고 있어요."라고 함부로 비방하
며, "IMF를 단기간에 극복한 조국"을 자랑스러워하는 그녀의 자부심
에 찬물을 끼얹는다. 뿐만 아니라 최 씨는 세탁소를 하는 남편을 향
해 한국에서 뭘 했느냐며 칭찬인지 힐난이지 모를 질문을 던지며 상
처를 입힌다. 남편은 본국에서 뭘 했는지 잊었다며 최 씨에게 어퍼컷
(uppercut)[22]을 날리지만 그는 "아이고, 이 사장님은 캐나다 사람 다
되셨네. 그래 캐나다 뭐가 그리 좋습디까?"라고 악의의 발톱을 세운
다. 그러자 대니 아빠가 그의 잘못된 사고방식을 다음과 같이 바로잡
아준다.

> "최 사장님 모르시는 말씀, 물론 일부는 자기네가 무거운 세금 내며
> 이루어 놓은 기반에 이민자가 뒤늦게 들어와 노력 없이 혜택받는 걸
> 곱지 않은 시선으로 보는 이도 있지요. 하지만 우리도 열심히 일해 세
> 금 내고 당당하게 권리 주장할 수 있는 나라예요. 캐나다처럼 사회보
> 장제도 잘된 나라 드물어요. 우선 의료보험 보세요. 제 집사람이 얼마
> 전에 안과 수술을 했는데 돈 한 푼 안 냈어요. 그냥 퇴원하려니 얼마나
> 뒤통수가 부끄럽던지. 안 되겠어서 마다하는 담당의사와 간호사에게
> 고맙다며 초콜릿 하나씩 주고 돌아 온 걸요. 의사는 얼마나 친절한지.
> 공무원이나 경찰, 심지어 판사, 변호사까지 목에 기브스하고 거드름 피

---

22) 어퍼컷(uppercut) : 권투에서, 상대편의 턱을 밑에서 위로 올려 치는 공격법.

우는 모습 여기선 볼 수 없어요."[23]

　캐나다 예찬론자인 대니 아빠는 캐나다가 사회보장제도가 잘된 나라로서 특히 의료보험 혜택이 얼마나 훌륭한지에 대해 최 씨를 설득한다. 그리고 의사, 공무원, 경찰, 판사, 변호사 등 사회의 지도층 인사들도 전혀 거드름을 피우지 않는 훌륭한 나라라고 칭찬한다. 하지만 최 씨는 한국 가면 일류 대학병원의 박사들한테 진료를 받을 수 있는데 뭐하려고 여기서 기다리느냐고 응수한다. 즉 조금 전 한국의 정치 상황을 가차 없이 비판했던 것과 달리 경제대국이 된 모국의 의료수준에 대한 우월감을 한껏 드러낸다. 최 씨 부인마저 골프 이야기로 세탁소를 하고 있는 주인공의 마음을 편치 않게 만든다.

　대니네는 캐나다 예찬론자. 아름다운 자연경관부터 사회복지제도, 캐나다인의 친절과 정직을 찬미하고 숭배했다. 반면에 본국을 그들이 이민 오던 80년대 초의 지저분하고 미개한 공중화장실로 기억하고 있었다. 빌딩이 즐비하고 인터넷 초강국이어도 아직까지 공산주의와 대치한 유일한 분단국가요, 주머니에 돈이 많아 흥청망청해도 삶을 즐길 줄 모르는 문화 빈곤사회라며 혹평을 했다. 변명의 여지가 없는 엄정한 사실이었다. 하지만 내 나라, 내 겨레에게 덤도 안 주고 객관적으로 비평하는 게 야속했다. 한편 최 씨네는 한국 경제 급성장의 수혜자, 동시에 돈과 빽으로 안 되는 게 없는 특수계층, 온갖 부정에 고리처럼 물려 있으면서 남의 작은 티끌은 기를 쓰고 비난하며 상대가 조금만 세

---

23) 김해영, 「시간의 섬」, (사)한국문인협회 캐나다 밴쿠버지부 카페(http://cafe. daum.net/klsv), 2004.10.6.

면 설설 기고 약하면 철저하게 짓밟는 자. 그런 부류 피해 떠나왔는데 어쩌자고 또 맞닥뜨렸단 말인가? [24)]

이처럼 이민자들은 같은 동포 사이에서도 서로 스트레스를 주고받는다. 그리고 대니 아빠와 최 씨처럼 모국과 거주국에 대한 가치관에서도 극심한 차이를 나타내는데, 그 차이는 이주 기간이나 이민을 온 시기의 한국 상황이 결정짓는 것으로 작가는 보고 있다. 주인공의 남편은 "봐, 대니네는 20년 넘은 원주민, 최 사장네는 햇 이민자, 우리는 중간 얼치기. 캐나다인도 아니고, 한국인도 아니고. 헛헛"이라며 80년대 한국이 빈곤한 시기에 이민한 대니 아빠와 한국의 경제 급성장의 수혜자인 최 씨, 그리고 이민 5년차인 자신의 가치관이 같을 수 없으며, 자신을 캐나다인도 한국인도 아닌 얼치기로 일컬으며 자조적인 웃음을 웃는다. 이처럼 이민자들은 캐나다에 언제 이민했느냐에 따라 이민의 동기도 각각 다를 수밖에 없으며 모국관도 다를 수밖에 없다는 것을 작가는 말하고 있다. 뿐만 아니라 이주의 기간에 따라 거주국에 대한 문화적응의 태도도 달라진다고 본다.

이민 온 시기에 따라 무척 다른 삶을 살고 있었다. 70, 80년대에는 가난과 독재에서 벗어나기 위해 이민을 떠났으나 90년대에는 질 높은 삶을 찾아 조국을 떠났다. 88올림픽을 성공적으로 마친 후 세계화 바람이 불었다. 하지만 그것은 세계 속에 살아갈 시민으로서의 의식 개조나 문화 진작이 아니었다. 누구나 하는 해외여행, 영어 사대주의가 부른 조기유학과 이민 열풍을 낳았을 뿐이었다. 그녀도 그 열풍에 휘

---

24) 김혜영, 위의 글, 위의 카페, 2004.10.6.

말려 지구의 반대쪽으로 생나무의 뿌리를 옮겨 왔던 것이다.[25)]

즉 70, 80년대에는 가난과 독재를 벗어나기 위해, 90년대에는 질 높은 삶이 캐나다 이민의 동기가 되었다는 것이다. 이민 5년차의 그들 부부를 남편이 얼치기로 표현했듯이 그들은 100% 캐나다인이 될 수도 없지만 그렇다고 모국으로 돌아갈 수도 없다. 왜냐하면 "결코 물리적 공간으로는 설명할 수 없는 심리적 거리감" 때문이다. 한국으로 돌아갈 수도 없다면 결국 거주국 캐나다에 적응하며 살아가는 길만이 캐나다한인들에게 남겨졌다는 냉철한 현실인식을 작가는 보여준다.

그런데 대체 캐나다한인들은 어떤 정체성을 갖고 살아가야 할 것인가? "남편 말마따나 얼치기 한국인도 아니고 캐나다인도 영영 될 수 없다면, 우리가 설 땅은 어디일까? 우리가 느끼는 소외감은 견디지만 이 땅에서 평생을 살아야 할 애는 어떻게 이겨내지?"처럼 자신뿐만 아니라 1.5세인 딸애가 어떻게 현지에 적응하며 어떤 정체성을 갖고 살아갈 것인가에 대한 갈등에 주인공은 휩싸인다. 특히 딸은 "엄마, 저 너무 외로워요. 한국 애들은 서양 애들만 쫓아다닌다고 따돌리고, 서양 애들은 끼워 주지도 않고. 엄마, 저 어떡해요? 저는 누구예요?"라고 정체성에 대한 심각한 고민에 빠져 있다. 미성년자인 1.5세 딸은 1세이며 성인인 그녀보다도 더 큰 정체성 갈등에 시달리고 있었던 것이다.

그런데 '복합문화의 날' 행사에서 1.5세인 딸애와 2세인 대니가 함께 부채춤을 추는 것을 보고 난 후 그녀는 자신의 정체성이 한국인이

---

25) 김해영, 위의 글, 위의 카페, 2004.10.6.

라는 사실을 새삼 자각한다. 그리고 그녀는 ELS[26] 선생과의 대화를
통해서 복합문화 사회에서는 밖에서 공용어를 사용한다고 할지라도
집에서는 민족 고유의 언어와 문화를 지키는 것이 바람직하다는 말
을 듣게 된다. 즉 현지문화와 모국문화의 통합을 선생은 그녀에게 조
언한 셈이다. 선생의 조언뿐만 아니라 여러 나라의 고유문화가 소개
되는 '복합문화의 날' 행사를 보며 그녀는 다음과 같은 깨달음에 이른
다.

> 거기에는 높고 낮음이 아니라 그저 다름이 있을 뿐. 선진과 후진이
> 아니라 다양함이 있을 뿐이라고 생각하니 각기 색다른 아름다움으로
> 접근해 왔다. 그녀는 편견 없는 눈으로 세상을 공평하게 보는 균형감
> 각을 얻게 되었다. 잠자리의 겹눈처럼 하나마다 다른 초점을 맞추는
> 다중가치관을 터득하게 된 것이었다. 스스로 세계의 중심에 서있음을
> 실감했다. 그동안 넓은 세상에 살면서 좁은 우물 속에 가둔 것도 자신
> 이요, 표류하는 고도에서 외로워한 것도 자기 자신임을 깨달았다.[27]

즉 문화에는 높낮이나 선진과 후진이 없으며 다만 차이와 다양성만
이 존재할 뿐이라는 문화상대주의 인식에 그녀는 도달한다. 문화상대
주의란 한마디로 문화의 다양성을 인정하고 각 문화는 문화의 독특
한 환경과 역사적 · 사회적 상황에서 이해해야 한다는 견해다. 캐나다
가 이민자정책으로 추구하고 있는 다문화주의(multiculturalism)는 민

---

26) English Language Services(외국인을 위한 캐나다(미국)의 영어 교육 연구 기관)
   의 약자.
27) 김해영, 「시간의 섬」, 앞의 카페, 2004.10.6.

족마다 다른 다양한 문화나 언어를 단일의 문화나 언어로 동화시키지 않고 공존시켜 서로 승인하고 존중하는 정책이다. 여러 문화의 평등한 공존을 지향하는 데에 다문화주의의 특징이 있기 때문에 비록 공적 영역에서는 영어(불어)를 공용어로 사용한다 할지라도 적어도 사적 영역에서는 모국어와 모국문화를 인정하고 허용하는 것이 바람직하다는 것이다. 선생의 말은 그간 이민자로서 주인공이 가져온 정체성의 갈등, 주변인으로서의 소외감과 고독, 그리고 문화충격의 스트레스로부터 그녀를 벗어나게 만든다. 즉 한국인으로서의 정체성과 한국어를 부정하는 것이 다문화사회인 캐나다에 적응하는 올바른 방식은 아니었던 것이다.

다양한 문화들 간에는 그 어느 것이 더 좋고 옳은 것이며, 또 어떤 것이 더 나쁘다거나 틀린 것이란 평가를 내릴 수는 없는 문화의 상대성(cultural relativity)만이 존재할 뿐이다. 더욱이 캐나다는 문화의 다양성과 복수성을 인정하는 다문화주의 사회이다. 이러한 인식에의 도달은 주인공으로 하여금 이민의 스트레스로부터 벗어나게 하고, 백인에 대해서 가졌던 열등감을 불식시켜준다. 그녀는 비로소 편견 없는 눈으로 세상을 공평하게 바라보는 균형감각을 터득하게 되었으며, "잠자리의 겹눈처럼 하나마다 다른 초점을 맞추는 다중가치관을 터득하게 된 것이었다." 그동안 주변인으로서의 소외감과 열등감에 사로잡혀 갈등해왔다면 복합문화 행사의 날 이후의 그녀는 비로소 세계의 중심에 서있음을 실감하며 내적 소외감과 갈등을 해소한다. 특히 딸애와 대니는 서로에게 한국어와 영어를 가르쳐주는 친구가 되기로 했으며, 딸애는 ELS 반에 막 들어온 학생들을 위한 자원봉사를 하겠다며 즐거워하는 것을 통해 딸의 정체성에 대한 고민과 갈등도 해소되었음을 보여준다.

작가 김해영은 문화에는 차이와 다양성이 존재할 뿐 결코 높낮이나 선진과 후진이 있을 수 없다는 문화상대주의를 통해서 이민생활의 부적응과 열등감을 극복하며, 진정한 복합문화, 즉 다문화주의 사회에서 한인들이 어떤 정체성을 갖고 살아가야 할지 방향을 제시하고 있다. 즉 김해영의 「시간의 섬」은 문화의 차이를 수용하고, 가치관 중 일부가 상충될지라도 복합적인 가치관을 자신들의 정체성에 통합시키는 방법을 통해서 민족의 고유문화를 유지하면서도 캐나다의 새로운 문화에 적응하고 통합하는 문화적응의 최종단계를 보여주었다.

김미경의 「늑대의 시간」[28]도 다문화주의라는 것은 된장찌개와 케밥의 상호인정을 통해서 이루어질 수 있다는 비전을 제시했다.

3. 결론

현우성과 이종학의 소설은 2세들도 한국인으로서의 혈통의 순수성과 모국의 문화적 규범을 그대로 간직해주길 소망하는 1세들을 등장시켜 이민 초기의 부정과 방어 단계의 문화적응을 보여준다. 그런데 김외숙의 소설은 최소화의 단계에서 수용의 단계로 문화적응의 변화를 보여주는 인물을 제시한다. 그리고 김해영의 소설은 처음에는 문화적응에 갈등을 보이지만 점차 적응과 통합의 단계를 보여주는 인물을 설정한다. 즉 주인공은 민족의 고유문화를 유지하면서도 캐나다의

---

28) 『캐나다문학』13, 캐나다한인문인협회, 2007, 230-250면.

새로운 문화에 적응하고 통합하는 문화적응의 최종단계를 보여주었다. 이민자들이 출신국의 정체성을 보존하고, 차이와 다양성을 인정하며, 조화와 통합, 그리고 상호 인정을 통한 문화상대주의 원리를 체득해야 한다고 김해영의 소설은 말하고 있다.

베넷의 '문화 간 감수성 발전 모형이론'에서 볼 때에 캐나다한인소설은 캐나다한인들이 이주 초기의 부정과 방어 단계에서 벗어나 점차 최소화와 수용의 단계로 나아가며, 최종적으로 적응과 통합의 단계로 문화적응을 해가고 있음을 보여주었다. 즉 자민족중심주의 단계에서 민족상대주의 단계로 변화해가고 있는 것을 그려냈다.

이처럼 문화상대주의와 다문화주의의 원리를 캐나다한인소설에서 말하기 시작한 것은 2000년대 이후의 일이다. 이민 초기의 소설들은 출신국가인 한국인으로의 고유한 정체성과 민족애착만을 강조했다. 하지만 이주의 기간이 길어지면서 자민족중심주의를 벗어나 점차 현지문화에 통합을 이루면서도 한국인으로의 정체성을 유지하는 방향으로 변화하고 있다는 것을 한인소설들은 보여주었다.

제2장 캐나다한인소설에 재현된 서발턴의 서사와 거주 공간의 분리

1. 서론

최근 신자유주의의 확대에 영향을 받는 초국가적 이주는 특정한 국가나 계급 그리고 집단에 한정되지 않고 전 국가와 계급과 집단에서 발생하고 있다. 이 과정에서 개발도상국에서 경제적으로 발전한 국가로의 노동이주와 결혼이주가 증가하고 있다. 특히 초국가적 이주에서 이주자의 부의 정도에 따라 정착지에서의 위치성이 달라지는 현상, 즉 이주자의 사회경제적 위치에 따라 타자화와 주변화가 다르게 나타나는 경향이 있다.[1]

한인들의 캐나다로의 이민은 만성적인 노동력 부족에 시달리던 캐나다가 1960년대 후반 유색인종에 대해 문호를 개방하면서 본격화되었다.[2] 한인들의 캐나다 이민은 "'자녀교육', '캐나다의 높은 삶의 질', '한국의 부정부패와 과열경쟁'으로 한국에서의 단순한 생활고나 기회

---

1) 이용균, 「이주자의 주변화와 거주공간의 분리」, 『한국도시지리학회지』16 - 3, 한국도시지리학회, 2013, 88면.
2) 윤인진, 『코리안 디아스포라』, 고려대학교출판부, 2005, 263~268면.

부재보다는 보다 높은 삶의 질의 추구가 더욱 중요한 동기"로 작용했다.[3] 자발적 이주자인 캐나다한인들은 한국에서 대학교육을 받고 전문직, 기술직 등에 종사했던 중산층 출신이 대부분이다. 특히 1960 - 1970년대의 초기 이민자들에 비해 2000년대 이후의 이민자들은 "전산분야의 전문지식을 갖추고, 거주국 사정에 대해 미리 정보도 수집하고, 최소한 2 - 3만 달러 이상의 정착금을 가지고 출발한다. 그럼에도 불구하고 이들 중 많은 사람이 현지사회의 취업에서 큰 어려움을 겪고 있고, 그로 인해 저소득, 가정불화, 스트레스 등의 사회 부적응 문제로 고통받고 있다."[4]

캐나다한인소설에는 한인들이 "고학력과 한국에서의 중산층적 배경에도 불구하고 캐나다의 노동시장에서 자신들의 인적 자원을 활용하지 못 하고 불완전 고용상태에 있고 낮은 소득으로 경제적 어려움을 겪고 있"[5]는 모습이 다양하게 재현되어 있다. 그들은 보다 높은 삶의 질을 추구하기 위해 자발적으로 이민했지만 이민은 오히려 그들의 삶의 질을 떨어뜨렸으며, 계급적 추락을 자초하는 아이러니한 결과를 초래했다. 즉 이민으로 캐나다한인들의 사회경제적 지위는 모국에서의 중산층적 위치보다 한층 낮아졌고, 오히려 타자화(otherness)와 주변화(marginalization)가 심각하게 일어나고 있다.

본고는 거주국 캐나다에서 주변화된 존재로 살아가는 캐나다한인 이주자를 서발턴(subaltern)의 관점에서 바라보며, 그들이 겪고 있는 주류사회로부터의 주변화와 거주 공간의 분리 문제를 소설을 중심으

---

3) 위의 책, 264면.
4) 위의 책, 278면.
5) 위의 책, 307면.

로 고찰해보고자 한다. 그렇다고 하여 모든 캐나다한인들을 서발턴에 포함시키려는 것은 아니다. 다만 작품 속에 주변화된 존재로 그려진 한인 이주자를 서발턴의 관점에서 파악하며 작품을 분석할 것이다.

지금까지 서발턴은 식민주의 문학이나 탈식민주의 문학, 그리고 페미니즘 문학 등에서 관심을 가져온 주제였다. 하지만 본고는 디아스포라 문학을 서발턴의 시각에서 바라보고자 한다.

캐나다한인문단은 한인들의 캐나다로의 이민이 본격화된 1960년대 후반으로부터 불과 10여 년 만인 1977년에 조직되었다. 처음 이석현 등 몇몇 시인들에 의해서 결성된 캐나다한인문인협회[6]는 토론토가 중심이 된 문인협회로서 캐나다 전체를 대표하는 가장 큰 문인 조직이다. 하지만 2000년대 이후 밴쿠버, 캘거리, 에드먼턴 등 캐나다의 다른 지역에도 문인협회가 조직되어 캐나다한인문단은 다변화되기 시작했다.[7]

캐나다한인문단에서 소설은 시나 수필에 비교할 때에 작가의 숫자도 적고 발표매체의 부족으로 인해 활성화되지 못 했다.[8] 하지만 2000년대 이후 문인단체들은 인터넷상에 카페를 개설함으로써 그때그때 작품을 발표할 수 있게 되었다. 이로 인해 소설 장르가 활성화되는 긍정적 효과를 가져왔다. 그럼에도 아직 소설 장르는 캐나다한인문인협회의 경우에만 비교적 많은 작가가 활동하고 있으며, 작품발표

---

6) 당시 명칭은 '캐너더한국문인협회'였다.

7) 송명희, 「캐나다한인문단의 형성」, 『우리어문연구』34, 우리어문학회, 2009, 7-37면.

8) 한인들의 발표매체는 각 문인단체의 기관지와 캐나다한국일보를 비롯하여 한인신문 정도에 불과했다. 하지만 2000년대 이후에는 인테넷 카페를 통해 매우 활발하게 작품발표가 이루어지고 있다.

도 활발한 편이다. 즉 다른 지역의 문인협회에는 한두 명의 소설가만
이 활동하거나 어느 지역에는 아예 소설가가 없는 곳도 있다.

2. 이주자의 주변화와 서발턴의 서사

서발턴(subaltern)은 그람시(Antonio Gramsci)가 처음 사용한 용
어로서 그에게 서발턴은 '집중적이고 통일된 어떤 주체가 되기 어
려운, 수없이 널려 있는 종속 집단들을 통시적으로 본 용어'이다. 서
발턴이란 현재에는 종속적인 위치에 있지만, 필요한 경우 지배집단
에 저항할 수 있는 힘을 가진 세력으로 그람시는 파악했다.[9] 스피박
(Gayatri Chakravorty Spivak)은 세계자본주의 체계 내에서 제3세계
라는 공간 조건과 계층적 하위성, 그리고 젠더 문제를 결합하여 서발
턴이란 개념을 재설정한 바 있다. 그녀에 의하면 서발턴이란 하위층,
하위층 사람, 하위주체를 나타내는 용어이다. 그녀는 기존의 지배적
인 담론들에서 배제된 피식민지인, 이민자, 노동자, 소수자, 여성 등
종속적인 처지에 놓이거나 주변부에 놓인 사람들을 포괄하는 용어로
서발턴이란 개념을 사용하였다. 따라서 서발턴은 고정적인 개념이 아
니라 지배와 종속이 기능하는 모든 곳의 억압받는 사람이나 집단을
나타낸다. 즉 "하위주체란 생산 위주의 자본주의 체계에서 중심을 차
지하던 프롤레타리아 계급을 포괄하면서도 성, 인종, 문화적으로 주
변부에 속하는 사람들로 확장될 수 있다." 그리고 "하위주체는 전지

---

9) 강옥초, 「그람시와 서발턴 개념」, 『역사교육』82, 역사교육연구회, 2002, 140면.

구상에 다양한 형태로 흩어져 있으며 자본의 논리에 희생당하고 착취당하면서도 자본의 논리를 거슬러 갈 수 있는 저항성을 갖는 주체를 개념화한다."[10] 이미 스피박이 이민자를 서발턴에 포함시켰듯이 지리학자 이용균은 "주변부에 위치한 이주자로서 주로 개발도상국가에서 경제적으로 발전한 국가로 이주한 유색인종, 특정 종교 집단(예: 무슬림), 저급 노동이주자, 에이전시를 통한 결혼이주자"[11] 등과 같은 타자 집단을 서발턴으로 규정하며 그들의 주변화 문제를 연구한 바 있다.

전지구화 시대 국경의 경계를 넘은 캐나다한인들은 당초 그들이 이주를 통해 기대했던 것과 달리 자본의 논리에 의해 사회경제적으로 주변부로 소외되고, 백인중심의 사회에서 유색인종으로 차별받는 서발턴으로 파악된다. 그리고 캐나다한인소설은 바로 한인들의 주변화된 위치성, 즉 서발턴으로서의 타자화된 삶을 그려내며 목소리를 내기 시작한다.

김미경[12]의 「늑대의 시간」(2007)에는 캐나다에 이민 온 각국의 이민자들이 이민 전에 가졌던 다양한 직업들이 드러난다. 주인공인 한인 남성은 이민 전 부모가 남긴 보험금을 많이 물려받은 부자에다 회사원이었으며, 이란에서 온 알리는 소아과 의사, 러시아에서 온 셔트라나는 변호사, 아이다는 치과의사였다. 하지만 그들은 본국에서 가졌던 전문직을 캐나다에서는 가질 수가 없다. 회사원이었던 주인공은 이주한 지 2년이 넘도록 이렇다 할 직업을 찾지 못 한 채 컨비니언스

---

10) 태혜숙, 『탈식민주의 페미니즘』, 여이연, 2001, 117면.

11) 이용균, 앞의 논문, 88면.

12) 고려대학교 문창과 졸업, 동화작가.

(convenience) 헬퍼(helper) 일을, 의사였던 알리는 간호조무 일을, 변호사였던 셔트라나는 시간제 유치원 보모 일을, 치과 의사였던 아이다 역시 보모 일을 하고 있다. 알리는 다시 의사 면허를 따면 시골에 내려가 소아과 의사 일을 하고 싶고, 아이다는 영어 학교를 마치면 치과 보조원 자리라도 알아보려 하지만 다시 치과의로 일할 수 있을지 불확실한 상태이다.

작품 속에 등장하는 한국, 이란, 러시아 등 비영어권 출신의 이민자들은 그들의 모국에서 회사원, 소아과 의사, 변호사, 치과 의사 등의 전문직을 가진 중산층 이상의 계급에 속했던 사람들이다. 하지만 캐나다로의 이민은 그들이 모국에서 가졌던 직업을 박탈하고 만다. 즉 그들은 실직하여 낮은 시급을 받아가며 컨비니언스 헬퍼, 간호조무, 보모와 같은 일을 하는 계급적 추락을 감수하지 않으면 안 되는 상황에 처하게 된다. 돈을 많이 가지고 온 투자이민이 아닌 이상 기존에 모국에서 쌓은 경력이나 학력을 다 팽개치고 밑바닥부터 다시 시작하는 것이 이민자들의 피해갈 수 없는 현실이다.

이것은 캐나다가 다문화주의를 표방하는 한편에서 이주민들에게 주류사회와 동등한 노동권을 부여하지 않기 때문이다. 이주민들은 보다 더 나은 삶의 질을 추구하고자 국경의 경계를 넘었으나 이민의 결과는 아이러니하게도 실직과 계급의 추락으로 나타났다. 즉 위에서 예로 든 작중인물들처럼 가족과도 헤어져 감행한 이민은 그들을 시급 7불을 받고 밑바닥 일을 하는 서발턴으로 만들어버렸던 것이다. 더욱이 비영어권 출신자들로서 영어 사용이 서툰 언어적 한계는 단순한 의사소통의 문제를 넘어서서 그들을 서발턴의 위치에서 좀처럼 벗어나지 못 하도록 작용한다.

이란에서 알리의 직업은 소아과 의사였다. 이민자들의 학력과 경력이 꽤 높은 수준이란 것은 이미 잘 알려진 이야기지만, 내가 체험한 바로는 특히 러시아와 이란 출신 이민자들 중에 그 경력이 아까운 사람들이 특히 많다. 영어 학교에서 내 맞은편에 앉던 '셔트라나'라는 이름을 가진 러시아 여자가 있었다. 모두가 오직 영어를 배우기 위해 학교에 다니는 사람들로, 하나같이 도토리 키 재는 수준의 영어였으나 셔터라나의 영어는 특히 짧았다. 선생의 질문에 언제나 두 박자쯤 대답이 늦어, 기다리다 못 해 선생이 먼저 답을 말할 때서야 이제 알겠다는 듯 열심히 고개를 끄덕이며 뒤따라 답하던 여자. 고향이 그립고 그곳의 가족과 친척이 그립다는 말을 더듬더듬하며 눈물 글썽이던 그 여자는 석 달을 채우지 못 하고 학교를 그만두었다. 그녀가 보이지 않는 것을 문득 깨닫고 나서 그녀의 친구에게 물었더니 유치원 보모 일을 나가기 시작했다는 것이다. 그러면서 하는 말이 러시아에서 그녀의 전직은 변호사였다는 거다. 아직 영어부터 더 배워야 할 텐데 시간당 7불씩의 임금을 받기로 하고, 배운 것도 경력도 다 팽개치고 밑바닥부터 다시 시작하는 그것이 대부분 이민자들의 현실이었다. 고향을 그리워하며 눈물을 글썽이던 그녀를 떠올리며 나도 모르게 "불쌍한 셔트라나…." 하는 소리가 새어 나왔다. 셔트라나의 이야기를 들려주던 아이다가 내 혼잣말에 비비시 웃으며 물었다.

"당신, 내 직업은 뭐였는지 알아요?"

"알고 있어요, 아이다. 치과 의사였다면서요? 그래? 당신은 앞으로 어떻게 할 계획이에요?"[13]

---

13) 김미경, 「늑대의 시간」, 『캐나다문학』13, 캐나다한인문인협회, 2007, 236-237면.

강기영[14]은 중남미 파라과이에서 캐나다로 재이민한 경력의 소유자답게 브라질에서 캐나다로의 재이민, 서독에서 캐나다로의 재이민과 같은 상황이 작품 속에 반영되어 나타난다. 그는 중편소설 「뽑새」(2012)에서 지렁이 잡이라는 막노동을 하며 살아가는 캐나다한인들의 서발턴으로서의 삶의 애환을 다양하게 재현하고 있다.

> ― 급구, 지렁이 잡으실 분!
> 좋은 농장 다수 확보.
> 캐쉬 지급, 초보자도 환영 ―

> 습관대로 신문의 광고란을 훑어 나가던 나는 이 희한한 구인광고에 시선이 멎었다. 지렁이 잡으실 분? 돈을 벌 수 있다는 광고 같은데 무슨 말인지 고개가 갸우뚱해졌다. 지렁이를 잡아 돈을 번다?
> 나는 캐나다의 토론토라는 낯선 도시로 재이민을 오고 나서 신문의 광고란을 뒤적이는 습관이 생기고 있었다. 캐나다의 토론토는 내게 처음 이민이 아니었다. 이미 남미 파라과이를 중심으로 브라질, 아르헨티나를 넘나들며 8년의 이민생활을 하였으니 캐나다는 재이민인 셈이었다.[15]

지렁이 잡이는 캐나다한인들이 아무런 자본 없이 돈을 벌 수 있는

---

14) 1944년 황해도 안악 출생, 1975년 파라과이를 거쳐 1982년 캐나다 정착, 제4회 재외동포문학상 대상 ―〈넬리〉, 한국펜클럽 해외동포 창작문학상 2회 수상, 한국소설가협회 회원, 국제펜클럽 회원, 캐나다 한인문인협회 회원.
15) 「뽑새」 1회분, 캐나다한인문인협회 카페(http://cafe.daum.net/koreansassocia), 2012.4.2.

막벌이 노동일이다. '뽑새'는 바로 지렁이를 잡는 사람을 지칭하는 속어이다. 영주권이 나오지 않은 상태의 초기 이민자들이 할 수 있는 제일 밑바닥 노동이 바로 지렁이 잡이다. "지렁이를 땅에서 뽑는다고 해서 그렇게들 부르죠, 나처럼 가게에서 계산기를 찍으면 찍새, 바닥을 닦는 청소 일은 딱새, 그렇게 불렀지요. 초창기에 이민 온 사람들이 거의가 그런 일들을 했구요. 맨주먹으로들 이민 와서 밑바닥부터 기었다는 자조 섞인 말일 겝니다."[16]에서 보듯 지렁이 잡이뿐만 아니라 초기 이민자들은 '찍새'나 '딱새' 같은 밑바닥 일을 하며 겨우 생계를 유지해 나갔다. 이민자들 중에는 관광비자로 입국하여 영주권들이 없는 사람들, 위장결혼을 통해 영주권을 기다리는 사람들이 노동허가도 떨어지지 않은 상황에서 정상적인 취업이 불가능하기 때문에 지렁이 잡이 같은 일을 하는 상황이 드러난다. 즉 이민 후 곧바로 영주권을 취득할 수 없는 이민자들의 불안정한 사회적 위치나 열악한 경제 사정이 소설 「뽑새」에 잘 반영되어 있다.

> 강춘이에게 미스 차는 엄연히 서류상 부인인데도 그녀는 따로 동거 비슷한 생활을 하는 미스터 장이 있었다. 그는 삼각관계만으로도 환장할 노릇인데 영주권을 받자니 끽소리 한 번 못 하고 그들의 아파트 월세까지 내주고 있었다. 설사 미스 차가 원하지 않더라도 영주권 심사에는 함께 산 서류가 필요하기 때문에 오히려 강춘이가 비는 꼴이었다.[17]

---

16) 「뽑새」 1회분, 위의 카페, 2012.4.2.
17) 「뽑새」 9회분, 위의 카페, 2012.4.12.

작중인물 강 씨는 남미의 파라과이, 브라질, 아르헨티나를 넘나들
다 캐나다로 재이민한 경우이다. 그가 여러 나라를 거쳐 캐나다로 재
이민했다는 것은 그만큼 그의 이민생활이 성공적이지 않았다는 증거
이다. 북미사회의 이민자는 다양한 출신성분으로 구성되어 있다. "LA
처럼 한국교포가 많은 미국에서는 유학생 출신을 〈유〉씨, 서독의 광
부 출신을 〈서〉씨, 원양어선에서 도망친 선원 출신은 〈배〉씨 등으로
부르기도 한단다. 당연히 남미 출신은 〈남〉씨가 되는데, 특히 〈남〉씨
라면 고개들을 젓는다고 했다. 그만큼 극성스럽다는 말이겠다."[18]에
서 보듯이 강 씨는 남미 출신인 '남 씨'이다. 재이민자인 그는 캐나다
에 와서 제대로 된 일자리를 찾지 못 해 밑바닥 노동인 지렁이 잡이
일을 하다가 5개월 간의 지렁이 잡이 일이 끝나갈 무렵 지렁이 잡이
동료였던 장 형의 소개로 신발 수선소를 시작하려고 한다. 그가 신발
수선소를 하려고 하는 것은 무엇보다도 가족과 함께 할 수 있는 시간
이 많기 때문이다. 가족 이민 형태로 이민한 캐나다한인들이 경제적
성공 못지않게 중요하게 여기는 것은 가족 간의 유대와 사랑이다.

다시 한 번 깊이 생각해 보았지만 결론은 같았다. 일 년 365일을 일
해서 돈을 많이 버는 것도 중요하지만 더 중요한 건, 무엇을 하느냐 보
다 어떻게 사느냐, 라는 결론이었다. 그러려면 무엇보다 가족이 함께
하는 시간이 필요충분조건이겠는데, 신발 수선소야말로 그 조건에 부
합됐다.[19]

---

18) 「뽑새」 1회분, 위의 카페, 2012.4.2.
19) 「뽑새」 14회분(마지막 회), 위의 카페, 2012.4.17.

육체적 노동 다음 단계에서 돈이 모이면 소자본으로 경영할 수 있는 일들이 이민자들에게 주어진다. 소설 속에는 글로서리(glossary)나 세탁소 같은 자영업을 하는 한인들이 자주 등장한다. "이민 초기에 한인들이 쉽게 찾을 수 있는 직업은 육체 노동직이지만 한인들은 이런 직업에 오래 종사하지 않는다. 안정된 생활을 보장하는 공직과 대기업에 취직하기 어려운 한인들은 결국 자기 사업을 운영하거나 또는 다른 사람 사업체의 판매서비스업에 종사하게 되는 것이다."[20] 따라서 한인들의 61%가 소매업, 숙박요식업, 기타서비스업의 세 분야에 집중되어 있는[21] 현실을 소설도 고스란히 반영하고 있는 셈이다.

홍성화의 「갈릴레오의 슬픔」(1989)이나 이종학의 「4월의 메아리」(1989)에는 글로서리를 운영하는 주인공이 등장한다. 「4월의 메아리」의 주인공은 불황으로 인해 가게를 얻으면서 낸 빚마저 갚지 못하는 상황에 직면하는 등 한인들의 경제적 어려움은 캐나다의 경기침체와 겹치면서 더욱 가중된다. 문제는 자영업마저도 적자에 시달리는 현실이다.

지난겨울 내내 글로서리로 해서 몸살을 앓았다. 한파와 더불어 더 짙은 뿔경기가 몰아닥쳤다고는 하지만 이렇게까지 파리를 날릴 줄은 몰랐다. 가게의 문을 열고 계산대 앞에 앉아 있기가 민망할 지경이었다. 계산대의 숫자판을 찍기 위해 캐나다에 이민 왔다는 말이 있듯이 찍어야 죽이 되든 밥이 되든 구정이 날 게 아닌가. 열손가락을 수도 없이 꺾어 마디소리를 내면서 하루 종일 유리창 너머 거무뎅뎅한 하늘만

---

20) 윤인진, 앞의 책, 303-304면.
21) 위의 책, 302면.

바라보고 있자니 복장이 터져 견딜 수가 없었다.[22]

고성복[23)]의 「씨엉 킴의 하루」는 제14회(2012) 재외동포문학상 소설부문 수상작이다. 이 작품은 이주민 김성립 씨가 낡은 설비의 영세한 세탁소를 경영하면서 겪는 삶의 소외가 하루 동안의 일상을 통해 표현되고 있다. 낡아빠진 시설이 금방이라도 고장이 날 것 같아 섬뜩하고 불안한 세탁소의 실내 묘사는 바로 캐나다에서 제자리를 찾지 못 한 채 타자화된 이민자의 영락한 신세에 다름 아니다. 세탁소는 글로서리와 함께 자영업으로 전환한 한인 이민자들이 흔히 갖는 직업군 가운데 하나이다. 오전 6시 10분 전에 시작하여 저녁 7시에 마치는 세탁소에서 갇혀 지내는 김성립의 하루의 일상이 시간적 추이에 따라 제시되는데, 하루 동안에 벌어지는 에피소드는 다름 아닌 이민자로서 소외된 일상에 대한 가감 없는 기록이다.

어두워서 분명치 않은 모습으로 실내 여기저기에 놓여 있는 기계들도, 숨이 끊어진 채 나둥거려져 있는 덩치 큰 짐승들 같아 보였다. 대부분이 일이십 년을 넘긴 낡은 세탁장비는 전기 배선이 기계 밖으로 삐져나온 것들이 많아서 꼭 배 터진 짐승의 꼴 같기도 했다. 이와 같은 잿빛의 어수선함은, 컴컴한 기계 밑창으로부터 시커먼 짐승이 뱀처럼 불거져 나오지나 않을까 하는 불쾌한 상상이 나도록 했다.

그의 생계를 받쳐 주는 고마운 이 가게가 이토록 섬뜩하기까지 한

---

22) 이종학, 「4월의 메아리」, 『이민문학』6, 캐나다한국문인협회, 1989, 230면.
23) 1997년 캐나다 이민, 2011년 『스토리문학』 수필 신인상, 캘거리문인협회 회원, 제5회 경희해외동포문학상 소설부문 우수상, 제13회 재외동포문학 단편소설 부문 가작.

불안감을 그에게 주는 까닭은 단지 어두움이 주는 두려움 탓만이 아니었지 싶다. 그것은 하루도 쉬지 않고 탈이 나는 이 세탁소의 낡은 설비가 그에게 하도 몸서리쳐져서, 그래서 밤새 잊고 있던 기계에 대한 불안감이 새벽이면 다시 떠올랐기 때문일 것이다.[24]

이처럼 이민자들은 지렁이 잡이, 신발 수선소, 글로서리와 세탁소 운영과 같은 일들에 종사하며 경제적 어려움을 감내해야만 한다. 캐나다한인들의 삶의 질이 매우 열악한 수준에 있다는 것은 그들의 실직이나 막노동, 글로서리나 세탁소와 같은 자영업, 그들이 경영하는 자영업이 운영난에 시달리는 상황, 그리고 그들의 소외된 일상에서 무엇보다 잘 드러나고 있다. 지금까지 살펴본 것처럼 캐나다한인들은 사회경제적으로 서발턴으로서 타자화되고 주변화된 삶을 살고 있다. 캐나다한인소설은 그야말로 서발턴의 주변화된 삶에 대한 기록, 즉 서발턴의 서사라고 하지 않을 수 없다.

3. 이주자의 주변화된 삶과 거주공간의 분리

박성민[25]의 「마음의 덫」(2009)에는 유색인종 이민자가 많이 살고

---

24) 고성복, 「씨엉 킴의 하루」 1회분, 캘거리한인문인협회 카페(http://cafe.daum.net/calgary403), 2012.11.12.

25) 1955년 부산 출생, 1976년 캐나다 이주, 캐나다 한국일보 신춘문예 소설 가작(1981), 토론토대학 졸업(1983), LA한국일보 신춘문예 가작(1989), 제1회 재외동포문학상 시부문 가작(1999), 제3회 재외동포문학상 소설 가작(「바퀴벌레와 낙서」, 2001), 2008년 국제펜클럽 동포문학상 소설 가작(2008), 경희해외동포문학상 소설 가작(2009). 12회 재외동포문학상 소설 우수상(「우리 식당」, 2010), 캐나

있는 캐나다 토론토의 시내 중심가에 저소득층을 위해 지은 오래 된 아파트 구역을 배경으로 서발턴 이주민의 주변화된 삶의 문제가 공간의 분리 문제와 더불어서 진지하게 성찰된다.

작품은 토론토대학에서 동양문학을 전공한 주인공 영훈이 그때까지 살아온 동네를 떠나게 된 상황으로부터 발단된다. 그가 살던 동네를 떠나게 된 이유는 임시직 캐셔(cashier)로 일하던 한국인 가게에서 계산이 맞지 않는다는 이유로 주인과 갈등을 빚어 해고됐기 때문이다. 그러면 그가 살아온 동네는 어떤 곳인가?

북미 대도시의 우범지역이나 빈민가가 그러하듯이 시내 중심가에 가까운 곳에 자리 잡고 있으면서도 정부에서 저소득층을 위해 오래 전에 지은 아파트들은 수리해야 할 많은 부분들이 방치된 채 놓여 있었다. 현관 유리가 깨어지고 몇 주일이고 방치된 채로 놓여 있어 들어가고 나올 때마다 깨어진 조각들이 발에 밟혔다. 건물 자체는 요즘 보기 드문 붉은 벽돌로 지어져 있었는데 오랜 시간 비와 바람에 깎여 털이 다 뽑힌 채, 부끄러운 맨살을 드러낸 채 누워 있는 짐승 같았다. 초라한 외모에 걸맞게 아파트 세가 쌌고 교통이 편리한 장점도 있었다. 그와는 또 다른 점으로 범죄율이 높았고 밤이면 마약을 파는 사람이 많았고 어둠 속에서 멀리서 보면 젊어 보이는 여자들이 배가 고파 달빛이라도 물어뜯을 들짐승처럼 밤늦은 거리를 먹이를 찾아 서성거렸다.

다른 특징은 캐나다에서 가장 많은 이민자가 살고 있는 토론토에서 유색인종이라 불리는 사람들이 주로 모여 살았다.[26]

다한인문인협회 회원.

26) 박성민, 「마음의 덫」, 『캐나다문학』14, 캐나다한인문인협회, 2009, 257면.

대도시 토론토의 빈민가는 캐나다의 빈민층만이 아니라 유색인종 이민자들이 대거 모여 사는 곳이다. 이주민의 서발턴으로서의 지위는 그들에게 허용된 공간이 바로 도시환경이 열악한 빈민가라는 사실에서 무엇보다도 확연히 드러난다. "대개의 경우 이주자는 주류사회의 거주공간과 분리되면서 특정 공간에 집중적으로 거주하게 된다." 그리고 "이주자가 주류사회와 공간을 공유하기 힘든 이유는 차별 때문이고, 그 결과 공간적 분리가 나타난다."[27] 인용문에서 보듯이 그곳은 시내 중심가에 위치하지만 건물은 방치되고, 범죄율이 높으며, 마약과 성매매가 성행하는 슬럼구역이다. 그야말로 '깨진 유리창 이론(broken window theory)'[28]처럼 방치된 건물상태는 범죄율의 증가로 이어진다. "주변화된 이주자는 공간의 선택과 공간의 재현에서 서발턴의 위치에 놓이게 된다. 이주자가 부도덕, 불안, 더러움, 범죄, 저급문화를 지향하지 않는다고 하더라도, 주류사회는 이주자를 부도덕, 불안, 더러움, 범죄, 저급문화 등과 같은 수식어로 표현하고 이러한 인식은 공간으로 재현되는 경향이 있다."[29]

영훈이 뒤늦게나마 빈민가를 떠날 수 있게 된 것은 그 자신의 힘과 노력의 결과가 아니라 동생의 도움 덕택이다. 문과 전공의 그와 달리 동생은 일찍부터 "북미에서 사람 취급 받으려면 돈이 있어야 한다"라는 가치관을 갖고 살아왔다. 그의 동생은 고등학교 때 이미 돈을 벌겠

---

27) 이용균, 앞의 논문, 94-95면.

28) 낙서, 유리창 파손 등 경미한 범죄를 방치하면 큰 범죄로 이어진다는 범죄 심리학 이론. 즉 지하철의 깨진 유리창을 방치하는 것은 곧 법질서의 부재를 반증하고, 잠재적 범법자를 부추기는 결과를 낳기 때문에 지하철 유리를 깨는 경범죄부터 발본색원해야만 치안이 확립된다는 이론이다.: 네이버 지식백과 시사상식사전.

29) 이용균, 앞의 논문, 95면.

다고 학교를 때려치우고 "넓은 캐나다 땅에 돈이 깔려 있고 다발로 묶인 지폐가 아닌 동전으로 깔려 있어 부지런히 돌아다니며 주워야 한다."라고 말해온, 즉 자본주의의 속성을 일찍부터 터득한 인물이다. 반면에 그는 대학만 나오면 모든 일이 해결되리라 믿었던 현실감각이 무딘 인물이다. 그는 대학을 졸업하고 나서야 특히 문과를 공부했다는 것이 모든 일의 시작이지 끝이 아니라는 사실을 뒤늦게 깨닫고 있는 중이다. 즉 그는 대학교육을 받았지만 문과 전공자로서 대졸 학력에 걸맞은 직업을 구하지 못 하고 임시직 캐셔로 일하며 빈민가에서 살아왔던 것이다. 문과 전공의 유색인종 이민자는 임시직 캐셔라는 그의 직업이나 그가 거주해온 공간이 빈민가인 데서 볼 수 있듯이 서발턴의 위치를 좀처럼 벗어나지 못 한다.

따라서 영훈은 자신이 살아온 빈민가를 떠나게 된 사실에 대해서 전혀 안타까워하거나 장소에 대한 그리움을 갖지 않는다. 아니 장소에 대한 기억마저 깨끗하게 지우고 모든 것을 새롭게 시작하고 싶어 한다.

사람은 언제 어느 곳에 살든 살다보면 정이 들게 마련이고 떠날 때는 뭔가 가슴속 부분이 떨어져 나가는 안타까운 감정이 떠오르기 마련인데 그는 신기하게, 전혀 그런 값싼 감정조차 느낄 수 없었다.
언젠가 장소와 연관된 많은 것들이 그리워질지 몰랐지만 지금은 마치 한밤중에 옷을 바꾸어 입고 도망치는 종처럼 까마득하게 잊어버리고 싶었다. 오히려 지울 수만 있다면 이 동네와 살면서 있었던 모든 일과 부닥쳤던 사람들에 대한 기억을 깨끗하게 지우고 모든 것을 새로

시작하고 싶었다.[30]

인용문에서 보듯이 오히려 영훈은 지금까지 살아온 장소를 벗어나고 싶고 망각하고 싶은 욕망에 사로잡혀 있다. 그만큼 그는 자신이 살아온 장소에 대해 애착이나 유대감을 전혀 갖지 않는다. 대도시 빈민가는 그가 아니라도 결코 뿌리 내리고 싶은 장소는 아니기 때문이다.

한인들이 국경을 넘어 이주한 것은 그와 같은 주변적 장소로의 이동을 목표로 한 것이 결코 아니었다. 자발적으로 출신국가의 경계를 넘은 캐나다한인들은 탈영토화(deterritorialization)를 감행한 사람들이다. 하지만 그들은 새로운 거주국에서 재영토화(reterritorialization)에 성공하지 못 하고 있다. 대도시 토론토의 빈민가에서 캐나다의 빈민층과 함께 유색인종 이민자들이 섞여 사는 것이 그것을 증명한다. 한인들의 캐나다 주류사회로의 재영토화의 어려움은 이 작품에서 주인공의 실직상태나 빈민층이 모여 사는 슬럼가를 벗어나 타운하우스로의 진입이 결코 쉽지 않은 데서 극명하게 드러난다. 탈영토화와 재영토화는 서로 쌍을 이루는 개념이다. 탈영토화는 하나의 구조나 체계를 벗어나는 것이며, 재영토화는 그 벗어남이 새로운 구조나 체계로 다시 나아가는 것을 나타낸다. '물론 탈영토화와 재영토화는 물리적 영토만을 의미하지 않는다. 오히려 이 개념은 인간과 사회의 역동성을 설명하는 이론이다. 이 점에서 모든 인간의 삶과 사회적 흐름은 탈영토화와 재영토화 과정의 연속이다. 그런데 이주라는 새로운 삶의 변화는 물리적 영토의 경계를 가로지르는 행위를

---

30) 박성민, 「마음의 빚」, 257면.

수반하며, 이주자의 삶의 양식이 전환되는 이주와 정착 과정은 매우 복합적인 탈영토화와 재영토화 과정이다.[31]

캐나다는 이주민을 받아들임으로써 캐나다의 만성적인 노동력 부족을 해소하고자 하였다. 그리고 다문화주의 정책으로 이주민들의 문화적 다양성을 인정함으로써 사회통합을 이루고자 했다. 그러나 다른 한편에서 이민자들의 주류사회 진입을 억제하기 위해 앞에서 살폈듯이 이주민들이 모국에서 취득한 변호사나 의사 면허 등을 인정하지 않는 방식으로 이민자들을 배제하는 정책을 써왔다는 것이 작품에서 드러났다. 이러한 배제야말로 물리적 영토의 경계를 넘어서서 이주민들의 재영토화를 가로막는 근본요인으로 작용한다.

그러면 영훈이 지금까지 살던 빈민가를 떠나서 가려는 곳, 즉 돈 많은 부유층이 사는 곳은 어떤 곳인가? 그곳은 대도시 중심지의 외곽지대로서 유색인종이 보이지 않아 깨끗한 지역이다. "백인들은 조상들이 서부를 개척하듯 자신들만의 타운을 개척해서 나갔다. 햇빛도 유난히 밝게 비치는 그곳에는 집 앞마다 잔디가 푸르렀고 꽃들은 환하게 웃으며 피어"나는 아름다운 곳이다. 무엇보다도 그곳은 유색인종이 보이지 않는 청정지역이다.

대도시 중심지의 오래된 아파트와 외곽지대의 타운하우스는 빈민층과 부유층, 유색인종과 백인, 이주민과 백인 원주민과 같은 개념들로 대조된다. 말하자면 주변과 중심으로 공간의 이분법적 분할이 이루어진다. 그런데 이주자가 주류사회와 공간을 공유하지 못 하는 것

---

31) 이민경·김경근, 「미등록 이주노동자 가정의 탈영토화·재영토화 과정 분석: 자녀양육과 교육을 중심으로」, 『한국교육학연구』20-2, 안암교육학회, 2014, 101~133면.

은 한마디로 주류사회의 백인들이 유색인종 이민자와 공간을 공유하지 않으려는 "차별 때문이고, 그 결과 공간적 분리"[32)가 나타났다고 할 수 있다.

'이주를 수용한 나라에서 완벽한 구성원이 되는 것은 영토적 경계 월경만으로 이루어지지 않는다. 이주민은 영토적 경계보다도 훨씬 극복하기가 힘든 전혀 다른 경계와 만나게 된다. 그것은 법적인 인정의 경계, 문화적 수용의 경계, 정치적 참여의 경계, 관용과 이해의 경계로서 공식적인 포함(inklusion)조차도 사실상의 배제로 바꾸어버릴 수 있는 경계이다.'[33)] 캐나다는 이민자들의 다양한 문화적 정체성을 인정하며 주류사회가 이민자들을 공식적으로 포함하는 다문화주의 정책을 공식적으로 표방한다. 하지만 거주 공간의 분리에서 나타나는 영토적 경계를 비롯하여 유색인종에 대한 차별과 직업세계에서의 제한 등 눈에 보이지 않는 수많은 경계들로 인한 사실상의 배제로 이민자들은 주변화되고 있다. 따라서 "다문화정책이 이주자의 문화적 정체성을 강조하면서 주류사회의 문화로부터 분리되고 결국 이주자의 경제활동 참여를 제한하면서 주류사회와 이주자 집단 간 사회적 분리가 나타나게 되었다."[34)]라는 비판이 대두되기도 하는 것이다.

주인공 영훈은 가게에서 실직한 날 울적하여 술집에 들어갔는데 한 백인 청년과 시비가 붙게 된다. 그 백인 청년은 그에게 중국 사람이냐, 일본 사람이냐, 월남 사람이냐고 묻다가 그가 계속 아니라고 대답

---

32) 이용균, 앞의 논문, 94-95면.
33) 마르크스 슈뢰러, 정인모 배정희 역, 『공간, 장소, 경계』, 에코 리브르, 2010, 222면.
34) 이용균, 「서구의 이주자 정책에 대한 비판적 접근과 시사점 - 동화, 다문화주의, 사회통합 정책을 중심으로」, 『한국지역지리학회지』20 - 1, 2014, 113면.

하자 심사가 뒤틀렸는지 캐나디언이냐고 묻는데 그는 마음속으로 다음과 같은 반응을 보인다.

> 녀석은 말뿐만 아니라 얼굴까지 비비 틀면서 말했다. 설사 죽을 때까지 축복 받은 땅에서 산다고 해도 피부 빛이 바뀌지 않듯 결코 캐나디언이 될 수 없는 동양놈이 시민권 한 장 받았다고 캐나디언 행사하지 말라는 뜻으로 들렸다.[35]

하지만 그가 느낀 것은 결코 과잉반응이나 자격지심이 아니었다. 그가 한국사람이라고 대답하자마자 그에게선 "나는 한국사람 싫어해."라는 반응이 곧바로 돌아왔기 때문이다. 즉 캐나다의 빈민층 백인 청년마저 유색인종 이민자에 대해 차별적 태도와 불만어린 시선을 갖고 있다. 이것은 1970년대부터 다문화주의를 표방한 캐나다 정부의 공식적 태도와는 다른 것으로서, 이주민들은 현실 속에서 정착사회의 백인들로부터 차별적 태도나 시선과 맞닥트리지 않을 수 없다. 이 대목은 동일 저자인 박성민이 1997년에 발표했던 소설 「유리창 밖에는」을 떠올리게 한다.

> "너는 이 자리에 있는 것을 다행으로 생각해야 해."
> "무슨 뜻이죠?"
> "캐나다에서 살게 된 것을 다행으로 생각해야 해."
> 그녀는 마치 자기 때문에 이민자들이 캐나다에 온 것으로 생각했다.
> "당신도 아직도 살아 있는 것을 다행으로 생각해야 합니다."

---

35) 박성민, 「마음의 덫」, 앞의 책, 262면.

"무슨 뜻이지?"

"우리 같은 사람들이 땀 흘려 일해서 세금을 내니까요."

그 말에 한동안 숨만 가쁘게 내쉬던 그녀가 그가 제일 듣기 싫어하는 말을 마지막 카드처럼 내뱉었다.

"너는 왜 네 나라로 돌아가지 않니?"

'이 땅이 캐나다라면 이 땅에 합법적으로 살고 있는 사람이 캐나디언이라면 조금 늦게 왔다고 시민권을 가지고 있어도 캐나다 시민이 아니라면 원주민을 빼놓고 누가 과연 캐나디언인가?'

그가 늘 하던 생각이었다.

'누가 이 땅에 허가를 받고 들어왔으며 누가 허가도 없이 들어왔는가?

"당신은 여기서 태어났다고 자랑스럽게 생각할지 모르지만 결국 당신들 조상도 대서양을 건너왔다는 사실을 배우지 못 해서 모르죠?"

"xx놈의 중국놈 같으니라구."

"내가 만약 내 나라(home)로 돌아가야 한다면 당신은 지옥(hell)으로 돌아가야 합니다."

"나는 너처럼 무례하고 야만스런 짐승을 보지 못 했어."[36]

인용문은 사촌아저씨[37]의 가게에서 아르바이트를 하는 한국 출신의 대학생이 가게의 단골손님인 노인요양원에서 죽을 날을 기다리는 엘리자벳 할머니와 언쟁을 하는 대목이다. 1997년 작인 「유리창 밖에는」에 나오는 백인의 유색인종에 대한 차별적 편견과 2009년 작인

---

36) 박성민, 「유리창 밖에는」, 『캐나다문학』8, 캐나다한국문인협회, 1997, 278-279면.

37) '오촌아저씨(당숙)'의 잘못된 표현일 것이다.

「마음의 덫」에 나오는 차별적 편견이 전혀 달라지지 않았다는 것을 볼 수 있다. 즉 십수 년의 세월이 흘렀건만 유색인종 이민자들에 대한 백인들의 차별과 멸시가 여전하다는 것을 캐나다사회의 서발턴인 슬럼가의 백인 청년과 요양원에서 죽음을 기다리는 백인 노인을 통해서 다시 한 번 확인하지 않을 수 없다. 즉 유색인종인 캐나다한인들은 백인사회의 서발턴으로부터도 멸시받는 주변화된 위치에 처해 있는 것이다.

「유리창 밖에는」의 주인공은 자원봉사 활동을 하는 고등학생 제니와 자신을 비교함으로써 유리벽과 같은 차별의 경계를 어떻게 넘어서야 할 것인가에 대해 성찰한다. 즉 캐나다에서 경험하는 차별의 원인을 남의 탓, 언어 탓, 피부색의 탓으로 돌리며 반발하고 적대감을 가져봤자 결국 자신이 휘두른 칼날은 자신에게 상처를 주고 말 것이기 때문에 제니처럼 적극적이고 개방적으로 현지인에 다가가야만 엄연히 존재하면서도 눈에 보이지 않는 차별의 유리벽, 즉 경계를 넘어설 수 있다는 것을 대안으로 제시했다.

하지만 13년이 경과한 뒤에 발표한 「마음의 덫」의 주인공은 백인들의 유색인종에 대한 차별에 절망하며, 이주 자체에 대해서도 "성공하여 돌아 가리라던 꿈은 오래 전에 깨어지고 무엇이든 할 수 있다고 생각하던 땅에서 점점 자신이 할 수 있는 일이 아무것도 없다는 사실을 깨닫고 있었다."와 같은 무력감과 열패감으로부터 벗어나지 못 한다.

한 배를 타고 가다 배에서 밀려난 그는 지금 바닷물 속에 빠져 허우적대고 있었고 아무도 손을 내밀지 않았다. 남은 자들은 남의 불행을 보며 자신의 행복을 확인했다. 이 땅에 처음 발을 디딜 때 모두 같은 출발점에 서 있었지만 중도에서 탈락한 그와는 달리 그들은 계속 앞만 보며 달려가며 이민자의 절대적 목표인 성공의 문 앞에 바짝 더 가까이 가고 있었다. 성공이란 결국 상대적인 것이어서 실패하는 사람이 많을수록 극소수의 남은 사람들의 성공이 더욱 빛날 터이다.[38]

그는 끝이 보이지 않는 밑바닥을 향해 돌처럼 구르고 있었다. 성공하여 돌아 가리라던 꿈은 오래 전에 깨어지고 무엇이든 할 수 있다고 생각하던 땅에서 점점 자신이 할 수 있는 일이 아무것도 없다는 사실을 깨닫고 있었다. 그 자신도 점점 동네 사람들을 닮아가고 있다는 생각이 들기도 했지만 그들과 하나도 다름없다는 사실을 확인하고 있었다.[39]

이주 초기의 예상과는 달리 이민자 가운데 성공하는 사람은 극소수이며, 점점 자신도 빈민가에서 생활보조금으로 살아가는 캐나다의 서발턴을 닮아가고 있다는 생각에 주인공은 사로잡힌다. 즉 재영토화에 성공하지 못 한 대다수의 유색인종 이민자는 캐나다의 빈민층과 조금도 다를 바가 없다는, 다시 말해 캐나다 사회의 최하층인 서발턴이라는 자괴감에 빠져든다. 따라서 마치 "끝이 보이지 않는 밑바닥을 향해 구르는 돌처럼" 그는 열패감의 심연에서 빠져 나오지 못 한다.

영훈은 백인 청년과 시비가 붙었던 술집에서 위니팩의 매니토바 대학에서 동양철학을 전공한 백인청년 '릭'을 만나게 되어 둘은 가까워진다. 두 사람은 같이 동양학을 전공했다는 점에서 소통이 가능해진

---

38) 박성민, 「마음의 덫」, 264-265면.
39) 위의 작품, 266면.

사이이다. 그는 하프웨이 하우스[40)]에서 상담사로 일하는 인물이다. 그는 처음에는 자신의 일에 대해서 보람을 느끼고 상담을 시작했지만 점차 좌절감에 사로잡히게 되었다고 고백한다.

"처음에 이들을 만나고 상담을 할 때는 의미 있는 일을 하고 있는 것 같아 보람을 느꼈지. 그러나 요즘에 내가 느끼는 것은 내가 할 수 있는 일이 아무것도 없다는 현실이야. 저들은 덫에 걸려 있어. 결국은 내가 있고 없더라도 이들은 이렇게 살아갈 거야."

덫이라는 단어가 이상하게 영훈의 가슴에 들어와 박혔다.

"덫이라는 것도 결국 피할 수 없는 운명이 아닐까? 운명을 극복하는 것도 운명이듯이 말이야."

"하지만 최소한 노력을 해야 되지 않겠니?"

그는 영훈의 대답을 기대하기보다는 자신에게 던진 질문인 것처럼 고개를 숙여 거의 비어 있는 술잔을 쳐다보았다.

"어떤 때는 이곳에 사는 사람들이 덫에 갇혀 있다고 생각하지만 여기를 나가도 또 다른 덫이 있을 거야. 그리고 이 사람들이 덫에 갇혀 있다고 생각하는 우리 자신도 보이지 않게 덫에 갇혀 있으니까."

"이 세상에 덫에 갇혀 있지 않은 사람이 있을까?"

둘 사이에는 한동안 어색한 침묵이 흘렀다.

"덫을 벗어나려는 것도 일종의 덫일 거야."

영훈은 세상 자체가 하나의 덫이며 그리고 갇힌 게 나온 것이며 나온 게 갇힌 것이라는 이야기가 입 밖으로 나오려는 것을 삼켜버렸다. 그 말이 노자가 한 이야기와 비슷하다는 생각이 들었기 때문이었다.

---

40) 젊은 애들이 감옥에서 나와서 일시적으로 모여 사는 곳.

아니, 장자일지도 몰랐다.[41]

　상담사인 릭은 전과자들이나 빈민가 사람들이 덫에 갇혀 있어 자신이 하는 상담이 아무런 도움도 되지 못 한다고 생각하는 무력감에 빠져 있다. 영훈은 그곳을 나가도 그들에겐 또 다른 덫이 있을 거라는 것, 어쩌면 그들이 덫에 갇혀 있다고 생각하는 우리도 덫에 갇혀 있을지도 모른다고 대꾸한다. 이민이라는 헤어날 수 없는 덫에 갇혀 허우적거리고 있는 그에게는 세상 자체가 하나의 커다란 덫으로 느껴졌기 때문에 그런 응답을 했을 것이다. 도무지 희망이라곤 전혀 보이지 않는 서발턴 이민자들의 미래에 대한 불확실성이 그로 하여금 그와 같은 생각에 사로잡히게 만들었을 것이다.

　정부에서 주는 생활보조금보다 최저임금이 100 - 200불 정도밖에 차이가 나지 않아 차라리 집에서 놀면서 100불이나 200불 덜 버는 것이 낫다고 생각하는 캐나다의 빈민층…. 하지만 그렇게 하는 한 그들은 영원히 덫을 빠져 나오지 못 할 것이라고 백인 아서는 생각한다.

　　하는 일이 있는 사람과 없는 사람의 차이, 자기 손으로 땀 흘려 벌은 돈과 일하지 않고 생긴 돈에는 큰 차이가 있어. 그리고 정말 무서운 것은 그렇게 놀다 보면 정작 일할 기회가 와도 일을 할 수 없는 폐인이 된다는 사실이야. 그리고 뭐든지 경험을 중요시 여기는 이 사회에서는 경험이 없으면 직장을 구하기가 힘든데 경험이 없어 직장을 못 잡고 직장을 못 잡으니 경험이 없는 그런 악순환이 계속되지. 마치 가난하

---

41) 박성민, 「마음의 덫」, 270면.

기 때문에 가난해야 한다는 빈곤의 악순환처럼….[42]

아서의 말처럼 유색인종 이민자를 포함하여 빈민가 사람들은 좀처럼 빈곤의 덫을 빠져 나오지 못 할 것이다. 생활보조금이 그들에게 덫이 되어 빈곤상태를 영구적으로 벗어나지 못 하게 만들기 때문이다. 작가 박성민은 최저임금과 차이가 거의 나지 않는 생활보조금이라는 캐나다의 복지 시스템은 빈곤층과 이민자들에게 자활의 의지를 앗아가는 덫일 뿐이라고 비판한다. 생활보조금이야말로 서발턴으로 하여금 그들의 삶을 변화시키지 못 하게 만드는 결정적 덫인 셈이다.

> 이 동네는 그가 처음 왔을 때와 달라진 게 하나도 없었다. 저녁시간 아이들은 피자 조각을 씹으며 길거리를 서성이고 남자들은 여전히 술을 마시며 싸우고 여자들은 밤늦게 길거리를 서성이며 그들을 태우고 어디론가 갈 차를 기다릴 터였다. 술집은 매달 중순이면 썰렁하다가 생활보조금이 나오는 월말이면 잔칫집처럼 북적거렸다. 이곳에서는 시간이 흐르는 것이 아니라 시간이 고여 있었다.[43]

결국 이 작품은 이민자들이 생각하는 성공이라는 목표를 달성한 사람은 극소수일 뿐이며, 대부분의 사람들은 정부가 주는 생활보조금에 의존하여 살아가는 캐나다 빈민층처럼 덫을 빠져 나오지 못 한 채로 살아가고 있다는 것을 문제로서 제기하고 있다. 그리고 복지천국인 캐나다의 생활보조금 제도가 오히려 자활의지를 앗아가는 구조적

---

42) 위의 작품, 271-272면.
43) 위의 작품, 272면.

악순환에 대해서도 문제의식을 환기한다. 작가는 이민자들이 생각하는 성공이라는 목표 자체도 하나의 덫일 수 있다는 것을 일자리를 찾지 못 하고 열패감에 사로잡힌 대졸 학력의 서발턴 주인공을 통해서 보여주었다.

하지만 작품의 결말에서 주인공은 덫을 "없는 사람끼리 서로 붙들어 매주는 고리"로 생각하는 인식의 변화를 보여준다. 이때 '없는 사람끼리의 고리'는 캐나다의 백인 서발턴과 유색인종 이민자인 서발턴, 즉 주류사회로부터 주변화된 집단이라는 점에서 동질성을 지닌 집단 간의 연대를 의미한다. 두 집단은 경쟁자임과 동시에 서발턴이라는 동질성에 의해서 공간을 상호 분할하여 공유하고 있다. 두 집단에 속한 사람들은 작품 속에서 주인공 영훈과 백인 청년처럼 때로 갈등을 빚기도 하지만 주류사회로부터 배제된 서발턴이라는 점에서 상호연대의 고리를 형성할 수도 있다. 작가 박성민은 주변인끼리의 연대를 통해서 무엇을 할 수 있을지에 대해서는 구체적으로 제시하지 않고 있다. 그리고 그 고리가 주변과 중심의 경계를 해체하고 주변을 중심으로 전환시킬 수 있는 긍정적 에너지로 작용할 수 있을지에 대해서도 뚜렷한 해답을 제시하지 않은 채 작품은 끝이 난다.

즉 주류사회와 거주공간이 분리된 게토(ghetto)가 서발턴들의 자발적 엔클레이브(enclave)가[44] 될 수 있을지의 가능성에 대해서 소설은 말하지 않고 있다. 이는 이 작품이 단편소설로서 갖는 한계일 수도 있다. 아니면 "세상 자체가 하나의 덫이며 그리고 갇힌 게 나온 것이

---

44) '게토'는 지배집단의 외적 힘에 의한 강제적 격리공간을 말하는 반면 '엔클레이브'는 민족 집단이 자기들의 정체성 유지와 권력 강화를 위해 자발적으로 형성한 공간을 말한다.

며 나온 게 갇힌 것"이라는 주인공의 허무주의적인 사고를 통해서 이주를 통해 이루고자 했던 꿈이 실현되지 못 하는 부정적 현실을 표현하고자 하는 데서 그친 작품 의도 때문일 수도 있다.

작가는 「마음의 덫」에서 캐나다한인이 처한 서발턴으로서의 현실을 비판적으로 분석할 수 있는 지식층 청년을 등장시켰다. 그리고 그를 통해서 캐나다의 복지 시스템 속에 은폐되기 쉬운 한인들의 서발턴의 삶을 놓치지 않고 형상화하고 있다. 지식인이 서발턴 인물에게 말을 걸고, 그들의 삶에 개입하여 그들의 말을 들어주는 과정을 스피박은 중요시하였다. 그런데 작가 박성민은 지식인이지만 동시에 서발턴의 위치에 있는 주인공을 설정하여 서발턴은 스스로 말할 수 있다는 것을 증명해 보였다. 서발턴이란 현재에는 종속적인 위치에 있지만 필요한 경우 지배집단에 저항할 수 있는 힘을 가진 세력을 뜻한다. 즉 대졸 학력의 주인공은 현재 서발턴의 위치에 있지만 필요한 경우 주류사회에 저항할 수 있는 자신만의 관점이나 자아를 표현할 수 있는 목소리를 갖춘 존재이다.

캐나다한인들의 캐나다 사회에서의 사회경제적 지위는 비록 서발턴일망정 그들이 모국에서 받았던 고등교육은 그들을 침묵 속에 머무르도록 놓아두지 않는다. 그들은 모국어로 문학활동을 하며 초국가적 차원에서 모국과의 문학적 네트워크를 활발히 구축하고 있다. 그들은 현지에서 등단한 후 다시 한국문단에서 재등단하고 있고, 모국의 매체를 통해 작품을 발표하려는 욕망도 강하게 갖고 있다. 그리고 한국에서 한국어로 작품집을 발간하는 한편, 그들의 목소리가 캐나다 주류사회에 전달될 수 있도록 한영 대조작품집(KCWA Literary Collections)도 발간한다. 그리고 온라인상에 카페를 개설하여 그때

그때 서발턴의 고통어린 서사를 재현해낸다. 그들은 결코 침묵하지 않는다. 하지만 그들의 '의식 있는 목소리'가 주류사회에 보다 효과적으로 전달되기 위해서는 모국과의 유대 강화보다는 캐나다의 공용어로 작품을 발표하여 그들의 목소리가 주류사회에 전달될 수 있도록 보다 더 노력해야 할 것이다.

4. 결론

캐나다한인소설이 재현하고 있듯이 한인 이민자의 질 낮은 삶, 저임금의 막노동이나 자영업에 종사하는 상황, 그리고 백인 서발턴마저도 유색인종 이민자에 대해서 갖는 차별적 태도와 거주 공간의 분리 등에서 캐나다한인의 서발턴으로서의 위치성을 확인하지 않을 수 없다.

베리(J.W. Berry)는 이주자 개인의 주관적인 행복감에 영향을 미치는 세 가지 요소를 첫째, 내재적인 요소로서 낮은 삶의 수준. 둘째, 획득된 요소로 저임금의 직장 또는 무직과 수준 낮은 거주지의 상태로부터 고통을 받는 것. 셋째, 이민정책과 인종, 이민사회에서의 이민자들에 대한 태도와 같은 나라마다의 다양한 요소로서의 배경 등을 문제 삼았다.[45)]

---

45) J.W. Berry, (1990) 'Psychology of acculturation', Berman J (Ed.), *Nebraska symposium on motivation*, Lincoln: University of Nebraska Press: 김윤정 배정이, 「캐나다 이민자의 삶의 질 관련요인」, 『스트레스硏究』18 - 4, 대한스트레스학회, 2010, 364면에서 재인용.

한인들은 애당초 보다 높은 삶의 질을 추구하기 위해서 이민을 왔지만 이주자들의 삶은 베리가 말한 세 측면 모두에서 주관적인 행복감과는 거리가 멀다는 것을 캐나다한인소설은 보여주었다. 캐나다한인소설이 재현한 서발턴으로서의 한인들의 삶은 이민이 낭만적 기대감이나 도피적 심정으로 추진될 것이 아니라는 사실을 새삼 일깨워준다.

캐나다한인문학이 캐나다한인의 타자화와 주변화에 대해서 '의식 있는 목소리'가 되기 위해서는 그들의 작품을 현지의 공용어(영어, 불어)로 발표할 수 있어야 한다. 물론 한인들이 문단을 조직하여 모국어인 한국어로 작품집을 발간하고 온라인상에 카페를 개설하여 그들의 정체성을 질문하고 고통어린 삶의 스토리를 재현해온 것은 의미 있는 일이다. 그리고 '한영 대조 작품집'을 발간함으로써 그들의 목소리가 주류사회에 전달되도록 노력해온 것은 더욱 큰 의의를 가진다. 그런데 그것만으로는 부족하다. 한인작가들은 현지어로 작품을 창작함으로써 주류문단과 주류사회를 향해 그들의 의식이 담긴 목소리로 직접 발화할 수 있어야 한다. 그래야만 서발턴으로서의 주변화와 타자화를 벗어날 수 있는 기회를 찾을 수 있다. 그러나 이주 역사가 짧고, 한인의 숫자와 문인의 숫자가 적은[46] 캐나다한인사회는 아직 그와 같은 작가를 배출하지 못 하고 있다.

---

46) 캐나다한인의 숫자는 20만 6천 명(2013), 문인의 숫자는 250여 명 정도이다.

제3장 캐나다한인소설에 재현된 이민 가족의 황폐한 풍경[1]

· · · · · ·

1. 서론

한인들의 캐나다로의 이민은 보다 높은 삶의 질 추구를 위한 자발적인 이민으로서 자녀교육이 중요한 동기의 하나로 작용했다. 즉 캐나다 이민은 가족단위의 이민으로서 가족의 번영과 발전이라는 가족주의적인 목표를 갖고 이루어졌다.

이들의 이민 동기는 '자녀교육', '캐나다의 높은 삶의 질', '한국의 부정부패와 과열경쟁'으로 나타난 바와 같이 한국에서의 단순한 생활고나 기회부재보다는 보다 높은 삶의 질의 추구가 더욱 중요한 동기로 나타났다.[2]

사람들은 새로운 사회생활과 사업의 가능성을 찾기 위하여 혹은 가족들과 합류하기 위하여 또는 최고의 생활수준을 이용해서 평화롭고

1) 『한국문학이론과 비평』69, 한국문학이론과비평학회, 2015.
2) 윤인진, 『코리안 디아스포라』, 고려대학교출판부, 2005, 264면.

안정적인 분위기를 완전히 느끼고 현대 세계적인 환경문제 속에서 살기 위하여 캐나다로 이주한다.[3]

특히 1990년대 말부터 2000년대 초까지의 캐나다 이주나 유학의 붐에는 미국에 비하여 교육수준은 비슷하면서도 학비가 낮고, 언어 면에서 미국과 같은 영어를 사용하며, 전체적인 생활의 질과 사회 안전 및 낮은 인종차별성 등이 강한 동기로 작용하였다.[4]

그렇지만 캐나다로의 이민은 처음 기대했던 대로의 질 높은 삶의 추구도 결코 쉽지 않았으며, 자녀교육 역시 당초 의도했던 방향대로 이루어지 않았다. 캐나다한인들은 모국에서 받은 고학력에도 불구하고 현지사회의 취업에서 큰 어려움을 겪고 있고, 그로 인해 저소득, 가정불화, 스트레스 등의 사회 부적응 문제로 고통받고 있다.[5] 무엇보다도 이민이 가족을 심각한 갈등과 해체 위기에 빠뜨렸음을 캐나다한인소설들은 보여준다. 이기인은 캐나다한인작가 이종학과 장명길의 작품을 살피면서 '2세 교육과 세대 간의 갈등'을 중요한 소재의 하나로 파악한 바 있다.[6] 캐나다한인소설에는 해체 위기에 빠진 캐나다한인 가족의 황폐한 풍경이 다양하게 반영되어 나타난다. 따라서 본고는 가족의 번영과 발전이라는 당초 이민 목표와는 달리 해체 위기에 처한 캐나다한인 가족의 실상을 소설 텍스트를 중심으로 분석하고자 한다.

---

3) 김 게르만, 황영삼 옮김, 『해외한인사1945-2000』, 한국학술정보, 2010, 214면.
4) 위의 책, 230면.
5) 윤인진, 앞의 책, 278면.
6) 이기인, 「미주지역 이민 1세대 소설 비교연구」, 『한국언어문학』72, 한국언어문학회, 2010, 401면.

캐나다한인소설 연구는 최근 몇몇 연구자들에 의해 시도되고 있다. 이상갑은 캐나다한인소설에서 순혈주의적 사고를 탈피한 탈경계의 전향적 태도가 요청된다고 했다.[7] 이기인은 캐나다한인작가 이종학과 장명길이 재미작가에게서는 볼 수 없는 백인과의 충돌, 2세 교육과 세대 간의 갈등, 교민단체나 교회와 같은 교민사회 등이 다루었다고 분석했다.[8] 유금호는 캐나다한인작가 장명길의 소설집『풀의 기원』(2004)에 대해 "피폐한 조국의 삶에서 탈출구로 선택한 이민생활이 삭막한 토양에 부딪혀 겪는 좌절과 분노, 절망들이 만드는 음울한 풍경화"로 그 성격을 규정지은 바 있다.[9]

송명희는 「캐나다한인소설에 재현된 문화적응의 단계 변화」에서 베넷(M. J. Bennett)의 '문화 간 감수성 발전 모형이론'에서 볼 때 캐나다한인들이 이주 초기의 부정과 방어 단계에서 벗어나 점차 최소화와 수용의 단계로 나아가며, 최종적으로는 적응과 통합의 단계로 문화적응을 해 가고 있는 것으로 한인소설이 그렸다고 파악했다.[10] 그리고 「캐나다한인소설에 재현된 서발턴의 서사와 거주 공간의 분리」에서는 캐나다한인 이주자를 서발턴(subaltern)의 관점에서 바라보며, 그들의 삶의 질 추락과 주변화(marginalization) 현상을 소설 속에 재현된 거주 공간의 분리 문제를 통해 고찰하였다.[11]

---

7) 이상갑, 「경계와 탈경계의 긴장관계-캐나다한인소설을 중심으로」, 『우리어문연구』34, 우리어문학회, 2009, 67-92면.

8) 이기인, 앞의 논문, 401면.

9) 유금호, 「뿌리 뽑힌 삶과 노스탤지어의 그늘-장명길 소설의 풍경들」, 장명학, 『풀의 기원』, 사단법인 한국소설가협회, 2004, 259면.

10) 송명희, 「캐나다한인소설 에 재현된 문화적응의 단계 변화」, 『한어문교육』33, 한국언어문학교육학회, 2015, 211-233면.

11) 송명희, 「캐나다한인소설에 재현된 서발턴의 서사와 거주 공간의 분리」, 『비평문

캐나다한인소설은 연구가 시작된 지 채 10년이 되지 않았으며, 연구자의 숫자도 극히 제한적이다. 하지만 최근 들어 연구 텍스트도 〈캐나다한인문인협회〉에서 발간하는 『캐나다문학』을 넘어서서 캐나다 내의 여러 문인단체 소속 작가와 작품들로 확장되고 있으며, 연구 방법론에서도 변화가 일어나고 있다.

본고 역시 캐나다 내의 전 지역 문인들의 작품들을 대상으로 본 주제를 고찰하고자 하는 의도를 갖고 작품들을 읽었다. 하지만 역사가 가장 오래 된 〈캐나다한인문인협회〉에 가장 많은 작가들이 포진되어 있고, 작품활동도 가장 활발하다. 뿐만 아니라 다른 지역의 문인협회에는 소설가가 극소수이거나 아예 없는 경우마저 있어 결과적으로 텍스트의 편향성을 벗어날 수 없었다.

2. 이민 가족의 황폐한 풍경

2.1 부자간의 갈등과 아버지 살해욕망

유계화[12]의 「법원 가는 길」(2001)은 이민 1세와 1.5세 사이의 갈등이 부자간을 통해서 드러난다. 이민 5년차가 된 사십대 후반의 진 씨는 17살의 "영어를 모국어처럼 구사해내는 대신 그만큼의 한국어를 잊어버린 아들, 가끔 낯선 외국인처럼 느껴지는 자식"에 대해서 거리

_____

학』57, 한국비평문학회, 2015, 119-147면.
12) 1991년 이민, 「법원 가는 길」은 LA 한국일보 신춘문예 등단작이다.

감을 느낀다. 아내가 없으면 아예 대화조차 하지 않을 정도로 부자간
의 사이는 소원해졌다.

진 씨가 "캐나다 여행을 다녀와 불현듯 잘 나가던 사업체까지 정리
하고" 이민을 떠나온 것은 그 자신이 "경쟁 심한 사회에서 대학 졸업
장 없이 살아가는 일이 얼마나 힘든가"를 직접 경험했기 때문이다. 따
라서 아들에게만은 다양성이 존중되는 캐나다, 한국과는 다른 세상의
모습을 보여주고 싶었기에 사십대의 나이임에도 이민을 결정했던 것
이다. 즉 한국의 학벌 위주의 사회와 과열경쟁에 대한 혐오감 때문에
아들만큼은 다양성이 존중되는 새로운 세상에서 살게 하기 위해 가
족 이민을 감행했다. 이처럼 진 씨의 이민 동기가 아들의 장래를 위한
것이었음에도 그와 아들과의 사이는 점점 멀어져만 간다. 한편 아들
은 아들대로 숨 막히는 갈등에 직면해 있다.

> 정작 두려운 건 나 자신이다. 불쑥불쑥 가슴을 밀고 올라오는 파괴
> 의 욕구, 시간이 갈수록 벌어져만 가는 진욱과 토니의 차이가 숨 막히
> 도록 답답하기만 하다. 당당히 이 땅에 뿌리내리는 토니가 되라 요구
> 하면서도 실질적인 문제에선 진욱만이 알아들을 논리를 강요하는 아
> 버지. 가끔은 이제 그 어느 쪽도 될 수 없을 것만 같다. 한인 사회 내에
> 서만 맴돌며 사는 아버지는 이해하지 못 한다. 제각기 다른 개성을 번
> 뜩이는 이곳 아이들 속에서 느끼는 열등감을, 주어진 자유 속에서 마
> 음껏 자신을 시험하는 한국계 유학생들 속에서 힘든 이민을 겪어내는
> 아버지의 아들로 살아가는 괴리감을. 무거운 등으로 아버지의 질책이
> 내리꽂힐 때면 주저앉아 버리고만 싶다. 어둡고 긴 터널의 끝에 아무
> 런 불빛도 보이지 않는다고 느낄 때마다 무엇이든, 마침내 나 자신까

지도 철저히 조각내버리고 싶은 충동.[13]

아들이 느끼는 '진욱과 토니의 차이'가 야기하는 숨 막히는 답답함 이란 바로 한국인 '진욱'과 캐나다인 '토니' 사이에서 느끼는 1.5세의 정체성 갈등을 의미한다. 더욱이 아버지는 캐나다인 토니가 되라 요구하면서도 실질적인 문제에서는 한국인 진욱만이 알아들을 수 있는 논리를 강요하기 때문에 그는 더욱 정체성의 혼란을 겪는다. 사실 1.5세는 1세나 2세보다도 더 큰 스트레스와 정체성 갈등을 겪는 세대다.

즉 1.5세는 매순간 순간마다 혼란스런 딜레마(disorienting dilemmas)에 빠지게 된다. 이민 1세는 모국과 거주국 사이의 문화적 갈등에서 대체로 모국의 문화적 규범을 따른다고 할 수 있는 반면, 2세 는 거주국의 규범을 따른다고 할 수 있다. 이와 달리 어린 나이에 이민 온 1.5세는 삶의 갈피갈피마다 모국과 거주국 사이에서 경계인으로서 의 극심한 갈등에 끊임없이 시달리는 혼란스런 존재라고 할 수 있다. 이민 1세인 부모세대가 그들의 자의적 결정에 따라 이민을 선택한 세 대라면 1.5세는 전혀 선택의 자율권을 행사하지 못 한 세대이며, 현지 에서 태어난 2세들과도 달리 중간에 낀 세대인 것이다.[14]

그가 느끼는 갈등은 그것만이 아니다. 제각기 다른 개성을 번뜩이 는 캐나다 아이들 사이에서 느끼는 열등감을 비롯하여 주어진 자유

---

13) 유계화, 「법원 가는 길」, 『캐나다문학』10, 캐나다한인문인협회, 2001, 91면.
14) 송명희, 「고려인 시와 캐나다한인시에 반영된 문화변용의 비교연구」, 『국어국문 학』171, 국어국문학회, 2015, 565면.

속에서 마음껏 자신을 실험하는 한국계 유학생들과도 달리 힘들게 이민을 겪어내는 아버지의 아들로서 살아가는 괴리감까지 1.5세로서 그의 내적 갈등은 "어둡고 긴 터널의 끝에 아무런 불빛도 보이지 않는" 것처럼 교착상태에 빠져 있다. 그래서 출구가 보이지 않는 내면적 고통으로 인해 그는 자신을 "철저히 조각"내 버리고 싶은 자기 파괴의 충동에 시달린다. 즉 자아 외부에서 갈등의 적절한 해결책을 찾을 수 없기 때문에 그는 자기 파괴라는 방법을 통해 갈등으로부터 도피하고 싶은 것이다.

프로이트는 『쾌락원칙을 넘어서』(1920)에서 자기 보존적 본능과 성적 본능을 합한 삶의 본능을 에로스(eros)라고 했고, 공격적인 본능들로 구성되는 죽음본능을 타나토스(thanatos)라고 본능을 이원화했다.[15] 그리고 죽음본능은 자기 파괴의 충동으로 나타날 수 있다고 하였다.

아들 진욱의 심리상태를 프로이트의 가설로 해석해 볼 때, 그는 현지의 학생들 사이에서 그가 겪는 갈등을 이해해 주기는커녕 자신에게 혼란만을 가중시키며 억압하는 아버지에 대한 분노 때문에 오이디푸스적 아버지 살해욕망(the desire of murdering the father)에 사로잡혀 있다. 하지만 아버지를 살해하는 것은 도덕적으로 용납할 수 없는 일이기 때문에 공격의 방향을 바꾸어 대신 자신을 "철저히 조각내고" 싶은 자기 파괴의 욕망이 나타났다고 할 수 있다.

'프로이트가 『쾌락 원칙을 넘어서』에서 말한 죽음본능은 〈죽는다〉

---

15) 프로이트, 「쾌락원칙을 넘어서」, 윤희기 · 박찬부 옮김, 『프로이트전집』11, 열린책들, 2003, 304-343면.

라는 자동사와 〈죽인다〉라는 타동사 둘 다를 포함하는 단어이다. 즉 그것은 주체 내부를 향하는 자기 파괴적 에너지로 작용할 수도 있고, 반대로 방향을 외부로 바꾸어 타자 파괴적인 에너지로 변형될 수도 있다."[16] 그런데 진욱(토니)은 그것이 주체 내부를 향한 자기 파괴적 에너지로 작용하고 있다. 그것은 방어기제에서 '일종의 자기에로의 전향(turning against self), 즉 공격적인 충동이 다른 사람이 아닌 바로 자기에게로 향하는 것을 의미한다. 이때 남에게로 향했던 분노가 자기를 향하게 되므로 자기 공격이 생기면 우울증이 나타난다."[17] 현재 진욱의 자아는 자기 파괴, 즉 자기에로의 전향이라는 방어기제(defense mechanism)를 동원하고 있는 것이다.

진욱은 영어를 잘 못하는 아버지가 교통신호 위반으로 약식재판소에 출두하게 되었을 때 통역을 위해 동행하지만 "따뜻한 커피 한 모금에 빵 한 조각만 있었으면" 하는 사소한 욕구마저 아버지에게 털어놓지 못 한다. 왜냐하면 "한창 공부해야 할 학생이 커피는 무슨"이라는 대답이 돌아올 것이 뻔하기 때문이다. "술 담배 하물며 섹스까지" 입에 담는 것조차 허용하지 않는 아버지의 금지사항들은 그를 심리적으로 계속 옥죄인다. 진욱은 "한국인의 긍지를 보여주는 당당한 캐나디언이 되라 강조하면서도, 상술에서는 어쩔 수 없는 이중성을 보여 온 1세들을, 그들은 자신을 믿지 못 하는 만큼 1.5세나 2세들에게도 욕망을 적절히 조절해 낼 능력이 있음을 믿지 못 하는" 존재들이라고 부정적으로 비판한다. 1세들의 1.5(2)세들에 대한 이율배반적인 태도가

---

16) 박찬부, 『에로스와 죽음』, 서울대학교출판문화원, 2013, 266면.
17) 이무석, 『정신분석에로의 초대』, 이유, 2003, 175면.

못마땅한 진욱은 아버지와의 대화를 회피해 왔으며 결국 그로 인해 대화가 아예 단절된 상태다.

반사 신경이 느려 재판소에 갈 때 여러 차례 좌회전을 놓쳤던 아버지는 법원에서 면죄부를 받아 기분이 좋은 탓인지 돌아갈 때는 아들에게 운전을 맡기는 것으로 아들에 대한 신뢰를 보여준다. 진욱은 능숙하게 운전하며 얼마 전 자신의 음주운전 사실을 고백하며 부자간의 얼어붙었던 감정은 극적으로 화해가 이루어진다.

약식재판소의 판사가 아버지의 말을 믿어주며 폭설 속에서의 신호 위반에 대해 예외적으로 무죄판결을 내렸듯이 1세들이 모국문화를 1.5세에게 강요하는 일방통행을 버리고 인간적 신뢰를 보여준다면 이민 가족의 현지 적응이 보다 원만해질 것이라고 이 작품은 말하고 있다. 결국 부자간 또는 세대 간의 갈등은 1세들의 1.5세에 대한 신뢰를 통해서 극복할 수 있으며, 1세보다 현지 적응이 빠른 1.5세들은 스스로 욕망을 조절할 능력이 충분히 있다는 것이다. 그리고 모국문화와 현지문화에 대한 태도에 있어서도 일방통행을 벗어나 쌍방의 가치를 인정하는 통합의 태도가 바람직하다는 것을 작가는 말하고 있다. 특히 1세들의 자신만이 옳다고 여기며 타문화 대해서 전혀 인정을 하지 않는 부정적인 문화적응 태도에 대한 변화를 요구하고 있다.

캐나다 이민·유학은 다른 국가에 비해 더욱 선호되고 있다. 청소년기에 이민·유학을 할 경우, 새로운 언어와 문화를 접할 때 겪는 적응 과정에서 스트레스로 인해 좌절감, 불안감, 정체성의 혼란 등 정신건강 및 신체건강에도 심각한 위협을 받을 수 있다(Lewthwaite, 1996). 자녀보다 적응, 동화 속도가 느린 부모들은 상당한 스트레스 상황이며 갈등이 아닐 수 없다. 그러나 자녀는 부모보다 현지 언어구사능력이 향상되고 문화에 쉽게 적응, 익숙하여, 경우에 따라서 부모를 가르치거나 부모에게 정보를 제공해야 하는 상황과 구조가 형성된다. 이것을 '가족권력' 또는 '역할 역전'이라고 한다(Hertig, 2001).[18]

「법원 가는 길」에서 1.5세인 아들은 아들대로, 아들보다 언어나 모든 면에서 현지 적응이 더딘 아버지는 아버지대로 극심한 스트레스에 직면해 있다. 하지만 아들 세대의 언어구사 능력이나 현지 적응능력이 부모 세대보다 빠르다는 것을 인정하지 않고 무조건적으로 부모의 권위만을 세우려고 할 경우에 세대 간의 갈등은 심화될 수밖에 없다. 이 작품은 부자가 법원에 함께 가는 경험을 통해 부자간의 갈등을 해소하고 친밀감을 회복한다. 작가는 위의 인용문에서 말한 '가족권력의 역전'을 부모가 인정하며 일방적인 권위주의로 자식을 대하지 않고 보다 민주적인 태도와 신뢰를 보여줄 때에 부모 자식 간의 관계는 원만해질 것이며, 한인들의 현지 적응도 보다 빨리 이루어질 수 있다고 말하고 있다.

2.2 가족의 희생양이 된 영웅

이명자[19]의 「폴과 제이슨」(2012)[20]은 이민 2세의 마약중독과 자살

---

18) 전요섭, 「캐나다 청소년, 캐나다 한인 청소년 및 한국 청소년 간 부모권위유형 인식 및 기독교 신앙 상태에 따른 가족 강인성」, 『청소년학연구』14-2, 한국청소년학회, 2007, 140면.

19) 1974년 캐나다 이주, 캐나다한인문인협회 회원, 장편소설 『혼란의 순간들』, 민중출판, 2003은 미주 한국일보 창사 기념 한국문예작품공모전 소설 부문 당선작이다.

20) 캐나다한인문인협회 카페(http://cafe.daum.net/koreansassocia), 2012.1.4-1.26 연재.

문제를 다룬다. 한마디로 부모의 2세에 대한 과도한 기대와 집착이 2세의 마약중독이란 일탈을 불러왔다는 것이 작가의 시각이다. 부모가 원하는 대로 성공적으로 공부하여 변호사가 된 폴은 아버지에 대한 증오심 때문에 마약에 빠져 들어간다. 하지만 머리가 좋은 그의 완벽한 위장으로 가족 가운데 누구도 그 사실을 알아채지 못 한다. 폴이 마약으로 쓰러지는 사건이 일어나고서야 가족들은 그의 마약중독 사실을 비로소 인지하게 된다. 병원에서 치료를 받은 후 폴은 퇴원하지만 얼마 후 마약중독 상태에서 차를 몰다 교통사고로 사망하게 되자 가족들은 뒤늦게 폴의 죽음이 다 자신 때문이라는 자책에 빠져든다.

「폴과 제이슨」은 이민 가족에서 1세들의 2세들에 대한 과도한 기대, 즉 자신들이 이루지 못 한 성공을 자식이 대신 이루어주길 바라는 성공에 대한 집착이 2세들에게 커다란 심리적 부담을 안겨준다는 문제를 주제로서 다룬 작품이다. 즉 부모의 과잉기대에 대한 부담감으로 인해 아들이 마약중독에 빠져 들었으며, 결국은 죽음에 이르게 되었다는 것을 작가는 폴이라는 인물을 통해 보여주고 있다. 폴은 부모의 지나친 기대로 인한 스트레스 때문에 마약에 중독되었으며, 아버지에 대한 증오심을 견디다 못 해 대신 자신이 죽어줌으로써 복수한 것이다.

작가 이명자는 자식을 가계 계승과 번영의 수단으로 삼아 자식의 직업적 성공을 강요하는 부모의 이기주의가 자식에게 스트레스를 가중시켜 어떻게 자식의 삶을 파괴하는가를 보여주고 있다. 즉 부모의 높은 기대는 자식에게 심리적 부담을 가중시키며 그것이 마약중독으로 폴을 몰아갔고, 마침내 자살이나 다름없는 그의 죽음은 이민자들의 가족문제가 얼마나 심각한 지경에 이르렀는가를 충격적으로 보여준다.

아래의 인용문은 폴의 마약복용 사실을 알게 되었을 때의 어머니, 동생 제이슨, 그리고 아버지의 반응이다.

변호사가 된 폴은 아버지와 엄마에게 누구나 쉽게 이룰 수 없는 꿈을 선사한 거야. 한 번도 폴에 대해 의구심을 가져 본 적이 우린 없었다. 폴은 우리 집의 영광이었고 실현된 부모의 꿈이었다. 폴이 사악한 주위환경 때문에 처음으로 쓰러진 날, 그런 일은 결코 폴에게는 일어나서는 안 될 일이었다.

엄마는 폴이 쓰러진 충격에 빠져 있을 수가 없었다. 폴의 안전을 위해, 실현된 부모의 꿈을 간직하기 위해 폴을 보호한답시고 폴의 방을 이 잡듯이 거의 날마다 뒤지기 시작했고 열리지 않는 폴의 책상서랍을 몇 번이고 때려 부셨고 새 책상을 들여 놓기도 했었다.

폴이 교묘하게 숨겨 놓은 악마의 마약가루들을 발견했을 때 엄마는 누구에게라도 도움을 요청하여 방법을 찾았어야 했던 것을…. 엄마는 무서웠다. 남들에게 알려질까 봐 무서웠던 거야. 폴이 아무 일도 없었다는 듯이 병원에서 퇴원해 오던 날부터 엄마는 감시의 눈을 폴에게서 떼어 본 적이 없었다.[21]

어머니, 폴의 죽음은 절대로 어머니의 잘못이 아니에요. 폴은 저에게 끊임 없이 암시를 했었어요. 그런데도 저는 폴의 오만에서 비롯된 망상이라고 거들떠보지 않았던 거예요.

내가 조금만이라도 폴을 이해해 주었더라면 아마 폴은 죽지 않았을

---

21) 이명자, 「폴과 제이슨」, 캐나다한인문인협회 카페(http://cafe.daum.net/koreansassocia), 제11회분, 2012.1.24.

거예요. 아버지에게서 상처받았다고 생각하고 있던 단단한 폴의 마음을 어루만져 줄 의무가 제게 있었지만 저는 그 의무를 소홀히 했어요. 동생이라는 핑계를 대고 너는 출세한 형이니까 네 일은 네가 알아서 해 하는 식이었어요.

이따위 동생이 세상에 어디 있겠어요. 폴은 최선을 다해 동생인 저를 돌봐 주었지만….

(중략)

폴은 나 때문에 죽었다. 내가 폴의 눈동자에서 살기를 느끼기 시작한 건 폴이 병원에서 돌아온 날부터였다. 나는 아무 일도 없었다는 듯이 집안으로 들어서는 폴이 사뭇 못마땅했다…. 후-우. 마약 때문에 목숨을 잃을 뻔한 아들이 또 있다는 게 몹시 창피스러웠다.

폴에게 병문안을 온 몇몇 내 친구들에게 자존심이 얼마나 상했던지. 후-우. 내가 쓰러진 폴을 보고 충격을 받은 것도 내 자신 나는 못마땅했다. 왜냐하면 폴은 네 어머니에게나 나에게나 완벽한 아들이라고 믿고 있었기 때문에 마약 따위에 폴이 쓰러질 거라고는 생각지도 못 했고, 폴에게 나에 대한 증오심 같은 것이 있을 거라는 생각은 추호도 없었기 때문이었다.[22]

가족들은 폴의 마약 복용 사실을 알게 되었을 때 그의 고통을 헤아리고 인간적으로 감싸주며 적절한 치료를 받을 수 있도록 배려하기는 커녕 어머니는 폴에 대한 감시로 일관하였고, 아버지는 완벽한 아들이라고 믿었던 폴의 마약 복용 사실에 수치심을 느끼며 자존심을 상해했고, 동생은 무관심으로 대응하는 등 각각 자기중심적으로 행동했

---

22) 위의 글, 제12회분(마지막 회), 2012.1.26.

던 것이다.

이 소설이야말로 프로이트가 말한 아버지 살해욕망을 자기파괴적인 '자기에로의 전향'을 통해 보여준 소설이라고 할 수 있다. 폴의 교통사고는 실은 자살과 다름없는 죽음본능으로 해석된다. 폴은 아버지가 욕망하는 대로 완벽한 모범생의 길을 걷다가 변호사가 되었지만 변호사가 되기 위한 끔찍하고 힘겨운 공부라는 주체에 대한 극심한 압박 때문에 마약에 빠져 들었던 것이다. 이민 1세의 2세에 대한 과도한 기대와 억압이 2세들을 마약 술 도박 성 등에 빠져들게 만드는데, 이것은 감당할 수 없는 억압적 상황으로부터 도피하려는 것이다. 그리고 그 끝에서 일어난 자살과 다름없는 교통사고로 인한 폴의 사망조차 사실은 부모의 억압적 구도에서 벗어나기 위한 능동적인 행위인 것이다.

> 일반적으로 이민·유학 초기에 부모들은 자녀교육에 대해 높은 기대를 가지고 있으며, 기대가 충족되지 않을 때, 자녀는 심리적 부담을 느끼고, 부모는 실망의 표출 등으로 갈등이 깊어져 가족 강인성의 문제가 야기될 수 있다. (중략) 부모가 여전히 한국적 기준으로 자녀를 판단하고 책망할 때 이는 청소년의 정신건강에 위협을 가하게 되며, 적응력을 감소시킨다(Hertig, 2001). 이러한 청소년들의 경우, 현지에서 가출, 자살, 약물남용이 증가하여 모국에서보다 가족문제가 심화되고 그 양상이 더 표면화될 수 있음을 시사한다(노충래, 2000).[23]

이 소설에서 형인 폴에 비하여 부모의 기대치가 낮았으며, 끊임없

---

23) 전요섭, 앞의 논문, 140면.

이 문제를 일으켰던 동생 제이슨은 오히려 시행착오를 거듭하면서도 진정한 자아를 찾아 자신이 원하는 삶을 찾아갈 수 있었다. 즉 부모가 기대하지 않음으로써 오히려 주체적으로 자신이 원하는 삶을 개척할 수 있었던 것이다. 하지만 장남인 폴은 자식의 성공을 바라는 부모의 기대를 충족시키기 위해 과도한 스트레스에 시달리다가 마약을 복용하게 되었고, 결국은 교통사고로 사망함으로써 자신의 삶이 얼마나 황폐했었나를 극적으로 증명한다. 뒤늦게 어머니, 아버지, 동생은 후회하지만 폴의 죽음을 결코 되돌릴 수는 없다.

폴은 가족과의 관계에서 영웅의 역할을 수행하는 가족의 희생양이다. 즉 이민 1세들은 새로운 거주국에서의 사회경제적 성공에 대한 한을 갖고 있다. 따라서 그들은 자녀가 열심히 공부해서 자신들이 이루지 못 했던 사회경제적 성공을 대신 성취해 주길 기대한다. 이에 따라 자녀들은 자신의 욕구를 억누른 채 부모의 기대에 부응하면서 공부에 모든 것을 걸고 성장기를 보내게 된다. 이처럼 영웅 역할을 수행하는 가족의 희생양은 부모가 이루지 못 한 꿈을 실현시키기 위해 위임(delegation)되는 것이다.

하지만 폴이 변호사가 된 것은 그의 주체적 욕망이나 의지와는 상관없는 일이다. 따라서 그는 자신의 욕망을 제대로 돌보지 못 하는 결핍상태에서 성장하게 된다. 그리고 부모의 욕망을 대리 실현했다고 해서 그가 자신의 결핍상태에서 해방되는 것은 아니다. 왜냐하면 그 성취는 부모를 위한 것이지 자신이 진정으로 욕망한 것이 아니기 때문이다. 폴이 변호사가 된 후에도 마약중독에서 벗어나지 못 한 것이 그것을 증명한다. 가족 희생양은 부모에게는 '영웅'이 될지 모르나 자식에겐 그동안 자신을 위한 삶이 존재하지 않았기 때문에 그는 목표를 이룬 다음에도 정작 자신이 누구인지, 자신의 삶이 무엇인지, 어떻게 하면 그에 다다를 수 있는지 제대로 파악하지도 수행하지도 못 하는 상태에 처하게 된다.[24] 폴의 자살이나 다름없는 교통사고가 그것을 증명한다.

세대 간의 갈등은 캐나다한인사회뿐만 아니라 어느 사회에서도 나타난다. 하지만 캐나다한인사회에서 그 갈등은 더욱 극심하게 나타난다. 왜냐하면 한인들의 가족 단위의 이민은 자녀교육, 캐나다에서의 높은 삶의 질 추구 등[25] 가족의 번영과 발전을 위한 것이었기 때문이다. 그런데 이민 1세들은 당대에 그들의 직업적 성공이 불가능해지자 자녀세대의 성공을 위한 디딤돌 역할로 그들의 목표를 수정한다. 그리고 이민 1세는 자신의 억제된 신분상승의 욕구로 인해 자녀교육에 더욱 집착하고, 이것이 자녀에겐 부채의식으로 작용하기 때문이다.

종합적으로 이민 1세의 사회적응양식은 '디딤돌 놓기'라고 볼 수 있다. 자신들의 중류층 배경과 높은 신분상승에의 요구에도 불구하고 캐나다 사회에서 이민자로서 겪는 불이익과 차별에 부딪히자 자녀들의 주류사회 참여를 위해 자신들은 당대에서의 성공을 추구하기보다는 자녀세대의 성공을 위해 디딤돌이 되는 것이다. 이민 1세의 억제된 신분상승에의 욕구는 자녀세대에게는 부채의식으로 전승되어 사회경제적 성공에의 동기로 작용하고 있다.[26]

---

24) 최광현, 『가족의 두 얼굴』, 부·키, 2012, 140-144면.
25) 윤인진, 앞의 책, 298면.
26) 위의 책, 315면.

 이민 1세들의 억제된 신분상승 욕구는 자녀세대에게 사회경제적 성공의 동기로 작용하기도 하지만 다른 한편에서는 과도한 스트레스를 부과하게 된다. 이민 1세는 자신에게 부족했던 것을 2세들이 대신 채워주길 기대하고 그것을 강요한다. 이명자의 「폴과 제이슨」처럼 자식에 대한 높은 기대수준이 자식에게 스트레스를 가하는 줄도 모르고 자신의 꿈을 자식에게 투사하여 강요하는 것이다. 문제는 부모들이 그들의 성공에 대한 보상심리로 인해서 자식을 통해 대리만족을 추구하면서도 그들은 자신의 행동을 모두 자식을 위한 것이라고 인식한다는 것이다. 그러나 과도한 부모의 기대는 부모가 원하는 결과가 나오지 않을까봐 자식을 스트레스에 시달리게 압박한다. 가령 폴처럼 정신적으로 극심한 압박을 받게 된 나머지 마약에 빠져들게 만든다.

 대리만족이란 스스로 채울 수 없는 것을 다른 사람을 통해 얻고자 하는 것이다. 동생 제이슨처럼 스스로 자신이 원하는 것을 찾아가는 것과 형 폴처럼 자신이 원하는 것과 상관없이 부모가 원하는 것을 대신 실현시켜 주는 것은 근본적으로 차이가 있다. 자식들은 처음에는 그것을 참아내지만 어느 순간 그것에 반발하고 부모 특히 아버지에 대한 증오심 때문에 자신의 인생을 망치는 것으로 복수한다.

 "높은 교육열과 치열한 입시 경쟁, 학벌과 학력자본의 성취압박이 어느 사회보다 강한 한국사회에는 청소년들의 반복되는 자살로 그 병리적 증상이 나타나고 있"듯이[27] 국경의 경계를 뛰어넘어 캐나다한인 사회에서도 동일한 병리적 증상들이 강하게 작동하고 있음을 한인소

---

27) 김왕배, 「자살과 해체사회」, 『정신문화연구』33-2, 한국학중앙연구원, 2010, 197면.

설에서 보지 않을 수 없다.

작가 이명자는 이민 가족에 나타나는 1세들의 2세들에 대한 심각한 억압적 징후들을 포착하고 죽음(자살)이라는 충격적 결말 제시를 통하여 2세들이 새로운 사회에서 주체적으로 삶을 개척하고 건강한 시민으로 행복하게 살아갈 수 있도록 이민 1세들이 과도한 기대와 집착을 거두어야 할 것을 촉구하였다.

2.3 외상 후 스트레스장애와 자살

이명자의 「형」(2012)[28]은 1인칭 관찰자인 동생의 관점에서 서술된 자살한 형에 관한 이야기이다. 이 작품에는 "형과 내가 자식이 없는 백인에게 양자로 들어올 때 나는 다섯 살, 형은 여덟 살이었다."처럼 부모를 한꺼번에 잃고 백인 양부모에게 입양된 형제가 등장한다. 형제는 훌륭한 양부모의 보호 아래 백인처럼 양육된다. 형은 "가족이라니? 누구의? 나는 사람이 싫다. 동양인이 싫다. 그 중에서도 한국인이 싫다. 하필이면 나는 왜 한국인 부모에게서 태어났을까."[29]라고 자신의 혈통과 출생가족에 대해 극도의 혐오감을 갖고 있다. 그런데 양부모가 양아들이 한국인으로서의 출생의 뿌리를 알도록 숙부와 숙모를 정기적으로 방문하도록 배려한 데서 특히 형의 심리적 갈등이 야기된다.

---

28) 캐나다한인문인협회 카페(http://cafe.daum.net/koreansassocia), 2012.8.17-2012.9.3.
29) 이명자, 「형」, 제5회분, 위의 카페, 2012.8.25.

나는 백인이었다. 나는 확실한 백인이었고, 스캇과 데이지가 나를 대변해준다. 형은 내가 동양인과 어울리는 걸 싫어한다. 나도 형과 똑같은 생각이었다. 어느 날 두 사람의 차이니스가 우리의 집을 방문해 왔다. 남자는 까무잡잡한 피부에 궁상맞은 이미지의 얼굴이었고, 여자는 쭈뼛쭈뼛 주위를 살피고 있었다. 그들을 보는 순간 낯이 익었다. 그러나 나는 그들을 외면했다.

(중략)

그들은 형과 나의 작은아버지와 작은어머니라고 했다.

그 말을 듣는 순간, 나는 아-악하고 놀라 자빠졌다. 기절하기 일보 직전이었다. 충격은 나의 온몸을 부들부들 떨게 만들었다. 형이 가만히 내 손을 잡아주었다. 이렇게 엄청난 일에 형은 침착하기 그지없다. 그때 딱 한번 형이 무서웠다. 얼마나 간 큰 형인가.

(중략)

그리고 그들이 나를 혼란시켰다. 한동안 나는 혼란에 빠졌다. 나는 백인이 아니었다. 나는 차이니스였다. 스캇과 데이지가 아닌 형과 나의 부모가 따로 있었다. 나는 두 사람으로부터 형과 나의 부모에 대해 끊임없이 전해 들었다. 형은 그들의 이야기에 완강히 귀를 막았고, 두 사람의 이야기는 일치한 적이 한 번도 없었다.[30]

친절한 백인 부모의 양아들이 되면서 형제는 백인으로서의 정체성을 갖게 되는데, 숙부모와의 만남은 그들의 백인이라는 정체성을 온통 흔들어버린다. 백인 부모는 입양아들이 그들의 출신국가와 출생가족에 대해서도 정체성을 가지라는 배려에서 숙부모의 정기적인 방문

---

30) 위의 작품, 제2회분, 위의 카페, 2012.8.19.

을 주선했던 것이다. 하지만 숙부가 수시로 형에게 죽은 부모에 대한 처참한 기억을 되살려 냄으로써 형은 끔찍한 트라우마로부터 헤어나지 못 한 채 결국 자살로 생을 마감한다. 형의 악몽 같았던 기억이란 아버지가 칼로 어머니를 찔러죽이고 자신도 자살한 사건이다. 어린 나이에 결코 감당할 수 없는 장면을 지켜보아야 했던 형은 마침내 자살로 도피하고 만 것이다.

〈당신들은 악귀를 보았는가?〉

나는 보았다. 여덟 살 되던 해 악귀보다 더 무섭고 잔인한 진짜 악귀를 나는 보았다. 나는 그 악귀와 여태껏 함께였다. 데이빗은 울다 지쳐 옷장 속에서 잠들었고 나는, 나는 소파 뒤에 서서 그 광경을 하나도 빠짐없이 다 보았다.

벌겋게 충혈된 눈을 번득이며 여자를 난도질하던 남자, 피바다였다. 피를 뒤집어 쓴 남자가 거침없이 자신의 가슴에 칼을 꽂던 그 광경, 나는 어쩌란 말인가.

그들은 인간이기를 거부한 채, 자신들이 만들어 세상에 내어놓은 하나의 작은 인간 앞에서 악귀의 적나라함을 몸소 보여주었다. 나는 저주를 받았다.[31]

당시 다섯 살에 불과했던 1인칭 관찰자(동생)가 친부모의 죽음에 대해 정확히 알지 못 한 채 반복적으로 "거대한 바다가 피로 변해 나를 덮쳐 오고 흐르는 강물이 피로 변해 내게 흘러 들어오고 호수가 피로 변해 나는 그 속으로 깊이깊이 빠져드는 악몽을 꾸었"던 것과 달리

---

31) 위의 작품, 제6회분, 위의 카페, 2012.8.27.

여덟 살의 형은 부모의 죽음, 정확히 말하자면 아버지가 어머니를 살해하고 자신도 자살한 처참한 폭력을 직접 목격했던 것이다. 이로 인해 형이 지속적으로 악몽에 시달려 왔다는 것이 그의 일기를 통해 밝혀진다. 그리고 아직 보호받아야 할 어린아이였던 조카를 향해 숙부는 그의 보호자이자 수입원이기도 했던 형이 죽은 죄를 뒤집어씌우는 어리석음을 범하고 있었다는 것도 밝혀진다.

> 누군가를 죽인다거나 누군가에게 죽임을 당한다거나 이런 미친 악몽이 질리지도 않는지 눈만 감으면 나는 왜 시달리는가. 내가 저주받은 인간인가, 내가 세상을 저주해서인가, 이럴 수는 없다. 나는 무서워 못 박힌 채 그 저주스런 순간이 영원히 나와 함께 살아가리라고 어떻게 짐작이라도 했겠는가. 나는 어린아이였다. 세상이 보호해야 할 어린아이였다. 내 잘못은 어린아이였다는 것이다. 사건이 터지기 전에 빨리 알리지 않았다고 어린아이에게 죄를 뒤집어씌우는 작은아버지여, 영원하시라.[32]

따라서 형은 외상 후 스트레스장애에 시달리다가 우울증을 극복하지 못 하고 차를 몰고 나가 중앙분리대를 들이받아 자살하고 만다. '외상 후 스트레스장애(post traumatic stress disorder)'는 거의 모든 사람에게 외상으로 경험될 만큼 심각한 감정적 스트레스를 경험했을 때 나타나는 불안장애의 일종이다.[33] 형이 겪은 외상은 어린 소년으로서는 결코 감당할 수 없는 충격적 사건이었다. 이 작품에서 형과 나

---

32) 위의 작품, 제8회분, 위의 카페, 2012.8.31.
33) 최현석, 『인간의 모든 감정』, 서해문집, 2011, 108면.

의 친부모는 아버지가 캐나다로 먼저 이민 온 후 어머니와 사진결혼을 한 경우로서 화려하고 사교적이며 젊은 어머니와 나이가 많고 의처증이 있는 아버지 사이의 갈등이 결국 파국으로 치달았던 것이다. 알코올 중독자인 숙부는 지속적으로 어린 조카로 하여금 망각하고 싶었던, 부모의 비극적 죽음을 떠올리도록 심리적 압박을 가했을 뿐만 아니라 조카가 살인사건이 일어난 후에야 자신을 찾아왔다는 것을 계속 질책하였다. 때문에 형은 끝내 '외상 후 스트레스장애'를 극복하지 못하고 자살하고 만 것이다. 「형」은 1세들의 파탄된 부부관계가 2세의 입양과 자살이란 파국으로 이어진 경우이다.

　다문화주의 이민정책을 실시하는 캐나다 국민인 양부모는 국가 정책에 따라 입양아들이 출신국가인 한국과 출생가족인 한국인으로의 정체성도 가지라는 배려에서 숙부모와의 만남을 정기적으로 갖도록 주선했다. 하지만 이 만남은 서양인이 되고자 한 형에게 오히려 정체성의 갈등을 더욱 심화시켰다. 뿐만 아니라 숙부모와의 만남은 너무도 처참하고 끔찍하여 영영 회피하고 싶었던 친부모의 죽음을 지속적으로 기억하게 만듦으로써 형은 외상 후 스트레스장애를 극복하지 못 하고 자살에 이르게 되었던 것이다. 이민 1세의 파탄된 부부관계가 결국 자녀의 불행으로 이어졌으며, 이민자에 대해 다문화주의 정책을 채택한 캐나다의 양부모가 입양아의 출신국가와 출생가족의 정체성을 인정하겠다는 배려가 의도와 달리 불행한 결말을 초래하게 만든 경우이다.

2.4 저장강박증과 가족 해체의 위기

유금호는 장명길[34]의 첫 소설집 『풀의 기원』(2004)에 대해 "이민생활의 애환 속에 주인공이나, 그의 자식들이 문화적 충격과 벽에 부딪쳐 함몰하는 결말구조를 선택함으로써 몹시 암울하다."[35]라고 평가한다.

장명학의 「드림하우스」에는 저장강박증(compulsive hoarding syndrome)에 걸린 여성이 주인공으로 등장한다. 저장강박장애, 저장강박증후군 또는 강박적 저장증후군이라고도 불리는 이 장애는 어떤 물건이든지 사용 여부에 관계없이 계속 저장하고, 그렇게 하지 않으면 불쾌하고 불편한 감정을 느끼게 된다. 이는 습관이나 절약 또는 취미로 수집하는 것과는 다른 의미로, 심한 경우 치료가 필요한 행동장애의 일종이다. 이 장애는 주변 사람들에게 사랑과 인정을 충분히 받지 못 한 사람이 물건에 과도한 애착을 쏟기 쉬우며, 인간관계에서 안정을 찾고 충분히 사랑받고 있다는 느낌을 갖게 되면 이러한 저장강박 증상은 자연스럽게 사라질 수 있다.[36]

저장강박증을 앓고 있는 주인공이 살고 있는 집은 "그림 같은 호수를 끼고 야트막한 언덕 위에 반듯하니 올려지은 고풍스런 대저택이었다. 지금 당장 내어놓는다 해도 손에 백만 불 이상은 너끈히 쥐어질"

---

34) 1952년 경기도 안성에서 출생, 1992년 캐나다 이민, 1998년 『한국소설』에 「그림자밟기」로 데뷔, 「드림하우스」로 2001년 제3회 "재외동포문학상" 우수상 수상, 캐나다한인문인협회, 한국소설가협회 회원, 한국문인협회 회원, 국제펜클럽 한국본부 회원, 첫 창작소설집 『풀의 기원』(2004) 발간.

35) 유금호, 앞의 글, 266면.

36) 네이버 두산백과 '저장강박증' 항목 참조.

그야말로 드림하우스이다. 하지만 "지상 이층 방 여섯 개짜리 대저택은 그야말로 발 디딜 틈이 없다. 거실 바닥과 모든 가구 위에는 정크 메일, 구겨진 포장지, 비닐봉지에서 꺼내지도 않은 케케묵은 신문, 누렇게 바랜 영수증, 낡은 남자구두, 한쪽다리가 부서진 흔들의자 등이 산더미처럼 집안 곳곳에 쌓여 있어 유일한 현관문을 열기조차 힘들다." 이 대저택에서 그녀에게 남은 생활공간이라곤 한 평 남짓한 화장실 한쪽 구석이 전부이다. 새내기 엄마들의 기저귀 가방만큼이나 큰 그녀의 가방에도 "포켓용 티슈, 손톱깎이, 반 토막 난 껌, 생전에 남편이 애지중지하던 가스라이터, 당장에 내야 할 납세고지서와 영수증 뭉치들, 거기다가 그녀의 화장품 일체 등"이 빵빵하게 들어 있다.

그녀가 물건들을 버리지 못 하는 것은 가령 흔들의자의 경우, 죽은 지 3년이 다 되어 가는 남편이 어느 때고 불쑥 돌아와 흔들의자에 앉아 망연히 창밖을 바라보고 있을 것만 같기 때문이다. 그러니 어느 것 하나도 함부로 할 수 없었고, 그렇게 버리지 못 한 채 쌓여 온 것이 여기저기 집안 구석구석을 메워 왔던 것이다. 사실 그녀의 저장강박증은 남편의 사망 이후에 발생한 것으로, 원하지도 않던 이민을 와서 "시름시름 살다가 결국 자신의 뜻대로 살아보지도 못 하고 간 남편에 대한 자책감"에서 비롯되었다. 즉 남편에 대한 죄책감이 "그가 쓰던 물건들에 대한 애착"으로 변질되어 물건들을 버리지 못 하다가 오늘의 지경에 이르고 만 것이다.

그리고 그녀의 유년기는 엿장수였던 아버지가 골목골목의 너저분한 쓰레기들을 집안까지 끌어오곤 해서 재활용품들과 결코 낯설지 않았다. 툭하면 폭력을 일삼던 아버지 때문에 집에 들어가기가 죽기보다 싫었던 그녀는 하릴없이 거리를 배회하다 길가에 버려진 웬만한 물건들이 고물상으로 가져가면 돈이 된다는 사실을 깨닫게 된다. 이러한 유년기의 경험도 그녀의 저장강박증과 무관하지 않다.

그녀는 남의 집 세숫대야를 훔쳐 나오다가 들키자 상행열차에 몰래 숨어들어 무작정 상경하였다. 그리고 식모살이에 피복 공장의 시다를 거쳐 미싱사를 할 때 나갔던 야학에서 자원봉사 선생님이던 남편을 만났던 것이다. 결혼 후 그녀는 한때 몸담았던 공장의 사장이 보내준 초청장으로 먼저 이민을 온 후 4년 만에 이민을 원하지 않던 남편과 합류했다. 이민 후 무스코카 관광지에 편의점을 낸 그녀의 사업은 번창했고, 불경기에 부동산을 샀다가 되파는 재테크에 성공하자 건물 임대료만으로도 생활비가 남아돌아 그녀는 아예 일손을 놓고 교민 사회활동에 참여하며 입지를 넓혀갔다. 하지만 그녀의 적극적인 생활 태도와는 달리 내성적인 성격의 남편은 매사에 흥미를 잃고 무기력해져 갔다. 아내는 재테크에 성공하여 경제적 안정을 찾았지만 그는 매사에 심드렁할 뿐이었다.

남편을 더욱 좌절감에 빠뜨리게 된 계기는 딸이 중학교 때 백인 남학생을 집으로 초대했을 때이다. 그녀가 물색없이 과일을 깎아 딸아이의 방으로 가져갔을 때, 딸이 "여기 애들, 남의 집에서 주는 것 함부로 안 먹어요. 가져가세요."라고 반응하자 부아가 치밀어 오른 그녀는 과일접시를 백인 아이 앞에 들이밀었다. 이윽고 딸은 "그 말도 안 되는 영어 그만하고 어서 나가요. 당장!"이라고 귓속말처럼 말했던 것이다. 분이 풀리지 않은 그녀가 남편에게 말하자 그는 남자아이를 당장 돌려보내고 딸아이에게 무릎 꿇고 사죄할 것을 채근했다. 남편은 'No'라고 반항하는 딸의 뺨을 후려쳤을 뿐만 아니라 매질까지 가했다. 다음날 딸아이 담임교사의 고발에 의해 남편에겐 미성년자 폭행죄로 접근금지 명령이 내려진다.

교사였던 남편이 그때 받았을 문화충격이 얼마나 컸을까는 짐작하고도 남음이 있다. 자칫 2세들은 서구적 가치관에 매몰되어 부모를 배척하고, 1세들은 한국식 체벌을 가하다가 미성년자 폭행죄로 고소를 당한다. 문화의 차이로 인한 살벌한 가족 풍경이 이민의 한 모습이라는 것을 작가는 보여주고 있다. 가장으로서의 권위를 상실한 무력감에 남편은 아내와 딸 그 누구와도 가슴을 열고 소통하지 못 한 채한때 카지노에 빠져 들었었고, 무수한 날을 외로움에 떨다가 마침내 간암으로 세상을 뜨고 말았던 것이다.

언제부턴가 남편은 늘 혼자였다. 교민봉사활동과 부동산 관계 일로 눈코 뜰 새 없이 바쁘게 돌아가는 그녀와는 달리, 혼자 난을 가꾸고 혼자 뒤뜰에 나가 정원 손질을 하며 소일했다. 아니면 한국 비디오테이프를 잔뜩 빌려다 놓고 하루 종일 애꿎은 담배나 피워대며 혼자 보고 있기 일쑤였다. 그러던 그가 어느 날부터 바깥출입이 잦아졌다. 급기야는 외박을 하고 들어오기도 했다. 처음엔 멋모르고 반색을 하던 그녀도 툭하면 외박하는 사태가 거듭되자 낌새가 다름을 알고 추궁하기에 이르렀다. 카지노 출입을 했노라고 했다. 알고 보니 그 사이에 적잖은 돈이 빠져 나가 있었다. 아무리 그렇기로. 이건 아니다싶어 삼가라고 일러주자 평소 지니던 은행 통장을 건네며 뜻밖의 말을 해왔다.

"물주가 하지 마라면 못 하는 게지. 알았다고."[37]

그런데 대화조차 하지 않던 딸이 갑자기 건강 체크나 해보자고 해

---

37) 장명학, 「드림하우스」, 앞의 책, 119면.

서 얼떨결에 따라간 정신과 병원에서 주인공은 저장강박증 진단을 받고 입원치료를 권장받는다. 하지만 왕성한 사회활동을 내세우며 그녀는 입원치료를 거절했다. 그 후 법정 후견인이 된 딸은 그녀의 정신과 진료경력을 내세워 그녀를 '한정치산자'로 몰아 집을 빼앗고 그녀를 정신병원에 강제로 감금시켜버렸다. "동포사회에 보다 높은 단절의 벽을 쌓고 델타의 삼각주에 숨어버린" 딸은 저 혼자라도 캐나디언이 되어 보려고 발악을 하다가 악착같이 공부하여 회계사가 되었다. 그리고 백인 변호사인 남편과 공모하여 어머니의 전 재산을 모두 빼앗고 정신병원에 가두어버린 것이다.

이 작품은 막연히 딸애를 잘 키우겠다고 남편의 반대에도 불구하고 감행한 이민의 결과가 남편의 조기 사망과 딸의 배신이란 결말을 보여주었다. 주인공은 이민을 통해 경제적 성공을 거두었지만 사회적으로 성공한 딸은 부모를 외면했고, 남편은 원하지 않았던 이민생활에 지쳐 간암으로 사망했다. 뒤늦게 "만약 이민을 오지 않았더라면" 하는 후회와 자책이 주인공의 저장강박증을 일으킨 원인으로 작용했던 것이다.

이민 가족의 황폐한 모습이 '드림하우스'라는 제목을 통해 역설적으로 드러난 「드림하우스」는 이민이란 그럴 듯한 겉모양과 달리 부부간, 또는 부모 자식 간의 관계가 소원하다 못 해 황폐해진 가족 풍경을 보여준다. 그리고 이를 통해 왜 이민을 하려고 하는가에 대해 진지한 성찰을 하게 만든다. 부모는 자식을 잘 키우기 위해 이민을 감행하지만 새로운 사회에서 그들은 부모로서 자식에 대한 영향력 행사는 고사하고 자식으로부터 배척과 배신을 당하고 만다. 즉 현지에서의 "왜곡된 사회화 과정과 통념에 의해 가족해체 현상이 진행되고 이민의 성취동기가 실종되어 극단적 개인주의가 팽배해"지는[38] 윤리적 갈등을 한인들이 심각하게 겪고 있음을 「드림하우스」의 모녀관계를 통해 보지 않을 수 없다.

김외숙의 「매직」도 경제적 성공과 달리 황폐해진 가족관계를 보여준다. 열심히 일해서 자식을 좋은 학교를 보냈으나 이민 가족에서 한국에서와 같은 부모자식 간의 끈끈한 정은 사라진 지 오래다. 2세들이 보여주는 서구식의 개인주의 사고방식과 한국식의 집단주의 문화와 가족주의에 익숙한 이민 1세들의 가치관 충돌을 한인소설들은 보여준다.

2.5 부권의 실추

김채형의 「연」은 추락된 부권을 '연'이라는 상징을 통해서 탁월하게 그려낸다.

나는 연을 만들면서 하루해를 보냈다. 연을 만들고 있는 동안 내 마음은 넉넉했다. 나도 희망을 가질 수 있었다. 내가 실직자라는 의식이나 아내 앞에서 느끼는 열등감 따위가 사라졌고, 곧 행운이 내 앞에 툭 떨어질 듯이 마음이 뿌듯했다.[39]

---

38) 이종오, 「캐나다 한인들의 이문화 관리 적용에 관한 연구 -퀘벡주 한인들의 사회문화적 갈등 양상을 중심으로-」, 『국제지역연구』12-1, 국제지역연구센터, 2008, 288면.
39) 김채형, 「연」, 『캐나다문학』16, 캐나다한인문인협회, 2013, 213면.

이 작품에서 1인칭의 주인공은 다니던 회사가 부도가 나서 실직을 하게 된 터에 미국에 가 있던 처형의 초청으로 이민을 오게 된다. 이주 후 그는 미국생활에 차츰 자신을 잃어가는 반면 아내와 아들은 살맛 나는 세상을 만났다는 투였다. 아내는 미국이 그야말로 '꿈과 기회의 나라'라는 듯이 맹렬 여성으로 돌변하여 그를 앞지르며 사업적 능력을 발휘한다. 아내의 하늘을 찌를 듯 당당한 기세에 실직자인 그는 절로 기가 꺾이고 만다. 자동적으로 아내에게 생계를 의존하게 되면서 그의 가장으로서의 부권은 형편없이 추락하게 된다. 아내의 잔소리는 차츰 신경질로 발전했고, "그렇게, 밥이나 축내면 없느니 만도 못하지. 어유, 못 살아. 남편이 돈을 척척 벌어다주고 호강시켜 주어도 어려운데 이건 허구한 날 술타령이나 하고 빈둥거리니, 내가 돈 버는 기계야? 차라리 나가 버려. 없어지면 체념하고 살 테니까."라는 등 폭언도 서슴지 않는다. 게다가 가게주인 첸과 바람을 피우고도 도리어 의처증으로 남편을 몰아붙이기 일쑤다. 아들은 아들대로 제 어미보다도 더 무섭게 아버지의 무능을 추궁하고 나왔으니 부권은 추락할 대로 추락하지 않을 수 없게 된다.

주인공이 연 만들기에 그처럼 집착하는 것은 연이 가장으로서의 추락한 현실을 벗어나는 메타포였기 때문이다. 그는 아들에게 연 만들기를 가르칠 때만은 근엄한 아버지로서의 모습을 되찾을 수 있었다. 그러나 아내는 그의 연 만들기를 미친 짓으로 치부하는데, 하마터면 그로 인해 정신병원으로 끌려갈 뻔하였다. 그는 신문에 났던 자살 미수사건의 주인공 박영일에게 동병상련의 정을 느끼고 병원으로 찾아가 문병하고 돌아온다. 그리고 남은 잔돈을 모두 털어 연 재료를 사 아들에게 연 만들기를 가르친 후, 완성된 연을 조심스럽게 들고 버몬

애비뉴로 나와 천문대 방향으로 발걸음을 옮긴다. 천문대의 망원경으로 달을 바라보며 흥분한 그는 현란한 도시의 야경을 바라보다 연을 날리기 시작한다. 그리고 그 연을 따라 그의 몸도 연과 함께 하늘로 떠오른다.

> 연이 떠오르는 속도에 맞추어 떡줄을 빠르게 혹은 천천히 풀어주었다. 삽시간에 연은 까마득히 날아올라 밤하늘에서 여유 있게 춤을 추었다. 하늘을 가득 채우고 별처럼 빛을 발했다. 와와, 옥상에서 야경을 감상하던 사람들이 환성을 질렀다. 나는 어린 시절의 그 꿈에 젖어 들었다. 마침내 내 몸도 연과 함께 하늘로 떠올랐다.
>
> 비로소 고향에 돌아가고 있다는 감격에 달떴다. 연은 나를 태우고 지구를 떠나 우주공간을 날아가기 시작했다.
>
> 지구가 발아래 내려다보였다. 나는 먼 곳을 향해서 빠른 속도로 날아갔다.[40]

그는 남성으로서의 자존감을 지킬 수 없는 이주의 현실에서 벗어나는 방법으로 연날리기를 선택했다. 현실적인 방법으로는 실추된 부권을 되찾을 수 없기 때문에 작품의 결말처럼 환상적인 방법을 통해서 현실을 벗어나지만 그것은 도저히 화해할 수 없는 이주 현실로부터의 추락이며 일탈이자 도피라고 하지 않을 수 없다.

앞에서 논의한 「드림하우스」에 나오는 남편 역시 이민을 통해 부권이 추락한 경우이다. 아내의 경제적 성공과 활발한 사회생활과는 달리 한국에서 교사였던 그는 이민 후 무능한 남편이자 딸아이를 체벌

---

40) 김채영, 위의 작품, 230면.

하다 미성년자폭행죄로 접근금지 명령까지 받았으며, 한때 도박으로 도피하였던 이민의 부적응자였다. 이민은 그에게 부권의 추락과 문화 충격이라는 원하지 않은 결과를 초래했다. 한마디로 그는 가족 부양의 권리를 아내에게 빼앗긴 후 남편으로서도 아버지로서도 전혀 권위를 세울 수 없는 무능한 존재가 되고 말았던 것이다.

이처럼 새로운 이주지에서 여성들에 비해 사회 적응력이 떨어지는 남성들은 사회경제적으로 무능력해지고, 가족 내에서도 이민 전 한국사회에서 가졌던 가장으로서의 권위를 상실하고 소외를 겪게 된다. '가부장제가 잔존하는 한국에서는 남편이 아내를 지배하는 지배 복종의 관계에 있었으며 가족 내 아내의 위치는 대체로 정신적 육체적으로 남편에게 종속된'[41] 상황이었다. 하지만 이민은 이러한 가족 내 권력구조를 일시에 전복하며 남성들을 부적응자로 만들어버린다. 한국에 비해 양성 평등적인 북미사회에서 남성들이 어떻게 자신의 역할을 수정하고 새로운 사회에 적응해 나가야 하는지 재사회화가 전혀 이루어지지 않은 결과이다. 이것도 일종의 문화충격에 대한 남성들의 부적응이라고 할 수 있다.

「연」과「드림하우스」는 남성중심적인 가족의 위계질서가 붕괴하고 가족 내에서 부권이 추락된 현실과 남성들이 겪는 소외와 자아상실을 그려냈다. 가부장주의가 잔존하는 한국에서 남성들이 누렸던 우월한 지위는 남녀평등적인 북미사회에서 더 이상 통용되지 않는다. 뿐만 아니라 가족의 생계부양자로서의 역할에서마저 무능해진 남성들은

---

41) 박숙자,「가족관계의 변화」, 여성한국사회연구회 편,『한국가족문화의 오늘과 내일』, 사회문화연구소, 1995, 101면.

더 이상 가족 내에서 소외를 피해갈 수 없는 상황이 야기된다. 이주가 초래한 의도하지 않은 결과이다.

3. 결론

이 글은 캐나다한인소설에 나타난 이민 가족의 황폐한 풍경을 분석하였다. 이민으로 인해 공간의 이동은 이루어졌으나 캐나다한인 가족에서 한국적인 가족주의, 가부장주의는 단절되지 않고 있다. 즉 이민 후에도 가족에 대한 한국적 가치관이 잔존함으로써 새로운 사회에 적응하지 못 하고 가족 간에 갈등하는 모습을 소설은 보여준다.

「법원 가는 길」에 나타난 세대 간의 갈등과 아버지 살해 욕망, 「폴과 제이슨」에서 가족의 희생양이 되어 마약중독에 빠져 죽은 폴, 「형」이 보여준 아버지의 어머니 살해와 자살 그리고 아들의 '외상 후 스트레스장애'로 인한 자살, 「드림하우스」의 저장강박증과 딸의 어머니에 대한 한정치산자 선고와 정신병원 감금, 「연」과 「드림하우스」에 나타난 남성 이민자의 부적응과 부권의 실추…. 이들 소설을 볼 때에 이민 가족은 갈등과 해체의 위기에 빠져 있다.

새로운 사회로 이주하면 그 사회가 요구하는 시민으로서 새로운 문화를 수용하고 그에 맞게 재사회화가 이루어져야 한다. 그럼에도 이민 가족들은 새로운 환경에 적응하지 못 하고 문화충격을 겪고 있다. 부모들은 자식들에게 한국적 가치관을 강요하고, 자식들은 현지의 개인주의 가치관으로 살아가길 원한다. 그로 인해 부모-자식 간의 갈등이 야기된다. 그리고 여성들은 새로운 사회에 비교적 잘 적응하는 데

반해 남성들은 가부장주의를 청산하지 못 함으로써 부부간에 갈등이 야기되고 새로운 사회에 적응하지 못 하는 모습을 보이고 있다.

한국에서도 부모의 자식에 대한 과잉보호와 지나친 기대, 자식의 예속에 대한 강요는 자녀들의 반발을 불러오고 세대 간의 갈등을 유발시킨다. 뿐만 아니라 남성이 여성을 지배하는 가부장주의는 부부간의 갈등을 야기하는 중요한 요인이 되어왔다. 하물며 개인주의와 민주주의, 평등의 윤리가 작동하는 북미사회에서 한국적 가족주의, 가부장주의는 부모 자식 간의 갈등이나 부부간의 갈등을 유발하는 요인이 될 뿐이다. 위의 몇몇 소설에서 보여주듯이 이민 가족은 해체의 위기와 갈등을 심각하게 겪고 있다.

제4장 그 밖의 소설들

. . . . .

이종학의 「이방인의 실루엣」[1]은 일종의 다문화소설이다. 베트남 여성 쑤언과 결혼한 한국남성 민덕수는 아이들이 학교에서 월남애라고 놀림을 당하자 캐나다로 이민한다.

"여보, 우리 어디로 이민 갈 수 없을까? 아이들이 상처받는 것을 보기 너무 힘들어요."

(중략)

단일민족을 자랑하는 한민족이 다른 민족과 인종에 대한 차별화는 유난스런 편이다. 괴물처럼 여기는 편협이 보편적이었다. 같은 민족끼리도 씨족과 빈부와 심지어 지역적 편견이 관습처럼 지금도 이상하지 않게 여길 정도이니 말해 무엇하겠는가. 그 이유야 여러 가지가 있겠지만, 다른 민족과의 교류는 말할 것도 없고 심지어 지역 간의 왕래도 드물었던 폐쇄적 사회 현상의 결과임을 우선 큰 원인으로 꼽아야 한다. 다음은 헤아릴 수 없는 외세 침략에 시달렸던 역사적 피해의식에서 오는 약자의 자격지심 같은 역동적 심리 요인을 지적하는 사회학

자들도 있다. 강하고 부유한 민족과 약하고 빈한한 인종 앞에서 무자
비한 차등을 나타내는 점도 간과할 수 없다. 세계화를 부르짖는 국민
다운 면모를 갖출 시기가 지난 지 이미 오래임에도 비겁한 구태를 전
통처럼 벗어나지 못 한다. 글로벌 세상에서 세계가 연결된 요즘 다문
화가정 운운하면서 보기 민망하다. 돈 주고 데려온 가난한 동남아 여
성이니, 코시안 따위 폄하하는 언사는 선진국 진입을 염원하는 한민족
에게 어울리지 않는다. 베트남에서 얼굴 없는 아버지로 인해 버림받고
능멸당하는 라이(잡종) 따이한이 얼마나 많은지 모른다. 이제는 필리
핀에 가서 혼인 빙자한 사생아 코피노를 양산하는 파렴치한 한국 남자
들이 날로 늘어나는 추세라니 무슨 양심으로 누가 누구를 차별한단 말
인가.[2]

이 작품에서 베트남 출신의 주인공이 캐나다로의 이민을 생각하게
된 동기는 다문화사회를 지향하는 한국의 다문화 여성과 자녀에 대한
차별 때문이다. 작가는 한국이 세계화와 다문화사회를 지향하면서도
타 민족과 인종에 대해 편협한 차별적 태도를 갖게 된 역사사회적 원
인을 분석한다. 그 원인은 세 가지로 분석된다. 첫째, 한국이 "다른 민
족과의 교류는 말할 것도 없고 심지어 지역 간의 왕래도 드물었던 폐
쇄적 사회"이기 때문이다. 둘째, "헤아릴 수 없는 외세 침략에 시달렸
던 역사적 피해의식에서 오는 약자의 자격지심 같은 역동적 심리 요
인"이 작용한 탓이다. 셋째, "강하고 부유한 민족과 약하고 빈한한 인
종 앞에서 무자비한 차등을 나타내는" 국민성 탓이라고 작가는 지적
한다. 그리고 그러한 편협한 차별적 태도로는 결코 한국이 글로벌한

---

2) 캘거리한인문인협회 카페(http://cafe.daum.net/KWA-CANADA), 2014.9.12.

선진국의 대열에 진입할 수 없다고 작가는 냉정하게 비판한다. 뿐만 아니라 "한국남성들이 베트남에 가서 무책임하게 낳아놓은 라이따이한이나 코피노가 엄존하는 사실"에 한국은 부끄러움을 느껴야 한다고 경종을 울리고 있다. 작가는 다문화주의를 먼저 시행한 캐나다한인이라는 경계인의 시각에서 한국인들이 다문화가족에 대해 보여주는 편협한 태도를 비판하고 있다. 그의 원인 분석이 백 퍼센트 옳은 것은 아니지만 경청해 볼만한 지적이라고 하지 않을 수 없다.

캐나다로 이민하여 베트남식당에서 일하던 주인공 쑤언은 손님들을 통해 그녀의 돈을 사기치고 떠났던 애인 판르엉이 캐나다에서 사업에 성공하여 큰돈을 벌고 있다는 사실을 알고 그로부터 돈을 받아내 다시 한국으로 돌아간다. 작품은 쑤언의 부모가 쑤언이 결혼할 당시 한국인 사위로부터 받았던 돈을 갚고, 마을 사람들에게도 한턱을 냄으로써 팔려온 여자라는 오명을 벗고 한국인 공동체로 당당하게 거듭난다는 결말을 보여준다.

강기영의 「유령의 집」[3]은 캐나다를 배경으로 1인칭 관찰자 시점으로 옆집 여자 깨비의 엽기적인 행동을 유머러스하게 그려낸 소설이다. 깨비는 이민한 한인여성으로서 늘 엽기적으로 행동하기 때문에 도깨비에서 도를 빼고 '깨비'라고 부르는데, 그녀는 여성을 사기를 쳐서 살아가는 오발이란 남자로 인해 집마저 날리게 된다. 외로운 그녀의 남편 행세를 하는 오발은 그녀의 집 담장의 포도를 훔쳐 먹는 락쿤처럼 그녀의 전 재산을 거덜내고 만다. 그녀는 덫을 놓아 락쿤을 잡고

---

3) 캐나다한인문인협회 카페(http://cafe.daum.net/koreansassocia), 2012.1.31.-2012.2.19.

그녀가 기르던 진돗개로 하여금 락쿤을 공격케 하지만 정작 오발과의
사기결혼으로 인해 식당일을 하여 번 돈으로 장만한 유일한 재산인
집을 날려버리고 만다. 이민자의 다양한 인간군상 가운데는 오발 같
은 사기꾼도 있다는 것을 보여준 소설이다.

　사기와 관련된 이민은 다른 소설에서도 발견된다. 엄희용[4]의 「사
람을 찾습니다」[5]에는 한국에서 돈 벌어 세금 떼먹고, 사기까지 쳐서
외국에다 호화주택을 산 변호사가 등장한다. 주인공은 사기 피해자
부부로서 그들은 그 변호사에게 한국에서 아버지의 유산을 사기당했
다. 우연히 성당의 구역장 모임에서 알게 된 여성은 온타리오 호숫가
에 백만 불이 넘는 저택을 소유하고 있다. 초대받아 간 그녀의 집 지
하실에 놓인 가족사진에서 우연히 그녀의 남편인 사기꾼 변호사를 발
견한 주인공의 남편은 너무 큰 충격을 받아 성당까지 나가지 않고 두
문불출한다. 몇 개월 만에 성당에 나가보니, 사기꾼 변호사의 아내가
자살했다는 소문이 돈다. 그녀의 죽음을 둘러싸고 남편(변호사)이 바
람을 피웠다는 설, 그녀에게 우울증과 의부증이 있었다는 설, 유방암
에 걸렸었다는 설 등이 무성히 떠도는 가운데 사기꾼 변호사는 이미
집을 팔고 그곳을 떠난 뒤다. 사기꾼들이 해외로 재산을 도피하기 위
해 이민이라는 방식이 선택되었다는 것을 작품은 보여주고 있다.

　시인으로 활동하는 권천학의 소설 「오이소박이」[6]에는 사기꾼을
붙잡기 위해 취업비자로 캐나다 토론토의 아리랑식당에서 주방장으

---

4) 캐나다한인문인협회 회원, 한양대학교 신문학과 졸업, 1990년 캐나다 이주.
5) 『캐나다문학』11, 캐나다한인문인협회, 2003, 249-264면.
6) 시인, 제4회 경희해외문학상 수상작, 캐나다한인문인협회 카페(http://cafe.daum.
　net/koreansassocia), 2013. 3.1-2013.3.27. 연재.

로 일하는 경애라는 여성이 등장한다. 그녀가 토론토까지 사기꾼을 잡기 위해 건너 온 것은 5년 동안 피자가게를 하며 모은 돈 5천만 원을 교회 성전을 짓는다고 사기 친 범인 한성주가 토론토로 잠적했다는 소문을 들었기 때문이다. 게다가 그녀는 사기꾼과 공범으로 몰려 오해를 받고 있는 상황이었으니, 아들과 시어머니를 남겨두고 비행기를 탔던 것이다. 하지만 작품의 결말은 허무하다. 왜냐하면 그 사기꾼은 중증중독에다 골수암까지 번져서 살날이 멀지 않았기 때문이다. 이 작품에서 '오이소박이'는 그녀가 일하는 한식당을 유명하게 만들어 사기꾼까지 찾아오게 만든 소재이며, 동시에 '오이소박이' 맛에 반한 흑인 제임스로부터 청혼을 받게 되는 계기를 제공한다.

구부정한 허리를 부축받으며 겨우 자리에 앉는 남자는 바들바들 떨고 있다. 얼굴이 제대로 보이진 않지만 얼핏 보아도 몸도 스스로 가누지 못 하는 중환자 티가 난다. 주방으로 들어온 한 씨 아줌마가 음식 서빙을 준비하며 입을 연다.

"한국에서 무슨 사업을 하다 망했다는데… 중증중독인 데다 골수암까지 번져서…… 아마 마지막 외출이 될 거야."

한 씨 아줌마 이야기를 들으면서 그날 마련한 음식들을 정성껏 그릇에 담는다. 한 씨 아줌마에게로 반찬 접시를 밀어 놓아주다가 잠시 유리 칸막이 너머로 시선을 보내던 경애가 헉! 온몸이 굳어버린다. 힘겹게 좌정한 후 천천히 주위를 둘러보는 남자, 수염과 머리카락이 제대로 정돈되지 않은 데다 퀭한 눈과 광대뼈가 거의 해골을 연상시키는 남자, 손까지 덜덜 떨며, 나이를 가늠할 수 없는 얼굴, '배라먹을 놈', '개새끼', 바로 그 한성주다. 눈에 현미경이라도 들이대듯 두두두두 시선을 모아 초점을 맞춘다. 틀림없다. 그 순간, 목울대로 치밀어 오르는 뜨거움. 온몸을 조여 오는 전율.[7]

김외숙의 「오후의 게임」은 한국에서 명퇴를 당하고 캐나다에 15년 전에 이민 간 친구를 찾아가 양쪽의 삶을 비교하는 내용이다. 어디서든 인생이 만만치 않음을 이민 후 처음으로 나이아가라폭포를 찾아간 친구는 낭떠러지에 비유한다. 이 소설은 이민의 현실이 결코 꿈꾸던 것처럼 수월하지 않음을 말하고 있다. 호기를 부리며 이민을 떠나왔지만 인생의 낭떠러지는 한국뿐만 아니라 캐나다에서도 여전하다는 것이다. 고단한 이주 현실로부터 도피하여 나이아가라의 물줄기처럼 몸을 날리고 싶어질까 봐 이민 온 지 15년이 되도록 나이아가라 폭포를 옆에 두고도 찾지 않았다는 친구의 고백은 이민자들에게 현지 적응과 정착이 그만큼 힘들다는 것을 한마디로 웅변한다.

> "호기부리며 내 나라를 떠나오긴 했지만 이곳에도 수많은 낭떠러지
> 가 있더라. 곤두박질치고 몸부림하고…. 하나를 이겨내면 또 하나가 기
> 다리는데…. 저 물줄기처럼 몸 날리고 싶어질까 봐 안 온 거야."[8]

김외숙은 「경계를 넘다」[9]에서는 다소 특이한 소재를 다루고 있다. 이 작품은 딸과 어머니의 갈등과 화해를 다루었다. 어머니와 딸의 갈

---

7) 권천학, 「오이소박이」 11회 연재분, 캐나다한인문인협회 카페(http://cafe.daum.
net/koreansassocia), 2013.3.25.

8) 김외숙, 「오후의 게임」 7회 연재분(마지막회), 캐나다한인문인협회 카페(http://
cafe.daum.net/koreansassocia), 2014.9.13.

9) 『캐나다문학』15, 캐나다한인문인협회, 2011, 152-169면.

등은 결혼도 하지 않은 어린 나이의 딸이 낳은 아이를 입양시켜버리
고 딸이 처녀처럼 살아가길 바랐던 어머니의 욕망에서 비롯되었다.
어머니는 북미에 나가 살던 딸이 일시 귀국했다가 출국할 때 유언처
럼 "미안하구나. 그때는 그럴 수밖에 없었다."라고 사과한다. 하지만
딸은 "비록 철없는 나이였지만 열 달을 품었던 아기의 얼굴도 보여주
지 않은 채 보내버린 어머니의 야박함과 그것으로 다시는 내 속으로
아기를 낳는 일이 없을 것이라고 다짐했던 그 일"에 대해서 결코 용서
할 수 없다는 심정이다. 그러나 돌아가는 비행기 내에서 미국으로 입
양되어가는 아이들의 울음소리를 들으며, 그리고 그 중 한 아이를 자
신이 안아보는 행위를 통해서 "늘 넘기 힘든 경계가 둘 사이에 가로놓
인 듯, 그것은 결코 넘을 수 없는 선인 듯"했던 어머니와의 관계가 회
복된다. 즉 그 옛날 자신의 아이를 한 번도 안아보지 못 한 채 떠나보
냈다는 죄책감이 현재 입양되어 가는 기내의 다른 입양아를 안아보는
대리행위를 통해서 해소된 것이다. 그 행위를 통해서 그녀에게 "철없
던 딸이 만든 피붙이를 대신 떠나보내는 짐을 져야 했고, 그 일로 홀
로 키운 자식에게 외면당해야 했으니 내가 지은 죄 짐은 고스란히 어
머니 몫이었다. 그러고 보니 어머니에게도, 아기에게도 나는 죄인이
다."라는 깨달음이 이루어진다. 그리고 이러한 깨달음 끝에 그녀는 자
신의 아이를 낳아주길 원하는 아랍계 남성 알리의 청혼을 수용하겠다
고 결심한다. 알리의 청혼에 대해서 미온적이었던 것은 오래 전에 떠
나보낸 한 생명에 대한 죄의식이 그녀에게 잠재되어 스스로를 용서하
지 않았던 때문이다.

이 소설에서 경계는 비행기가 아시아 대륙과 북미대륙의 경계를 넘
어 날아간다는 의미가 아니라 자신의 죄마저 어머니에게 떠넘기며 어

머니를 원망했던 마음으로부터 벗어났다는 뜻이다. 또한, 원죄처럼 무의식의 심층에 남아 있던 아이에 대한 죄책감의 경계를 벗어난다는 의미가 내포되어 있다.

김외숙의 「경계를 넘다」에서 딸의 외국으로의 이민의 동기는 "나는 어머니를 떠났다. 그것은 낯설고 무서운 어머니에게 생으로 살점을 떼어 떠나보낸 심정이 어떠한지를 처절하게 경험해 보라는 의도도 다분했다."에서 보듯이 어머니에 대해 감정적으로 보복하겠다는 의도가 개입되어 있는 일종의 도피성 이민이었다. 이민의 다양한 동기의 하나를 「경계를 넘다」에서 보게 된다.

정광희[10]의 동화는 이주의 현실이 직접적으로 드러나지는 않지만 작품의 배경이 캐나다로 설정되는 등 공간적으로 캐나다를 사실적으로 반영하는 작품들을 발표하고 있다. 그의 「목장 집 소년」은 캐나다로 입양된 남매의 상봉을 소재로서 다룬 작품이다. 남매의 입양과 재입양 등 비교적 현실적인 소재를 그려내고 있다.

> "오늘은 알란이 다섯 살 때 우리 아들이 되어 온 칠 년째 되는 날입니다. 알란이 두 달 있으면 열두 살이 되지만 우리 집에 첫발을 디딘 날도 축하해 주려고 이렇게 파티를 열었으니 우리 모두에게 즐거운 시간이 되었으면 좋겠습니다. 알란, 네가 건강하고 바르고 착하게 자라 준 것이 정말 고맙구나. 우리 모두 진정으로 너를 사랑한단다."
>
> 알란은 무슨 말을 해야 할지 아무 생각도 나지 않았고 이제까지 친아들같이 사랑해주신 양부모님과 형과 누나에게 고마운 마음만 들었

---

10) 1968년 캐나다 이주, 캐나다한인문인협회 신춘문예(19회, 1999)에 입상해 동화 작가로 활동 시작.

습니다. 특히 처음 입양되어 와서 유치원에 갔을 때 아이들이 영어를 못하는 알란을 놀리고 때리기도 하고 괴롭게 할 때 아무 말도 하지 않았어도 형이 알란 교실을 찾아와서 아이들을 타이른 후부터는 다시는 알란을 괴롭히지 않았던 일들, 항상 맛있는 것을 챙겨 주고 학교에서 가져오는 숙제도 자상하게 보살펴주는 누나의 사랑이 알란의 눈에 감사의 눈물을 흘리게 했습니다. 알란은 두 손으로 눈물을 닦으면서도 입은 환하게 웃고 있습니다.[11]

"우리 엔젤라는 아주 불쌍한 아이랍니다."

"어째서요? 목사님과 사모님이 끔찍이 사랑하는 딸이 아닌가요?"

엄마가 물으셨습니다.

"지금은 우리가 정성을 다해서 키우고 있지요. 칠 년 전에 우리 이웃 집에 입양되어 왔는데 사 년 후에 부부가 이혼을 하면서 서로 엔젤라를 기르지 않겠다고 해서 엔젤라는 두 번째 고아가 되었지요."

"엔젤라는 어느 나라에서 입양되어 왔나요?"

"엔젤라가 정들었던 양부모님으로부터 버림받고 위탁부모에게 보내져서 일 년 동안 그곳에서도 낯선 아이들과 잘 어울리지 못 해서 많이 힘들었다고 들었지요. 우리는 갓난아이를 입양하려다가 생각을 바꾸어 이 년 전 열두 살 된 엔젤라를 입양하기로 했고, 지난달에 모든 서류 정리가 완전히 끝났답니다.[12]

인용문에서 캐나다한인의 극소수가 입양아라는 사실이 드러나는 가 하면, 캐나다인들의 공개입양, 그리고 입양 후 양부모의 이혼에 따

---

11) 『캐나다문학』13, 캐나다한인문인협회, 2007, 204면.
12) 위의 책, 212-213면.

른 파양과 재입양의 현실도 드러난다. 그러는가 하면 알란이 입양되어 처음 유치원에 갔을 때 아이들이 영어를 못하는 알란을 놀리고 때리고 괴롭히는 상황을 통해서 한국에서 태어나 어린 시절에 이민한 1.5세들의 현지 적응과정에서 언어문제로 인한 고통이 자세히 그려졌다. 결말은 입양으로 인해 헤어졌던 남매가 극적으로 상봉하게 되는 따뜻한 해피앤딩이다.

제5장 주요 소설가와 소설집

김외숙[1]은 캐나다한인문인협회 회원으로서 『문학과 의식』으로 등단(1991)하여 제1회 한하운문학상(1998)을 수상했다. 그녀는 『캐나다문학』12집(2005)에 수필 「저무는 날의 사색」을 발표하고, 『캐나다문학』13집(2007)에 단편소설 「미행」을 발표하며 캐나다문단에서 활동을 시작한다. 『그대 안의 길』(제3문학사, 1997), 『두 개의 산』(석일사, 1999), 『바람의 잠』(제3의문학, 2003), 『아이스와인』(나눔사, 2006), 『유쾌한 결혼식』(나눔사, 2009), 『매직』(제3의문학, 2011), 『그 바람의 행적』(나눔사, 2013) 등의 소설집과 『바람 그리고 행복』(나눔사, 2005), 『춤추는 포크와 나이프』(제3의문학, 2008), 『내 사랑 나이아가라』(서울문학, 2015) 등의 수필집이 있으며, 2003년에 캐나디언 남성과 결혼하여 이주했다.

전정우는 장편소설 『땅 끝에 핀 야생화』(상·하)(삶과꿈, 1994)

---

1) 1953년 경북 청도 출생. 명지전문대학 문예창작과 졸업. 1991년 계간 『문학과 의식』으로 단편소설 등단. 2003년 캐나다 이주. 1997년 한하운문학상 소설부문 대상 수상. 한국크리스천문학상 수상. 한국문인협회, 한국소설가협회 회원. 캐나다 한인문인협회 회원. 2005년부터 캐나다한인문인협회에서 활동을 시작함.

를 발간했고, 캐나다한인문인협회의 카페에 장편『개 같은 세상
에서 위대한 역사』(2013.5.20.-2013.11.4.), 『얼굴 없는 나르시
스』(2014.10.10.-2015.4.22.),『강보다 깊은 국경』(2015.9.28.-
2016.2.28.)을 연재했다.

이종학은 소설집『눈 먼 말』(백암, 1998),『국밥 속의 민들레』(백
암, 1994), 장편소설『욕망의 지평1』(백암, 1998),『검은 며느리』(백
암, 2002),『손바닥 속 인연』(백암, 2000),『눈 속으로 간 여자』(백암,
2004), 장편소설집『태아가 보이는 세상』(백암, 2007), 장편소설『업
녀』1.2(백암, 2010), 수필집『고독 속에 묻어 둔 낙엽』(백암, 2012) 등
이 있으며, 1988년에 이민했다. 그는 캐나다한인문인협회, 에드몬튼
얼음꽃문학회, 캐나다한국문인협회 회원으로 활동하고 있다.

어윤순[2]은 소설집『이민파티 그후』(햇빛출판사, 1988),『이민 2
세의 사랑연습』(햇빛출판사, 1990),『블랙 죠』(이가책, 1993),『리아-
제단위의 불꽃』(햇빛출판사, 1990),『호박등이 켜진 하얀 벽돌집』(햇
빛출판사, 1991)과 시집『꽃잎의 아픔』(햇빛출판사, 1988), 산문집
『천국의 삐에로』(지식산업사, 1983) 등이 있다.

장명길은『한국소설』로 등단(1998)했고, 소설집『풀의 기원』(한국
소설가협회, 2004)을 발간했다.

최필원은 소설가와 번역가로 활동하며, 소설『베니스 블루1』(대현
문화사, 2001),『베니스 블루2』(광개토, 2001),『아네모네』(대현문화
사, 2002),『비의 교향악 No.9』(대현문화사, 2003) 등을 발간했다.

---

2)『이민문학』5(1989)에 시 한편을 발표한 후『캐나다문학』8(1997) 이후 캐나다한인
문인협회 회원 명단에서도 빠지고 활동이 전무함.

이명자는 장편소설『혼란의 순간들』(민중출판, 2003)을 발간했다.

김정희는 재중동포로서 캐나다한인문인협회의 신춘문예(2010)를 통해 등단한 소설가이다. 자전적 장편소설『푸른 덫』(지식공감, 2013)을 발간했다.

김채형은 소설집『그 사막에는 야생화가 있다』(청어, 2013)를 발간했다.「연」,「분이」,「제 그림자 죽이기」,「연속무늬 지우기」,「물안개」(『한국소설』2012.12월호 발표),「바람소리」등의 소설을 캐나다한인문인협회의 카페를 통해 발표했다.

강기영[3]은 제4회 재외동포문학상 대상 수상작인「넬리(Nelly)」(2002)를 비롯하여『캐나다문학』16집에「깻잎」(2013), 캐나다한인문인협회 카페에「유령의 집」(2012),「야만, 혹은 야만의 이름으로」(2013),「샐먼이 걸렸다」(2013), 자전소설「하얀 카네이션」(2013), 중편「뽑새」(2012),「냔두띠」(2012),「능신」(2012), 장편『들쥐』(2013)와『각하』(2014) 등을 카페에 발표하며 최근 가장 활발히 창작활동을 하고 있다.

『캐나다문학』에 콩트나 소설을 발표한 작가들의 명단은 다음과 같다. 캐나다한인문인협회의 김영희, 김말희, 권순창, 이태준, 박성민, 김용순, 원옥재, 홍성화, 여동원, 이종학, 현우성, 엄희용, 유인형, 장명길, 박은주, 유계화, 함상용, 전정우, 이상묵, 김시청, 정민곤, 이주상, 김미경, 김외숙, 정균섭, 강신봉, 심규찬, 김정희, 강기영, 이정생, 김채형 등이 있다. 회원이 가장 많은 캐나다한인문인협회에 소설가 역시

---

3) 1944년생, 고려대학교 중퇴, 1975년 파라과이 이민, 1982년 캐나다 이주, 재외동포문학상 대상 수상, 한국일보 미주본사 문예공모, 국제펜클럽 재외동포문학작품 공모입상, 국제펜클럽 회원.

가장 많다.

(사)한국문인협회 캐나다 밴쿠버 지부에는 김해영, 서정건, 홍현승 등이 소설을 발표하고 있다. 캘거리한인문인협회(http://cafe.daum. net/calgary403)에는 고성복[4]과 정진형(BJ Avilla)이[5] 활동하고 있다.

에드몬튼한인얼음꽃문학회(http://cafe.daum.net/Edmonton-Literary)에는 홍춘식이, 캐나다한국문인협회(http://cafe.daum.net/KWA-CANADA)에는 한상영(장편소설 연재)이 『젊은 화가의 사랑』를, 이원배가 「고문관」을, 이종학[6]이 「한 밤의 전화벨소리」 등을 발표했다. 캐나다한인문학가협회(http://cafe.daum.net/ckmoonhakga)에는 소설작품이 아직 발표되지 않고 있다.

캐나다한인소설은 캐나다한인문인협회에서 발간하는 『캐나다문학』과 동 문협의 다음카페 http://cafe.daum.net/koreansassocia' (2009년 개설)와 여타 다른 지역 캐나다한인들이 조직한 문협의 기관지와 카페 등과 개인 작품집들에서 찾아볼 수 있다. 특히 각 지역의 문인협회 기관지는 매년 발간되는 것도 아닐 뿐더러 지면이 한정된 관계상 소설작품을 많이 수록할 수 없다는 한계를 인터넷 카페를 통해서 극복하고 있다. 장편소설의 경우 개인의 소설집 발행을 통해서

---

4) 부산 출생, 1997년 캐나다 이민. 2011년 『스토리문학』 수필 신인상, 2011년 제5회 경희해외동포문학상 소설부문 우수상, 2012년 제14회 재외동포문학상 소설부문 가작, 캘거리한인문인협회 회원.

5) 종이책으로 발간되기 이전에 인터넷(아마존 킨들)을 통해 발간된 *Intelligence Code* (첩보 코드) [#1106425]의 저자이다.

6) 이종학은 에드몬튼한인얼음꽃문학회 활동에도 관여했고, 현재 캐나다한인문인협회와 캐나다한국문인협회 두 단체에서 작품을 발표하고 있다.

발표하거나 신문이나 잡지에 연재하는 방식을 통해서 발표하는 방법
이 있겠지만 캐나다한인 작가의 경우 이마저도 여의치 않다.

그런데 카페 개설 이후 인터넷상에 자유롭게 작품을 발표할 수 있
어 인터넷 카페가 캐나다한인작가들의 훌륭한 발표매체로 활용되
고 있다는 것을 알 수 있다. 가령 캐나다한인문인협회의 카페에는
다음과 같은 장편소설이 발표되었다. 강기영의 『각하』(156회 연재,
2014.1.31-2014.7.31), 『들쥐』(58회 연재, 2012.11.3.-2013.1.25),
전정우의 『개 같은 세상에서 위대한 역사』(144회 연재, 2013.5.20.-
2013.11.4.), 『얼굴 없는 나르시스』(114회 연재, 2014.10.10-
2015.4.22), 『강보다 깊은 국경』(2015.9.28.-2016.2.28)과 같은 작품
이 카페 연재를 통해서 선보였다. 카페의 가장 큰 성과는 무엇보다도
장편소설을 발표할 수 있는 지면이 확보되면서 소설이 다양화되고 있
다는 점이다.

제 V 부
캐나다한인수필

제 1 장 캐나다한인수필에 나타난 디아스포라와 아이덴티티[1]

1. 서론

전지구화와 함께 이루어진 국제 이주의 물결 속에서 700만 명의 한인들이 세계 176개국에 흩어져서 살아가는 디아스포라의 시대이다. 남북한 인구의 10%에 달하는 재외한인들의 민족적 유대감 조성과 거주국에서의 지위 향상을 위해 우리나라에서는 1997년에 재외동포재단(Oversea Koreans Foundation)을 설립하여 여러 사업을 추진하고 있다.

최근 국문학자들도 국문학의 연구 범위를 재외한인문학으로까지 확장함으로써 재외한인문학 연구가 축적되어 나가고 있다. 다른 나라에 이민한 한인들의 한국어 문학뿐만 아니라 현지어 문학까지 재외한인문학의 범주로 포함되어 연구자들의 조명을 받기 시작한 것이다.

재외한인문학연구는 기존의 민족문학 논의가 안고 있는 폐쇄적인 '민족성', '국가성', '언어성'을 넘어서서 한국문학의 외연을 확장하는

---

1) 이 글은 동명의 글(「캐나다한인수필에 나타난 디아스포라와 아이덴티티」, 『언어문학』70, 한국언어문학회, 2009)을 수정 보완하였다.

데 크게 기여할 수 있다. 그리고 한국문학과 거주국 문학의 변방에 서 있는 재외한인문학이 나아가야 할 방향과 정체성을 제시함으로써 재외한인문학이 한국문학과 세계문학에 기여할 수 있는 보편적 자질들을 발견하는 데에도 도움을 줄 수 있다.

재일한인문학, 중국조선족문학, 러시아CIS 고려인문학과 같은 아시아지역의 한인문학뿐만 아니라 미주지역의 한인문학에 대한 연구도 최근 활발히 이루어지고 있다. 캐나다한인문학에 대해서는 2009년에 들어서서 연구가 시작되었으며, 캐나다한인수필에 대한 연구는 전무하다.

본고는 한인문단이 형성된 지 30년이 훌쩍 넘는 역사를 가졌으면서도 재미한인문학의 아류쯤으로 여겨져 아직까지 연구자의 관심을 끌지 못 한 캐나다한인문학 연구의 일환으로 '디아스포라와 아이덴티티'란 주제로 캐나다한인 수필을 고찰하고자 한다. 다시 말해 '민족'과 '국적'이 다른 캐나다한인들이 이주와 정착 과정에서 겪었던 갈등 및 '경계인'으로서의 혼란스런 삶의 양상을 '디아스포라와 아이덴티티'라는 데에 초점을 맞추어 살피고자 한다.

숄즈(Robert Scholes)와 클라우스(Cal H. Klaus)는 『수필의 제 요소』(1969)에서 수필의 작자와 독자는 문학형식 중에서 '가장 직접적이고 공리적인' 형식에 속하는 유일의 인물이며, 수필의 말들은 직접적으로 독자에게 건네진다고 했다.[2] 그들의 말대로 수필은 독자에게 작가의 목소리를 가장 직접적으로 들려주며, 허구라는 장치를 거치지 않은 비허구적 성격의 장르이다. 뿐만 아니라 수필은 고백적 성격,

---

2) 폴 헤르나디, 김준오 역, 『장르론』, 문장, 1983, 178-179면.

소재의 다양성과 내용의 개방성, 형식의 자유로움, 개성적이고 비판적인 성격[3] 등의 특성을 지녔다. 따라서 이민자로서 캐나다한인들이 겪어온 디아스포라와 아이덴티티란 주제를 고찰하는 데 있어 시나 소설보다 수필이 가장 적합한 장르라고 할 수 있다.

그럼에도 그동안 재외한인문학 연구는 시와 소설 중심으로 이루어져 왔으며, 그 밖의 장르에 대해서는 무관심해왔다. 이는 국내 연구자들이 시와 소설만을 문학의 대표적 장르로 인식하며, 시 소설의 연구에만 집중하는 연구의 편향성과 관련되어 있다. 국문학에서도 수필이 연구자들의 학문적 관심을 받는 일은 드물며, 이의 연장선상에서 재외한인문학에서도 수필 연구가 소외되는 현상이 나타나고 있다. 하지만 재미한인문학이나 캐나다한인문학에서 수필이 차지하는 중요도는 작가의 숫자나 작품의 양에 있어서 결코 무시할 수 없다.[4] 어쩌면 북미지역 한인문학에서 가장 선호되는 장르는 수필이다.

캐나다한인수필가로서 가장 많은 수필집을 발간한 이동렬은 캐나다한인사회에서 수필이 동포 정서의 중요한 역할을 맡고 있다고 말한다.[5] 수필을 포함한 글쓰기는 특히 작가 자신에게 있어 매우 중요한 의미 기능을 띠고 있다. "이민 온 후 언제부터인가 내 속에서부터 토해내고 싶은 나만의 소리가 목에까지 차들어 오면서 다시 쓰는 것을 즐기게 되었다. 즐겼다기보다는 씀으로 해서 나를 찾게 되었다. 정체성이 확립되기 시작했다."[6]라는 고백에서 보듯이 고학력의 캐나다 이

---

3) 송명희, 『디지털 시대의 수필 쓰기와 읽기』, 푸른사상, 2006, 26-39면.
4) 시분과 다음으로 회원 숫자가 많고, 작품발표가 시보다 활발한 장르가 수필이다.
5) 이동렬, 「교민사회 수필문학의 현주소」, 『꽃 피고 세월 가면』, 선우미디어, 2006, 231면.
6) 민혜기, 「수필을 사랑함은」, 『캐나다문학』11, 캐나다한인문인협회, 2003, 159면.

민자들에게 수필 쓰기는 내적 갈등의 분출구이며, 절실한 자기표현이고, 정체성 확립에 있어서도 매우 중요한 역할을 한다.

디아스포라(diaspora)는 원거지에서 다른 곳으로의 집단 이주를 의미하는 이산의 의미로, 민족 구성원들이 세계 여러 곳으로 흩어지는 과정뿐만 아니라 이산한 동족들과 그들이 거주하는 장소와 공동체를 지칭하기도 한다. 디아스포라는 고대 그리스인의 이주와 식민지 건설이라는 능동적 긍정적 의미로 사용되다가 이후 유태인의 유랑을 뜻하는 부정적 의미로 사용되어 왔다. 하지만 1990년대에 들어서 다른 민족들의 국제이주, 망명, 난민, 이주노동자, 민족 공동체, 문화적 차이, 정체성 등을 아우르는 포괄적 개념으로 사용되고 있다.[7] 민족 이산을 의미하는 디아스포라는 기본적으로 모국으로부터의 이주와 거주국에의 적응 사이에 작동하는 정치적 관계, 문화적 차이, 그리고 정체성 등의 문제들을 껴안고 있다.[8]

따라서 본고는 디아스포라와 아이덴티티(identity)란 주제와 관련하여 '다문화주의와 거주국 인식', '민족정체성 인식과 장거리 민족주의', '경제적 어려움과 문화충격'과 같은 캐나다한인들이 겪는 전형적 문제들을 그들의 수필을 통해 고찰해 볼 것이다. 이런 문제들이야말로 소수자이자 경계인으로 살아가야 하는 캐나다한인들이 직면한 가장 절실한 문제이며, 그들의 수필이 표현하고 있는 가장 핵심적인 주제이기도 하다.

본고는 캐나다한인문인협회에서 발간하는 『캐나다문학』을 비롯하

---

7) 윤인진, 『코리안 디아스포라』, 고려대학교출판부, 2003, 4-5면.
8) Wahlbeck, "The concept of diaspora as an analytical tool in the study of refugee communities", *Journal of Ethnic and Migration*, Vol.28, No.2, 2002, pp. 221-238.

여 캐나다한국문인협회, (사)한국문인협회 캐나다 밴쿠버지부, 에드
몬튼얼음꽃문학회, 캘거리한인문인협회, 캐나다한인문학가협회의
인터넷 발표매체인 다음 카페와 한인 수필가들의 개인 수필집[9]을 텍
스트로 삼아 본 주제에 접근하고자 한다.

2. 다문화주의와 거주국 인식

'캐나다한인(Korean Canadian)'이란 한국과 캐나다 어디에도 자신
을 귀속시킬 수 없는 존재이다. 다시 말해 한민족의 혈통을 인정하는
한편으로 캐나다시민으로서의 정체성도 중시하는[10] 이중정체성을
지닌 이민자이다.

캐나다한인들은 캐나다한인문인협회의 합동 작품집의 제호도 제2
집에서 제7집까지 '이민문학'으로 할 정도로 자신의 문학적 정체성을
디아스포라에서 찾았다. 캐나다한인문인협회의 제1대 회장을 역임했
던 이석현은 「이민문학론」에서 이민문학을 "한국적 풍토에서 전승해
온 문화적 특장과 유산(사상·전통·역사·풍습 포함)을 서구적 다
양문화 및 토착문화인 인디언, 에스키모의 원색문화에 접목시키는 한

---

9) 유인형의 『캐나다에서 온 편지』(1999), 손정숙의 『아니온 듯 다녀가는 길』
   (2001), 원옥재의 『낯선 땅에 꿈을 세우며』(2003) 한순자의 『나이만큼 행복한
   여자』(2004), 장정숙의 『어머니의 뜰』(2005), 민혜기의 『흔들렸던 터전 위에』
   (2006), 『토론토에서 히말라야 고산족 마을을 따라』(2006), 성우제의 『느리게 가
   는 버스』(2006), 이동렬의 『꽃 피고 세월 가면』(2006), 『바람 부는 들판에 서서』
   (2008)와 장정숙·민혜기·원옥재 3인 동인지 『세 여자』(2009) 등.
10) 윤인진, 「토론토지역 한인의 생활과 의식」, 『재외한인연구』11-1, 재외한인학회,
    2001, 39~40면.

편, 이민생활에서 직면하는 온갖 양상-피나는 고충이며 절절한 고적
감, 잠을 잃은 향수들이 혼합하여 산출되는 색다른 차원의 한국문학"
으로 정의했다.[11] 즉 한국적 문화에다 백인들의 서구문화와 캐나다 원
주민문화를 접목하는 데서, 다시 말해 문화적 혼종성(hibridity)에서
이민문학의 정체성을 찾고자 했다.

캐나다한인문단에서 활동해온 문인들은 캐나다가 1971년에 공식
적으로 다문화주의를 표방한 시기를 전후하여 자발적으로 이민한 사
람들로서 자신들이 이주한 캐나다가 다문화 사회라는 것을 잘 의식하
고 있었다. 이석현의 「이민문학론」도 다문화 사회의 일원으로서 한인
문학이 지향해야 할 바를 잘 제시해 준 것이라 할 수 있다.

캐나다가 이민자 정책으로 표방하고 있는 다문화주의(multi-
culturalism)란 다양한 언어, 문화, 민족, 종교 등을 통해서 서로의 정
체성(identity)을 인정하고 함께 어우러질 수 있는 사회적 질서를 뜻
한다. 다문화주의는 이주문제의 적절한 해법을 모색하기 위해 1970
년대 미국, 캐나다, 스웨덴 등의 전형적인 다인종 국가들에서 활발한
논쟁이 촉발되어 다양한 문화적 주체들 혹은 소수자들의 특별한 삶
의 자유와 권리보장을 위한 '정체성 정치', 혹은 '정체성 인정의 정치'
를 의미한다. 이는 이상주의적 지평에서 상이한 국적, 체류 자격, 인
종, 문화적 배경, 성, 연령, 계층적 귀속감 등에 관계없이, 모든 인간이
인간으로서의 보편적 권리를 향유하고, 각각의 특수한 삶의 방식을
존중하며 공존할 수 있는, 다원주의적인 사회 문화 제도 정서적 인
프라를 만들어내기 위한 집합적인 노력을 의미하는 것으로 규정할 수

11) 이석현, 「이민문학론」, 『이민문학』2, 캐나다한국문인협회, 1979, 63-64면.

있다.[12]

캐나다 수상 뤼르도는 1971년 다문화주의 선언에서 "캐나다에 공식 언어는 두 가지가 존재하지만 공식 문화는 존재하지 않는다."라고 언명하며 에스닉(ethnic) 그룹간의 문화적 평등을 강조했다.[13] 다문화주의 이념은 1982년 캐나다 헌법에서 확인된 후, 1988년에는 "다양성을 캐나다 사회의 기본적 성격으로 인정, 캐나다인의 다양한 문화적 유산을 유지하고 강화하는 것과 병행하여, 경제적 문화적 정치적 생활에서의 모든 캐나다인의 평등 달성을 목적으로 다문화주의 정책을 취할 것을 선언"하는 세계 최초의 다문화주의법이 제정되었다. 즉 '다양성 유지'와 '평등 달성'이라는 다문화주의의 두 가지 목표가 캐나다의 중심적인 국가경영의 대원칙으로 법제화된 것이다.[14]

하지만 다문화주의를 도입한 지 수십 년이 경과된 캐나다에서, 제3세계 출신의 유색민족 이민자들의 대거 유입을 직접적 계기로 그것의 통합이념으로서의 유효성이 다시 의문시되는 등 다문화주의 이념의 성과와 피해를 둘러싼 논의는 아직도 다양하다. 그러나 이와 같은 한계에도 불구하고 현실적으로 다민족의 공존을 위해 다문화주의 이외의 현실적 대안이 존재하지 않는다는 것은 확실하다.[15]

다문화주의는 이민자들의 거주국 인식의 형성에 매우 중요한 영향

---

12) 오경석, 「어떤 다문화주의인가」, 오경석 외, 『한국에서의 다문화주의』, 한울아카데미, 2007, 25-26면.

13) 캐나다의 다문화주의 선언의 배경에는 34종의 민족 수와 1971년 비영국 프랑스계 소수민족집단의 인구가 26.2%를 점하며, 특히 유색소수민족의 증가와 관련된다. 1998년에 순수한 앵글로계 28.15%, 프랑스계 22.85%에 불과했다.: 조정남, 「캐나다의 민족정책」, 『민족연구』6, 한국민족연구원, 2001. 117-129면.

14) 조정남, 「캐나다의 민족정책」, 위의 책, 123면.

15) 위의 논문, 127면.

을 미치고 있다. 민혜기의[16] 수필집에는 자신의 직업과 관련하여 삶과 죽음, 질병의 문제, 그리고 남편의 교통사고로 인한 장애의 문제, 목회자의 아내로서 신앙의 문제, 히말라야 등반 경험 등이 집중적으로 작품화되고 있다. 그녀의 수필은 여성적인 섬세한 정서가 표출되기보다는 남성적인 솔직한 필치로 쓴 경우가 대부분이다. 「복합문화 사회 속에서」[17]라는 글에서 그녀는 거주국인 캐나다가 이민자들의 나라이며, 다문화(복합문화)사회라는 인식을 잘 보여주고 있다. 즉 다문화사회인 캐나다는 "인종차별이 법적으로 금지되었고, 인권이 보호받는 정의로운 사회 속에서 우리 같은 이민자들도 차별 없는 혜택을 받으며 세금 납세자로 살 수 있는 환경을 조성"해주는 나라로 인식된다. 이민자들의 초기 정착을 위해서도 "정부는 새로운 이민자들에게 생계비를 지불해주며 6개월 간 영어교육을 받게" 하는 등 배려를 아끼지 않는 나라라고 진술된다. 즉 캐나다는 이민자들에 대한 차별이 없고, 고액의 세금을 내지만 그 혜택이 공평하게 돌아오며, 특히 이민자의 자녀들도 주류사회의 전문분야에서 일할 수 있는 기회가 주어지는 실력 위주의 평등사회이고, 특히 훌륭한 의료복지시스템을 갖춘 나라이다. 다시 말해 이민자들이 원하는 높은 삶의 질을 추구할 수 있는 훌륭한 사회라는 거주국 인식이 그녀의 수필에서 거듭 드러난다.

캐나다를 조금씩 알게 되면서 수상의 밥상이나 서민들의 밥상의 내용에 별 차이 없음이 좋았다. 고액의 세금을 내도 억울하지 않았다. 학

---

16) 캐나다에 1973년에 이민하여 28년간 너싱홈(nursing home)으로 근무하다 현재는 의료통역사로 일하고 있다.
17) 민혜기, 『토론토 히말라야 고산족 마을 따라』, 나눔사, 2006, 148-152면.

교 선생에게 촌지를 주지 않아도, 줄서기에 신경 쓰지 않아도 우리 아이들이 각각 캐나다 주류사회에 깊숙이 들어가 전문분야에서 열심히 일할 수 있는 실력사회 분위기는 상당히 고무적이다. 더욱이 마음 놓고 아플 수 있는 의료 시스템은 사람의 질을 높여주고 있음이 분명해졌다.[18)

여동원 역시 캐나다가 의료복지제도가 잘 확립되어 경제적 여건에 상관없이 의료혜택을 충분히 받으며 죽을 수 있는 나라이며, '진짜 살기 좋은 사회'이고, '지상낙원'이라는 거주국 인식을 보여준다.[19) 이민자들의 이민 동기의 하나가 '캐나다의 높은 삶의 질'[20)이라 할 때에 잘 확립된 의료시스템과 사회복지제도야말로 이민자들로 하여금 자신들의 이민에 대해 긍정적으로 평가하게 만드는 중요한 요인으로 작용한다.

성우제는 청각장애 아들을 위해 이민했다. 캐나다의 잘 확립된 사회복지제도, 특히 장애인들에 대한 사회적 배려는 이민의 직접적 동기로까지 작용한다. 그는 한국에서 기자로서 글을 써온 전문가답게 유려한 문체로 그 어느 수필가의 글보다도 캐나다에 대한 풍부한 정보와 문제의식을 담고 있다. 그는 캐나다가 장애인의 천국이라며, 의료복지시스템에 대해 찬사를 아끼지 않는다.

내가 장애인 처우 혹은 복지문제에 대해 남들보다 좀 더 관심을 기

---

18) 민혜기, 「복합문화 속에서」, 위의 책, 150면.
19) 여동원, 「행복의 조건」, 『옮겨 심은 나무들-이민문학』7, 캐나다한국문인협회, 1995, 186면.
20) 윤인진, 앞의 책, 298면.

울이는 이유가 있다. 나의 큰 아이가 청각장애를 갖고 있기 때문이다. 우리 가족이 이민 온 가장 큰 이유가 바로 그것이다. 시각장애인에 대한 버스기사의 배려를 보고 나는 이민 결심을 굳혔다. 저 아름다운 광경 하나가 한 사회의 분위기를 상징적으로 드러낸다고 판단했다.[21]

민혜기, 여동원, 성우제의 글에서 확인할 수 있듯이 캐나다한인들은 자신들이 선택한 거주국 캐나다에 대해서 매우 긍정적인 인식을 나타내고 있다. 특히 처음 캐나다로의 이민이 이루어진 1960년대 후반의 한국의 열악한 정치적 경제적 복지적 상황을 감안할 때에 사회복지시스템과 의료시스템이 잘 확립된 캐나다에 대해 그들이 자부심을 갖고, 찬탄을 금하지 못 하는 것은 당연한 일일 것이다.

더욱이 다문화사회인 캐나다는 유색 소수민족 출신의 이민자들에게도 인종차별을 비롯한 사회적 차별이 없는 공평한 나라로 인식되고 있다.

서울에서 태어났지만 강보에 싸여 일본으로 건너갔고, 결혼 후에 만주, 서울, 부산 등지를 떠돌다 1970년에 캐나다로 이민한 김인숙은 자신에게 고향은 어디인가 반문한다. 그녀에게 일본에서 보낸 유년은 "일본인들 틈에서 받은 차별, 소외, 멸시의 쓸쓸한 추억밖에 없으"며, 차라리 이민 온 캐나다가 고향처럼 느껴진다. 왜냐하면 "동네 개구쟁이들에게 돌팔매를 맞던 학대 속에 지내야 했던 조센징 시절에 비하면 여러 민족이 어울려 사는 이 복합문화 사회에서 억눌린 민족으로

---

21) 성우제, 「시각장애인과 버스기사가 맞잡은 손」, 『느리게 가는 버스-캐나다에서 바라본 세상』, 강, 2006, 22-23면.

서의 강압감, 핍박의식"이 적기 때문이다.[22] 따라서 그녀는 소수민족을 차별하지 않는 다문화사회인 캐나다를 제2의 고향으로 느끼는 애착을 가지게 된다. 김인숙처럼 재일(在日)의 혹독한 차별경험을 가진 한인들에게 캐나다가 표방하는 다문화주의 정책이야말로 캐나다를 제2의 고향으로 여기도록 중요하게 작용한다.

> 최근 우리 교민 중에는 조국 땅에 방문차 갔다가 죽어서 이곳으로 돌아온 사람, 그런가 하면 죽은 몸으로 고국 땅으로 간 사람도 있다. 우리는 때때로 만나서 이런 이야기를 나눈다. 나이가 들어 은퇴를 하면 조국으로 돌아갈 것인가? 아니면 죽어서 조국 땅에 묻힐 것인가? 서러웠던 타향살이의 보상이라도 받는 듯한 말이지만 현실은 그렇지 못 하다. 이젠 이 땅이 고향이 되었다. 자녀들이 나서 자란 곳, 그들의 고향이요 우리가 발붙이고 살아온 곳이다.
>
> 내가 선택했던 새로운 삶의 터전이기에 후세들이 살아가면서 힘들고 어려울 때 찾아와 어루만져 줄 한 조각 비석으로 서 있을지라도 그들에게 힘이 되고 삶의 이정표가 될 것이기 때문에 이곳에 묻히는 것이 바람직하고 당연할지도 모른다.[23]

박일웅도 캐나다가 제2의 고향임을 고백한다. 은퇴하여 고국에 돌아갈 것인가, 죽어서 어디에 묻힐 것인가를 캐나다한인들은 곧잘 자문하는 듯하다. 그러나 그들의 결론은 귀국이 아니다. 그들은 캐나다에 계속 남아 있을 것이며, 캐나다에 묻힐 것이라고 결론을 내린다.

---

22) 김인숙, 「제2의 고향」, 『캐나다문학』8, 캐나다한국문인협회, 1997, 119-122면.
23) 박일웅, 「인명은 재천인가」, 『옮겨심은 나무들-이민문학』7, 캐나다한국문인협회, 1995, 147면.

왜냐하면 캐나다는 그들이 자발적으로 선택한 나라로서, 후세들이 살아가야 할 삶의 터전이기도 하기 때문이다.

이민 1세 작가들이 캐나다를 제2의 고향으로 여기는 거주국 인식은 한국으로의 영구 귀국을 생각해 본 적이 없으며, 캐나다에 뼈를 묻을 생각으로 살고 있다는 한인들이 70%에 달한다는 조사에서도 잘 확인된다.[24] 이 점은 식민치하에서 일본, 중국, 러시아 등으로 비자발적이고 강제적으로 이민한 아시아지역의 이민자들과 미국이나 캐나다 등 북미지역에 자발적으로 이민한 한인들과의 근본적 차이라고 할 수 있다. 해방 후 우리나라보다 선진사회이며, 국력이 강한 북미지역에 자발적으로 이민한 이민자들은 모국으로의 귀국이 목표가 아니라 거주국에서의 빠른 정착과 적응이 목표라는 점에서 아시아지역으로 이민한 한인들과는 거주국 인식에서 현저한 차이가 있다.

하지만 캐나다가 법적 · 정책적으로 다문화주의를 표방할지라도 눈이 보이지 않는 불가시적 차별과 불평등까지 전혀 없는 것은 아니다. 다문화주의 법의 이면에서 백인들의 보이지 않는 우월감과 기존에 백인들이 형성한 제반의 틀을 개방하려 하지 않는 차별적 태도가 여전히 잔존한다. 박순배는 소수민족으로서 겪게 되는 백인들의 눈에 보이지 않는 우월감과 차별적 태도로 인해 발생하는 "자리 텃세에 눌려 지내는 소수민족의 서글픔"을 고백한다.

그가 부른 그런 자유와는 다르지만 이 땅에 이주하여 살아오면서 자리 텃세에 눌려 지내는 소수민족의 서글픔이다. 형평의 원칙이 부여되

---

24) 오강남, 「캐나다한인의 민족의식과 모국관」, 『캐나다연구』4, 연세대 동서문제연구원 캐나다연구센터, 1992, 104-105면.

는 헌법에 보장받는 그런 자유를 누리지만 아직도 이들은 보이지 않는 사회 속에서 우월감을 앞세우고, 그들이 형성한 제반의 틀을 활짝 개방하려 하지 않는다. 동등한 대우와 권리, 인간적인 관계 속에서 그들과 어깨를 나란히 하고 싶을 뿐이다.

그러기 위해선 이민 1세들은 밑거름이 되어야 하겠다. 그 발판을 딛고 후세의 앞날에 비쳐줄 수 있는 환한 여명을 제시하고 싶다.[25]

캐나다가 사회통합의 이데올로기로 표방하는 다문화주의가 하나의 허위의식에 불과하다는 것을 장정숙도 지적하고 있다. "복합문화주의가 서로의 다름을 인정하면서, 그러한 태도가 화합된 힘으로 캐나다를 만들어 온 정책임을 살아가면서 알게 된다. 그러나 이민 역사가 얕은 소수민족인 우리로선 복합문화 정책 속에서 굵직한 혜택을 받을 일도 없어 사탕발림이라는 느낌을 갖는 것도 사실"[26]이라는 예리한 비판이다. 다문화주의라는 그럴듯한 겉포장 속에 잔존하는 백인들의 불가시적인 인종차별과 우월의식은 유색의 소수민족인 한인들의 가슴에 깊은 상처를 입힌다.

조금 전에 C여사가 길가에 피어 있는 들장미를 한 송이 꺾었다. 옆에 있던 L 여사에게 마침 다람쥐에게 먹이를 털어준 빈 봉지가 있었기에 장미가 봉투에 들어가는 것을 보고 우리는 안심하고 있는 터였다. 그것을 뒤에서 오던 백인여자가 보았다. "너희는 봉지까지 들고 나와서 꽃을 꺾느냐"며 삿대질을 해댔다. 백 번 잘못한 일이긴 하나 그녀의

25) 박순배, 「나이아가라 폭포처럼」, 『캐나다문학』8, 캐나다한국문인협회, 1997, 147면.
26) 장정숙, 「북소리」, 『어머니의 뜰』, 선우미디어, 2005, 33면.

'We don't do that' 하는 말투가 마음에 걸렸다. 'We'가 단순한 대명사 임을 모르는 것은 아니나 그 여자의 오만한 태도에는 그와는 다른 뜻 이 있어 보였기 때문이다.

우리는 그런 짓을 하지 않는데 너희는 왜... 백인들의 잠재의식 속에 있는, 'We'가 될 수 없는 '우리'의 의식이 편할 수가 없었다.[27)]

아침 산책길에서 아름답게 피어있는 들장미 한 송이를 꺾은 한인친 구는 백인여성으로부터 "We don't do that"이라는 질책을 듣는다. "나 는 백인여자가 말하던 'We'라는 말의 여운에 잡혀 있었다. '너희들과 다른 우리', '백인과 황색인', '주인과 이민자', 그 여자의 도도한 태도 는 자꾸만 이런 단어들을 내 가슴에 꽂아대어 다음날은 산책할 기분 이 들지 않았다."라는 고백 속에서 캐나다가 표방하는 다문화주의 정 책의 이면에서 개인들은 여전히 백인우월주의와 인종차별의식에 사 로잡혀 있고, 그것이 이민자들에게 차별로 다가온다는 것을 인정하지 않을 수 없다.

유인형의 「날아라 훨훨」에서는 모자이크사회에서 편견을 가지면 안 된다는 편견 지양의 사고방식을 보여준다. 이것은 유럽계 백인종 에 대한 일종의 경고일 것이다. 만약 백인우월주의의 배타적인 편견 을 고집하게 된다면, 캐나다의 미래는 희망이 없으며 갈등과 분쟁만 을 야기할 것이라는 것이다. 하지만 그는 한인 1세들에 대해서도 "더 불어 살아간다는 활력소가 미약하다. 1세들은 살아남기 위해서 아량 을 가지기 어려운 환경이 있다."라는 자기반성에 대한 촉구를 아끼지

---

27) 장정숙, 「'We'와 '우리'」, 위의 책, 16면.

않는다.

　　자연의 작은 부분인 사람 사는 사회란 어떠한가. 태양을 향해 낮과 밤이 이어가는 지구란 변속에 헤아릴 수 없는 집단으로 모여 산다. 우리가 뿌리를 내리고 있는 캐나다란 땅은 또 어떠한가. 지구란 별에는 백여 인종이 넘는 소수민족으로 모여 살아도 서로 조화를 이루는 모자이크 사회를 지향한다. 먼저 개척한 유럽계만 고집한다면 이 캐나다는 배타적인 편견으로 희망이 없다. 로키산 정상으로 등산하는 알핀 코스란 여러 개가 있다. 앵글로 색슨족의 등산길만 옳다고 하면 갈등과 분쟁만 일으킨다.

　　오늘날 지구촌 곳곳에 피 흘리는 분쟁이란 편견에서 나온다. 나만 옳고 너는 아니다 하는 독선적인 우월감이 있다.[28]

　박연우의 「도마뱀 목욕시키기」는 캐나다 큰빛교회 파송 선교사로 캄보디아에서 그곳의 현지인들에 대한 생각을 적은 수필이다. 그는 차이를 인정해야지 그들을 열등하다 여기고 그들이 변하기를 요구하는 것은 잘못이라고 말한다. 이 글은 캄보디아인에 대한 차별적 태도가 잘못된 것이며 문화상대주의 관점에서 차이를 인정해야 된다고 말하고 있다. 하지만 이와 같은 가치관은 캐나다 백인들의 동양계 소수민족에 대한 태도에서도 요구되는 바라고 할 수 있다.

　　낯설지 않은 이 느낌, 새로운 문화에 들어와 살면서 여러 번 가졌던 느낌이다. 다름을 인정하고 받아들이기엔 그들의 것이 너무 열등하다

---

28) 유인형, 「날아라 훨훨」, 『캐나다문학』14, 캐나다한인문인협회, 2009, 158면

고 생각했기 때문일까? 그래서 이해하려 노력하므로 내 삶의 방법을 따라 줄 것을 바라고 있었던 것은 아닌지.

　현재 처한 그들의 열악한 환경에서라면 누구라도 자연스럽게 나올 수 있는 반응을 그들의 민족성이라고 단정 짓고 있었던 것은 아닌지 반성해 보아야 할 것 같다. 그들도 경제가 나아지고 교육과 문화의 혜택을 받게 되면 당연히 민도가 높아져서 수준 있는 사고를 하게 될 터인데, 단 한 면의 작은 부분밖에 바라볼 수 없는 빈약한 시선으로 섣부른 판단을 하고 있는 나는 또 다른 도마뱀을 목욕시키는 헛된 행동을 하고 있는가.(2007년 캄보디아에서)[29]

　김정희[30]는 「코카클럽」에서 다문화가족의 여러 사례들을 소개하면서 코카클럽의 회원인 그 자신의 경험을 통해서 진정한 다문화주의는 형형색색의 인간들이 촉각을 세우지 말고 둥글둥글 살아가는 것이라고 말한다. '코카클럽'이란 "코리안 우먼과 캐나디언 남자가 결혼한 커플" 모임이다.

　지구가 둥근 것처럼 그 지구에서 살아가고 있는 우리들의 삶도 점점 둥글둥글해 가고 있는 것 같다는 생각이 든다. 서로 피부가 다르고 문화가 다른 형형색색의 인간들이 촉각을 세우지 말고, 이렇게 둥근 지구 안에서 둥글둥글 사는 것이 우리 모두가 바라는 것은 아닐까![31]

어떤 의미에서 다문화주의는 국가적 이념이나 정책의 문제가 아니

---

29) 박연우의 「도마뱀 목욕시키기」, 위의 책, 122면
30) 중국 동북사범대 음악반 졸업, 2010 캐나다한인문인협회 신춘문예를 통해 소설가 등단, 장편소설 『푸른 덫』(2013) 출간.
31) 김정희, 「코카클럽」, 『캐나다한인문학』16, 캐나다한인문인협회, 2013, 91면.

라 피부색과 문화가 다른 사람들이 서로 촉각을 세우지 않고 둥글둥글 조화를 이루며 살아가는 것이라고 한 그녀의 말이 더 가슴에 와 닿는다고 할 수 있다.

세계 제2의 넓은 면적을 차지하는 캐나다는 만성적인 노동력 부족의 문제를 해결하기 위해 1970년대 이후 유색민족의 이민을 받아들이지 않을 수 없었다. 그리고 종전의 동화주의 대신 다문화주의를 통해 30여 개가 넘는 여러 민족 집단과 민족문화의 개별성과 다양성을 효과적으로 공존시키면서도 하나의 통일적인 연방의 틀을 유지 발전시키는 장치로 '다문화주의' 이념을 개발하였다.[32] 하지만 국가적 필요에 의해 다문화주의를 표방했을지라도 이에 반대하는 집단이 존재할 뿐만 아니라 뿌리 깊은 백인우월주의가 한순간에 사라지는 것 또한 아니다. 실로 다문화주의는 문화적인 측면에서 민족 간 다양성을 인정하고 존중하지만 정치, 경제 분야에서의 기득권만큼은 소수민족에게 양보하지 않으려는 이중적인 전략이기도 하다.[33] 한인들의 수필에는 바로 다문화주의 정책의 이면에서 발생하는 미묘한 갈등으로부터 야기되는 한인들의 마음의 균열이 진솔하게 포착되어 있다.

이민 1세의 꿈은 필연적으로 2세에게 향했다. 그들은 부모세대의 억울함과 한을 풀어주며 이 땅에서 날개 치며 살아갈 수 있으리라 믿고 싶었다. 그들만은 캐나다인 속에서 주눅 들지 않으며 자신감과 능력으로 당당하게 살아가길 기대했다. 또한 그날이 오면 잃어버린 부모의 꿈도 보상받으리라 생각하며 기다림의 세월 속에서도 뿌듯할 수 있었

---

32) 조정남, 앞의 논문, 117면.
33) 윤인진, 「토론토지역 한인의 생활과 의식」, 앞의 책, 11면.

다. 때문에 그 어떤 노동도 두려워하지 않고 열심히 살아가며 2세 교육
에 아낌없이 투자를 했다.

그러나 늘 막연한 두려움이 따라 다녔다. 법적으로나 제도상으로는
인종차별이 없어 보이지만 개인적인 인종차별로 인하여 2세들의 장래
가 불투명해 보일 때가 있기 때문이다. 이 땅에서 태어나 자란 그들이
부모의 얼굴 색깔로 인해 부당한 대우와 차별로 상처받고 불공평한 기
회로 승진이 제한될까 늘 염려될 수밖에 없었다. 그러한 우리의 기우
와 불안을 통쾌하게 물리쳐준 이가 오늘의 클락슨 여사다.[34]

원옥재의 수필은 이민생활의 애환과 정체성에 대한 고민을 토로
한 수필들이 다수를 차지한다. 위에 인용한 「꿈을 세우며」에는 이민 1
세들의 거주국 적응과정에서의 어려움과 2세를 향한 헌신적인 교육
과 기대, 그리고 2세들이 캐나다 주류사회에서 혹시 겪게 될지도 모
를 부당한 대우와 차별에 대한 불안감이 잘 드러나고 있다. 다시 말해
2세들이 받게 될지도 모를 부당한 대우와 차별 때문에 전전긍긍하는
이민 1세들의 심정과 '디딤돌 놓기'의 삶이 잘 표현되고 있다. 박순배
의 「나이아가라 폭포처럼」에서도 볼 수 있듯 이민 1세들은 2세들의
성공을 위해 밑거름이 되고자 한다.

이종학의 수필 「또 다른 고향」은 이민 25년차의 이민자로서 또 다
른 고향인 캐나다에서의 삶의 방식에 대해서 적고 있다. 캐나다가 어
머니의 가슴이나 그리운 내음이 느껴지는 포근한 고향이나 고국이 아
닐지라도 "나의 존재와 지나온 어제를 나 스스로가 인정하며 살아야
하는 곳이기에 또 다른 산천과 사람과 시간에게 정을 붙이고 그리움

---

34) 원옥재, 「꿈을 세우며」, 『낯선 땅에 꿈을 세우며』, 선우미디어, 2003, 189-190면.

의 씨앗을 뿌려야 한다.”라는 것이다. 캐나다가 이민 1세들에겐 낯설고 고달픈 곳일지라도 2세들에겐 어머니의 간절한 체취가 간절하게 배인 고향으로 만들어주어야 한다는 것이다. 그는 이민자로서 1세들의 역할을 2세들에게 ‘고향 만들어주기’로 표현한다.

> 나는 태어나 성장한 고향을 떠나 서울을 ‘다른 고향’ 삼아 살다가 캐나다로 이민하면서 ‘또 다른 고향’에서 산 지 25년이 넘는다. 고향도 고국도 완전히 떠난 낯선 타국에서 어쩔 수 없이 늙어 간다. 어머니의 가슴이나 그리운 내음이 느껴지는 고향은 아니지만, 나의 존재와 지나온 어제를 나 스스로가 인정하며 살아야 하는 곳이기에 또 다른 산천과 사람과 시간에게 정을 붙이고 그리움의 씨앗을 뿌려야 한다. 나그네살이가 고달파도 자녀 손들에게 포근한 보금자리, 자신들의 존재감을 느끼게 할 고향을 만들어 줄 의무가 있다. 우리 이민 1세에게는 다른 고향이지만 우리의 2세들에게는 어머니의 간절한 체취가 간절하게 배인 고향이어야 한다. 우리 1세로 나그네 세대는 끝나기 때문이다.[35]

윤인진은 캐나다 이민 1세들의 사회적응양식을 ‘디딤돌 놓기’로 표현한 바 있다. 즉 자신들의 중류층적 배경과 높은 신분 상승 욕구에도 불구하고 캐나다 사회에서 이민자로서 겪는 불이익과 차별에 부딪치자 자녀들의 주류 사회 참여를 위해 1세들은 당대에서 성공을 추구하기보다는 자녀세대의 성공을 위해 디딤돌이 되는 것이다. 그리고 이들의 억제된 신분 상승에의 욕구는 자녀세대에게는 부채의식으로 전

---

35) 이종학, 「또 다른 고향」, 캐나다한국문인협회 카페(http://cafe.daum.net/KWA-CANADA), 2013.7.31.

승되어 사회경제적 성공에의 동기로 작용하고 있다고 보았다.[36]

  거주국인 캐나다에 대한 애착을 적극적으로 나타낸 글들도 있다. 이들은 자신들이 역이민을 하지 않고 현지에 남아 이민생활을 지속한 사실을 긍정적으로 평가하며, 캐나다에 대한 각별한 애정을 나타낸다. 구상희는 한국에서 친구들이 사회적으로 성공한 것을 보며 만약 자신이 한국에 돌아갔더라면 어찌 되었을까를 상상해 본다. 그러나 한국에서 외적 성공을 이루었다고 하더라도 그것이 내적으로 자신에게 진정한 행복감을 주었을까 하고 자문해 본다. 왜냐하면 한국에서 사회생활과 직장에서 겪는 스트레스를 자신이 감당할 수 있었을지 자신이 없기 때문이다. 화려하고 북적거리는 서울 거리와 캐나다에서의 한가하고 고요한 그의 집 골목길의 대조에서 얻은 결론은 역이민을 하지 않고 현지에 남아 자신이 좋아하는 의/학연구 생활을 평생 하며 살아온 평온한 삶이 더 행복하다는 것이다. 그리고 고향은 태어난 한국이 아니라 더 행복하게 살아가는 현재의 '캐나다'라는 생각을 하게 된다. 역이민을 하지 않은 것에 대한 후회가 사라지는 순간이다.

  만일 내가 50년 전에 한국에 돌아갔더라면 어찌 되었을까? 그들과 같은 사회적 성공을 할 수 있었으리라는 장담은 못 한다. 그러나 그들과 비슷한 성공은 할 수 있었을 것이다. 그러한 성공을 하였다 하더라도, 그 성공이 나에게 행복을 가져왔을까? 캐나다에서와 같이 평온한 생활을 할 수 있었을까? 한국에 돌아갔더라면 캐나다에서와 같이 내가 좋아하는 의/학연구 생활을 평생 할 수 있었을까? 한국에서 사회생활과 직장에서 오는 스트레스를 견뎌낼 수 있었을까? 부귀영화가 행복을

---

36) 윤인진, 앞의 책, 315면.

가져올 수 없다는 사실은 캐나다에서나 한국에서나 같은 진리가 아니 겠는가? 이런 질문이 꼬리를 물고 나왔지만 옳고 그른 답이 있을 수 없 는 헛된 생각이라는 것을 알고 있었다. 지나간 세월은 흘러간 강물과 같아 다시 잡을 수 없고, 지난날의 인생의 기록은 잘못을 바로잡아 교 정판을 출판할 수 없다.

화려하고 북적거리는 서울 거리가 아직도 눈에 어른거릴 때 비행기 는 토론토 공항에 도착하였고, 택시는 한가하고 고요한 나의 집 골목 길에 접어들었다. 이 순간, 이곳이 나의 고향이라는 생각이 들며 한국 에 다시 돌아가지 않은 것을 후회하는 심정은 아침 햇살을 쬔 이슬같 이 사라져버렸다.[37]

정균섭의 「환갑에 철들기」는 이민 10년차의 필자가 이민 10년 동 안 자신이 점점 잊혀져 가는 한국에 대한 향수에 사로잡혀 정작 자신 이 현재 몸담고 살고 있는 캐나다에 대해서 아무것도 모르며 아무 생 각 없이 살아온 사실을 반성한다. 필자는 과거지향적 향수를 벗어나 거주국인 캐나다에 대한 애정 갖기를 철들기로 표현하고 있다.

잠시 지나고 나니 자꾸만 곱씹어 생각하게 된다. 내가 나이아가라에 대해 뭘 알고 있는가? 우선 어디에 무엇이 있는지 아무것도 모른다.

결론적으로 내 사는 동네에 아무런 애정도 안 가지고 있었다는 말이 다. 점점 잊혀져가는 한국 동네만 붙잡고 있었지 정작 내가 살고 몸담 고 있는 이 고장에 아무 생각 없이 얹혀 있었을 뿐이구나. (중략)

'그래! 이거야! 고향은 만들면 되잖아!' 이민 나이 열 살, 신체 나이

---

37) 구상회, 「역이민을 하였더라면」, 『캐나다문학』15, 캐나다한인문인협회, 2013, 239-240면.

환갑에 이제야 '정들면 고향이다'라는 속담이 타관객지 생활하는 이들
의 진정한 속마음에서 나왔음을 깨달아간다.-정균섭의 「환갑에 철들
기」[38]

캐나다한인들은 한국의 경제사정이 좋아지면서 역이민을 하기도
하고, 모국을 방문하였을 때 모국의 눈부신 발전에 놀라움을 금치 못
하기도 한다. 따라서 그들은 만약 이민을 가지 않았거나 역이민을 하
였으면 어땠을까를 상상해 보는 것이다. 하지만 복지천국 캐나다의
안정과 평화와 발전된 서울에서 겪어야 할 스트레스가 비교되면서 그
들은 캐나다를 그들의 새로운 고향으로 받아들이기를 주저하지 않는
다. 따라서 돌아갈 수 없는 모국에 대한 향수에 사로잡히기보다는 현
재 살고 있고, 또 앞으로도 살아가야 할 캐나다에 대한 애정을 가져야
한다는 데 인식이 미치는 것이다.

3. 민족정체성 인식과 장거리 민족주의

캐나다의 다민족 다언어 다문화는 자연스럽게 한인들로 하여금 민
족정체성에 대한 의식을 불러일으키게 만든다. "다문화사회에서 다
양한 인종 또는 민족의 공존을 상정하게 될 때 분명히 정체성은 매우
중요한 주제"가 된다. 뿐만 아니라 자아와 타자, 중심과 주변, 다수문
화와 소수문화가 갈등하고 대립하는 것이 아니라 공존과 통합의 길을

---

38) 『캐나다문학』16, 캐나다한인문인협회, 2015, 151면.

모색하기 위해서도 정체성이라는 주제에 큰 관심을 기울여야 한다.[39]

박민규는 "이민문학에 있어 어느 이민세대이건 자아확인은 이민문학의 화두"[40]라고 했다. 이는 맞는 말이다. 한인작가들에게 있어 '자아확인', 즉 민족정체성에 대한 문제의식은 결코 벗어날 수 없는 주제이다.

여동원은 민족정체성 문제를 집중적으로 형상화한 수필가다. 그의 「외국병」이란 수필은 캐나다에서 접촉하는 이질문화 속에서 입맛, 강산, 문화, 조상, 역사 등의 차이를 느끼며, 그것은 본질적인 차이라고 의식하는 이민 1세의 민족정체성 의식을 잘 보여준다. 그는 서양인이 되기 위해 서양에 온 것이 아니며, 한국인으로서의 정체성을 잃지 않는 것이 '나'라는 개인의 정체성을 잃지 않는 길이라고 말하고 있다.

> 내 것만이 좋다가 아니라, 내 것이란 본질이 있다 그 말이다.
>
> 서양사람 입맛에 맞는 사라다가 있고, 일본인이 즐겨먹는 다꾸앙이 있으며, 우리는 우리의 구미에 맞는 김치가 있는 것처럼.
>
> 진달래 피는 그 언덕 그 골짜기는 누구의 것이며, 석굴암과 팔만대장경은 누구의 손으로 만들어졌으며, 을지문덕과 충무공과 세종대왕은 누구의 조상이며, 5천 년의 그 긴 시간은 누구의 역사인가?
>
> 무지개가 바다 건너에만 있는 것이 아님을 우리는 깨달을 때가 된 것 같다, 좀은 늦었지만.
>
> 나는 가만히 손을 가슴에 얹고 생각해본다. 서양인이 되기 위해 내

---

39) 박홍순, 「다문화와 새로운 정체성-포스트콜로니얼 시각을 중심으로」, 오경석 외, 『한국에서의 다문화주의』, 한울아카데미, 2007, 117면.

40) 박민규, 「캐나다한인문인협회와 한인 이민문학」, 『캐나다문학』10, 캐다나한인문인협회, 2001, 210면.

가 서양에 왔는가고… 나는 내 것인 채 서양에 살고 싶은 것이다. 애국
의 길을 걷기 위해서가 아니라, 나를 잃지 않기 위해서다.[41]

이처럼 이민 1세들은 자신들이 캐나다 시민권자이며, 스스로를 '캐
나다한인'이라 호명하고 있음에도, 뿐만 아니라 거주국 캐나다에 대
해 매우 긍정적 인식을 가지고 있음에도 불구하고, 이민 초기에는 내
면적 정서적으로 여전히 한국인으로서의 강한 정체성을 유지하고 있
다. 김두섭의 지적처럼 "한국인 이민자들이 캐나다의 시민권을 취득
하여 법적으로 캐나다인이 되었고, 자녀들을 캐나다 학교에 보내고
있지만, 그것만으로 캐나다사회에의 통합이나 동화를 의미하는 것은
아니다."[42] 실로 이민 1세들은 한국인으로서의 혈통적 순수성을 지니
고 있을 뿐만 아니라 그들이 나서 자라고 교육받은 한국에서 성인이
된 이후 이민을 한 세대이기 때문에 의식적 무의식적으로 한국인으로
서 민족정체성을 유지하려는 경향을 강하게 나나낸다.

　아마도 모국이란 내 어머니의 품속 같아서 가장 편안하고 따뜻한 느
　낌을 주는 곳, 그래서 언제나 가고 싶은 곳, 가서 안기고 싶은 곳이리
　라. 아직도 내 나라와 달리 피부와 언어가 다른 사람들을 긴장하며 대
　하고, 짐작조차 할 수 없는 관습과 사고방식을 접할 때가 많으니 모국
　이라 부르기에 어설프다.[43]

---

41) 여동원, 「외국병」, 『이민문학』2, 캐나다한국문인협회, 1979, 108면.
42) 김두섭, 「중국인과 한국인 이민자들의 소수민족사회 형성과 사회문화적 적응-캐
　　나다 밴쿠버의 사례연구」, 『한국인구학』21- 2, 한국인구학회, 1998, 171면.
43) 원옥재, 「코리언 캐네디언」, 앞의 책, 252-253면.

그들은 모국인 한국에 대해서 "내 어머니의 품속 같아서 가장 편안하고 따뜻한 느낌을 주는 곳, 그래서 언제나 가고 싶은 곳, 가서 안기고 싶은 곳"이라는 정서적 일체감을 느낀다. 반면 거주국인 캐나다와 캐나다인에 대해서는 다른 피부색, 다른 언어, 짐작할 수 없는 관습과 사고방식의 차이를 느끼기 때문에 항시 긴장을 해야 한다. 즉 편안하지가 않다.

모국과 한국인에 대해서 느끼는 정서적 유대감을 원옥재는 '편안한 신발'로 비유하기도 한다. "언어와 관습과 음식문화와 민족성"이 같다는 것은 서로에게 설명 없이도 공감하며 소통할 수 있다는 의미라는 것이다.[44] "한인교포들은 이민 후에도 고국에 대한 미련과 향수를 버리지 못 하며, 사회생활, 가족관계, 여가 등에서 한국식의 생활을 계속하길 원하는 경향이 있"는데[45], 이는 정체성 유지라는 의식적인 측면도 있고, 익숙하고 편안하기 때문에, 즉 무의식적인 측면도 있다.

백경락[46]은 「나의 눈물」에서 애국가를 듣거나 태극기를 보면 반사적으로 일어나는 생리현상처럼 눈물이 울컥 솟아오른다고 고백한다.[47] 캐나다의 국가와 국기에 대한 예의에서는 그런 감정과 현상이 없는 것과는 다른, 정체 모를 감정이란 바로 조국과 정서적으로 일체화되는 순간에 갖게 되는 무의식적인 유대감일 것이다. 강신봉도 조국이 패망하여 난민이 되어 떠도는 월남 난민학생과의 만남을 통해 "언제고 돌아가고프면 거절하지 않고 받아주는 어머니 마음 같은 관

---

44) 원옥재, 「편안한 신발」, 위의 책, 173면.
45) 김두섭, 앞의 논문, 172면.
46) 백경락은 1972년에 이민했고, 제9대 캐나다한인문인협회 회장을 역임했으며, 1979년에 신춘문예로 등단했다.
47) 백경락, 「나의 눈물」, 『캐나다문학』13, 캐나다한인문인협회, 2007, 138-139면.

용."[48]이 있고, 그리움의 여운이 서려 있는 조국이 건재하다는 사실에 자부심을 느낀다.

사실 이민자들에게 떠나온 조국은 시집간 여자의 친정처럼 매우 중요하다. 조국이 건재하다는 사실뿐만 아니라 조국의 국력 신장은 그들의 거주국에서의 삶과 지위에도 지대한 영향을 미친다.

> 무엇보다도 월드컵이 해외 동포들에게 안겨준 큰 선물은 2세들에게 정체성을 찾아준 데 있다. 1세들이 노력과 교육으로 줄 수 없었던 한국인으로서의 자긍심과 자신감을 이번 기회에 그들 스스로 찾게 되었던 것이다. 그 6월에 우리의 2세들은 1세들 못지않게 열렬한 팬이었고 응원자였다. 아들애는 출근시간을 조정하여 모든 게임을 시청했고, 유럽에 있던 딸애도 교장의 배려로 직원회의까지 연기해주어 근무시간에 있던 한국게임을 모두 시청할 수 있었다 한다. 길에서 마주치는 행인과 가게 손님들이 코리아의 승리를 외치며 엄지손가락을 치켜 올릴 때마다 한국전쟁과 IMF의 치욕에서 벗어난 우리의 콧대를 드높여 주었다.[49]

2002년 월드컵 때 이민 1세뿐만 아니라 2세도 같이 응원하며, 한민족으로서의 정체성을 확인했다는 고백은 스포츠가 민족 동일시를 폭발적으로 환기하는 데 아주 효과적인 방법임을 웅변한다.

캐나다한인들은 모국에 대해서 강한 정서적 애착과 일체감을 보이는 것은 분명하다. 그렇지만 그것이 모국의 정책에 대한 무조건적인

---

48) 강신봉, 「조국의 재발견」, 『캐나다문학』12, 캐나다한인문인협회, 2005, 154면.
49) 원옥재, 「Curly 안」, 앞의 책, 250면.

동조로 나타나지는 않는다. 한국내의 편협한 국적 시비에 대해서 여동원은 "과거 우리의 쇄국은 힘센 열강에 에워싸인 작은 한반도에서 국토와 민족을 끈질기게 유지해온 원동력이었음을 부인하지 못 하"지만 "세계가 1일 권내로 좁아져버린 지구촌 시민으로 살아갈 오늘의 우리에게는 되레 무거운 짐이 되고 있음이 분명하다"며 국적문제에 한국이 보다 전향적으로 대처할 것을 요구한다.[50] 즉 국적문제에 대해 모국이 세계화 시대에 걸맞은 유연하고 개방적인 의식을 가져줄 것에 대한 당부이다. 다시 말해 이민 1세들은 그들이 캐나다 시민권자임에 분명하지만 내적으로는 여전히 한국인으로서의 강한 정체성을 가지고 있는 만큼 모국으로부터 차별 없이 한국인으로서 대우를 받고 싶어 하는 것이다. 세계로 흩어진 한민족의 힘은 곧 국력 신장으로 이어진다는 점에서 한국이 국적문제에 보다 유연하게 대처할 것을 손정숙도 충고한다.

> 지금은 세계화 시대가 아닌가? 국민의 반 이상이 외국에 거주하면서 힘을 길러 조국의 번영에 물심양면으로 도움을 주고 있는 유태인처럼 국토와 국민을 좀 더 넓게 보는 안목과 지혜가 있었으면 좋겠다. 외국 시민권자도 자유롭게 금강산을 구경할 수 있는 날이 속히 오기를 기다린다.[51]

손정숙의 「내 영혼의 고향」은 외국 시민권자라는 이유 때문에 금강산 관광이 취소되자 쓴 수필로 여겨지는데, 한국이 재외동포를 보다

---

50) 여동원, 「국적시비」, 『옮겨심은 나무들-이민문학』7, 1995, 190-192면.
51) 손정숙, 「내 영혼의 고향」, 『아니온 듯 다녀가는 길』, 신세림, 2001, 100면.

전략적 차원에서 지원하고 전향적으로 관리해야 할 필요가 있다는 것을 잘 시사해준다고 하겠다.

그런데 한인으로서의 정체성을 유지하고자 하는 1세들에게 2세들의 타민족과의 결혼은 가장 큰 갈등을 유발하는 요인이다. 혈통의 순수성이 민족정체성 유지의 중요한 요건이라고 생각하는 1세들에게 있어 자녀들의 타민족과의 결혼이야말로 혈통의 순수성을 지킬 수 없게 만드는 가장 큰 갈등으로 작용한다.

> 그 하이웨이가 나를 외롭게 만들던 그 시절, 큰딸이 타민족의 사람을 배필로 맞았다. 절망이 무엇인지 그때 절감했다. 침식을 잊고 누웠다. 하이웨이를 달리는 자동차 소리와 지하실 보일러의 웅웅거림, 냉장고의 카랑카랑 마른 소리들이 합세하여 나를 고문하던 무서운 밤들을 잊지 못한다.
>
> 몇 달 전에 막내딸이 결혼했다. 이번에도 타민족 사위를 맞게 되었다. 그런데 나는 많이 변해 있었다. 나는 편안한 마음으로 그들의 결혼을 축하해주었다. 하객들의 테이블을 돌면서 인사하는 나를 보며 제일 기뻐한 것은 아이들이었다.[52]

큰딸의 신랑감으로 타민족을 사위로 맞게 되었을 때와 막내딸의 신랑감으로 타민족 사위를 맞게 되었을 때의 심경이 비교되면서, 작가 장정숙은 내심으로 그런 변화가 있기까지 '18년'이란 긴 세월이 흘렀다고 독백한다. 하지만 2세들의 타민족과의 결혼은 불가항력이며, 결국은 그 사실을 수용할 수밖에 없다는 데에 1세들의 고민이 있다.

---

52) 장정숙, 「하이웨이」, 앞의 책, 13면.

부모-자녀 사이의 갈등은 비단 결혼문제만이 아니다. 이민 1세와 2세 사이에는 한국어와 영어를 사용하는 능력에 차이가 크기 때문에 이로 인한 세대 간에 의사소통과 정서적 교류가 불완전해지고 갈등이 유발된다. 1세들과의 의사소통의 어려움의 정도에 대해서는 1.5세보다는 2세들이 더욱 심각하게 생각하고 있는 것으로 조사되고 있다.[53]

어렸을 적인 단순한 신체적 욕구를 충족시켜 주면 되었다. 이젠 어른으로 발돋움하여 달음질치려 하는 그들에게는 정신적 조언이 더욱 필요한 때다. 그들과 많은 얘길 나누고 싶다. 신앙, 취미, 이성교제, 동양의 미덕, 한국인으로서의 긍지와 자부심, 생활철학 …. 그것이 내 욕심이기에 고통이 크다. 대충 영어와 한국어를 공용하여 생활 속의 사사로운 감정까지 교류되기는 한다. 허나 그들에게 좀 더 깊은 인생을 이야기하고 싶을 때, 어느 언어로도 만족하게 대화를 나눌 수가 없다. 시도하다가 도중에 포기하게 된다.[54]

일반적으로 언어는 민족성의 가장 중요한 상징으로 인식되어 왔으며, 민족 집단의 언어 동화는 가장 신뢰할 만한 지표로 여겨져 왔다. 민족어를 통해서 한 민족 집단의 문화적 가치와 민족 주체성이 세대에 걸쳐 전승되기 때문에 젊은 세대들이 민족어를 어느 정도 잘 하느냐는 민족 문화와 정체성이 세대 간에 지속될 수 있는지를 측정하는

---

53) 이민 1세의 51.4%가 의사소통에 약간의 어려움 또는 큰 어려움이 있다고 응답한 반면 이민 2세의 76.9%는 의사소통의 어려움을 호소하였다. 이민 1.5세는 그들의 이중언어능력으로 인해 부모와 자녀 간의 의사소통에서 어려움을 상대적으로 덜 느끼는 것으로 조사되었다.: 윤인진, 앞의 책, 310면.
54) 원옥재, 「언어의 벽」, 앞의 책, 113면.

지표가 된다.[55]

또한, 이민 1세에 있어 음식문화는 생활영역에서 한국인이라는 사실이 큰 영향을 미치는 것으로 조사되고 있다.[56] 실제 이민 1세들의 수필에는 쌀밥, 김치 등 한국의 전통음식에 대한 애착이 크게 나타나고 있다. 특히 김치는 '한국을 상징하고, 한국을 보여주는'[57] 대표음식으로서 이를 반드시 다음 세대에 전수시켜야 한다고 생각한다.

> "한국사람은 김치를 먹어야 해. 김치를 좋아하는 며느리는 한국말이 서툴더라도 분명 한국사람의 아내이니 저도 한국사람이지. 그 애들의 아이들도 김치를 먹게 될 거야. 김치 먹는 손주들에게 한국말도 열심히 가르쳐야지." 나도 모르게 혼자서 중얼거리고 있었다.[58]

오강남은[59] 한국인을 한국인으로 규정하는 절대적 요인, 즉 정체성 규정에 있어 혈통, 언어, 습속은 더 이상 절대적 요인이 될 수 없다고 말한다. 왜냐하면 2세로 넘어가면 한국인으로서의 혈통의 순수성도, 한글의 사용도, 한국인으로서의 습속도 더 이상 지켜질 수 없기 때문이다. 그렇다면 과연 무엇을 통해서 한국인으로의 정체성을 유지시켜 나갈 수 있을까? 이것이 재외한인들이 직면한 가장 큰 고민의 하나이다. 그는 한민족으로서의 정체성 고양과 유지에 단군의 자손, 세종대왕과 이순신을 조상으로 가진 민족임을 자각하는, 다시 말해 한국의

---

55) 윤인진, 앞의 책, 309면.
56) 위의 책, 314-315면.
57) 홍기만, 「김치이야기」, 『이민문학』5, 캐나다한국문인협회, 1989, 133면.
58) 신영봉, 「김치 만들기」, 『캐나다문학』11, 캐나다한인문인협회, 2003, 199면.
59) 캐나다 리자이나대학교 교수.

역사를 공유하는 것이 현실성이 가장 크다고 했다.[60] 즉 "민족의 역사의식에 기초한 민족의식을 고취시키며 민족의 동질성을 확인"하는 방법을 통해서 한민족으로서의 정체성을 유지 발전시켜야 할 것을 제안했다.

이동렬은 한국의 옛시조 180수를 뽑아 현대적으로 풀이한 『세월에 시정을 싣고』(2002)라는 수필집을 발간한 바 있다. 그의 수필에는 한국과 동양의 고전에 대한 인유가 매우 풍부하며, 한국의 가곡, 대중가요 등을 인용하고 풀이하는 수필들도 많다. 이것은 다분히 의도적으로 보이는데, 그 의도란 바로 한국인의 정신적 자산을, 즉 한국인으로서의 정체성을 캐나다한인들이 계승하자는 함축적 의미가 내포되어 있다고 볼 수 있다.

이주기간이 길어질수록 캐나다한인들은 점차 모국에 대한 막연한 향수보다는 모국의 현실에 대한 관심이 강해지며, 모국의 발전에 대한 소망을 짙게 나타낸다. 즉 그들의 과거지향적 향수는 현재적이고 현실지향적인 민족주의로 변화하고 있음을 수필을 통해 확인할 수 있다. 박일웅은 「독도는 외롭지 않다」에서 일본과 분쟁지역화 되어 있는 '독도'에 대한 지대한 관심을 표명한다. "세계에서 흩어져 사는 800만 한민족의 사랑으로 조국 땅을 지켜보고 있다."[61]와 같은 독도문제 등 조국에 대한 재외한인들의 마음자세는 일종의 장거리 민족주의라고 할 수 있다. 지역적 장소에 구애받지 않는 민족주의를 베네딕트 앤더슨(Benedict Anderson)은 장거리 민족주의(long-distance

---

60) 오강남, 「캐나다한인의 민족의식과 모국관」, 『캐나다연구』4, 연세대 동서문제연구원 캐나다연구센터, 1992, 109면.
61) 『캐나다문학』14, 2009, 125면.

nationalism)라고 불렀다.[62] 디아스포라가 보편화되고 교통통신의 발달로 세계화가 진행되는 시대에는 초국가적이며 국경을 초월하는 장거리 민족주의와 같은 새로운 형태의 민족주의가 대두하게 된다는 것이다.

앞서 살펴본 대로 캐나다한인들의 모국에 대한 요구에서도 드러났듯이 현재 우리나라는 이중국적이 허용되는 국외에서 영주권자 신분을 획득한 경우, 국외에 거주하더라도 법적으로 대통령선거나 국회의원선거와 같은 국내에서 실시하는 선거에서 투표권 행사를 할 수 있게 법령을 개정하였다. 즉 영토에 기반한 국민개념이 아니라 혈통에 기반한 '재외국민'이라는 개념을 만들어서 이들에게 2012년 4월의 국회의원 선거에서부터 투표권을 부여하기 시작한 것이다.

(사)한국문인협회 밴쿠버지부에서 활동하는 심현섭의 「평화의 소녀상Glendale Peace Girl Statue」[63]이란 수필은 일제의 정신대 만행을 고발한다.

---

62) 앤더슨은 모국으로부터 다소 멀리 떨어져 정착한 이주민들이 모국의 간섭에 대해 저항하거나 혹은 모국과의 차별화가 필요하다고 느낄 때 등장하는 크리올 민족주의(creole nationalism), 지배를 정당화시키는 위로부터의 관주도 민족주의(official nationalism), 민족의 공용어를 가지는 유럽적 기원을 가진 언어적 민족주의(linguistic nationalism), 모국이란 지역적 장소에 구애받지 않는, 특히 세계화 시대에 점점 대두되는 새로운 형태의 장거리 민족주의long-distance nationalism)로 민족주의의 유형을 분류하였다.: Benedict Anderson(2001), "Western nationalism and eastern nationalism: is there a difference that matters?", *New Left Review* II, 9: pp.31-42./Benedict Anderson(1992), *Long-Distance Nationalism: World Capitalism and the Rise of Identity Politics*, Berkeley, CA: Center for German and European Studies, University of California.

63) 2013년 7월30일 미국 로스앤젤레스 인근에 있는 글렌데일 시립공원에 "평화의 소녀상"-Glendale Peace Girl Statue-이 건립되었다.

전쟁은 모든 것을 파괴한다. 전쟁에서는 이겨야만 살아남을 수 있기 때문에 이기기 위해서는 어떤 수단 방법도 가리지 않는다. 인간이 진정으로 짐승보다도 못한 존재가 되는 것이 전쟁 속에서이다. 그런 전쟁 중에서도 최악은 침략 전쟁이다. 남으로부터 침략을 당해서 살기 위해 싸우는 전쟁이 아니라 공연히 남을 침략해서 멸망케 하려는 전쟁을 말한다.

과거 일본이 제국주의 시대에 서양의 문물을 일찍이 받아들여 탈아시아를 공언하며 주변국을 침략하고 식민지화하였다. 첫 번째 희생자가 조선이었으며 계속해서 만주로 중국대륙으로 동남아시아로 끝내는 태평양 전쟁을 일으켜 미국과 대결하게 되었다.

이 과정 속에서 온갖 만행이 저질러졌으나 그 중에서도 용서받을 수 없는 죄악은 순박한 소녀들을 데려다가 군대와 함께 이동하며 성노예로 삼았다는 것이다. 나라를 남에게 잃어버리면 말할 수 없는 고통과 모멸을 맛보게 되는 것이지만 같은 민족의 딸들이 침략자들의 손아귀에 능욕을 당하고 처참하게 죽어갔다는 사실은 오늘을 사는 우리도 분노를 참을 수 없게 만든다.[64]

또한 그는 「아리랑, 유네스코 인류무형문화유산이 되다」[65]에서도 아리랑이라는 무형문화재가 유네스코의 문화유산으로 등록된 것을 계기로 아리랑의 연원을 찾아보는 수필을 적고 있다. 심현섭은 단순히 감성 위주의 글쓰기를 지양한다. 정확하고도 심층적인 정보들을 통하여 사실관계를 증명하며 거기에 주관적인 주장까지 가미된 수

---

64) 심현섭의 「평화의 소녀상Glendale Peace Girl Statue」, (사)한국문인협회 밴쿠버 지부, 카페(http://cafe.daum.net/klsv), 2014.2.9.
65) 위의 카페, 2013.2.24.

필을 쓰고 있다. 가령 아리랑에 대해서도 정선, 진도, 밀양, 강원도 아리랑까지 언급하는가 하면, 나운규의 영화 〈아리랑〉과 님웨일즈가 1937년 중국 연안에서 한국인 독립 혁명가 김산(장지락)의 구술을 바탕으로 쓴 『아리랑의 노래』(1941), 그리고 SBS스페셜 〈아리랑의 숨겨진 이야기 고개〉까지도 성실하게 자료를 섭렵하여 글을 쓰고 있다. 그의 「이 땅의 주인, 원주민」에서는 캐나다 원주민에 대한 관심이 드러나고 있다. 그는 "우리 한국인들도 먼 땅에서 이곳을 찾아온 외래 이방인이다. 지금부터는 이 땅을 지켜 온 원래의 주인인 원주민들을 가벼이 여기지 아니하고 겸허한 자세로 존중하는 마음을 가져야 할 것이다."[66]라고 원주민에 대한 편견과 왜곡된 관념에서 벗어나야 할 것을 권고한다.

> 밥과 반찬, 술과 안주라는 개념은 한국음식은 홀로 맛을 내는 것이 아니라 다른 것과 어우러져서 비로소 맛을 낸다는 것을 알 수 있다. 거의 모든 음식이 한두 가지 식재료만으로 만들어지는 것이 아니라 아주 다양한 맛을 지닌 재료와 양념으로 조합된 맛을 낸다.
> 쌈은 여러 가지 재료를 한데 보따리처럼 묶어서 맛을 내고, 비빔밥은 밥과 반찬을 한 그릇에 모아서 종합적인 맛을 내고 있다.
> 한국음식은 하나가 아닌 전체, 개별이 아닌 종합적이고 융화된 원융의 한국문화를 대변하고 있다. [67]

그는 「한국음식의 특성, 반찬과 안주에 대하여」에서는 밥과 반찬,

---

66) 위의 카페, 2011.12.4.
67) 심현섭, 「한국음식의 특성, 반찬과 안주에 대하여」, 위의 카페, 2010.6.15.

술과 안주를 같이 먹어야 하는 한국의 음식문화를 통해서 "하나가 아닌 전체, 개별이 아닌 종합적이고 융화된 원융의 한국문화"에 대해서 말하고자 한다. 즉 요즘 시대적 키워드로 떠오른 융합, 컨버전스(convergence)에 대한 문명비평적 시각도 보여준다. 세계적인 미래학자 다니엘 핑크(Daniel Pink)는 컨버전스 시대에 필요한 역량으로 디자인과 융합을 제시하며 한국의 "비빔밥처럼 여러 가지를 섞어 더 훌륭한 맛을 찾아내는 것이 컨버전스"라고 말한 바 있다. 심현섭의 수필은 단순한 향수, 전통문화의 찬양이 아니라 한국의 문화에 대해서 문명비평적 시각을 갖춘 에세이라고 할 수 있다. 그의 수필은 과거지향적 향수의 정서와는 구별되는 지적 통찰력을 갖춘 에세이다.

　캐나다한인의 조국에 대한 애정은 조국의 정치사회적 현실에 대한 비판으로 나타나기도 한다. 이유식의 「죽은 신문 죽은 사회」[68]에서는 노무현 정부하에서 좌와 우로 분열된 조국의 언론현실에 대한 개탄을 주로 우 편향의 시각에서 보여준다. 이유식은 캘거리한인문인협회를 조직하여 초대회장을 한 사람으로서 한국과의 소통이 활발한 문인이다.

　박능재의 「접목한 사과나무」(제4회 재외동포문학상 수필부문 가작)에서 이민은 접목에 비유된다. 접목을 통해 더 우월한 품종의 나무로 개량되듯이 한민족의 우수성을 세계에 빛내기 위해서는 여러 나라에 접목되어 새로운 삶을 개척하도록 보다 적극적인 이민정책을 시행해야 한다는 것이다.

---

68) 이유식, 「죽은 신문 죽은 사회」 캘거리한인문인협회 카페(http://cafe.daum.net/calgary403), 2008.5.2.

내가 지금 넓고 광활한 캐나다 땅에 이민 와 사는 것은 어찌 보면 접목과도 같은 상황이 아닌가 싶다. 거대한 캐나다라는 나무에 하나의 작은 한민족의 가지가 접목되어 동화되고 개발된 나무가 되려고 수고하고 노력하며 열심히 살아 온 십수 년이 마치 우리 집 뒤뜰에 접목되어 새로운 삶을 사는 사과나무와 같다는 생각이 든다.

(중략)

근면하고 성실하며 재능이 세계 그 어느 민족보다도 탁월한 민족임에는 틀림없다. 이와 같은 한민족의 일원인 내가 캐나다에 이민 와 삶을 영위하고 있지만 나는 한민족의 정체성을 확고히 간직하고 한민족의 우수한 점들을 접목된 캐나다를 위해 공헌하는 한 사람이 되고 있다고 자부하고 싶다. 이것은 바로 캐나다뿐만 아니라 나의 모국이 되는 한국과, 한민족을 세계만방에 빛내는 첩경이 되기도 한다.

우리 집 사과나무에 접목된 우수한 품종의 나뭇가지에는 개량된 새 모습을 과시하듯 아름다운 꽃이 만발한 것을 새삼스럽게 바라보며 마치 캐나다에 이민 온 우리 한민족의 모습을 대하는 듯한 느낌을 갖는 것은 절대로 이상한 일이 아니다. 나는 이 기회에 감히 주장하고 싶다. 한민족의 우수성을 빛내고 이 우수성이 세계만방에 공헌할 수 있도록 많은 우리 민족이 캐나다 등 여러 나라에 접목되어 새로운 삶을 개척하도록 한국 정부의 적극적인 이민정책이 마련되기를 바라는 바이다. [69]

이민자로서의 콤플렉스에 사로잡히기보다는 당당함이 묻어나는 수필들이 발표되기 시작한 것은 조국 대한민국의 눈부신 경제발전과 관계가 있다. 즉 출신국의 신장된 국력은 캐나다한인들에게 한국 출

---

69) 박능재, 「접목한 사과나무」, 에드몬톤한인얼음꽃문학회 카페(http://cafe.daum. net/EdmontonLiterary), 2011.10.30.

신이라는 데 대해 자부심을 갖고 당당하게 현지에 적응할 수 있는 힘의 원천이 되고 있는 것이다. 뿐만 아니라 한국에서는 재외동포에게 선거권 부여에 이어 모국을 방문했을 때의 생활상의 여러 불편함을 감소시켜주기 위해 2015년부터는 주민등록증 발급까지 허용함으로써 모국 방문시 최대한의 편의를 제공하고 있다.

현대는 전지구적으로 디아스포라의 시대이다. 재외한인들은 몸은 비록 해외에서 살아가고 있지만 거주국의 정치, 사회 문제보다도 모국의 정치, 사회 문제에 더 큰 관심을 보이는[70] 등 모국에 대한 관심이 지대하다. 해외에서 살아가는 재외한인들의 민족적 유대감 조성과 거주국에서의 지위 향상, 그리고 세계화 시대를 맞아 그들의 증대된 힘을 모국 발전에 효과적으로 이용한다는 차원에서도 재외한인에 대한 전향적 접근이 그 어느 때보다 필요한 시점이다.

4. 경제적 어려움의 토로와 문화충격

한인들은 캐나다의 전체 인구뿐만 아니라 다른 소수민족집단에 비교해 매우 높은 학력을 소지하고 있다. 하지만 한국에서 받은 대학교육은 캐나다에서의 취업에 제대로 인정되지 않을 뿐만 아니라 그들의 전공이 인문학과 사회과학인 경우 취업에서 더 많은 어려움을 겪는다. 대부분의 한인들은 자신의 전공과는 달리 단순노동, 판매 및 서비스업에 종사하거나 자영업으로 전환하게 된다. 한인들의 고용상태는

---

70) 김두섭, 앞의 논문, 173면.

불안정하며, 근로소득도 캐나다 전체 근로자의 평균 근로소득에 훨씬 못 미친다. 즉 한인들은 캐나다의 노동시장에서 자신들의 인적 자원을 제대로 활용하지 못 하고 불완전 고용상태에 있으며, 낮은 소득으로 경제적 어려움을 겪고 있다.[71]

구체적으로 한인 취업자들의 61%가 자신의 전공을 살리지 못 하고 소매업, 숙박요식업, 기타 서비스업의 세 분야에 집중되어 있다. 그리고 한인들의 고용상태는 25.9%가 정규직 근로자이고, 32.1%가 비정규직 근로자이다. 캐나다 전체 취업자의 33.9%, 소수민족 전체 취업자의 29.9%가 정규직인 점을 감안한다면 한인들이 고용상태는 다른 민족 집단보다 훨씬 불안정하다고 할 수 있다. 소득면에서도 정규직의 경우 캐나다 정규직 근로자 평균근로소득의 75%에 불과하며, 비정규직의 경우도 84%로서 한인의 평균 개인소득은 캐나다 전체인구 평균 개인소득의 67%에 불과하다.[72]

한인들의 수필에는 고학력에도 불구하고 중하층으로 살아가면서 겪는 경제적 어려움과 이민에 대한 회의가 빈번하게 드러나고 있다. 어디 하나 도움을 청할 곳이 없는 타국에서 겪어야만 하는 경제적 불안감과 외로움에 대한 토로, 그리고 이민 자체에 대한 회의에 이르기까지 이민생활의 이모저모가 숨김없이 표출된다.

> 망해버렸다. 한마디로 먼지 한 톨 안 남기고 알거지가 돼버리고 말았다. 2년 동안의 불황 중에서도 미어지고 터지도록 잘되던 술집이 어느 날 갑자기 요상한 마가 끼어 두 달 치 가게 세를 못 내게 되니 빌딩

---

71) 윤인진, 앞의 책, 300-307면.
72) 위의 책, 302-307면.

측에서 30만 달러짜리 술집 문을 하루아침에 덜커덕 닫아버리고 만 것이다.

이러고 보니 이민 15년 동안 뼈 빠지게 마련했던 번듯한 집 한 채가 날아가 버리고, 두 대의 자동차는 몰기지사가 밤새 집어가고, 크레디트 카드는 모두 취소당했다. 난생 처음 여기저기에 빚까지 짊어지게 되니 인정사정 볼 것 없는 은행들의 무서운 빚 독촉에 전화벨만 울려도 가슴이 철커덩 내려앉는 심장병이 생기고 사람들조차 만나기 두려운 협심증까지 생기게 되었다.[73]

인용문은 경제적으로 파산을 하자 인정사정 볼 것 없이 돌아가는 사회시스템과 그것으로 인해 그들이 겪을 수밖에 없는 경제적 위기 상황을 잘 보여준다. 사실 캐나다한인들은 사회적 네트워크가 부실하기 때문에 경제적 위기에 처할 경우에 지원을 요청할 곳이 전혀 없다.

미국에 유학을 갔다가 1969년에 캐나다로 이민한 손정숙은 남편이 캐나다에서 박사학위를 받고 의과대학 교수직을 얻었으며, 자신도 한국에서 석사학위까지 받았지만 다시 그곳 대학에서 영양학을 전공한 후 병원에 영양사로 취업한 경우이다. 그녀는 이민 1세로서는 캐나다 주류사회에 일찍 안착할 수 있었으며, 2세들을 변호사, 의사, 교사 등 주류사회에 진입시키는 데 성공했다. 그녀가 캐나다 사회에서 성공적으로 정착할 수 있었던 것은 캐나다의 현실을 정확히 직시할 수 있었기 때문이다. 즉 한국에서 받은 학위나 직위가 인정되지 않고, 캐나다의 규격에 맞는 기술이나 능력이 아니면 쓸모없어지는 현실, 특히 정

---

73) 신익균, 「잃고보니」, 『이민문학-옮겨심은 나무들』7, 캐나다한국문인협회, 1995, 177면.

신노동자가 육체노동자로 전락해야 하는 이민 현실을 직시하고 그 자신이 그곳 대학에서 재교육을 받음으로써 새로운 사회에 비교적 잘 적응할 수 있었던 것이다.

> 이민 초기에는 누구나 다 고생을 하였다고 한다. 한국에서 받은 학위나 직위는 이곳에서 빛을 볼 수가 없다. 이곳에서 정한 규격이 아니면 어떠한 기술이나 능력도 쓸모가 없다. 정신노동자가 육체노동자로 전락하여 남의 밑에서 일해야 되는 자격지심이 그중에서도 가장 괴로운 것이라고들 한다.[74]

따라서 2000년대 이후 이민한 성우제는 '이민은 만병통치약'이 아니라고 이민에 대해서 냉철한 의식을 가질 것을 충고한다. 그는 "캐나다로 건너온 이들 가운데 90퍼센트 이상은 꿈과 실제 사이의 차이 때문에 고민하지 않으면 안 되는 것이 냉정한 현실"[75]이라고 지적한다. 가령, IT업종에 종사한 30대 초반의 이민 기술자들이 직장을 구하지 못 해 놀거나 단순 직종에 종사하는 등 신규 이민자의 취업문이 날이 갈수록 좁아지는 현실을 정확한 통계 숫자를 통해 제시하고 있다.

캐나다연방 통계청은 3-4개월마다 이민자 취업 현황을 발표하는데, 2000년대 초반에 이민 온 신규 이민자 가운데 60퍼센트는 이전 경험과 무관한 판매·생산업에 종사하고 있다는 것이다. 즉 전문직종에 종사했던 고급인력들이 캐나다에 와서는 단순노동자로 전락했다는 의미이다. 이에 따라 최근 이민자 수는 감소 추세에 있고, 역이민

---

74) 손정숙, 「완맨 카우 밀크」, 앞의 책, 217면.
75) 성우제, 「이민은 만병통치약이 아니다」, 앞의 책, 79면.

자의 수도 상당수에 이른다. 그는 "지금 캐나다에 이민을 오려면 영어를 모국어처럼 구사하고, 석·박사학위를 지니고 있으며, 전문직 종사자로 캐나다에 오자마자 바로 취직할 수 있는 능력을 갖추어야 한다."[76]라고 이민에 대한 환상을 갖지 말고 철저한 준비를 하고 이민올 것을 당부한다. 소위 점수제 이민제도가 도입된 이후 독립이민(기술이민)은 현재 100점 만점에 75점의 커트라인을 충족시켜야 하지만 기업 투자 이민의 경우는 사정이 다르다고 한다. 그는 "자연, 교육, 의료, 음식, 환경은 캐나다가 좋아. 그런데 나머지는 한국보다 다 나빠."[77]라고 단적으로 표현한다.

문화충격(cultural shock)이란 완전하게 다른 문화권으로 옮겼을 때 정신적으로나 육체적으로 나타나는 여러 증상이다. 언어소통의 어려움을 비롯하여 모든 것이 생소하고 낯설어 예전에 사용했던 것들이 쓸모가 없게 느껴지고, 어느 것이 옳고 그른 것인지 그 판단 기준이 혼동되는 것이 문화충격이다. 문화충격은 이민생활의 어려움을 가중시키는바 이를 겪을 때에 나타나는 증상은 슬픔과 외로움, 향수병, 불면증, 우울증과 무력감, 감정의 기복과 대인기피, 정체성 혼란, 문제해결능력 불가능, 자신감 소멸, 불안감 증진[78] 등이다.

"이전에는 내가 무엇인가? 라는 것을 생각해 본 일이 없었다. 그런데 나는 요즘 길가에 뒹구는 돌을 보면 내 신세를 보는 것 같다. 누군가의

---

76) 성우제, 「누가 캐나다를 '천국'이라 하는가」, 위의 책, 86면.
77) 성우제, 「내가 외국에 산다고?」, 위의 책, 95-96면.
78) 은숙 리 자엘펠더, 평택대학교 다문화가족센터 편, 『한국사회와 다문화가족』, 양서원, 2008, 34-35면.

발길에 채이면 아무렇게나 굴러가다가 잡초 사이에나 끼어 혼자 울 것 같다. 아무도 보아주지 않는 나는 이방인인가."

(중략)

그 이방인 의식은 나를 괴롭혔다. 나는 내 바짓가랑이에 묻은 노란 머리카락에도 몸을 떨었다. 백인을 이해하지 못 하면서 그들의 땅에 온 나의 경솔함을 한탄했다. 눈썹 하나 까딱하지 않고 자기주장을 내세우는 그들에게 나의 생각을 전달하기란 애당초 불가능한 일이었다.

그것은 영어를 잘 못한다는 이유보다는 동양적 사고와 서양적 사고의 차이에서 일어나는 근본적인 문제였다. 큰돈을 쓰는 것도 아닌데 깐깐하게 따지는 백인들, 그리고 뒤 바늘만 제 손으로 꿰매면 되는 물건을 교통비 쓰고 찾아와서 기어이 바꾸어야 하는 그들에게 아동복을 팔면서 나의 동양적 가치관은 송두리째 무너져 가고 있었다.[79]

장정숙의 「산다는 것」에는 문화충격의 전형적인 증세들이 잘 표현되고 있다. 자신에 대해서 쓸모없다고 느끼는 감정, 외로움, 백인에 대한 혐오감, 이민을 선택한 자신의 경솔함에 대한 한탄, 백인과의 언어소통의 어려움뿐만 아니라 근본적인 사고방식의 차이, 가치관의 혼란, 현실에 대한 굴욕감, 좌절감 등등…. 짧은 글 속에 이민 1세로서 이민 초기에 겪었을 문화충격의 다양한 증세들이 잘 표현되고 있다.

박순배 역시 문화충격에 대해 "북미 땅에 이주를 하고 나서 겪어야 했던 충격은 문화였다. 땅 설고 물 설은 것만이 아니었다. 서구문화의 파도가 휩쓰는 칼바람은 사정없이 몰아쳐오곤 했다."[80]라고 일상생

---

79) 장정숙, 「산다는 것」, 앞의 책, 94-95면.
80) 박순배, 「엄마의 손맛」, 『캐나다문학』14, 캐나다한인문인협회, 2009, 118면.

활을 해나가는 데 있어 문화충격이 칼바람처럼 사정없이 몰아쳐 왔다
는 것을 고백한다.

자녀교육은 캐나다로의 이민 동기 가운데 매우 중요한 위치를 차지
하는 요인이다.[81] 그런데 한국과 캐나다 두 나라의 자녀교육의 방식
과 가치관의 차이로 인해서 한국에서는 아무렇지도 않은, 부모의 '사
랑의 매'가 캐나다에서는 '아동폭력''으로 간주됨으로써 한인 1세들
은 자신들의 부모 역할에 대해 커다란 혼란과 가치관의 아노미를 겪
으며, 이민 자체에 대한 회의에 휩싸이기도 한다. 즉 자녀교육에 대한
두 나라의 상이한 방식은 부모에게 곧잘 문화충격을 유발한다.

> 다음날 나는 다시 불려 나갔다. 진희 아빠는 너무 당당해 보였고, '사
> 랑의 매'가 왜 법에 걸리는지 철저히 따져보겠다고 하였다. 아빠의 영
> 어가 훌륭하였으나 통역을 통해 모든 대화가 이루어지기를 원했고, 또
> 기록까지 해야 한다고 주장했다. 두 시간에 걸친 아동사회복지사와 부
> 모와의 면담은 문화적인 차이에서 오는 자녀교육방법을 서로에게 알
> 리고 이해시키는 데 팽팽히 맞서기만 하였다. 결국 그들은 어떤 모양
> 으로든지 아이들을 때리고 공포 분위기 속에 들어가게 한다는 것은 캐
> 나다 아동보호법에 저촉될 뿐 아니라 일단 이 사실을 안 이상 조사할
> 수밖에 없고 아동보호소에 연락조처를 취하겠다고 했다.[82]

한인 수필가들의 작품 속에 유독 고향에 대한 향수를 그린 작품이

---

81) 윤인진, 앞의 책, 298면.
82) 한순자, 「사랑의 매가 법에 걸리다니」, 『토론토에서 히말라야 고산족 마을 따라』,
   나눔사, 2006, 144-145면.

많은 것도 단순한 고향에 대한 그리움도 그리움이지만 이질문화와의 접촉에서 일어나는 충격으로부터 자신을 방어하기 위한 심리적 도피기제와 관련된다고 할 수 있다. 물론 고향을 그리워하는 것은 인간의 보편적 감정일 수 있다. 하지만 이민자들에 고향은 쉽게 찾아가볼 수 없기 때문에 더욱 절절한 그리움의 대상이 된다.

> 대부분의 사람들은 자기가 태어나서 어린 시절을 보낸 고향에 대해 무한한 애착을 가지고 있는 것 같다. 설사 자기가 태어난 곳이 어딘지조차 모르는 사람이나, 말하기 어려운 사연으로 고향을 스스로 등지고 말았노라고 하는 사람들도 알고 보면 마음속으로 가상적이거나 환상의 고향을 간직하고 거기에 정을 쏟고 그리워하는 경우를 간간히 볼 수 있다. [83]

하지만 여동원은 「동 버릇 서 버릇」에서 "동양과 서양이 서로 만나는 자리에서 이루어지는 장점들의 조화, 이것이 우리가 기대해볼 수 있는 미래의 세계는 아닐는지."[84]라며 동양과 서양문화의 장점을 혼합하는 데서 이중정체성을 가진 캐나다한인의 미래를 열어나가야 할 것이라는 열린 태도를 보여주고 있다. 다시 말해 캐나다사회를 더 잘 알게 되고 그에 동화되면서 두 사회의 관습과 가치관을 비교할 수 있게 되고, 기존에 가지고 있던 관습과 가치관도 비판할 수 있는 안목이 생김으로써 동양과 서양의 좋은 것을 취사선택할 수 있는 심적 여유가 생기게 된 것이다. 즉 문화충격을 줄여나가기 위해서는 동서양의

---

83) 이동렬, 「능금꽃 피면」, 『이민문학』6, 캐나다한국문인협회, 1992, 198면.
84) 여동원, 「동 버릇 서 버릇」, 『이민문학』 5, 캐나다한국문인협회, 1989, 181면.

장단점을 비교하고 비판할 수 있는 안목을 갖추어야 한다는 것이다.

사실 이민 1세들은 한국으로부터 습득해왔던 생활관습이나 가치관을 계속 유지하려는 경향이 강하다. 이러한 태도는 민족문화의 계승과 정체성 유지에 긍정적 효과가 있는 반면 거주국에서의 빠른 정착과 문화적 적응을 지연시키는 부정적 기능을 하는 것도 사실이다. 다인종 다문화사회에서는 모든 민족이 자신의 민족문화를 유지하는 동시에 복합사회의 충실한 일원이 될 것도 기대한다. 따라서 캐나다한인들은 민족문화의 정체성을 유지하는 가운데 기존의 민족중심적인 성향을 탈피하려는 노력도 동시에 해나가야 한다. 장기적으로 볼 때에 캐나다사회에 보다 적극적으로 뛰어들어 굳건한 뿌리를 내리는 것이 한인사회의 존속과 발전에도 도움이 될 것이기 때문이다.[85]

안재빈의 「문화차이에서 오는 충격」은 문화차이를 충격으로서가 아니라 느긋하게 차이를 인정하는 관용의 정신으로 받아들이고 있음을 보여준다. 캐나다에서의 이주기간이 길어질수록 한인들은 마음의 여유를 터득하고 있다. 안재빈은 그가 운영하는 주유소에 강도가 들었는데, 헬퍼로 일하는 캐나디언 청년이 경찰의 지문 채취 요청을 사생활 침해를 이유로 당당히 거절하는 것을 보고 문화적 차이를 느낀다. "우리의 이민 적응기도 8년차가 되는 요즘은 그렇게 낯설고 엄청나게 느껴졌던 일들이 이제는 웃으며 넘길 수 있는 여유도 생기며 라일락 향기 그윽한 5월의 봄날처럼 캐나다 경기가 오늘보다는 내일 더욱더 밝으리라는 희망으로 하루하루를 열심히 살아간다."[86]에서 보

---

85) 김두섭, 앞의 논문. 176면.

86) 에드몬톤한인얼음꽃문학회 카페(http://cafe.daum.net/EdmontonLiterary), 2012.4.15.

듯이 문화충격을 스스로 완화하며, 캐나다에서의 생활에 심적 여유를 갖고 살아가고 있다는 것을 보여준다.

이종학은 「캐나다의 화동론(和同論)」에서 캐나다의 문화를 개인우선주의 문화로 파악한다. 처음 이민 와서는 캐나다의 개인주의 문화에 대해서 회의를 가졌으며, 위선적이라고까지 생각한다. 그러나 시간이 지나면서 "캐나다정부가 여러 색깔, 민족을 지혜롭게 끌어안는 진정한 화(和)의 논리를 펴고 있음을 깨닫게 되었다. 자기와 다른 가치를 흡수 지배함이 아니라 존중함으로써 오히려 나라를 강화하려는 존재론적 진정한 의지가 담겨 있음을 깨닫게 된 것이다."라고 진술한다. 그리고 오히려 한국의 문화가 가지고 있는 집단주의, 즉 지연, 학연, 혈연에 얽매여 있는 소아병적 집단주의에 대해서 비판적 태도를 갖게 된다. 즉 "우리나라의 인간관계는 오로지 가족의 확대 개념으로 이루어진" 것으로서 "가족제도가 내집단과 외집단을 구분하면서 지나치게 배타적"인 측면, 즉 부정적 역기능을 발견하게 된다. 이와 같은 사고의 연장선상에서 「더치페이 문화」라는 수필을 쓰게 된다. 그는 한국의 '한턱내는 문화'와 더치페이 문화를 비교하면서 오히려 한국식의 한턱내는 문화의 폐해를 지적하게 된다.

> 캐나다의 문화관(文化觀)은 개인우선주의(individualism)로서 단체우선주의(unitarianism)와 반대되는 개념이다. 그러나 개인주의(selfishness or egoism) 즉 이기적이고 비윤리적이 아니라 개인의 독립성을 강조하고 집단의 권한보다 개인의 권한을 우선하고 있다. 사회나 단체를 개인의 집합에 불과하다고 보는 사상이다. 모자이크(mosaic)로 사회를 구성함으로써 국내 각 소수민족의 문화 계승과 주

체성을 존중하는 복합문화정책을 시행하는 것도 바로 이런 맥락에서 연유되었다고 본다.[87]

이종학의 수필에서 한인들이 이주기간이 길어질수록 캐나다 문화가 가진 긍정적 측면을 발견하고 새로운 문화에 점차 적응해 가고 있음을 볼 수 있다.

이내들의 「내가 우리 되는 질서의식」은 왜 그들이 만리타향에 살고 있으면서도 얼마나 조국의 발전에 뿌듯해 하는지, 외적이고 경제적 성장 못지않게 성숙한 사회가 되기를 소망하는지가 잘 나타나고 있다. 그들은 국외자로서 보다 더 정확한 시각으로 발전된 한국이 결핍하고 있는 것이 무엇인지, 한국이 어떤 사회를 지향해야 할 것인지를 정확하게 통찰하게 된다. 따라서 "정말 눈부신 경제력에 걸맞게 우리의 내적 자산인 질서의식과 협동심을 함께 배양했는지"를 돌아보아야 할 것을 주문하는가 하면, 남을 배려할 줄 아는 양보심과 화목을 위해 자신의 불편에 대한 감수할 줄 아는 선조들의 훌륭한 미덕과 전통들을 계승해야 한다는 것을 갑자기 밀어닥친 풍요 속에서 망각하지 말 것을 주문한다.

그러나 아무리 떠나 산다고는 하지만 고국의 소식엔 전혀 무관할 수 없고 날마다 귀 기울이다시피 하기 때문에 좋은 소식은 가까이하고 나쁜 소식은 멀리하고 싶은 것이 교민들의 심정인 것 같다. 이민을 떠나올 때 사정도 제각기 달라 십 년 전만해도 IMF 실직을 거쳤는가 하더

---

87) 이종학, 「캐나다의 화동론(和同論)」, 캐나다한국문인협회 카페(http://cafe.daum.net/KWA-CANADA), 2009.8.3.

니 현재는 더 젊은 세대들이 여유로운 재력의 바탕 아래 오로지 자녀 교육을 목적으로 오고 있는 형편에 이르렀다. 그러기에 한국이라고 하면 이제 다들 '잘 사는 부자 나라'에서 왔다고 생각하기까지 되었는데 정말 눈부신 경제력에 걸맞게 우리의 내적 자산인 질서의식과 협동심을 함께 배양했는지 돌아볼 일이다. 자칫 좀 더 가졌을 때 잊기 쉬운 일들 즉 남을 더 배려할 줄 아는 양보심과 화목을 위해선 자신의 불편함도 기꺼이 감수할 줄 아는 인내를 잊지는 않았는지 모르겠다. 지난날 온갖 어려움 속에서도 지켜온 선조들의 훌륭한 미덕과 전통들이 갑자기 밀어닥친 풍요로움 속에서 만약 잊혀져 간다면 우린 더 소중한 것을 내 준 꼴이 될 거다.[88]

5. 결론

캐나다한인은 중국의 조선족이나 재일한인, 러시아CIS고려인과는 디아스포라의 역사적 배경과 시기가 다르다. 즉 아시아지역의 디아스포라는 대체로 일제 식민지하에서 정치적, 경제적, 또는 기타 압박 요인에 의하여 비자발적이고 강제적으로 이루어졌다. 반면 캐나다한인의 디아스포라는 1960년대 말 이후 경제적 정치적 후진국이었던 한국을 벗어나 좀 더 질 높은 삶을 살아보겠다는 개인적이고 자발적인 의도에서 이루어진 경우가 대부분이다.

따라서 캐나다한인들은 자신들이 자발적으로 이민한 캐나다가 사

---

88) 이내들, 「내가 우리 되는 질서의식」, 캐나다한인문학가협회 카페(http://cafe. daum.net/ckmoonhakga), 2008.12.17.

회복지 및 의료시스템이 잘 완비된 훌륭한 국가이며, 다문화사회로서 유색의 소수민족 이민자들에게도 차별이 없는 정의로운 사회라는 긍정적 거주국 인식을 나타내고 있다. 이러한 인식은 귀국을 별로 희망하지 않고 캐나다를 제2의 고향으로 여기는 데서도 잘 확인된다. 이 점은 비자발적인 이산을 겪은 아시아지역의 이민 1세들과는 상이한 태도라고 할 수 있다. 가령, 재일한인 1세들이 일본에서 극심한 차별을 겪으며, "일본에 있는 것(재일)을 언젠가는 본국으로 돌아가야 할, 일시적인 일로 생각해"[89]온 것과는 다른 태도인 것이다. 미국이나 캐나다 등 북미지역에 이주한 한인들은 귀국이 목표가 아니라 거주국에서의 빠른 적응과 정착이 목표이다.

그럼에도 불구하고 한인들의 수필에는 캐나다가 공식적으로 표방하는 다문화주의의 이면에서 작동하는 불가시적인 백인우월주의와 인종차별의식이 엄존하고 있다는 사실이 드러난다. 뿐만 아니라 그들의 이민 동기의 하나가 자녀 교육과 성공이라고 할 때에 2세들이 주류사회 진입에서 혹시 겪게 될지도 모를 부당한 대우와 차별에 대한 불안감이 표출된다.

캐나다 시민으로서의 정체성과 한민족의 혈통을 동시에 인정하는, 즉 이중적 정체성을 지닌 캐나다한인들은 거주국에서의 성공적 정착을 지향하면서도 그들의 내면에서는 정서적으로 한인으로서의 강한 민족정체성과 애착, 그리고 생활습속을 유지하려 한다는 것이 글 속에서 확인되고 있다.

---

89) 이연숙, 「디아스포라와 국문학」, 『민족문학사연구』19, 민족문학사학회, 2001, 65면.

하지만 이민 1세들이 민족정체성이 계속 유지되길 희망함에도 불구하고 2세로 넘어가자 더 이상 혈통의 순수성도 지켜질 수 없고, 민족어의 사용에도 한계가 있다는 데 그들의 고민이 있다. 한국인으로서의 정체성 규정에서 혈통, 언어, 습속이 더 이상 절대적 요인이 될 수 없다면, 과연 무엇을 통해서 한국인으로서의 정체성을 유지시켜 나갈 것인가? 이것이 다문화사회의 일원으로서 자신들의 고유한 민족문화를 유지 · 계승시켜 나가야 할 캐나다한인들이 직면한 가장 큰 문제의 하나이다.

또한, 캐나다한인들의 수필에는 고학력의 교육 수준에 걸맞은 직업을 갖지 못 함으로써 겪는 경제적 어려움과 이질적인 문화와의 접촉에서 야기되는 문화충격이 솔직하게 표현되고 있다. 하지만 이주기간이 길어질수록 한인들은 현지문화의 장점을 발견하며 적응하는 여유를 보여준다.

이민 1세 중심의 캐나다한인문단에서 한국어로 글쓰기는 한국인으로서의 정체성을 확인시켜주며, 한민족으로서의 민족의식을 계승 · 고취시키는 데 있어 매우 중요하다. 뿐만 아니라 캐나다한인문학 그 자체가 이미 캐나다한인들의 훌륭한 정신적 자산이라고 할 수 있다. 캐나다한인 작가 한 사람 한 사람이 바로 민족의 정신적 유산을 계승하고 고양 유지시키며 한민족으로서의 정체성을 유지 발전시켜 나가는 사명을 띠고 있음을 자각하는 글쓰기가 이루어져야 할 것이다.

그리고 1.5세, 2세들의 현지어로의 글쓰기를 고무하는 일도 1세들이 맡아야 할 역할이다. 그들은 유창한 영어(불어)로 캐나다한인이라는 이중정체성을 개성과 장점으로 활용하는 글쓰기를 통해서 캐나다 주류문단은 물론이며, 세계문학에 기여할 수 있을 것이다.

제2장 주요 수필가와 수필집

．
．
．
．
．

박순배는 문협의 7대 회장을 역임했고, 『에세이문학』으로 등단했으며, 『온타리오 호숫가에서』(보이스사, 1900), 『캐나다에 심은 조선호박』(개미, 1999), 『타는 목마름으로』(선우미디어, 2004), 『고추잠자리가 날 때쯤이면』(에세이문학, 2010) 등의 수필집을 냈다.

이동렬은 캐나다 웨스턴 온타리오대학 교육심리학과 교수와 이화여자대학교 심리학과 교환교수를 역임한 수필가로서 지금까지 가장 많은 수필집을 발간하였다. 『남의 땅에서 키운 꿈』(범우사, 1986), 『설원에서 부르는 노래』(범우사, 1989), 『흐르는 세월을 붙들고』(범우사, 1994), 『청산아 왜 말이 없느냐』(범우사, 1998), 『향기가 들리는 마을』(선우미디어, 2000), 『세월에 시정을 싣고』(하서출판사, 2002), 『꽃 피고 세월 가면』(선우미디어, 2006), 『바람 부는 들판에 서서』(선우미디어, 2008), 『청고개를 넘으면』(선우미디어, 2010), 『청천하늘에 잔별도 많고』(선우미디어, 2012), 『꽃 피면 달 생각하고』(선우미디어, 2013) 등의 수필집이 있다.

신영봉은 이화여대 대학원을 졸업하고 1995년 캐나다에 이민하여 캐나다 한국일보 자료실장을 역임했고, 수필집 『어떤 약속』(혜안,

2000), 『그리운 나무』(시한울, 2014)를 발간했다.

여동원은 1968년 캐나다에 이민했고, 문협의 13대 회장을 역임했다. 수필집 『이민낙서』(태양출판사, 1980), 『낯선 거리에서의 사색』(시와시학, 1994) 등이 있다.

한순자는 2001년 캐나다한인문인협회 주최의 신춘문예로 등단한 수필가로서 건국대 국문과를 졸업했다. 『인생에 실패는 없다 다만 또 다른 삶이 있을 뿐이다』(삶과꿈, 2002), 『나이만큼 행복한 여자』(태인문화사, 2004), 『밀리언달러티켓 나도 한 장』(태인문화사, 2006), 『알콩달콩 삼순이네 가족』(태인문화사, 2008), 『베짱이의 노래』(태인문화사, 2011), 『행복이라는 이름의 여행』(태인문화사, 2014) 등의 수필집이 있다.

성우제는 소설가 성석제의 동생으로, 고대 불문과를 졸업한 후 『시사저널』의 기자로 근무하다가 2002년에 캐나다로 이민했다. 2005년에 제7회 재외동포문학상 소설부문 대상을 수상했으며, 수상작은 「내 이름은 양봉자」이다. 수필집에 『느리게 가는 버스-캐나다에서 바라본 세상』(강, 2006), 『커피머니메이커』(시사in북, 2012), 『외씨버선 길』(휴, 2013), 『폭삭 속았수다』(강, 2014) 등이 있다.

민혜기는 『한국수필』로 등단(2001)했으며, 캐나다한인문인협회의 16대 회장을 역임했다. 『흔들렸던 터전 위에』(나눔사, 2006), 『토론토에서 히말라야 고산족 마을을 따라』(나눔사, 2006) 등의 수필집이 있다.

원옥재는 문협의 제19대 캐나다한인문인협회 회장을 역임했으며, 캐나다한인문인협회 주최의 신춘문예를 통해 소설가로 등단한 후 『에세이문학』을 통해 수필가로 재등단했고, 수필집에 『내가 선 땅에서』(보이스사, 1989), 『낯선 땅에 꿈을 세우며』(선우미디어, 2003)가 있다.

손정숙은 제20대 캐나다한인문인협회 회장직을 역임했으며, 계간
『수필춘추』신인상으로 등단했다. 서울대 대학원을 졸업했고, 캐나다
학교협의회 회장을 역임했다. 수필집『아니온 듯 다녀가는 길』(신세
림, 2001),『흐르는 별무리』(진실한 사람들, 2010),『정오의 그림자』
(진실한 사람들, 2014)을 발간했다.

장정숙은 1973년 캐나다로 이민했고, 수필집에『바위를 뚫고 나온
구절초』(선우미디어, 2010),『어머니의 뜰』(선우미디어, 2005)이 있
다.

최금란은 1982년에 이민했고,『백야에 핀 그리움』(고려원, 1987),
『여보세요 여기 캐나다예요』(고려원, 1990) 등이 있다.

유인형은 수필집에『캐나다에서 온 편지』(단대출판부, 1999),『초
록빛 먼 지평선에』(쎄레, 1986),『세월이 바람 되어』(대원사, 1993)
등이 있다.

김창길은 수상집『이민전화』(계문사, 1978)를 발간했다. 조정대는
수상집『겨울 나이아가라』(문예한국사, 1993),『그대 음성 그리워 산
길을 걷는다』(성바오로출판사, 2007)를 출판했다.

이유식은『내 마지막 노을빛 사랑』(문학관, 2001)을 발간했다.

현재까지 수필집(수상집)을 한 권 이상 발간한 작가로는 김영란,
김영주, 김창길, 민혜기, 박순배, 반병섭, 성우제, 손정숙, 신경용, 신영
봉, 안봉자, 여동원, 원옥재, 유인형, 이동렬, 이석현, 장정숙, 조정대,
최금란, 한순자 등이 있다.

제VI부
캐나다한인문학
비평

제 1 장 캐나다한인문학의 정체성과 방향 탐색의 비평[1]

··········

1. 서론

본고는 캐나다한인 평론가를 중심으로 그들의 문학적 정체성과 방향을 선도해온 평론들에 나타난 캐나다한인문학의 정체성에 대한 논의를 분석해봄으로써 캐나다한인문학이 추구해온 정체성이 어떻게 변화해 왔는지를 알아보고, 앞으로 나아갈 방향을 제시해보고자 한다. 캐나다한인문단의 경우에 평론가의 숫자는 소수지만 재미한인문단과 비교해볼 때에는 평론활동이 나름대로 활발하게 이루어지고 있다는 것이 중요한 특징의 하나이다.

하지만 캐나다한인문학 가운데서 평론이야말로 아동문학과 함께 부진한 분야의 하나라고 할 수 있다. 캐나다한인문학비평은 문단 결성 초기부터 자신들의 문학이 추구해야 할 정체성을 어디에서 찾아야 할 것인가에 대해 끊임없이 질문하고 탐색해온 과정이었다고 보아도 과언이 아니다. 김남석은 '캐나다한인들의 비평은 이민문학론에 대한

---

1) 이 글은 송명희의 「캐나다한인문학의 정체성과 방향」, 『한어문교육』26, 한국언어문학교육학회, 2012'을 제목도 변경하고 내용을 보완 개고한 것이다.

다양한 의견이 개진되었으나 아직 자신들의 정체성을 확립하는 작업은 이루어지지 않은 것'으로 평가한 바 있다.[2]

2. 캐나다한인문학의 정체성 찾기

2.1 이석현의 '또 하나의 한국문학'

1977년 『새울』을 발간할 당시 '머리말'에서 초대회장 이석현은 "한국 고유의 미에의 부절한 의욕이 모여" 문협을 만들었으며, 그들이 추구하는 문학이 "또 하나의 이색적인 한국문학의 이정표가 되기를" 다짐했다.[3] 이처럼 이주 초기의 문인들은 자신들을 한국인으로 인식했으며, 그들이 추구할 미도 한국 고유의 미이며, 그들이 만들어내는 문학도 또 하나의 한국문학으로 인식하고 문협을 결성하여 작품활동을 시작했던 것이다. '새울'이라는 제호는 새로운 울타리, 즉 새로운 거주지라는 의미이다.

제2집(1979)부터는 합작문집의 제호를 '이민문학'으로 변경하고, 그들의 문학을 이민문학으로 규정하며 "우리다운 옛 보람을 이 땅에 심고, 이 고장의 정신적 예술적 자양분을 흡수, 또 하나의 차원에서 한국문학의 새 분야를 개척하는 것"을 그들의 문학적 사명으로 인식

---

2) 김남석, 「캐나다한인문학비평의 전개양상연구」, 『우리어문연구』34, 우리어문학회, 2009, 93-127면.
3) 이석현, 「머리말」, 『새울』1, 캐너더한국문인협회, 1면.

하였다.[4)]

이석현은 「이민문학론」(1979)이라는 소론을 통해 이민문학의 정의와 특징을 다음과 같이 구체화시킨다.

> 한국적 풍토에서 전승해온 문화적 특장과 유산(사상 전통 역사 풍습 포함)을 서구적 다양문화 및 토착문화인 인디언, 에스키모의 원색문화에 접목시키는 한편, 이민생활에서 직면하는 온갖 양상-피나는 고충이며 절절한 고적감, 잠을 잃은 향수들이 혼합하여 산출되는 색다른 차원의 한국문학을 말한다.[5)]

그에 의하면 캐나다로 이주한 한인들은 자신들의 문학을 색다른 차원의 한국문학으로 인식하였으며, 그 특징은 세 가지로 요약된다. 첫째는 이민생활에서 겪는 이질문화와 생활풍습에 대한 경이와 당혹에 대한 표현이다. 이것은 일종의 문화충격(cultural shock)을 말한다. 캐나다라는 이질문화권으로 옮긴 데서 오는 정신적 충격은 이민문학의 중요한 소재가 된다. 언어소통의 어려움은 말할 필요가 없고, 모든 것이 생소하고 낯설어 예전에 사용했던 것들이 쓸모없어지고, 어느 것이 옳고 그른지 가치판단의 기준에도 혼란이 생겨 이민생활의 어려움을 가중시킨다.[6)] 이주민들의 문학에서 모국과의 관계를 단절하지 못 하고 망향의식을 표출하는 것도 문화충격의 반작용의 하나라고 할

---

4) 이석현, 「머리말-이민문학의 소리」, 『이민문학』 2, 캐나다한국문인협회, 1979, 1면.
5) 이석현, 「이민문학론」, 위의 책, 63면.
6) 은숙 리 자엘페더, 평택대학교 다문화가족센터 편, 『한국사회와 다문화가족』, 양서원, 2008, 34-35면.

수 있다. 둘째는 여러 민족의 문화적 장점과 예술 각 분야의 특수성을 흡수하여 그것을 한국문학에 적응시키는 것이다. 셋째는 그곳 토착문화에 한국적 정서와 사상을 적응 활용시키는 문제이다.[7] 둘째와 셋째의 특징은 일종의 문화적 합병(cultural syncretity) 내지 혼종성(hybridity)을 말한 것으로, 이것은 그들의 이민문학이 추구하고 싶은 이상적 차원의 목표라고 할 수 있다. 하지만 실제로 그들이 이민 초기에 창작한 문학은 그러한 이상적 차원의 문학세계를 구현하였다고 볼 수 없다. '그들의 문학은 여전히 한국인으로서의 정체성을 추구했으며, 고국과 고향에 대한 그리움을 표현하는 향수의 정서에서 나아가지 못 했다.'[8]

이석현의 이민문학론은 「이민문학의 소임」(2000)에서도 그대로 반복된다. 즉 "한인의 전통풍습과 의식구조를 밑바탕으로 한" 문학, "거기에 보태어 현지생활의 희로애락과 사상, 체험을 씨줄 날줄로 삼아 개성 있는" 문학을 이민문학으로 규정짓는다.[9]

이석현의 이민문학에 대한 정의는 캐나다한인 1세들이 자신을 한국인과 동일시하는 민족정체성 인식을 그대로 드러낸다. 뿐만 아니라 그들이 추구해야 할 문학도 또 하나의 한국문학으로 인식함으로써 그들의 몸은 새로운 거주지인 캐나다로 옮겨갔음에도 정신적 측면에서는 이주가 이루어지지 않은 상태라고 할 수 있다. 즉 모국과의 정신적 단절이 이루어지지 않았음을 보여준다.

---

7) 송명희, 「캐나다한인문단의 형성」, 앞의 책, 27면.
8) 김정훈, 앞의 논문, 62-63면.
9) 이석현, 「이민문학의 소임」, 『캐나다문학』9, 캐나다한국문인협회, 2000, 198-200면.

탈식민주의 이론가 에드워드 사이드(E.W.Said)는 망명의식으로부터 파생(filiation)과 제휴(affiliation)라는 이론을 창출하는데, 파생이란 세대와 세대 사이의 자연스런 전이나 계속성, 또는 자신이 태어난 문화와 개인과의 관계를 말한다. 제휴란 태어난 이후에 갖게 되는 여러 가지 결속-예컨대 교우관계, 직업, 정당활동 등-을 의미한다.[10] 이민자들에게 모국인 한국은 일종의 파생이며, 캐나다는 그들이 선택하여 관계를 맺은 제휴에 해당된다. 캐나다 이민자들은 보다 높은 삶의 질을 추구하기 위해 자발적으로 이민을 했음에도 이민 초창기에는 모국인 한국과 한국문학이라는 파생에서 벗어나지 못 한 상태였음이 이민문학론에서도 그대로 표출되었다고 할 수 있다.

2.2 박충도의 '캐나다문학 속의 한국 이민문학'

이민문학에 대한 논의는 박충도[11]로 이어진다. 그는 「이민문학의 사명」(1981)에서 이석현의 기존 이민문학의 정의와 특징에서 한걸음 나아가 이민문학의 사명을 두 가지로 압축하여 제시한다. 하나는 문학을 통해 캐나다의 다문화주의를 상징하는 용어인 모자이크문화의 하나를 형성하여야 한다는 것이다. 다른 하나는 이민 2세들에게 모국의 문화적 유산을 계승시켜야 한다는 사명감이 그것이다.[12] 사이드의 표현에 의하면 전자는 제휴(affiliation)의 추구이며, 후자는 파생

---

10) 김성곤, 『포스트모더니즘과 현대미국소설』, 열음사, 1990, 129면.
11) 박충도는 1969년에 이주하여 1979년 캐나다한인문인협회가 실시한 신춘문예에서 평론으로 등단했다.
12) 박충도, 「이민문학의 사명」, 『이민문학』4, 캐나다한국문인협회, 1981, 42-44면.

(filiation)의 계승이다. 박충도는 이석현이 파생에서 벗어나지 못 하였던 것과는 달리 캐나다한인들이 추구할 이민문학의 목표를 파생과 제휴의 조화에서 찾았다고 할 수 있다.

캐나다는 다문화주의(multi-culturalism) 사회이다. 다문화주의란 다양한 언어, 문화, 민족, 종교 등을 통해서 서로의 정체성(identity)을 인정하고 함께 어우러질 수 있는 사회적 질서를 뜻한다. 다인종 국가들에서 이주문제의 적절한 해법으로 선택된 다문화주의는 다양한 문화적 주체들 혹은 소수자들의 특별한 삶의 자유와 권리보장을 위한 '정체성 정치', 혹은 '정체성 인정의 정치'를 뜻한다.[13] 캐나다 수상 튀르도는 1971년 다문화주의 선언에서 "캐나다에 공식 언어는 두 가지가 존재하지만 공식 문화는 존재하지 않는다"라고 언명하며 에스닉(ethnic) 그룹간의 문화적 평등을 강조했다.[14] '다양성 유지'와 '평등 달성'이라는 다문화주의의 두 가지 목표가 캐나다의 중심적인 국가경영의 대원칙으로 법제화된[15] 만큼 유색 소수민족들도 그들 고유의 문화적 아이덴티티를 인정받으며, 캐나다라는 거대한 모자이크문화를 형성하는 일원으로 참여하는 것이다.

캐나다한인들이 다문화주의 의식을 갖고 캐나다라는 거주국의 구성원으로서의 역할을 해야 한다고 한 박충도의 주장은 이석현의 이민

---

13) 오경석, 「어떤 다문화주의인가」, 오경석 외, 『한국에서의 다문화주의』, 한울아카데미, 2007, 25-26면.

14) 캐나다의 다문화주의 선언의 배경에는 34종의 민족 수와 1971년 비영국 프랑스계 소수민족집단의 인구가 26.2%를 점하며, 특히 유색소수민족의 증가와 관련된다. 1998년에 순수한 앵글로계와 프랑스계는 28.15%, 22.85%에 불과했다.: 조정남, 「캐나다의 민족정책」, 『민족연구』6, 한국민족연구원, 2001.

15) 조정남, 「캐나다의 민족정책」, 위의 책, 123면.

문학론에서 한 걸음 더 진전된 것이라고 할 수 있다. 그는 「이민문학의 역사성 문제」(1989)이란 글에서 이민문학에 대한 논의를 더욱 발전시킨다. 즉 이민문학이 역사의식을 갖고 창작되어야 한다고 주장한다. 그는 역사의식이란 단순한 과거지향적 역사기록을 나열하는 것이 아니라 미래의식을 갖고 과거를 음미하고, 과거사에 비추어 현재와 미래를 전망하는 것이라고 규정짓는다. 즉 "단순한 한국의 전통문화의 나열이나 뿌리만을 찾아 헤매는 식의 과거향수적인 작품보다 우리들의 전통문화와 뿌리를 세계사적인 관점에서 관찰, 분석하며 이민 후세들의 꿈과 희망을 실현시켜줄 수 있는 그 어떤 역사적 비전을 보여주어야" 한다고 역설했다.[16] 박충도의 평론에서 역사성, 역사의식이라는 것이 구체성을 결여한 채 다소 추상적으로 논의되고 있는 것은 사실이다. 하지만 이민문학이 과거지향적인 망향의식에서 벗어나 미래지향적 비전을 제시하여야 한다고 충고한 것은 이민문학의 지향점을 올바르게 설정한 것이라 볼 수 있다.

박충도는 「캐나다문학 속의 한국 이민문학」(1997)에서 자신의 이민문학에 대한 논의를 더욱 확대 발전시킨다. 그는 캐나다한인문인협회 창설 20주년을 맞아 캐나다문학이라는 큰 지형도에서 한인들의 이민문학을 바라보며 한인문학의 당면과제와 앞으로의 방향을 모색하고자 한다. 캐나다문학은 크게 원주민의 구전문학, 불어 캐나다문학, 영어 캐나다문학으로 나눌 수 있으며, 캐나다의 역사가 짧은 만큼 캐나다문학의 역사도 매우 짧으나, 캐나다의 복합문화정책에 의해 이

---

16) 박충도, 「이민문학의 역사성 문제」, 캐나다한국문인협회, 『이민문학』5, 1989, 228-230면.

들 문학이 다 같이 유지 발전되고 있을 뿐만 아니라 세계 각처에서 이민 온 소수민족문학도 계속 유지되고 있는 것으로 파악한다.

그는 이민문학을 소재로서의 이민문학과 이민자가 쓴 문학작품 두 가지로 구분한다. 이런 구분에 따르면 캐나다 이민문학은 전자이며, 한국의 이민문학은 후자에 속한다는 것이다. 그는 캐나다 이민문학이 작가들의 민족적 근원(ethnic origin)을 유지하면서도 캐나다의 복합문화정책에 의한 모자이크사회(mosaic society) 건설에 이바지한다는 의식이 나타나기 시작하였다고 진단한다. 하지만 한인들의 이민문학은 소재로서 이민을 다룬 것도 있으나 대부분 이민자로서의 체험과 현장을 소재로 한 문학으로 규정한다. 그리고 "우리의 이민문학은 아직도 캐나다문학의 주류 속에 끼어들지 못 하고, 외각에서 소수민족문학으로 우리끼리의 문학 서클을 형성하고 있지 않나 하는 생각과 아직도 이민을 소재로 한 장편 대작소설이 나오지 않고 있다는 것이 아쉬운 점"이라는 한계를 지적한다. 그는 이민 2, 3세 회원 영입과 2, 3세 문학 서클과의 긴밀한 관계 유지를 통해서 작품의 캐나다화(영어와 불어 작품)를 시도해야 하며, 이민 역사가 오래된 민족의 이민문학과의 비교연구도 필요하다는 제언을 하고 있다.[17] 이처럼 박충도는 한인문학이 캐나다 주류문학에 끼어들지 못 하는 문제를 언어적 차원에서 이해했으며, 현지어인 영어나 불어로 창작함으로써 주류문학으로의 편입이 가능하다는 낙관적인 대안을 피력했다.

박충도의 이민문학론은 캐나다문학이라는 큰 문학적 범주를 설정

---

17) 박충도, 「캐나다문학 속의 한국 이민문학」, 『캐나다문학』 8, 캐나다한국문인협회, 1997, 307-314면.

하고 그 하위범주로 한인문학을 설정하는 인식상의 변화를 보였다는 점에서 이석현과 큰 차이를 나타낸다. 즉 이석현은 한인들의 이민문학을 한국문학의 일부라고 생각한 반면 박충도는 캐나다문학의 일부로 여겼다.[18] 단순히 일부로 여긴 것이 아니라 캐나다의 주류문학 속에서 한인문학은 주변문학이요, 비주류의 소수민족문학으로 파악했다. 따라서 이와 같은 객관적 현실로 눈을 돌려 "우리끼리의 문학 서클" 상태를 벗어나 주류문학에 편입되어야 하며, 그를 위해서 현지어에 능통한 2, 3세 회원을 적극 영입하여 캐나다화, 즉 적극적인 제휴를 시도해야 할 것을 주장했다. 1981년, 1989년, 1997년의 세 차례에 걸친 박충도의 이민문학의 정체성과 방향에 대한 개진은 거주국 캐나다에서의 한인문학의 객관적 위상을 점검하며, 캐나다문학이라는 중심으로의 진입에 캐나다한인문학이 관심을 가져야 할 것을 촉구한 제언이라고 할 수 있다. 박충도의 제언은 2000년에 문협의 명칭을 '캐나다한국문인협회'에서 '캐나다한인문인협회'로 변경하는 변화로 나타났다고 생각한다.

그렇지만 박충도의 이러한 지적에도 불구하고 다른 한편에서 캐나다한인문인협회(이후 문협으로 약칭)는 오히려 한국문학(한국문단)과의 관계를 증진하는 방향으로 나아갔다. 즉 문협은 한국문인협회가 주관한 제7회 해외문학심포지엄(1997년)과 제14회 해외문학심포지엄(2004년)의 캐나다 개최 이후 모국 문단과의 교류를 더욱 증진시킨다.[19] 이와 같은 교류는 캐나다의 신춘문예를 통해서 등단한 작가

---

18) 김남석, 「캐나다한인문학비평의 전개양상 연구」, 앞의 책, 107-108면.
19) 송명희, 「캐나다한인문단의 형성」, 앞의 책, 16-17면.

들이 모국의 문단을 통해서 재등단하는 상황을 초래했다. 캐나다 내의 제한된 독자, 발표지면의 부족, 열악한 출판사정, 1.5세와 2세들의 한국어 사용능력의 결핍 등은 그들로 하여금 한국문단과의 교류 확대 쪽으로 활로를 찾게 만들었던 것이다. 한국문단과의 교류 확대는 캐나다한인문학의 질적 발전이라는 긍정적 측면을 분명 지닌다. 하지만 다른 한편에서 그들의 문학을 한국문학의 변방으로 주변화시킬 수 있는 소지 또한 강하다는 점에서 분명 경계해야 할 측면이다.[20]

아시아지역의 한인문학과는 달리 미국 캐나다 등 북미지역의 한인문학은 모국에서 이미 등단하여 이민한 기성작가들에 의해서 주도되고 있으며, 모국과 자유로이 왕래할 수 있는 여건을 갖고 있고, 세계화의 추세에 따른 국내 문학단체들의 빈번한 해외심포지엄 개최 등에 의해서 모국문단과의 교류가 확대되고 있다. 그리고 국내 문예지들의 상업주의와 결탁함으로써 미국과 캐나다 등 북미지역의 문학신인들은 국내문단에서 등단(재등단)하려는 경향을 나타내고 있다. 하지만 이러한 현상은 재외한인문학의 하나로서 그들 문학의 개성적인 발전을 저해할 수 있는 부정적 측면을 분명 내포하고 있다. 따라서 모국문단과의 교류가 그들의 문학에 어떤 긍정적 효과와 부정적 효과를 가져 올 수 있는지에 대해 심각하게 재고해보아야만 한다.

이밖에 박충도는 「문학에 있어서의 외설문제」(2000), 「한일 문학에 나타난 국민의식」(2000), 「움베르토 에코의 '바우도리노' 외(外)」(2003), 「Umberto Eco의 문학론」(2007), 「문학은 죽음인가 미학인가?」(2005), 「단 브라운 글의 특성」(2005), 「Umberto Eco의 문학론」

---

20) 위의 글, 31면.

(2007), 「마이클 온다아치의 Divisadero」(2009), 「포스트모더니즘 문
학」(2011) 등을 꾸준히 발표했다. 하지만 제목에서도 알 수 있듯의
그의 평론은 캐나다한인들의 구체적 작품을 대상으로 삼지 않았으며,
글의 형식이나 길이도 본격적인 평론이라기보다는 일종의 리뷰 형식
의 글들이 대부분이다.

2.3 박민규의 '캐나다 주류문학을 향해서'

캐나다한인문인협회가 창립된 지 25년째로 접어든 시점인 2001년
에 박민규[21]는 「캐나다한인문인협회와 한인 이민문학」을 통해 '한국
문학'과 '한인 이민문학'을 분명하게 차별화했을 뿐만 아니라 한국문
학이라는 이질문학을 캐나다문학에 접목하는 것은 불가능하며, 복사
된 한국문학을 캐나다한인 이민문학과 혼돈해서는 안 된다고 경고한
다.[22] 박민규는 이석현이 주장했던 '캐나다 속의 색다른 한국문학'으
로 이민문학을 정의했던 관점에 정면으로 반론을 편 것이다. 그는 캐
나다한인문학이 추구하여야 할 목표는 한국문학의 계승 발전이 결
코 아니라고 분명하게 선을 긋는다. 즉 그의 관심사는 어디까지나 캐
나다문학 속에서의 한인문학의 위상이다. 말하자면 박민규는 파생
(filiation)을 정면에서 부정하며, 캐나다한인문학은 적극적으로 제휴
(affiliation)를 추구하여야 한다고 주장한 것이다.

따라서 캐나다한인문학이 언어적 차원을 떠나 과연 캐나다문학에

---

21) 캐나다에서 대학을 졸업한 철학 전공의 시인으로서 1.5세.
22) 박민규, 「캐나다 한인 문입협회와 한인 이민문학」, 캐나다한인문인협회, 『캐나다
　　문학』 10, 2001, 198면.

속할 수 있느냐의 정체성 문제를 심각하게 질문한다. 즉 캐나다한인들이 공용어인 영어나 불어로 캐나다에서의 삶을 소재와 주제로 다룬 글을 쓴다고 해서 무조건 캐나다문학에 들어갈 것인가를 질문한다. 그의 대답은 부정적이다. 왜냐하면 캐나다의 주류 문단에는 이주 역사가 짧은 소수민족의 문학을 배타적으로 대하는 엄연한 현실의 벽이 존재하기 때문이다. 그는 이 벽은 단지 한국어로 글을 썼느냐, 캐나다의 공용어인 영어나 불어로 글을 썼느냐의 문제, 즉 언어적 차원의 문제가 아니라고 주장한다. 즉 캐나다의 "국수주의적, 배타적 문단은 이민 2, 3세 작가에게도 차가운 시선으로 경계선을 긋는 경우가 많"은데, 이처럼 캐나다인들의 배타적 태도는 결코 언어적 차원의 문제가 아니라는 것이다.[23]

박충도도 캐나다한인문학이 캐나다 주류문학에 끼어들지 못 하고 있다는 것을 지적한 바 있다. 하지만 그는 현지어에 능통한 2, 3세 작가를 적극 발굴함으로써 이를 극복할 수 있다는 낙관론을 편 반면 박민규는 이것이 박충도가 지적한 것과 같은 언어적 차원의 문제가 결코 아니라는 비관론에 빠져 있다. 다시 말해 캐나다한인문학의 캐나다 주류문학으로부터의 소외는 단순한 언어적 차원의 문제가 아니라 캐나다 주류문단과 소수민족문단 사이에 작용하고 있는 중심과 주변의 근본적인 권력의 문제라고 파악한 것이다.[24] 따라서 캐나다 주류사회를 형성하고 있는 백인중심의 문단이 유색의 소수민족의 문학을 소외시키는 배타적 태도가 엄존하는 한 캐나다한인문학은 캐나다 주

---

23) 박민규, 위의 글, 195면.
24) 송명희, 「캐나다한인문단의 형성」, 앞의 책, 28면.

류문학에 편입될 수 없다는 부정적 인식이다. 캐나다가 다문화주의를 표방하며 민족 간의 정치적 문화적 다양성과 평등을 지향한다고 할지라도 여전히 현실적으로 존재하고 있는 백인우월주의의 배타성과 불평등 그리고 유색의 소수민족을 타자화시키는 인종적 편견에 대해서 예리하게 지적하며, 이러한 태도들이 캐나다한인문학을 주변화시키는 결정적 원인이라고 파악한 것이다.

캐나다한인문학이 캐나다의 주류문학에 편입될 수 없는 것이 언어적 차원의 문제가 아닐지라도 그는 한인 이민문학이 한국어로만 존재하는 편협성에 대해서는 반대의사를 분명히 한다. 오히려 영어로 한국문학의 정서를 담을 수 있다면, 이는 캐나다문학에 더욱 친숙해질 수 있는 터를 만들 수 있다고 본 것이다. 이는 박충도의 현지어로 작품을 써야 한다는 주장을 반복한 것이다. 그는 한국어 문학을 벗어나서 현지어로 문학을 해야 한다는 것을 당위로 설정했을 뿐만 아니라 한인문단은 배타적인 캐나다의 주류문단에 어떻게 진입할 수 있을까에 고심해야 한다는 것, 캐나다한인문학의 캐나다 문단에서의 위상 제고를 위해 적극적인 대처가 필요하다는 등의 여러 대안들을 주문을 하고 있다.

하지만 현재 한국어든 현지어든 창작활동을 하는 2, 3세의 작가가 부재하는 상황에서 그의 주장들은 그저 담론상의 논의에 불과하다. 현재 캐나다한인문인협회는 이민 1세 중심의 한인문학에서 탈피하여 한국어를 모르는 2세와 영어를 공용어로 사용하는 캐나다인들에게 그들의 문학을 읽히기 위해 영문작품집-1집인 *Literary Collection Of KCWA Members*(2007)를 발간한 이래 2집 *KCWA Literary*

Collections』(2009), 3집 『*KCWA Literary Collections*』(2011)[25],
4집 『*An Anthology of Poetry and Essays by Korean Canadian
Writers*』(2013)-을 발간해오고 있다. 이는 거주국 캐나다 내에서의
현지화와 제휴에 대한 적극적 의지의 표출로 보이며, 이러한 변화를
이끌어내는 데 박충도와 박민규의 평론은 선도적 역할을 했다고 할
수 있다.

2.4 변창섭의 모국문학과의 변별성, 그리고 혼혈문학

캐나다한인문단에서 박충도와 함께 가장 지속적으로 평론활동을
해온 사람은 변창섭[26]이다. 그는 모국의 문단에서 등단한 시인이지
만『캐나다문학』8집(1997)에 처음으로 「짧은 시와 긴 울림」(1997)이
란 평론을 발표한 이래 줄곧 평론을 써왔다.

그는 「캐나다동포문학의 어제, 오늘 그리고 내일」(2003)에서 주목
할 만한 발언을 하고 있다. 우선 그는 "캐나다동포문학사는 1990년을
기준으로 그 전과 후로 크게 구분"할 수 있다고 했다. 그리고 1990년
대 이전의 캐나다한인문학은 "이질적인 환경에서 오는 문화적 갈등
과 이주 현실의 어려움을 달래려는" "소위 망향가" 성격의 작품이 주
류를 이룬다고 하였다. 반면, 1990년 이후는 이주현실로 눈을 돌리는
시기로 규정한다. 뿐만 아니라 앞으로의 캐나다한인문학이 나아갈 방
향을 "모국문인들의 작품세계와는 또 다른, 현지 문화 속에서의 인간

---

25) 한영 대조 작품집임.
26) 1974년 캐나다 이주, 『현대시학』으로 등단, 시집 『잔이 잔 되게 하라』, 『현대시 이
   해』 발간.

의 삶을 이야기할 때 동포문학이 세계문학 속에서 보편성을 획득할
수 있을 것"이라고 설파했다.

> 새로운 땅에서 새로운 문화를 접하며 살아가는 동포문인의 작품들
> 이 모국문인들의 작품세계와는 또 다른, 현지문화 속에서의 인간의 삶
> 을 이야기할 때 동포문학이 세계문학 속에서 보편성을 획득할 수 있을
> 것입니다. 얼마 전에 작고한 브라질의 황운헌 시인은 사적인 자리에서,
> 왜 해외동포문인들이 모국만 바라보고 있는지 모르겠다며, 현지의 문
> 화 속에서 창출되는 새로운 문학, 소위 〈혼혈문학〉의 창조야말로 우리
> 해외동포문인들의 몫이라고 한 말을 되새겨 보며, 이제 머지않아 해외
> 동포문인들의 〈해외동포문단〉이 형성되어 한국문학이 세계문학의 중
> 심권에 진입할 날을 그려봅니다.[27]

　　캐나다한인의 이민문학론에서 박민규가 캐나다한인문학은 복사된
한국문학이 되어서는 결코 안 된다고 하였지만 그것이 어떤 문학이
되어야 할 것인가에 대해서는 구체적인 방향 제시가 없이 캐나다 주
류문학에로의 진입의 문제를 언급하였다. 그런데 변창섭은 모국의 문
학과 다른 작품세계에 대해 구체적으로 언급하고 있다. 즉 캐나다한
인문학은 현지의 문화 속에서 인간의 삶을 말하는 현지화된 작품세
계를 통해서 세계문학으로서의 보편성을 획득해야 한다고 주장했다.
그는 그것을 소위 '혼혈문학'이라고 호명한다. 즉 호미 바바(Homi K.

---

25) 한영 대조 작품집임.

27) 변창섭, 「캐나다동포문학의 어제, 오늘 그리고 내일」, 『캐나다문학』11, 캐나다한
　　인인협회, 2003, 274면.

Bhabha)가 『문화의 위치(*The Location of Culture*)』에서 말한 문화교섭 과정에서 나타나는 혼종성(hybridity)과 동일한 개념의 문학이 되어야 한다고 주장하고 있는 것이다.

비록 변창섭이 이론적으로 정교한 논리로 혼혈문학론을 전개한 것은 아니지만 한국과 캐나다 두 문화의 접촉으로 형성되는 문화의 혼종은 캐나다한인문학의 경우 모국인 한국문학(문화)과의 관계 속에서 형성되는 문학이다. 그리고 다른 한편으로는 캐나다 현지문학(문화)과의 관계 속에서 형성되는 문학(문화)이기도 하다. 그러니까 캐나다한인문학은 한국문학(문화)과 캐나다문학(문화)의 '사이에 낀 (in-between)'[28] 문학이 됨으로써 한국문학과의 차이를 획득할 수 있다. 그것은 다른 지역의 재외한인들의 문학도 마찬가지로서 제3의 혼혈문학을 창조하는 데서 재외한인문학의 정체성을 찾아야 한다는 것이다. 이질적인 두 문화의 만남에 의한 제3의 새로운 문학의 창조야말로 재외한인문학이 추구해 나가야 할 과제이며, 이 제3의 문학을 통해서 한국문학은 세계문학의 중심권에 진입할 수 있으리라 그는 전망했다. 캐나다 주류문학으로의 진입이 아니라 세계문학으로서의 보편성을 언급한 것도 이전의 이민문학론에서는 제기되지 않았던 새로운 차원의 이론 전개라고 할 수 있다.

거칠게 말했지만 변창섭은 캐나다한인문학이 한국문학의 주변성에 벗어나야 하며, 그것은 중심인 한국문학과의 차이를 통해서 이루어져야 한다고 주장했다. 그리고 그것을 그는 혼혈문학이라고 호명했다. 한국문학과 캐나다한인문학과의 관계는 한편에서는 한국문학

---

28) 호미 바바, 나병철 역, 『문화의 위치』, 소명출판, 2003, 28면.

을 모방함으로써 질적 향상을 도모해야 한다. 다른 한편에서는 중심인 한국문학의 타자로서 존재하는 캐나다한인문학은 현지화, 환원하여 혼혈문학이라는 새로운 작업을 통해서 제3의 공간을 만들어야 한다. 그 공간은 새로운 문화의 가능성이 열려 있는 혼종/잡종의 공간이다. 호미 바바는 피식민 주체의 흉내내기가 비아냥(mockery)이나 패러디라고 하면서 그 안에는 이미 차이와 저항의 요소가 내재해 있다고 보았다. 탈식민주의 관점에서 지배문화와 피지배문화가 접하여 형성하는 문화의 혼종성은 억압과 저항이라는 상호 투쟁 관계를 명확히 포함한다.

변창섭의 평론은 바로 캐나다한인문학이 지향해야 할 한국문학과의 차이와 저항에 대해서 처음으로 주목했다는 점에서 큰 의의가 있다. 그리고 그와 같은 방향 설정은 올바른 것이라 하지 않을 수 없다. 특히 캐나다를 비롯한 북미지역의 한인문학이 지닌 지나친 모국 추수적인 현상으로 인해 재외한인문학으로서의 개성을 상실해 가고 있는 현실에 비추어볼 때에 한국문학을 해바라기하는 현상으로부터의 탈피야말로 어쩌면 그들의 문학이 직면한 가장 핵심적인 과제라고 할 수 있다.

변창섭은 이밖에 「사람에게 시가 들어 있을 때」(2000), 「'너'를 찾아 나서는 시의 길」(2000), 「마음 없는 마음의 길-강옥구의 시를 중심으로」(2001), 「있는 그대로」(2005), 「아버지 그는 누구인가」(2005), 「도대체 시는 왜 쓰는가」(2005), 「때로 우리는 알몸이고 싶다」(2005)를 발표했으나 본격적인 평론이 아니라 간단한 리뷰 형식이나 에세이적 소평에 그치고 있다.

2.5 그밖의 평론가들

위에서 논의한 이석현, 박충도, 박민규, 변창섭 이외에 『캐나다문
학』에 평론을 발표한 사람은 김인, 현태리, 강미영, 김준태를 들 수 있
다. 김인의 「현대 캐나다의 시와 시인」(1979)[29]은 캐나다 현대 시인
들에 대해 소개함으로써 캐나다 주류문단에 대한 관심을 보이고 있으
며, 현태리의 「왜곡된 삶의 모습을 다시 생각하면서」(2001)도 캐나다
의 대표적 작가 마아가렛 앳우드를 소개하고 있다. 한편 현태리는 「캐
나다의 한국문학」(2000)[30]에서 체계적으로 한국문화를 소개하기 위
해서는 한국문학 작품의 번역이 필요한데 영어를 모국어처럼 구사할
수 있는 한인 2세들의 참여가 요청된다고 했다. 하지만 캐나다한인문
인협회에서는 2008년이 되어서야 번역의 중요성을 인식하고, 신춘문
예에 번역을 추가하여 현재 5명의 번역문학가를 배출하였다. 강미영
[31]은 「이방에서의 시 쓰기와 시인의 역할에 관한 소고」(2005)를, 김
준태[32]는 「변화 속의 문학」(2013)을 발표했다.

2.6 타 지역 문인협회의 평론활동—본격적인 비평을 향하여

캐나다한국문인협회에서 활동하고 있는 한상영은 캐나다한국문인
협회의 카페(http://cafe.daum.net/KWA-CANADA)에 「시평 - 윤동

---

29) 『이민문학』2, 캐나다한국문인협회, 1979, 222-224면.
30) 『캐나다문학』10, 캐나다한국문인협회, 2000, 201-204면.
31) 1986년 『동아일보』신춘문예 당선, 시집 『꽃이 죽어가는 이유』, 제삼기획, 1988,
    캐나다한인문인협회 회원.
32) 『시와 시론』으로 시인 등단, 시집 『저 혼자 퍼덕이는 이 가슴은』, 북토피아, 1994.

주의 〈서시〉」, 「시평 빈 집」, 「시작 노트의 의미」, 「생명의 소리」, 「재
스민에 실린 사랑」 등의 평론을 2009년부터 발표하고 있다. 그의 「시
평 빈 집」는 (사)한국문협 캐나다밴쿠버지부의 카페에 발표된 강은
소 시인의 시 「빈 집」 한 편에 대한 세밀한 작품분석이다. 「생명의 소
리」는 유병옥 시인의 「어느 날의 먼동」에 대한 작품분석이다. 시인으
로서 평론 활동을 겸하고 있는 한상영에게서 본격적인 시비평의 가능
성을 발견하게 된다.

(사)한국문인협회 캐나다밴쿠버지부의 카페(http://cafe.daum.
net/klsv)에는 반병섭의 시와 소설에 관한 이영철과 홍현승 두 사
람의 평론이 실려 있다. 이영철의 「장강(長江)의 미학(美學)」
(2005.02.10.)과 홍현승의 「질그릇 속에서 발견한 인간 구원-늘샘 반
병섭 소설의 세계와 그 이해」(2008.2.21.)가 그것이다. 두 글은 밴쿠
버한인문단의 대부격인 반병섭의 시와 소설에 대한 평론이다.

이영철의 평론은 캐나다 문단에서 본격적인 비평의 가능성을 엿보
게 한다. 그는 바슐라르의 물질의 상상력을 원용하여 반병섭의 시를
분석하고 있다.

현대 신비평의 한 유파인 테마비평의 거두(巨頭), 몽상적 미학자 가
스통 바슐라르는 시를 이루는 물질적(物質的) 상상력의 근원을 물. 불.
대지, 공기, 이 4원소(元素)로 구분한다. 어느 한 인간의 믿음. 정열. 이
상. 사고(思考)의 형태를 파악하려면 그것을 지배하는 위의 4원소 가
운데 어떤 물질의 한 속성으로서 다루어 생각해야 한다는 것이다. 그
런 의미에서 반병섭은 물(水)의 시인이다. 물의 이미지는 그의 삶과 시
속에서 샘물을 이루고, 시내를 이루고 바다를 이룬다. 아호 늘샘은 결

코 우연이 아니리라. 그를 수많은 사유(思惟)와 역사적 체험을 간직한
채 유유히 흐르고 있는 크고 긴 강에 비유한다고 하면 그 누가 반문할
까? 장강(長江)의 시인 반병섭! ─이영철의 「장강(長江)의 미학(美學)」
부분

　홍현승 역시 상당한 문학비평의 지식이 축적된 평론가로 보인다.
반병섭이 발표한 6편의 소설을 자국─체험적 자전소설로서 인간 구원
의 주제를 다루었다고 규정지으며 분석하고 있다. 시인인 홍현승은
이 평론으로 한국의 『순수문학』(2008.2)을 통해 평론가로 데뷔했다.
　2000년대 중반 이후 캐나다한인문단에는 리뷰나 에세이 형식의 소
평을 탈피한 본격적인 평론의 가능성을 긍정적으로 예측할 수 있는
평론들이 드물게나마 발표되고 있어 평론의 미래를 밝게 점쳐볼 수
있게 한다. 한상영, 이영철, 홍현승 등의 향후 활동이 기대된다.

3. 결론─캐나다한인문학의 정체성과 방향

　이석현, 박충도, 박민규, 변창섭의 평론을 살펴볼 때에 캐나다한인
문학은 이민 초기에는 한국과 한국문학이라는 파생에서 벗어나지 못
하였다. 이것은 특히 제1대 회장을 지낸 이석현의 '또 하나의 한국문
학'으로 압축되는 이민문학론에서 잘 나타난다.
　하지만 1981년, 1989년, 1997년에 이르는 세 차례의 논의에서 박
충도는 이석현의 이민문학론에서 탈피하여 캐나다한인문학이 한국
문학의 하위범주가 아니라 캐나다문학의 하위범주의 하나라는 인식

을 나타내고 있다. 그의 논점은 몇 가지로 요약된다. 첫째, 캐나다한인문학이 캐나다의 모자이크문화를 형성하는 하나가 되어야 한다는 역할의식과 이민 2세들에게 모국의 문화적 유산을 계승시키겠다는 사명의식을 가져야 할 것을 촉구하였다. 둘째, 캐나다한인문학이 역사의식을 갖고 과거지향적 망향의식에서 벗어나 미래지향적인 비전을 제시해야 한다고 본 것이다. 셋째, 소수민족문학으로서 캐나다한인문학이 처한 주변적 위치와 비주류적 상황을 벗어나기 위해서는 현지어로 창작하는 것이 필수적인데, 현지어에 능통한 2, 3세를 적극 영입함으로써 가능하다고 보았다.

2001년에 접어들어 보다 젊은 세대인 박민규는 파생의 단절을 주장하며 적극적인 제휴를 제안한다. 즉 복사된 한국문학을 넘어서서 한인문학은 캐나다 주류문학을 향해서 나아가야 한다는 것이다. 그는 한인문학이 캐나다문학의 하나가 되어야 한다는 박충도의 견해에 동조하지만 박충도가 현지어로 창작함으로써 캐나다한인문학이 처한 소수민족문학으로서의 주변적 위치와 상황을 벗어날 수 있다고 본 견해에 대해서는 이견을 나타낸다. 즉 캐나다문학과 소수민족문학 사이에는 언어적 문제 이전에 캐나다 백인과 유색의 소수민족 사이에 중심과 주변의 권력관계가 형성되어 있기 때문에 이 문제는 단순히 현지어로 창작하는 것만으로써는, 즉 언어적 차원만으로는 극복될 수 없다는 부정적 입장을 피력했다.

변창섭은 캐나다한인문학이 한국문학의 주변성에 벗어나야 하며, 그것은 중심인 한국문학과의 차이를 통해서 이루어져야 한다고 주장했다. 그리고 그것은 혼혈문학이 되어야 한다고 했다. 혼혈문학이란 한국문화와 캐나다문화의 접촉과 경계, 즉 파생과 제휴의 조화에서 찾아지는 혼종성이라고 할 수 있다.

앞에서 살펴보았듯이 한인 평론가들의 이민문학론은 이민 초기에는 한국문학이라는 '파생'에서 벗어나지 못 했지만 이주기간이 길어지면서 캐나다한인문학이 추구할 정체성의 방향을 점차 캐나다문학이라는 새로운 '제휴'에서 찾아야 할 것으로 설정했다고 할 수 있다. 이러한 변화를 통해서 알 수 있는 것은 이민 초기에 그들은 자신을 한국인과 동일시했지만 이주기간이 길어지면서 점차 그들은 자신을 캐나다한인이라는 새로운 정체성에 동일시했음이 그들의 문학이 추구해야 할 정체성 인식에도 반영되어 있음을 알 수 있다.

그런데 이러한 방향 설정은 과연 바람직한가? 탈식민주의 이론가인 사이드는 파생과 제휴의 조화를 이상적으로 보았다. 멜팅팟 (melting pot), 즉 미국이 여러 인종, 문화 등 다양성이 한 냄비 안에서 녹듯이 융화되어 하나의 새로운 문화를 만들어낸다는 동화주의 정책을 폈던 것과 달리 다문화주의를 채택한 캐나다는 다양한 인종, 언어, 문화적 배경을 가진 사람들이, 그들의 고유한 문화를 유지하면서도 한 사회에서 조화롭게 살아간다는 모자이크사회를 추구해왔다. 따라서 캐나다한인들은 다문화주의를 채택하고 있는 캐나다가 추구하는 정책방향과도 부합하는 차원에서 파생의 단절보다는 파생과 제휴의 조화가 더욱 필요하다고 하겠다. 다시 말해 캐나다가 추구하는 다문화주의적인 모자이크문화를 만들기 위해서도 파생에 대한 완전한 단절은 바람직하지 않다는 것이다. 캐나다의 구성원인 각 민족들은 그들만의 색깔과 무늬를 가져야만 하기 때문이다.

캐나다한인문학이 추구할 정체성은 캐나다한인(Korean Canadian)이라는 이중적 정체성 속에 있다고 생각한다. 즉 한국과 캐나다 두 세계에 속하면서도 두 세계 어느 곳의 중심에 속하지 못 한 주변인의 시각과 경계인의 입장에서 한국문단과 캐나다 주류문단에서는 창작할 수 없는 디아스포라의 삶이 갖는 특수한 문제들과 한국과 캐나다 두 문화의 합병과 혼종성을 그들은 형상화해낼 수 있을 것이다. 호미 바바(Homi K. Bhabha)가 말한 문화교섭 과정에서 나타나는 혼종성에 주목해야 하는 이유는 지구적 차원에서 지역문화들과 지구적 문화들이 만나고 섞이면서 서로 만나기 전의 문화정체성을 해체하면서도 동시에 서로 혼종되어 새로운 문화가 형성되고 이것이 긍정적 힘을 발휘할 수 있기 때문이다. 이주민들의 모국과 거주국의 겹치는 경험에서 나타나는 문화적 합병과 다양성, 통문화적 혼종성을 캐나다한인문학의 중요한 자산으로 활용함으로써 캐나다한인문학 발전의 기회로 삼은 지혜가 필요하다. 변창섭은 비록 거칠게 말했으나 호미 바바의 혼종성에 부합되는 방향을 주장했다고 할 수 있다.

제2장 주요 평론가와 평론

⋮

캐나다한인문인협회와 캐나다한국일보의 공동주관의 신춘문예를 통하여 그동안 박충도(제 2회, 1979), 이승만(제 2회, 1979), 이충렬(제 3회, 1980), 이병수(제 4회, 1981) 등 4명이 배출되었다. 하지만 이들 가운데 평론활동을 지속해온 사람은 박충도뿐이다. 캐나다한인 문단에는 현재 박충도, 변창섭 등이 꾸준하게 평론을 발표하고 있으며, 지금은 고인이 된 시인 이석현도 간혹 평론을 발표했다. 박충도는 『이민문학』 제5집(1989)에 「이민문학의 역사성」이란 소론을 발표한 이래 본격적 평론보다는 주로 소평 중심의 글을 발표해왔다. 그리고 시인인 박민규는 철학전공자로서 단 한편에 불과하지만 가장 무게 있는 평론을 썼다. 건축사인 변창섭은 『현대시 이해』라는 시론집을 펴낸 바 있는 시인이다.

이밖에 캐나다한국문인협회에서 활동하고 있는 한상영과 (사)한국문인협회 캐나다밴쿠버지부에서 활동하고 있는 이영철과 홍현승이 평론활동을 시작했다. 이들의 본격적인 평론활동이 기대되며, 요크대학교에서 한국학을 강의하고 있는 현태리[1] 교수 등이 평론에 지속적인 관심을 갖고 글을 써준다면 한인문단의 발전에 큰 도움이 될 것이다.

---

1) 토론토의 요크대학교 동양학부 교수이며. 한국인 남편과 결혼한 캐나다 여성으로 본명 '테레사 현(Theresa Hyun)'이다. University of Hawaii Press에서 「*Writing Women in Korea: Translation and Feminism in the Colonial Period*」(번역과 창작-한국 근대 여성 작가를 중심으로)으로 박사학위 받음. 한국에서 『시와 시학』을 통해 시인으로 등단하여 『판문점에서의 차 한 잔』(2012)을 발간하였고, 경희대학교 교환교수를 역임했다.

제VII부

결론

결 론

⋮

본 연구는 캐나다한인문단의 형성과정을 살피고, 캐나다한인문학을 시(동시 포함), 소설(동화 포함), 수필, 비평 등 각 장르별로 그 특성을 고찰하고, 그 가치를 평가함으로써 캐나다한인문학 연구를 한 단계 심화시키고 체계화하여 캐나다한인문학사 나아가 한민족문학사 기술의 토대를 구축하고자 하였다.

따라서 본 연구는 캐나다한인문학 가운데 디아스포라 문학으로서의 경험과 정체성, 그리고 특징이 드러나는 작품들을 논의의 대상으로 삼아 그 특성을 연구하였다. 즉 한국문학인지 캐나다한인문학인지 구별할 수 없는 작품들은 연구 대상에서 제외하였다.

캐나다한인시의 경우는 2000년 이전의 초기 시와 2000년 이후의 시를 별도로 나누어서 문화변용의 태도에 대해 고찰하였다.

초기의 시에서 한인들은 캐나다로의 이주가 어디까지나 자발적 선택이었고, 캐나다가 이민자들의 모국문화를 인정하는 다문화주의 정책을 실시했음에도 불구하고 문화적 배경이 상이한 캐나다에서 소수민족으로서 새롭게 적응하는 일이 결코 쉽지 않았다는 것을 보여주고 있다. 즉 이민을 선택한 자신의 경솔함에 대한 한탄, 언어 소통의 어려움, 사고방식의 차이로 인한 가치관 혼란, 현실에 대한 좌절감 등등 이민 초기에 겪었을 문화충격의 다양한 증상들이 표출되고 있다. 그리고 그에 대한 방어기제로서 모국에 대한 향수가 집중적으로 나타나고 있다. 더욱이 1.5세의 경우는 정체성의 혼란이 집중적으로 드러나 1.5세들이 1세들에 비하여 모국과 거주국 사이에서 더 큰 정체성 갈등을 겪고 있다는 것을 알 수 있었다.

이처럼 초기 시는 문화변용에서 주류문화와 고유문화 모두를 동일시하는 통합(integration) 대신 고유문화에는 동일시하지만 주류문화는 무시하는 '고립'과 주류문화에도 참여하지 않고 고유문화도 잃어버리는 '주변화'의 태도를 집중적으로 나타냈다. 캐나다가 이주민들에게 다문화주의 정책을 폈음에도 한인들은 백인중심의 주류사회에서 피부색과 언어장벽, 그리고 생활양식이나 관습과 제도의 차이로 인하여 이민 초기에 문화적 단절감과 좌절을 느낄 수밖에 없었으며, 그것이 '고립'과 '주변화'의 태도로 나타났다.

베리는 다수의 주류집단이 이주민들의 고유한 정체성과 생활방식을 존중하고 문화적 다양성을 유지하면서 사회통합을 이루도록 다문화주의를 추구하면 소수집단은 통합적 정체성을 추구한다고 하였다. 하지만 캐나다의 관주도형의 다문화주의 정책은 이민자 개개인의 현실 속으로 파고들지 못 한 채 유리된 측면을 보여주었다는 것을 이주 초기의 시는 보여주었다.

하지만 이주 초기에 새로운 문화에 적응하지 못 함으로써 나타나는 고립과 주변화의 태도는 자연스런 것일 수 있다. 왜냐하면 새로운 사회에 적응하고 통합을 이루는 데는 시간이 필요하기 때문이다.

따라서 2000년 이후의 시에서는 고립과 주변화를 벗어나 점차 적응과 통합을 이루는 변화의 양상을 보여주고 있다. 첫째, 거주국에 대한 실망감과 소외감이 솔직하게 표현되었으며, 이민의 좌절감을 종교에 대한 귀의를 통해서 극복하고자 하는 측면이 보인다. 둘째, 현지적응을 위한 치열한 생존전략을 모색하는 태도가 나타난다. 셋째, 캐나다의 자연풍광 및 복지제도를 찬양하는 시가 창작된다. 넷째, 모국의 정치사회적 문제에 대한 관심과 비판, 또는 장거리 민족주의가 표출되고 있다.

즉 이주 기간이 길어지면서 거주국에 대한 실망감과 소외감이 극복되면서 현지적응을 위해 치열하게 노력한 결과 점차 적응이 이루어지고 있다는 것을 2000년대 이후의 시들은 다양하게 보여준다. 캐나다의 자연풍광과 복지제도에 대한 찬양은 다름 아닌 캐나다한인들이 캐나다라는 국가 공동체의 일원으로서 진정한 소속감을 갖기 시작했다는 의미로 해석된다. 한편 그들은 모국인 한국의 정치사회적 사건에 대해서도 깊은 관심을 나타낸다. 이는 같은 혈통을 지닌 동일민족으로서 갖는 장거리 민족주의의 표출이라고 할 수 있다. 거주국의 자연풍광과 복지제도를 찬양하는 한편 모국에 대한 장거리 민족주의를 동시적으로 표출한다는 것은 캐나다한인들이 고립과 주변화를 극복하고 점차 거주국과 모국 모두를 동일시하는 통합의 단계로 나아갔다는 것을 보여준 것이라 할 수 있다.

이런 변화는 거주국 캐나다가 이주민 정책으로 다문화주의 정책을 실시했다는 사실이 주효했을 것이다. 뿐만 아니라 한국의 경제대국으로의 발전과 재외국민정책의 전향적 전환, 그리고 캐나다한인들이 캐나다에 자발적으로 이민한 사람들이라는 사실들이 복합적으로 작용하여 거주국과 모국의 문화를 모두 동일시하는 통합의 정체성을 갖도록 긍정적 영향을 미쳤을 것으로 파악된다. 무엇보다도 캐나다라는 새로운 사회에 적응하는 데 필요한 시간이 충분히 흘러갔다는 사실이 중요하다고 할 것이다.

캐나다한인소설은 세 가지 관점에서 고찰하였다. 첫째, 베넷의 '문화 간 감수성 발전 모형이론'을 토대로 한인들의 문화적응 양상을 분석했다. 둘째, 서발턴의 관점에서 한인들의 삶을 바라보며 이민이 초래한 삶의 질 추락과 거주공간의 분리문제에 대해서 고찰하였다. 셋째, 가족이민 형태로 이민한 한인가족이 황폐화되고 심각한 가족 해체의 위기에 처해 있는 양상을 중점적으로 분석하였다. 그리고 그 밖의 소설들의 여러 양상에 대해서도 자유롭게 기술하였다.

첫째, '문화 간 감수성 발전 모형이론'에서 볼 때에 캐나다한인소설은 캐나다한인들이 이주 초기의 부정과 방어 단계에서 벗어나 점차 최소화와 수용의 단계로 나아가며, 최종적으로 적응과 통합의 단계로 문화적응을 해가고 있음을 보여주었다. 즉 자민족중심주의 단계를 벗어나 민족상대주의 단계로 변화함으로써 문화적응을 해가고 있다는 것을 소설들은 말해준다. 캐나다한인소설에서 문화상대주의와 다문화주의의 원리를 말하기 시작한 것은 2000년대 이후의 일이다. 즉 이민 초기의 소설들은 한국인으로서의 고유한 정체성과 민족애착만을 강조했다. 하지만 이주 기간이 길어지면서 자민족중심주의를 벗어나 점차 현지문화에 통합을 이루면서도 한국인으로의 정체성도 유지하는 방향으로 변화해 나갔다는 것을 보여주었다.

둘째, 캐나다한인들은 보다 질 높은 삶을 추구하기 위해서 자발적으로 이민을 하였지만 현지에서의 적응은 결코 녹녹치 않았다. 캐나다한인 이주자를 서발턴(subaltern)의 관점에서 바라보며, 그들의 삶의 질 추락과 거주 공간의 분리문제를 고찰해 볼 때, 이민은 오히려 그들의 삶의 질을 떨어뜨렸으며, 계급적 추락을 초래하게 만드는 아이러니한 결과를 초래했다는 것을 알 수 있다. 한인들은 캐나다의 빈민층과 함께 슬럼가에서 살아가며, 그들의 사회경제적 위치는 주변화(marginalization)가 심하게 일어났다는 것을 일부 소설들은 보여준다. 즉 소설작품에는 캐나다한인들이 이주 초기 저임금의 막노동이나 자영업에 종사하는 현실, 백인들의 유색인종 이민자에 대한 차별적 태도, 그리고 슬럼가로의 거주 공간의 분리 문제 등 서발턴으로서의 주변화된 삶이 재현되어 있다. 그야말로 캐나다한인소설은 한인들의 주변화된 삶을 형상화한 서발턴의 서사라고 할 수 있다.

그뿐만 아니라 캐나다한인 작가들은 그 자신들이 한국문학과 캐나다문학 그 어느 곳의 중심에도 속하지 못 하는 주변적 존재, 즉 서발턴이다. 하지만 그들은 한국에서 높은 교육을 받았던 고학력자들로서 이민 이후 캐나다에서 한인문단을 조직하고, 한국어로 그들의 주변화된 삶을 그려내며 자신들의 서발턴의 지위에 꾸준히 저항하여 왔다. 그들이 자신들의 문학을 통하여 정체성을 질문하고, 자신들의 스토리를 구성해 왔다는 것은 매우 의미 있는 일이다. 하지만 그것만으로는 부족하다. 그들은 캐나다 공용어로 작품을 발표함으로써 주류사회를 향해 그들의 목소리(independent voices)를 보다 적극적으로 발화할 수 있어야 한다. 그래야만 서발턴으로서의 주변화된 위치를 벗어나는 데 도움이 될 수 있다.

셋째, 소설작품은 가족이민 형태로 이민한 한인가족의 황폐해진 가족 풍경을 다양하게 보여준다. 이민으로 공간의 이동은 이루어졌으나 캐나다한인 가족에서 한국적인 가족주의, 가부장주의는 단절되지 않고 있다. 그리고 1세들의 한국적 가치관은 1.5세나 현지에서 태어난 2 세들의 개인주의적 가치관과 충돌을 일으킨다.

「법원 가는 길」에 나타난 세대 간의 갈등과 '아버지 살해욕망', 「폴과 제이슨」에서 가족의 희생양이 되어 마약중독에 빠져 죽은 폴, 「형」이 보여준 아버지의 어머니 살해와 자살 그리고 아들의 '외상 후 스트레스장애'로 인한 자살, 「드림하우스」의 저장강박증과 딸의 어머니에 대한 한정치산자 선고와 정신병원 감금, 「연」과 「드림하우스」에 나타난 남성 이민자의 부적응과 부권의 실추…. 이들 소설을 볼 때에 이민 가족은 갈등과 해체의 위기에 빠져 있다.

새로운 사회로 이주하면 그 사회가 요구하는 시민으로서 새로운 문화를 수용하고 그에 맞게 재사회화가 이루어져야 한다. 그럼에도 이민 1세들은 새로운 환경에 적응하지 못 하고 문화충격을 겪고 있다. 부모들은 자식들에게 한국적 가치관을 강요하고, 자식들은 현지의 가치관으로 살아가길 희망한다. 그로 인해 부모-자식 간의 갈등이 야기되는 것이다. 그리고 여성들은 새로운 사회에 비교적 잘 적응하는 데 반해 남성들은 가부장주의를 청산하지 못 함으로써 부부간에 갈등이 야기되고 새로운 사회에 적응하지 못 하는 모습을 보이고 있다.

개인주의와 민주주의, 평등의 윤리가 작동하는 북미사회에서 한국적 가족주의, 가부장주의는 부모 자식 간의 갈등이나 부부간의 갈등을 유발하는 요인이 될 뿐이다. 이민 가족은 해체의 위기와 갈등을 심각하게 겪고 있다는 것을 소설작품들은 보여준다.

캐나다한인수필은 수필이 지닌 비허구적 성격 때문에 이민의 실상이 그 어떤 장르보다도 사실적으로 드러나고 있다. 수필문학에서 볼 때에 캐나다한인들은 캐나다가 사회복지 및 의료시스템이 잘 완비

된 훌륭한 국가이며, 다문화사회로서 유색의 소수민족 이민자들에게
도 차별이 없는 정의로운 사회라는 긍정적 거주국 인식을 나타내고
있다. 이러한 인식은 모국으로의 귀국을 별로 희망하지 않고, 캐나다
를 제2의 고향으로 여기는 데서도 잘 확인된다. 이 점은 비자발적인
이산을 겪은 아시아지역의 이민 1세들과는 상이한 태도라고 할 수 있
다. 미국이나 캐나다 등 북미지역에 이주한 한인들은 거주국에서의
빠른 적응과 현지 정착이 목표로서 수필에는 이들의 현지 적응과 정
착을 위한 노력이 잘 표현되고 있다.

하지만 캐나다가 공식적으로 표방하는 다문화주의의 이면에서 작
동하는 불가시적인 백인우월주의와 인종차별의식이 엄존하고 있음
이 지적되기도 한다. 뿐만 아니라 그들의 이민 동기의 하나가 자녀 교
육과 성공이라고 할 때에 2세들이 주류사회 진입에서 겪게 될지도 모
를 부당한 대우와 차별에 대한 불안감이 표출되기도 한다. 또한 고학
력의 교육 수준에 걸맞은 직업을 갖지 못 함으로써 겪는 경제적 어려
움과 이질적인 문화와의 접촉에서 야기되는 문화충격이 그 어느 장르
보다도 솔직하게 표출되고 있다.

캐나다한인들은 거주국에서의 성공적 정착을 지향하면서도 그들
의 내면에서는 정서적으로 한인으로서의 강한 민족정체성과 애착, 그
리고 생활습속을 유지하려는 경향을 나타낸다. 하지만 1세들의 이러
한 희망은 세대교체가 일어나자 더 이상 혈통의 순수성도 지켜질 수
없고, 민족어의 사용에도 한계가 있다는 데서 좌절된다. 그런데 한국
인으로서의 정체성 규정에서 혈통, 언어, 습속이 더 이상 절대적 요인
이 될 수 없다면, 과연 무엇을 통해서 한국인으로서의 정체성을 유지
시켜 나갈 것인가? 고유한 민족문화의 유지와 계승이야말로 다문화

사회의 일원으로서 캐나다한인들이 직면하고 있는 가장 중요한 과제의 하나이다.

캐나다한인비평은 한마디로 캐나다한인문학의 정체성 모색을 위한 비평이라고 할 수 있다. 제1대 캐나다한인문인협회 회장을 지낸 이석현은 '또 하나의 한국문학'으로 압축되는 이민문학론을 표방하였다. 하지만 박충도는 이석현의 이민문학론에서 탈피하여 캐나다한인문학이 한국문학의 하위범주가 아니라 캐나다문학의 하위범주의 하나라는 인식을 나타냈다. 그의 논점은 세 가지로 요약된다. 첫째, 캐나다한인문학이 캐나다의 모자이크문화를 형성하는 하나가 되어야 한다는 역할의식과 이민 2세들에게 모국의 문화적 유산을 계승시키겠다는 사명의식을 가져야 할 것을 촉구하였다. 둘째, 캐나다한인문학이 역사의식을 갖고 과거지향적 망향의식에서 벗어나 미래지향적인 비전을 제시해야 한다고 보았다. 셋째, 소수민족문학으로서 캐나다한인문학이 처한 주변적 위치와 비주류적 상황을 벗어나기 위해서는 현지어로 창작하는 것이 필수적인데, 이는 현지어에 능통한 2, 3세를 적극 영입함으로써 가능하다는 것이다.

2001년에 접어들어 보다 젊은 세대인 박민규는 한국문학과의 파생의 단절을 주장하며 캐나다문학과의 적극적인 제휴를 제안한다. 즉 캐나다한인문학은 복사된 한국문학을 넘어서서 캐나다 주류문학을 향해서 나아가야 한다고 주장했다. 그는 박충도가 현지어로 창작함으로써 캐나다한인문학이 처한 소수민족문학으로서의 주변적 위치와 상황을 벗어날 수 있다고 본 것과는 달리 캐나다 백인과 유색의 소수민족 사이에 중심과 주변의 권력이 형성되어 있듯이 캐나다문학과 소수민족문학 사이에는 언어적 차원 이상의 극복될 수 없는 한계가 존재한다고 보았다.

변창섭은 캐나다한인문학이 한국문학의 주변성에 벗어나야 하며, 그것은 중심인 한국문학과의 차이를 통해서 이루어져야 한다고 주장했다. 그리고 그것은 혼혈문학이 되어야 한다고 했다. 그가 말한 혼혈문학이란 한국문화와 캐나다문화의 접촉과 경계, 즉 파생과 제휴의 조화에서 찾아지는 혼종성이라고 할 수 있다.

캐나다한인비평은 궁극적으로 캐나다한인문학이 추구할 정체성과 방향을 '파생'과 '제휴'의 조화에서 찾아야 할 것으로 설정했다고 볼 수 있다. 즉 제1단계에서 파생의 추구, 제2단계에서 제휴의 추구, 제3단계에서 파행과 제휴의 조화로 나아갔다고 할 수 있다. 캐나다한인들은 이민 초기에 그들은 자신을 한국인과 동일시했지만 이주기간이 길어지면서 점차 자신을 한국인도 캐나다인도 아닌 캐나다한인이라는 이중의 정체성을 지닌 존재로 자각했고, 이러한 자각이 그들의 문학이 추구해야 할 정체성 인식에서도 반영되었다고 할 수 있다.

탈식민주의 이론가인 사이드는 파생과 제휴의 조화를 이상적으로 보았다. 멜팅팟(melting pot), 즉 미국이 여러 인종, 문화 등 다양성이 한 냄비 안에서 녹듯이 융화되어 하나의 새로운 문화를 만들어낸다는 동화주의 정책을 폈던 것과 달리 다문화주의를 채택한 캐나다는 다양한 인종, 언어, 문화적 배경을 가진 사람들이, 그들의 고유한 문화를 유지하면서도 한 사회에서 조화롭게 살아간다는 모자이크사회를 추구해왔다. 따라서 캐나다한인들은 다문화주의를 채택하고 있는 캐나다가 추구하는 정책 방향과 부합하는 차원에서도 파생의 완전한 단절보다는 파생과 제휴의 조화가 더욱 요청된다. 다시 말해 캐나다가 추구하는 다문화적 모자이크문화를 만들기 위해서도 파생에 대한 완전한 단절은 바람직하지 않다는 뜻이다. 왜냐하면 캐나다의 구성원인 각 민족들이 그들만의 색깔과 무늬를 가져야만 모자이크문화가 형성되기 때문이다.

캐나다한인문학이 추구할 정체성은 캐나다한인(Korean Canadian)이라는 이중적 정체성에서 찾아야 한다. 즉 한국과 캐나다 두 세계에 속하면서도 두 세계 어느 곳의 중심에도 속하지 못 한 주변인의 시각과 경계인의 입장에서 한국문단과 캐나다 주류문단에서는 창작할 수 없는 디아스포라의 삶이 갖는 특수한 문제들과 한국과 캐나다 두 문화의 합병과 혼종성을 그들은 형상화해내야 한다. 호미 바바(Homi K. Bhabha)가 말한 문화교섭 과정에서 나타나는 혼종성에 주목해야 하는 이유는 지구적 차원에서 지역문화들과 지구적 문화들이 만나고 섞이면서 서로 만나기 전의 문화정체성을 해체하면서도 동시에 서로 혼종되어 새로운 문화가 형성되고 이것이 긍정적 힘을 발휘할 수 있기 때문이다. 따라서 한인들은 모국과 거주국의 겹치는 경험에서 나타나는 문화적 합병과 다양성, 통문화적 혼종성을 그들 문학의 중요한 자산으로 활용해야 한다. 변창섭은 비록 거칠게 말했으나 호미 바바의 혼종성에 부합되는 차원에서 캐나다한인문학이 추구해야 할 정체성과 방향을 제시했다고 할 수 있다.

이주 역사가 오래된 다른 지역의 한인작가들, 즉 재미한인작가 이창래나 아쿠다와상을 수상한 재일한인작가 이회성, 이양지, 유미리, 현월 등도 그들의 경계인으로서의 위치를 문학적 개성으로 적극 활용함으로써 문학적 성공이 가능했다. 캐나다한인문학도 그들의 디아스포라의 삶과 경계인의 위치를 문학적 자산으로 삼아 그들만의 개성적이면서도 세계적인 문학을 산출해낼 수 있을 것이다.

따라서 캐나다한인문학은 캐나다한인이라는 이중적 정체성을 지닌 문학으로의 주제적 심화를 이루어나가야 한다. 정체성이란 주제의 깊이 있는 형상화야말로 캐나다한인문학이 추구해야 할 핵심적인 주제이다. 캐나다가 다문화사회이기 때문에 정체성의 문제를 피해갈 수 있는 것이 아니라 오히려 더욱 정체성이라는 주제를 요구받는다. "다문화사회에서 다양한 인종 또는 민족의 공존을 상정하게 될 때 분명히 정체성은 매우 중요한 주제"로 부각된다. 뿐만 아니라 자아와 타자, 중심과 주변, 다수문화와 소수문화가 갈등하고 대립하는 것이 아니라 공존과 통합의 길을 모색하기 위해서도 정체성이라는 주제에 더욱 큰 관심을 기울여야 하는 것이다.[1]

캐나다한인문학이 추구해야 할 방향은 그들 스스로 잘 인식하고 있듯이 순수한 한국문학일 수도 없으며, 또한 한국문학일 필요는 더욱 없다. 그들은 한국문단과 캐나다 주류문단에서는 창작할 수 없는 새로운 소재들을 발굴해야 한다. 즉 디아스포라의 삶이 갖는 사회적 정치적 경제적 문화적 갈등을 비롯하여 한국과 캐나다 두 문화의 합병에서 오는 문화적 혼종, 캐나다한인이라는 경계인의 입장에서 본 캐나다와 한국의 문화와 역사 등 그들의 이중적 정체성, 주변성, 모호한 경계를 오히려 그들의 문학적 개성이자 장점으로 활용하는 전략과 태도가 필요하다.[2]

에드워드 사이드가 말했듯이 이주민이 지닌 아웃사이더의 위치야

---

1) 박흥순, 「다문화와 새로운 정체성-포스트콜로니얼 시각을 중심으로」, 오경석 외, 『한국에서의 다문화주의』, 한울아카데미, 2007, 117면.
2) 송명희, 「재미동포문학과 민족정체성」, 『비교문학』32, 한국비교문학회, 2004, 267면.

말로 두 세계에 다 속해 있으며 두 세계를 더 잘 이해할 수 있는 자질
이다.[3] 즉 캐나다한인들이야말로 한국과 캐나다 두 세계에 속해 있
으며, 두 세계를 누구보다 더 잘 이해할 수 있는 사람들이다. 이러한
경계인으로서의 자질을 살려 보다 글로벌한 호소력을 지닌 작품을 창
작해야 한다.

지금까지 캐나다한인문학은 이주 초기에 겪었던 유색의 소수민족
에 대한 차별과 정체성 갈등, 그리고 문화적 부적응을 벗어나 거주국
캐나다에 성공적으로 안착해 나가고 있는 한인들의 디아스포라의 경
험과 삶을 리얼하게 반영해 왔다. 하지만 이제부터 캐나다한인문학은
소수민족으로서의 주변적 경계를 뛰어넘어 캐나다의 주류문단에 경
쟁력을 갖춘 캐나다 공용어로 작품을 쓰는 뛰어난 한인작가가 출현될
수 있도록 최대한 노력을 경주해야 한다. 나아가 40여 년의 역사를 쌓
아온 캐나다한인문학을 체계적으로 정리하고, 캐나다한인으로서 후
손들에게 어떤 정체성을 심어주고, 문화적 전통을 계승시킬 것인가에
대해서도 고민해야 한다.

세계 각처에 흩어져 있는 재외한인문학이 한민족문학이라는 큰 카
테고리에 속하면서도 개별 지역 한인문학으로서의 개성과 정체성을
갖지 못 한다면 한국문학의 주변으로 전락할 위험성이 있다. 따라서
재외한인작가들은 모국과의 관계 설정에서 적당한 거리를 반드시 유
지해야만 한다. 어떤 의미에서는 한국문학의 주변으로서의 위치성을
과감히 단절해야만 한다. 나아가 캐나다한인문학은 캐나다 주류문학

---

3) 에드워드 사이드(E. W. Said), 김성곤 · 정정호 역, 『문화와 제국주의』, 창, 2000, 43
면.

과도 적절한 거리를 유지함으로써 그들만의 개성을 추구하고 고유한 정체성을 확립하지 않으면 안 된다.

인류학자 프레드릭 바스(Frederik Barth)는 차이가 있어서 경계가 만들어진 것이 아니라 오히려 경계가 차이를 만들어낸다고 했다.[4] 그에 의하면 정체성이란 구성원 스스로가 타자와 대비하여 다르다는 타자의식이자 자기 자신에 대한 존재 의미 부여이다. 자아와 타자, 중심과 주변, 다수문화와 소수문화가 갈등하고 대립하는 것이 아니라 공존과 통합을 모색하는 다문화사회인 캐나다의 구성원인 캐나다한인들은 타 인종 및 민족과 차별화되는 정체성 문제에 더욱 관심을 기울여야 한다.

---

4) 지그문트 바우만(Zygmunt Bauman), 노명우 역, 『사회학의 쓸모 – 지그문트 바우만과의 대화』, 서해문집, 2015, 37면.

참고문헌

:

I부 1장

〈단행본〉

• 윤인진, 『코리안 디아스포라』, 고려대학교출판부, 2005.
• 이동하 · 정효구의 『재미한인문학연구』, 월인, 2003.

〈논문〉

• 김남석, 「캐나다한인문학비평의 전개양상연구」, 『우리어문연구』 34, 우리어문학회, 2009, 93-127면.
• 김정훈, 「캐나다한인시문학연구」, 『우리어문연구』34, 우리어문학회, 2009, 39-66면.
• 송명희, 「캐나다한인문단의 형성」, 『우리어문연구』34, 우리어문학회, 2009, 7-37면.
• 송명희, 「캐나다한인수필에 나타난 디아스포라와 아이덴티티」, 『한국언어문학』70, 한국언어문학회, 2009, 321-353면.
• 이상갑, 「경계와 탈경계의 긴장관계-캐나다한인소설을 중심으로」, 『우리어문연구』34, 우리어문학회, 2009, 62-92면.

〈기타〉

• 재외동포신문 2014년 12월 4일자.
• 외교부, 「재외동포현황」

I 부 2장

〈단행본〉

• 윤인진, 『코리안 디아스포라』, 고려대학교출판부, 2005.
• 최윤희, 『문화 간 케뮤니케이션』, 커뮤니케이션북스, 2013.
• 한국문학평론가협회, 『문학비평용어사전』, 국학자료원, 2006.

〈논문〉

• 김혜숙 · 김도영 · 신희천 · 이주연, 「다문화시대 한국인의 심리적 적응: 집단 정체성, 문화적응 이데올로기와 접촉이 이주민에 대한 편견에 미치는 영향」, 『한국심리학회지; 사회 및 성격』 25-2, 한국심리학회, 2011, 51-89면.
• 변창섭, 「캐나다동포문학의 어제, 오늘 그리고 내일」, 『캐나다문학』 11, 캐나다한인문인협회, 2003, 269-274면.
• 박충도, 「마이클 온다아치의 Divisadero」, 『캐나다문학』14, 캐나다한인문인협회, 2009, 219-221면.
• 송명희, 「미 서부 지역의 재미작가 연구」, 『비평문학』16, 한국비평문학회, 2002, 130-144면.
• 이연숙, 「디아스포라와 국문학」, 『민족문학사연구』19, 민족문화연

구소, 2001, 55-70면.

• 하정일, 「한국문학과 탈식민」, 『시와 사상』30, 시와사상사, 2001, 20-30면.

Ⅱ부 1장

〈기초자료〉

• 『새울』1, 캐너더한국문인협회, 1977.

• 『이민문학』2, 캐나다한국문인협회, 1979.

• 『이민도시』3, 캐나다한국문인협회, 1980.

• 『이민문학』4, 캐나다한국문인협회, 1981.

• 『이민문학』5, 캐나다한국문인협회, 1989.

• 『이민문학』6, 캐나다한국문인협회, 1992.

• 『이민문학-옮겨심은 나무들』7, 캐나다한국문인협회, 1995.

• 『캐나다문학』8, 캐나다한국문인협회, 1997.

• 『캐나다문학』9, 캐나다한인문인협회, 2000.

• 『캐나다문학』10, 캐나다한인문인협회, 2001.

• 『캐나다문학』11, 캐나다한인문인협회, 2003.

• 『캐나다문학』12, 캐나다한인문인협회, 2005.

• 『캐나다문학』13, 캐나다한인문인협회, 2007.

• 『캐나다문학』14, 캐나다한인문인협회, 2009.

• 『캐나다문학』15, 캐나다한인문인협회, 2011.

• 『캐나다문학』16, 캐나다한인문인협회, 2013.

〈단행본〉

• 고승제, 『한국이민사연구』, 장문각, 1973.

• 김성건, 『캐나다의 문화와 사회』, 부산대학교출판부, 2001.

• 김종회 편, 『한민족문화권의 문학』, 국학자료원, 2003.

       편, 『한민족문화권의 문학2』, 국학자료원, 2006.

• 김현택 외, 『재외 한국작가 연구』, 고려대학교 한국학연구소, 2001.

• 김효중, 『글로벌 시대의 한국문학』, 푸른사상, 2006.

       , 『한국문학의 세계화 전략』, 푸른사상, 2008.

• 송광호, 『캐나다 이민 이십년 한국인이 뛰고 있다』, 조선일보사, 1991.

• 송명희, 『타자의 서사학』, 푸른사상, 2004.

• 오경석 외, 『한국에서의 다문화주의 』, 한울아카데미, 2007.

• 유선모, 『미국 소수민족 문학의 이해-한국계편』, 신아사, 2001.

• 윤인진, 『코리안 디아스포라』, 고려대학교출판부, 2005.

• 이광규, 『재외동포』, 서울대학교출판부, 2000.

• 이동하 · 정효구, 『재미한인문학연구』, 월인, 2003.

• 이유식, 『한국문학의 전망과 새로운 세기』, 국학자료원, 2002.

• 최협 외, 『세계 속의 한민족, 미국 · 캐나다』, 통일원, 1996.

• 황용복, 『이민 캐나다 생존 캐나다』, 다락원, 1999.

• 빌 애쉬크로프트 외, 이석호 역, 『포스트콜로니얼 문학이론』, 민음사, 1996.

• 에드워드 사이드(E. W. Said), 김성곤 · 정정호 역, 『문화와 제국주의』, 창, 2000.

〈논문〉

• 김영곤, 「캐나다의 소수민족 모국어교육 프로그램-효과적인 한국
어교육을 위한 고찰」, 『한국어교육』5, 국제한국어교육학회, 1994.
285-292면.

_____, 「캐나다 대학 속의 한국학」, *Journal of American -
Canadian Studies*, 토론토 대학교, 2007, 45-57면.

• 송명희, 「재미동포문학과 민족정체성-미국 동부지역 워싱턴문단
을 중심으로」, 『비교문학』32, 한국비교문학회, 2004, 249-271면.

• 조정래, 「세계화 시대의 한국문학」, 『현대문학연구』 29, 한국문학
연구학회, 2006, 7-35면.

Ⅲ부 1장

〈기초자료〉

• 『새울』1, 캐너더한국문인협회, 1977.

• 『이민문학』2, 캐나다한국문인협회, 1979.

• 『이민문학』4, 캐나다한국문인협회, 1981.

• 『옮겨심은 나무들』7, 캐나다한국문인협회, 1995.

• 『캐나다문학』9, 캐나다한국문인협회, 2000.

〈단행본〉

• 오경석 외, 『한국에서의 다문화주의』, 한울아카데미, 2007.

• 윤인진, 『코리안 디아스포라』, 고려대학교출판부, 2005.

- 은숙 리 자엘펠더, 평택대학교 다문화가족센터 편, 『한국사회와 다문화가족』, 양서원, 2008.
- 이동하 · 정효구, 『재미한인문학연구』, 월인, 2003.

〈논문〉

- 김두섭, 「중국인과 한국인 이민자들의 소수민족사회형성과 사회문화적 적용 : 캐나다 밴쿠버의 사례연구」, 『한국인구학』21-2, 한국인구학회, 1998, 144-181면.
- 김정훈, 「캐나다 한인 시문학 연구-『캐나다문학』을 중심으로」, 『우리어문연구』34, 우리어문학회, 2009, 39-66면.
- 김혜숙 · 김도영 · 신희천 · 이주연, 「다문화시대 한국인의 심리적 적응: 집단 정체성, 문화적응 이데올로기와 접촉이 이주민에 대한 편견에 미치는 영향」, 『한국심리학회지; 사회 및 성격』, 25-2, 한국심리학회, 2011, 51-89면.
- 박준희, 「재캐나다 한인 시 연구」, 대구가톨릭대학교 석사논문, 2009.
- 송명희, 「고려인 시에 재현된 '시월 모티프' 연구」, 『한국문학이론과 비평』57, 한국문학이론과비평학회, 2012, 41-68면.
  _____, 「캐나다한인수필에 나타난 디아스포라와 아이덴티티」, 『언어문학』70, 한국언어문학회, 2009, 321-353면.
  _____, 「캐나다한인문학의 정체성과 방향」, 『한어문교육』26, 한국언어문학교육학회, 2012, 5-27면.
- Phil Kim, 「Soviet Korean Literature and Poet Gang Taesu」, 『한민족문화연구』41, 한민족문화학회, 2012, 197-234면.

Ⅲ부 2장

〈기초자료〉

- 『새울』1, 캐너더한국문인협회, 1977.
- 『캐나다문학』10, 캐나다한인문입협회, 2001.
- 『캐나다문학』11, 캐나다한인문입협회, 2003.
- 『캐나다문학』12, 캐나다한인문입협회, 2005.
- 『캐나다문학』13, 캐나다한인문입협회, 2007.
- 『캐나다문학』14, 캐나다한인문입협회, 2009.
- 『캐나다문학』15, 캐나다한인문입협회, 2011.
- 『캐나다문학』16, 캐나다한인문입협회, 2013.
- 에드몬튼한인얼음꽃문학회 카페(http://cafe.daum.net/EdmontonLiterary).
- 캐나다한국문인협회 카페(http://cafe.daum.net/KWA-CANADA).
- 캐나다한인문학가협회 카페(http://cafe.daum.net/ckmoonhakga).
- 캘거리한인문인협회 카페(http://cafe.daum.net/calgary403).
- (사)한국문인협회 캐나다밴쿠버지부 카페(http://cafe.daum.net/klsv).

〈단행본〉

- 윤인진, 『코리안 디아스포라』, 고려대학교출판부, 2005.
- 이동하·정효구, 『재미한인 문학연구』, 월인, 2003.
- 최윤희, 『문화 간 커뮤니케이션』, 케뮤니케이션북스, 2013.

• 에드워드 렐프, 김덕현 외 옮김, 『장소와 장소상실』, 논형, 2005.

〈논문〉

• 김정훈, 「캐나다한인시문학 연구-『캐나다문학』을 중심으로」, 『우리어문연구』34, 우리어문학회, 2009, 39-66면.

• 김혜숙 · 김도영 · 신희천 · 이주연, 「다문화시대 한국인의 심리적 적응: 집단 정체성, 문화적응 이데올로기와 접촉이 이주민에 대한 편견에 미치는 영향」, 『한국심리학회지; 사회 및 성격』25-2, 한국심리학회, 2011, 58-59면.

• 송명희, 「캐나다한인문학의 형성」, 『우리어문연구』34, 우리어문학회, 2009, 7-37면.

• 송명희, 「고려인 문학과 캐나다한인문학의 문화변용 비교연구」, 『고려인 이주 150주년 기념학술세미나 CIS 고려인 사회와 문학』, 한국언어문학교육학회/부경대학교 인문사회과학연구소, 2014, 40-57면.

• Anderson, Benedict(2001), "Western nationalism and eastern nationalism: is there a difference that matters?", *New Left Review* II, 9: pp.31-42.

IV부 1장

〈기초자료〉

• 이종학, 『검은 며느리』, 백암, 2002.

_____, 『이민문학』6, 캐나다한국문인협회, 1992.

_____, 『캐나다문학』10, 캐나다한인문인협회, 2001

_____, 『캐나다문학』13, 캐나다한인문인협회, 2007.

_____, 『캐나다문학』14, 캐나다한인문인협회, 2009.

• (사)한국문인협회 캐나다 밴쿠버지부 카페(http://cafe.daum.net/klsv), 2004.10.6.

〈단행본〉

• 최윤희, 『문화 간 커뮤니케이션』, 커뮤니케이션북스, 2013.

• Bennett, M. J.,(1998) *Basic concepts of intercultural communication*, Yarmouth, ME: Intercultural Press.

〈논문〉

• 유금호, 「뿌리 뽑힌 삶과 노스탤지어의 그늘-장명길 소설의 풍경들」, 장명학, 『풀의 기원』, 사단법인 한국소설가협회, 2004, 257-269면.

• 이기인, 「미주지역 이민 1세대 소설 비교연구」, 『한국언어문학』72, 한국언어문학회, 2010, 377-414면.

• 이상갑, 「경계와 탈경계의 긴장관계-캐나다한인소설을 중심으로」, 『우리어문연구』34, 우리어문학회, 2009, 67-92면.

• Wahlbeck, "The concept of diaspora as an analytical tool in the study of refugee communities", *Journal of Ethnic and Migration*, Vol.28, No.2, 2002, pp.221-238.

IV부 2장

〈기초자료〉

• 『캐나다문학』 8, 캐나다한국문인협회, 1997.

• 『캐나다문학』 13, 캐나다한인문인협회, 2007.

• 『캐나다문학』 14, 캐나다한인문인협회, 2009.

• 『캐나다문학』 15, 캐나다한인문인협회, 2011.

• 캐나다한인문인협회 카페(http://cafe.daum.net/koreansassocia).

• 캘거리한인문인협회 카페(http://cafe.daum.net/calgary403).

〈단행본〉

• 윤인진, 『코리안 디아스포라』, 고려대학교출판부, 2005.

• 태혜숙, 『탈식민주의 페미니즘』, 여이연, 2001.

• 마르크스 슈뢰르, 정인모 배정희 역, 『공간, 장소, 경계』, 에코 리브르, 2010.

〈논문〉

• 강옥초, 「그람시와 서발턴 개념」, 『역사교육』82, 역사교육연구회, 2002, 135-161면.

• 김윤정 · 배정이, 「캐나다 이민자의 삶의 질 관련요인」, 『스트레스研究』18 - 4, 대한스트레스학회, 2010, 363-370면.

• 이민경 · 김경근, 「미등록 이주노동자 가정의 탈영토화 · 재영토화 과정 분석:자녀양육과 교육을 중심으로」, 『한국교육학연구』20 - 2, 안암교육학회, 2014, 101-133면.

- 이용규 · 문형란, 「결혼이주민의 언어능력이 삶의 질에 영향을 미치는 경로에 관한 연구」, 『디지털융복합연구』13 – 3, 한국디지털정책학회, 2015, 37-47면.
- 이용균, 「이주자의 주변화와 거주공간의 분리」, 『한국도시지리학회지』16 – 3, 한국도시지리학회, 2013, 87-100면.
- 이용균, 「서구의 이주자 정책에 대한 비판적 접근과 시사점 – 동화, 다문화주의, 사회통합 정책을 중심으로」, 『한국지역지리학회지』20 – 1, 2014, 112-127면.
- Berry, J.W., (1990) 'Psychology of acculturation', Berman J (Ed.), *Nebraska symposium on motivation*, Lincoln: University of Nebraska Press.

Ⅳ부 3장

〈기초자료〉

- 장명학, 『풀의 기원』, 사단법인 한국소설가협회, 2004.
- 『캐나다문학』10호, 캐나다한인문인협회, 2001.
- 『캐나다문학』16호, 캐나다한인문인협회, 2013.
- 캐나다한인문인협회 카페(http://cafe.daum.net/koreansassocia).

〈단행본〉

- 박찬부, 『에로스와 죽음』, 서울대학교출판문화원, 2013.
- 여성한국사회연구회 편, 『한국가족문화의 오늘과 내일』, 사회문화

연구소, 1995.

- 윤인진,『코리안 디아스포라』, 고려대학교출판부, 2005.

- 이무석,『정신분석에로의 초대』, 이유, 2003.

- 최광현,『가족의 두 얼굴』, 부 · 키, 2012.

- 최현석,『인간의 모든 감정』, 서해문집, 2011.

- 김 게르만, 황영삼 옮김,『해외한인사1945-2000』, 한국학술정보, 2010.

- 프로이트, 윤희기 · 박찬부 옮김,『프로이트전집』11, 열린책들, 2003.

〈논문〉

- 김왕배,「자살과 해체사회」,『정신문화연구』33-2, 한국학중앙연구원, 2010, 195-224면.

- 송명희,「캐나다한인소설 에 재현된 문화적응의 단계 변화」,『한어문교육』33, 한국언어문학교육학회, 2015, 211-233면.

- 송명희,「캐나다한인소설에 재현된 서발턴의 서사와 거주 공간의 분리」,『비평문학』57, 한국비평문학회, 2015, 119-147면.

- 송명희,「고려인 시와 캐나다한인시에 반영된 문화변용의 비교연구」,『국어국문학』171, 국어국문학회, 2015, 535-572면.

- 유금호,「뿌리 뽑힌 삶과 노스탤지어의 그늘-장명길 소설의 풍경들」, 장명학,『풀의 기원』, 사단법인 한국소설가협회, 2004, 257-269면.

- 이기인,「미주지역 이민 1세대 소설 비교연구」,『한국언어문학』72, 한국언어문학회, 2010, 377-414면.

- 이상갑, 「경계와 탈경계의 긴장관계-캐나다한인소설을 중심으로」, 『우리어문연구』34, 우리어문학회, 2009, 67-92면.
- 이종오, 「캐나다 한인들의 이문화 관리 적용에 관한 연구 -퀘벡주 한인들의 사회 · 문화적 갈등 양상을 중심으로-」, 『국제지역연구』 12-1, 국제지역연구센터, 2008, 277-300면.
- 전요섭, 「캐나다 청소년, 캐나다 한인 청소년 및 한국 청소년 간 부모권위유형 인식 및 기독교 신앙 상태에 따른 가족 강인성」, 『청소년학연구』14-2, 한국청소년학회, 2007, 139-165면.

〈기타〉
- 네이버 두산백과.

Ⅳ부 4장

〈기초자료〉
- 『캐나다문학』11, 캐나다한인문인협회, 2003.
- 『캐나다문학』13, 캐나다한인문인협회, 2007.
- 『캐나다문학』15, 캐나다한인문인협회, 2011.
- 캐나다한인문인협회 카페(http://cafe.daum.net/koreansassocia).
- 캐나다한국문인협회 카페(http://cafe.daum.net/KWA-CANADA).
- 캘거리한인문인협회 카페(http://cafe.daum.net/KWA-CANADA).

V부 1장

〈기초자료〉

- 『새울』1, 캐너더한국문인협회, 1977.
- 『이민문학』2, 캐나다한국문인협회, 1979.
- 『이민도시』3, 캐나다한국문인협회, 1980.
- 『이민문학』4, 캐나다한국문인협회, 1981.
- 『이민문학』5, 캐나다한국문인협회, 1989.
- 『이민문학』6, 캐나다한국문인협회, 1992.
- 『이민문학-옮겨심은 나무들』7, 캐나다한국문인협회, 1995.
- 『캐나다문학』8, 캐나다한국문인협회, 1997.
- 『캐나다문학』9, 캐나다한인문인협회, 2000.
- 『캐나다문학』10, 캐나다한인문인협회, 2001.
- 『캐나다문학』11, 캐나다한인문인협회, 2003.
- 『캐나다문학』12, 캐나다한인문인협회, 2005.
- 『캐나다문학』13, 캐나다한인문인협회, 2007.
- 『캐나다문학』14, 캐나다한인문인협회, 2009.
- 『캐나다문학』15, 캐나다한인문인협회, 2011.
- 『캐나다문학』16, 캐나다한인문인협회, 2013.
- (사)한국문인협회 밴쿠버지부 카페http://cafe.daum.net/klsv.
- 에드몬톤한인얼음꽃문학회 카페http://cafe.daum.net/EdmontonLiterary.
- 캐나다한국문인협회 카페http://cafe.daum.net/KWA-CANADA.
- 캐나다한인문학가협회 카페 http://cafe.daum.net/ckmoonhakga.

- 캘거리한인문인협회 카페http://cafe.daum.net/calgary403.
- 민혜기『흔들렸던 터전 위에』, 나눔사, 2006.
- 성우제,『느리게 가는 버스』, 강, 2006.
- 손정숙,『아니온 듯 다녀가는 길』, 선우미디어, 2001.
- 원옥재,『낯선 땅에 꿈을 세우며』, 선우미디어, 2003.
- 유인형,『캐나다에서 온 편지』, 단국대출판부, 1999.
- 이동렬,『꽃 피고 세월 가면』, 선우미디어, 2006.
- 장정숙『어머니의 뜰』, 선우미디어, 2005.
- 장정숙 민혜기 원옥재 3인 동인지,『세 여자』, 선우미디어, 2009.
- 한순자,『나이만큼 행복한 여자』, 태인문화사, 2004.

　　　　　,『토론토에서 히말라야 고산족 마을을 따라』, 나눔사, 2006.

　　　　　,『바람 부는 들판에 서서』, 선우미디어, 2008.

〈단행본〉
- 오경석 외,『한국에서의 다문화주의』, 한울아카데미, 2007.
- 이동하 · 정효구,『재미한인 문학연구』, 월인, 2003.
- 윤인진,『코리안 디아스포라』, 고대출판부, 2005.
- 은숙 리 자이펠더, 평택대학교 다문화가족센터 편,『한국사회와 다문화가족』, 양서원, 2008.
- 마르코 마르티니엘로, 윤진 역,『현대사회와 다문화주의』, 한울아카데미, 2002.
- 폴 헤르나디, 김준오 역,『장르론』, 문장, 1983.

〈논문〉

- 김남석, 「캐나다한인문학비평의 전개양상연구」, 『우리어문연구』 34, 우리어문학회, 2009, 93-127면.
- 김두섭, 「중국인과 한국인 이민자들의 소수민족사회형성과 사회문화적 적응: 캐나다 밴쿠버의 사례연구」」, 『한국인구학』21-2, 한국인구학회, 1998, 144-181면.
- 김정훈, 「캐나다한인시문학연구」, 『우리어문연구』34, 우리어문학회, 2009, 39-66면.
- 송명희, 「캐나다한인문단의 형성」, 『우리어문연구』34, 우리어문학회, 2009, 7-8면.
- 오강남, 「캐나다한인의 민족의식과 모국관」, 『캐나다연구』4, 연세대 동서문제연구원 캐나다연구센터, 1992, 97-113면.
    _____, 「토론토지역 한인이 생활과 의식」, 『재외한인연구』11, 재외한인학회, 2001, 5-55면.
    _____, 「세계 한민족의 이주 및 정착의 역사와 한민족 정체성의 비교연구」, 『재외한인연구』12, 재외한인학회, 2002, 5-64면
    _____, 「코리안 디아스포라-재외한인의 이주, 적응, 정체성」, 『한국사회학』37-4, 한국사회학회, 2003, 101-142면.
- 이상갑, 「경계와 탈경계의 긴장관계-캐나다한인소설 을 중심으로」, 『우리어문연구』34, 우리어문학회, 2009, 67-92면.
- 이연숙, 「디아스포라와 국문학」, 『민족문학사연구』19, 민족문학사학회, 2001, 55-71면.
- 장윤식, 「캐나다 한인사회에서의 전통문화의 계승과 보존」, 『캐나다연구』4, 연세대 동서문제연구원 캐나다연구센터, 1992, 81-86면.

• 조정남, 「캐나다의 민족정책」, 『민족연구』6, 한국민족연구원, 2001, 117-129면.

• Brian L. Evans, 「다문화주의와 캐나다의 아시아정책」, 『캐나다연구』1, 연세대 동서문제연구원 캐나다연구센터, 1989, 75-86면.

• David Bai, 「지역주의, 문화적 다원주의 및 공공정책의 발전:캐나다의 경험」, 『캐나다연구』1, 연세대 동서문제연구원 캐나다연구센터, 1989, 53-73면.

• Wahlbeck, "The concept of diaspora as an analytical tool in the study of refugee communities", *Journal of Ethnic and Migration*, Vol.28, No.2, 2002.

Ⅵ부 1장

⟨기초자료⟩

• 『새울』1, 캐너더한국문인협회, 1977.

• 『이민문학』2, 캐나다한국문인협회, 1979.

• 『이민도시』3, 캐나다한국문인협회, 1980.

• 『이민문학』4, 캐나다한국문인협회, 1981.

• 『이민문학』5, 캐나다한국문인협회, 1989.

• 『이민문학』6, 캐나다한국문인협회, 1992.

• 『이민문학-옮겨심은 나무들』7, 캐나다한국문인협회, 1995.

• 『캐나다문학』8, 캐나다한국문인협회, 1997.

• 『캐나다문학』9, 캐나다한인문인협회, 2000.

- 『캐나다문학』10, 캐나다한인문인협회, 2001.
- 『캐나다문학』11, 캐나다한인문인협회, 2003.
- 『캐나다문학』12, 캐나다한인문인협회, 2005.
- 『캐나다문학』13, 캐나다한인문인협회, 2007.
- 『캐나다문학』14, 캐나다한인문인협회, 2009.
- 『캐나다문학』15, 캐나다한인문인협회, 2011.
- 『캐나다문학』16, 캐나다한인문인협회, 2013.

〈단행본〉

- 김성곤, 『포스트모더니즘과 현대미국소설』, 열음사, 1990.
- 오경석 외, 『한국에서의 다문화주의 』, 한울아카데미, 2007.
- 윤인진, 『코리안 디아스포라』, 고려대학교 출판부, 2005.
- 은숙 리 자엘페더, 평택대학교 다문화가족센터 편, 『한국사회와 다문화가족』, 양서원, 2008.
- 이동하 · 정효구, 『재미한인문학연구』, 월인, 2003.
- 알튀세르, 김웅권 역, 『재생산에 대하여-자크비데 서문』, 동문선, 2007.
- 호미 바바, 나병철 역, 『문화의 위치』, 소명출판, 2003.

〈논문〉

- 김남석, 「캐나다한인문학비평의 전개양상연구」, 『우리어문연구』 34, 우리어문학회, 2009, 93-127면.
- 김정훈, 「캐나다한인시문학연구」, 『우리어문연구』34, 우리어문학회, 2009, 39-66면.

- 박준희, 「재캐나다 한인 시 연구」, 대구가톨릭대학교 석사논문, 2009.
- 박찬부, 「상징질서, 이데올로기, 그리고 주체의 문제」, 『영어영문학』47-1, 영어영문학회, 2001, 63-85면.
- 송명희, 「캐나다한인문단의 형성」, 『우리어문연구』34, 우리어문학회, 2009, 7-38면.
- 송명희, 「캐나다한인수필에 나타난 디아스포라와 아이덴티티」 『언어문학』70, 한국언어문학회, 2009, 321-353면.
- 윤인진, 「토론토지역 한인의 생활과 의식」, 『재외한인연구』 Ⅱ-1, 재외한인학회, 2001, 5-55면.
- 이상갑, 「경계와 탈경계의 긴장관계-캐나다한인소설을 중심으로」, 『우리어문연구』 제34집, 우리어문학회, 2009, 67-92면.
- 조정남, 「캐나다의 민족정책」, 『민족연구』6, 한국민족연구원, 2001, 117-129면.

Ⅶ부

〈단행본〉
- 오경석 외, 『한국에서의 다문화주의』, 한울아카데미, 2007.
- 에드워드 사이드, 김성곤·정정호 역, 『문화와 제국주의』, 창, 2000.
- 지그문트 바우만, 노명우 역, 『사회학의 쓸모-지그문트 바우만과의 대화』, 서해문집, 2015.

〈논문〉

• 송명희, 「재미동포문학과 민족정체성」, 『비교문학』32, 한국비교문
학회, 2004, 249-271면.

찾아보기

1.5세 · · · · · · · · · · · · · 17, 73

1인칭 관찰자 · · · · · · · · · 200

1인칭 화자 · · · · · · · · · · ·136

2세 · · · · · · · · · · · · · · 17

3세 · · · · · · · · · · · · 17

4월의 메아리 · · · · · · · · · 161

An Anthology of Poetry and Essays by Korean Canadian Writers · ·297

CIS고려인 문학 · · · · · · · · 13

Hunter · · · · · · · · · · · · 97

IMF · · · · · · · · · · · · 19

IT · · · · · · · · · · · · ·113

IT업종 · · · · · · · · · · · · 269

KCWA Literary Collections · 296, 297

Korean Canadian P.E.N Club · · 30

Korean Canadian Writers' Association

· · · · · · · · · · · · · · · 30

Korean Literary Society of Canada

· · · · · · · · · · · · · · · 30

LA · · · · · · · · · · · · · · 2

LA지부 · · · · · · · · · · · · 21

Literary Collection Of KCWA

Members · · · · · · · · · · · 296

SBS스페셜 · · · · · · · · · · · 263

Umberto Eco · · · · · · · · · 293

가부장주의 · · · · · · 212, 314, 315

가속화 · · · · · · · · · · · · 50

가을 산마을 · · · · · · · · · · 121

가정불화 · · · · · · · · · · · 152

가족 · · · · · · · · · · · · 181, 207

가족관계의 변화 · · · · · · · · 211

가족의 두 얼굴 · · · · · · · · 196

가족의 희생양 · · · · · · · · · 195

가족제도 · · · · · · · · · · · 275

가족주의 · · · · · · · · · 212, 314

가족해체 · · · · · · · · · · · 207

가치관 · · · · · · · · 75, 208, 315

가톨릭시보 · · · · · · · · · · 31

각하 · · · · · · · · · 226, 228

갈등 · · · · · · · · · 48

갈릴레오의 슬픔 · · · · · · · · 161

갈보리 산상 · · · · · · 64

감정 · · · · · · · · · 75

감정의 기복 · · · · · · · · 270

갑을관계 · · · · · · · · · 113

강기영 · · · · 158, 216, 226, 228

강목수 · · · · · · · · · · 42

강미영 · · · · · · · · · 301

강보다 깊은 국경 · · · · · 225, 228

강신봉 · · · · · · · · 226, 254

강원도 · · · · · · · · · 263

강정희 교수 · · · · · · · · 37

개 같은 세상에서 위대한 역사 · · · ·

· · · · · · · · · · 225, 228

개발도상국 · · · · · · · · 151

개성 · · · · · · · · · 49

개인소득 · · · · · · · · 267

개인우선주의 · · · · · · · · 275

개인주의 · · · · · · · · 275

거주국 · · · · · · · · · 3, 74

거주국의 · · · · · · · · · 23

검은 며느리 · · · · · · · 135, 225

겉포장 · · · · · · · · · 242

게토(ghetto) · · · · · · · · 177

겨울 나이아가라 · · · 122, 282

겨울 창가에서 · · · · · · · 122

겨울문학캠프 · · · · · · 33, 39

격년 · · · · · · · · · 39

결말 · · · · · · · · · 223

결말구조 · · · · · · · · 203

결핍상태 · · · · · · · · 195

결혼 · · · · · · · · 74, 257

결혼문제 · · · · · · · · 258

결혼이주자 · · · · · · · · 155

경계 · · · · · · · · · 2

경계를 넘다 · · · · · · · 219

경계선 · · · · · · · · · 46

경계인 · · · · · · · · · 231

경제대국 · · · · · · · 4, 144

경제발전 · · · · · · · · 114

경험 · · · · · · · · · 23

고국 · · · · · · · · 18, 37

고급인력 · · · · · · · · 269

고기원 · · · · · · · · · 103

고독 · · · · · · · · · 148

고독 바이러스 · · · · · · · 124

고독 속에 묻어 둔 낙엽 · · · · 225

고려인문학 · · · · · · · · 50

고립(isolation) · · · · · · · · 56

고문관 · · · · · · · · · · 227

고백적 · · · · · · · · · 231

고성복 · · · · · · · 42, 162, 227

고양 · · · · · · · · · · 259

고유문화 · · · · · · · · 26, 56

고전 · · · · · · · · · · 260

고정관념 · · · · · · · · · 127

고추잠자리가 날 때쯤이면 · · · 280

고학력 · · · · · · · · 152, 267

고향 · · · · · · · · · · 101

공간 · · · · · · · · · · 168

공간의 분리 문제 · · · · · · 152

공격 · · · · · · · · · · 188

공동주최 · · · · · · · · · 36

공동체 · · · · · · · 21, 22, 119

공존 · · · · · · · 48, 59, 320

과거지향적 · · · · 250, 260, 290

과열경쟁 · · · · · · · · · 151

과잉반응 · · · · · · · · · 170

곽광수 · · · · · · · · · · 37

관광비자 · · · · · · · · · 159

관습 · · · · · · · · · 13, 75

관주도 민족주의 · · · · · · · 117

관주도형 · · · · · · · · · 311

광복 60년 · · · · · · · · 116, 117

광부 · · · · · · · · · · · 11

교류 · · · · · · · · · · · 78

교민 · · · · · · · · · 43, 134

교민단체 · · · · · · · · · 183

교민백일장 · · · · · · · · · 38

교사 · · · · · · · · · · 268

교수직 · · · · · · · · · 268

교양강좌 · · · · · · · · · 37

교육수준 · · · · · · · · · 182

교육열 · · · · · · · · · 197

교통 · · · · · · · · · · 118

교통신호 · · · · · · · · · 188

교포의 정원 · · · · · · · · 122

교환교수 · · · · · · · · · 38

교회 · · · · · · · · · · 183

국가경영 · · · · · · · · · 236

국가성 · · · · · · · · · 230

국경 · · · · · · · · · · · 4

국문학 · · · · · · · · 2, 4, 230

국문학사 · · · · · · · · 16, 230

국민국가 · · · · · · · · · · 2

국민주의 · · · · · · · · · 24

국밥 속의 민들레 · · · · · · · 225

국수주의적 · · · · · · · 46, 295

국적 · · · · · · · · · · · · · 231

국제펜클럽 한국본부 · · · · · 2, 21

국회의원선거 · · · · · · · · 118, 261

굴욕감 · · · · · · · · · · · · 271

권력구조 · · · · · · · · · · · 211

권민지 · · · · · · · · · · · · 37

권순창 · · · · · · 31, 123, 226

권천학 · · · · · · · · 124, 217

귀의 · · · · · · · · · · · · · 96

그 바람의 행적 · · · · · · · · 224

그 사막에는 야생화가 있다 · · · 226

그날은 오는가 · · · · · · · · 122

그대 안의 길 · · · · · · · · · 224

그대 오신다기에 · · · · · · · · 123

그대 음성 그리워 산길을 걷는다 282

그들의 목소리(independent voices) ·

· · · · · · · · · · · · · · · 314

그람시(Antonio Gramsci) · · · · 154

그리스인 · · · · · · · · · · · 233

그리운 나무 · · · · · · · · · 281

그리움 · · · · · · · · · · · · 273

근로소득 · · · · · · · · · · · 267

글 없는 일기장 · · · · · · · · 124

글로벌 금융 위기 · · · · · · · 12

글로서리 · · · · · · · · · · · 161

글짓기 · · · · · · · · · · · · 38

긍지 · · · · · · · · · · · · · 258

기대감 · · · · · · · · · · · · 93

기득권 · · · · · · · · · · · · 246

기성문인 · · · · · · · · · 30, 32

기술자 · · · · · · · · · · · · 11

기원사회 · · · · · · · · · · · 25

긴장관계 · · · · · · · · · · · 23

길보다 먼 여정 · · · · · · · · 122

김경숙 · · · · · · · · · · · · 42

김남석 · · · · · · · · · · · · 284

김대중 대통령 · · · · · · · · · 50

김덕산 · · · · · · · · · · · · 42

김두섭 · · · · · · · · · · · · 253

김말희 · · · · · · · · · · · · 226

김목례 · · · · · · · · · · · · 42

김미경 · · · · · · · 149, 155, 226

김민식 · · · · · · · · · · · · 42

김산(장지락) · · · · · · · · · 263

김시청 · · · · · · · · · · · · 226

김영곤 · · · · · · · · · · 37, 39

김영란 · · · · · · · · · · · · 282

김영매 · · · · · · · · · · 31, 124

김영문 · · · · · · · · · · · · 37

김영숙 · · · · · · · · · · · · 42

김영애 · · · · · · · · · · · · · 42

김영주 · · · · · · · · · · 122, 282

김영희 · · · · · · · · · · · · · 226

김왕배 · · · · · · · · · · · · · 197

김외숙 · · · · 136, 137, 208, 224, 226

김용순 · · · · · · · · · · · · · 226

김인 · · · · · · · · · · 31, 62, 301

김인숙 · · · · · · · · · · · · · 239

김정훈 · · · · · · · · · · · · · 57

김정희 · · · · · · · · · · 226, 245

김준태 · · · · · · · · · · · · · 301

김중현 · · · · · · · · · · · · · 42

김창길 · · · · · · · · · · 31, 282

김채형 · · · · · · · · · · 208, 226

김치 · · · · · · · · · · · · · · 259

김한선 · · · · · · · · · · · · · 123

김한성 · · · · · · · · · · · · · 97

김해영 · · · · · · · · · · 140, 226

김혜영 · · · · · · · · · · · · · 92

김희조 · · · · · · · · · · · · · 42

깨진 유리창 이론 · · · · · · · · 165

깻잎 · · · · · · · · · · · · · · 226

꽃 이야기 · · · · · · · · 111, 112

꽃 피고 세월 가면 · · · · · · · 280

꽃 피면 달 생각하고 · · · · · · 280

꽃잎의 아픔 · · · · · · · · · · 225

나는 그저 물이면 된다 · · · · · 122

나도 누군가의 고향이 되어 · · · · 101

나와 무궁화 · · · · · · · · · · 124

나운규 · · · · · · · · · · · · · 263

나의 눈물 · · · · · · · · · · · 254

나이만큼 행복한 여자 · · · · · · 281

나이아가라 폭포처럼 · · · · · · · 247

낙원 · · · · · · · · · · · · · · 59

낙타처럼 그리움 등에 업고 · · · 123

난민 · · · · · · · · · · · 24, 254

날 위한 이별 · · · · · · · · · · 123

날아라 훨훨 · · · · · · · · · · 243

남녀평등적인 · · · · · · · · · · 211

남미 · · · · · · · · · · · · · · 160

남북통일 · · · · · · · · · · · · 37

남북한 · · · · · · · · · · · · · 115

남의 땅에서 키운 꿈 · · · · · · 280

낯선 거리에서의 사색 · · · · · · 281

낯선 땅에 꿈을 세우며 · · · · · 281

낯설음 · · · · · · · · · · 106, 139

내 마지막 노을빛 사랑 · · · · · 282

내 모국어로 부는 바람 · · · · · 123

내 사랑 나이아가라 · · · · · · 224

내 영혼의 고향 · · · · · · · · · 256

내 이름은 양봉자 · · · · · · · · 281

내가 사는 데서 그대의 집 갑절로 그립

다 · · · · · · · · · · · · · · · · 122

내가 선 땅에서 · · · · · · · · · 281

내가 우리 되는 질서의식 · · · · 276

내집단 · · · · · · · · · · · · · · 275

내포 · · · · · · · · · · · · · · · 260

냔두띠 · · · · · · · · · · · · · · 226

'너'를 찾아 나서는 시의 길 · · · 300

너에게 · · · · · · · · · · · · · · 124

네트워크 · · · · · · · · · · · · · 178

넬리(Nelly) · · · · · · · · · · · 226

노년 · · · · · · · · · · · · · · · 106

노동 · · · · · · · · · · · · · · · 2, 10

노동력 · · · · · · · · · · · · · · 151

노동자 · · · · · · · · · · · · · · 154

노라 옥자 켈러 · · · · · · · · · · 17

노무현 대통령 · · · · · · · · · · 107

노무현 정부하 · · · · · · · · · · 264

노숙 · · · · · · · · · · · · · · · 124

노신옥 · · · · · · · · · · · · · · 42

노예계약과 · · · · · · · · · · · · 112

노인연금 · · · · · · · · · · · · · 106

노인요양원 · · · · · · · · · · · · 171

농업이민자 · · · · · · · · · · · · 11

누가 너에게 호수를 주었는가 · · · 123

눈 먼 말 · · · · · · · · · · · · · 225

눈 속으로 간 여자 · · · · · · · · 225

뉴욕 · · · · · · · · · · · · · · · 38

뉴욕지부 · · · · · · · · · · · · · 21

느리게 가는 버스-캐나다에서 바라본

세상 · · · · · · · · · · · · · · · 281

늑대의 시간 · · · · · · · · · · 149, 155

능신 · · · · · · · · · · · · · · · 226

님웨일즈 · · · · · · · · · · · · · 263

다니엘 핑크(Daniel Pink) · · · · 264

다문화 · · · · · · · · · · · · · · 251

다문화 간 커뮤니케이션 전문가 · 128

다문화소설 · · · · · · · · · · · · 214

다문화적(multicultural) · · · 45, 127

다문화주의 · · · · · · · · · · 26, 47

다민족 · · · · · · · · · · · · · · 251

다수문화 · · · · · · · · · · · 48, 322

다수집단 · · · · · · · · · · · · · 26

다양문화 · · · · · · · · · · · 45, 234

다양성 · · · · · · 26, 56, 305, 319

다양성 유지 · · · · · · · · · · · 236

다양화 · · · · · · · · · · · · · · 228

다언어 · · · · · · · · · · · · · · 251

다중가치관 · · · · · · · · · · · · 148

단 브라운 글의 특성 · · · · · · 293

단군선조 · · · · · · · · · · 117

단순노동 · · · · · · · · · · 266

단일성 · · · · · · · · · · 17

단체우선주의 · · · · · · · 275

담론 · · · · · · · · · · 22

당면과제 · · · · · · · · · 290

당혹감 · · · · · · · · 74

대리 실현 · · · · · · · · · 195

대인기피 · · · · · · · · 75, 270

대조 · · · · · · · · · · 113

대통령선거 · · · · · · · 118, 261

대표음식 · · · · · · · · · 259

대한민국 · · · · · · · · · 114

더러움 · · · · · · · · · 165

더불어 살기 · · · · · · · · 57

더치페이 문화 · · · · · · · 275

도대체 시는 왜 쓰는가 · · · · · 300

도마뱀 목욕시키기 · · · · · · 244

도피성 이민 · · · · · · · · 221

독도 · · · · · · · · · · 116

독도는 외롭지 않다 · · · · · 260

독도문제 · · · · · · · 107, 260

독일 · · · · · · · · · 11, 40

독자 · · · · · · · · · · 231

돌려다오 · · · · · · · · · 67

동 버릇 서 버릇 · · · · · · · 273

동병상련 · · · · · · · · · 209

동시 · · · · · · · · · · 20

동양 · · · · · · · · · · 273

동양계 · · · · · · · · · 63

동양인 · · · · · · · · · 198

동일시 · · · · · · · · 26, 56

동일화 · · · · · · · · · 22

동족 · · · · · · · · · 60, 233

동질성 · · · · · · · · · 260

동포문인 · · · · · · · · · 38

동화 · · · · · 20, 21, 22, 26, 221

동화(assimilation) · · · · · · 56

동화주의 · · · · · · · · · 26

두려움 · · · · · · · · · 93

드림하우스 · · · · · 203, 207, 315

들꽃 · · · · · · · · · · 88

들리는 소리 · · · · · · · · 121

들쥐 · · · · · · · · 226, 228

등용문 · · · · · · · · · 32

디딤돌 · · · · · · · · · 101

디딤돌 놓기 · · · · · · · · 101

디아스포라 · · · · · · · · 2

디아스포라 문학 · · · · · · · 153

디아스포라문학 · · · · · · · · · 4
딸의 모습 · · · · · · · 134, 135
땅 끝에 핀 야생화 · · · · · 224
때로 우리는 알몸이고 싶다 · · · 300
또 다른 고향 · · · · · · · · · 247
러시아 · · · · · · · · · · · · 14
레이크 루이스 · · · · · · · 105
로키산마루의 노을 · · · · · · 122
로키산맥 · · · · · · · 42, 105
리아-제단위의 불꽃 · · · · · 225
링컨 생가에서 · · · · · · · 123
마니토바(Manitoba) · · · · · · 32
마른 뼈에 대언하라 · · · · · 122
마약중독 · · · · · · · · · 190
마음 없는 마음의 길-강옥구의 시를
중심으로 · · · · · · · · · · 300
마음의 덫 · · · · · · · 163, 172
마이클 온다아치 · · · · · 19
마이클 온다아치의 Divisadero · 294
만년설 · · · · · · · · · · 105
만리타향 · · · · · · · · · 276
만행 · · · · · · · · · · · 261
맑은 물 · · · · · · · · · · 43
맑은 물 문학 · · · · · · · · 42
망명자 · · · · · · · · · · 24

망향가 · · · · · · · · · · 18
망향의식 · · · · · · 290, 317
매직 · · · · · · · · 208, 224
멀리 이사 오던 날 · · · · · · 92
멜팅팟(melting pot) · · · · 305, 318
멸시 · · · · · · · · · · · 172
명계웅 · · · · · · · · · · 38
모국 · · · · · · · · · · · 4, 74
모국 발전 · · · · · · · · · 11
모국문단 · · · · · · · · · 18
모국문화 · · · · · · · · · 3, 147
모국어 · · · · · · · · · · 38
모녀관계 · · · · · · · · · 208
모닝사이드 · 팍 · · · · · · · · 68
모자이크 · · · · · · · 59, 275
모자이크문화 · · · · · · 48, 289
모자이크사회 · · · · · · · 291
모텔 운영 · · · · · · · · · 32
모토 · · · · · · · · · · · 24
모호한 경계 · · · · · · · · 49
목사 · · · · · · · · · · · 11
목소리 · · · · · · · · · · 179
목장 집 소년 · · · · · · · 221
목장의 메아리 · · · · · · · 122
몬트리올(Montreal) · · · · · · 32

몰인정 · · · · · · · · · 138

몽고반점 · · · · · · · 114

무게 중심 · · · · · · 108

무국적 · · · · · · · · · 68

무늬 · · · · · · · · · · 48

무력감 · · · · · · · 75, 172, 270

무시 · · · · · · · · · 56

무용 · · · · · · · · · 22

무의식적인 · · · · · · · 254

무형문화재 · · · · · · · 262

문명비평적 · · · · · · · 264

문예동인 · · · · · · · 43

문예지 · · · · · · · · · 50

문예진흥기반 · · · · · · · 39

문예진흥청 · · · · · · · 37

문예창작 워크숍 · · · · · · · 39

문인 · · · · · · · · · 12

문인교수 · · · · · · · 37

문인귀 · · · · · · · · · 31

문인단체 · · · · · · · 31

문인협회 · · · · · · · 15

문제해결능력 불가능 · · · · · 270

문학 · · · · · · · · · · 4

문학과 비평 · · · · · · · 123

문학과 의식 · · · · · · · 32

문학과 의식 · · · · · · · 224

문학교류 · · · · · · · 40

문학사 · · · · · · · · · 15

문학사랑방 · · · · · · · 41

문학성 · · · · · · · · · 47

문학세미나 · · · · · · · 38

문학에 있어서의 외설문제 · · · 293

문학은 죽음인가 미학인가? · · · 2963

문학의 밤 · · · · · · · 38

문학창작 · · · · · · · 55

문협 · · · · · · · · · 30

문협광장 · · · · · · · 36

문협을 중심으로 '시모임' · · · · 18

문호 · · · · · · · · · 11

문화 · · · · · · 13, 22, 23, 45, 147

문화 간 감수성 발전 모형이론 · · · ·
· · · · · · · · · · · · 25, 183

문화공보부 · · · · · · · 37

문화관(文化觀) · · · · · · · 275

문화교섭 · · · · · · · 305, 319

문화권 · · · · · · · 23, 127, 270

문화규범 · · · · · · · 74

문화변용 · · · · · · · 25

문화변용론 · · · · · · · 25

문화비평 · · · · · · · 22

문화예술 · · · · · · · · · 22

문화유산 · · · · · · · · · 262

문화의 상대성(cultural relativity) · 148

문화적 규범 · · · · · · · · 135

문화적 유지(cultural maintenance) ·

· · · · · · · · · · · · · 26, 56

문화적 합병 · · · · · · 306, 319, 287

문화적응 · · · · · · · · · 3, 25

문화적응전략 · · · · · · · · · 26

문화접변 · · · · · · · · · · 22

문화정책전략 · · · · · · · · 26, 82

문화정체성 · · · · · · · · 25, 319

문화차이 · · · · · · · · · · 274

문화차이에서 오는 충격 · · · · · 274

문화충격(cultural shock) · 3, 75, 270

물안개 · · · · · · · · · · · 226

물은 스스로 소리가 없지만 · · · · 122

물자 · · · · · · · · · · · 2, 10

물질 · · · · · · · · · · · 302

미국 · · · · · · · · · · · · 2

미국에 사는 아랍인 · · · · · · 23

미국지부 · · · · · · · · · · 2

미동부 · · · · · · · · · · · 38

미주지역한인문학 · · · · · · · 3

미주지회 · · · · · · · · · · 21

미행 · · · · · · · · · · · 224

민족 · · · · · · · · · · 11, 23

민족 문화 · · · · · · · · · 258

민족 정체성 · · · · · · · · · 22

민족 주체성 · · · · · · · · 258

민족관념 · · · · · · · · · · 130

민족문화 · · · · · · · · · 22, 78

민족상대주의(ethnorelative) · · · 127

민족성 · · · · · · · · · · 230

민족의식 · · · · · · · · · · 116

민족적 근원 · · · · · · · · · 291

민혜기 · · · · · · · · 237, 281, 282

믿음의 문학 · · · · · · · · · 32

밀리언달러티켓 나도 한 장 · · · · 281

밀밭 · · · · · · · · · · · · 43

밀양 · · · · · · · · · · · 263

밀양아리랑 · · · · · · · · 129, 135

바다 건너 글 동네 · · · · · · · 40

바다 건너 시동네 · · · · · · · 122

바람 그리고 행복 · · · · · · · 224

바람 깃 당겨 시간의 갈기만 눕히네 ·

· · · · · · · · · · · · · 123

바람 부는 들판에 서서 · · · · · 280

바람의 잠 · · · · · · · · · 224

바벨론(Babylon) · · · · · · · 63

바슐라르 · · · · · · · · 302

바위를 뚫고 나온 구절초 · · · 282

박근혜 대통령 · · · · · · · 12, 79

박능재 · · · · · · · · · · 42

박능재 · · · · · · · · · · 264

박동규 · · · · · · · · · · 37

박동순 · · · · · · · · · · 42

박민규 · · · · · · · 71, 252, 294

박사학위 · · · · · · · · · 268

박성민 · · · · · · 99, 163, 226

박숙자 · · · · · · · · · · 211

박순배 · · · · · 241, 247, 280, 282

박연우 · · · · · · · · · · 244

박영미 · · · · · · · · · · 87

박영호 · · · · · · · · · · 42

박영희 · · · · · · · · · · 123

박옥선 · · · · · · · · · 31, 124

박은주 · · · · · · · · · · 226

박일웅 · · · · · · · · · 240, 260

박충도 · · · 19, 288, 289, 290, 293

박충선 · · · · · · · · · · 42

박희원 · · · · · · · · · · 31

반병섭 · · · · · · · 122, 282, 302

발간 지원금 · · · · · · · · 35

발전 · · · · · · · · · · 48, 181

발전기 · · · · · · · · · · 20

방세형 · · · · · · · · · · 42

방어기제(defense mechanism) · 188

방어단계 · · · · · · · · · 27

방향 · · · · · · · · · · · 14

방향감각 · · · · · · · · · 124

방황 · · · · · · · · · · · 74

배경 · · · · · · · · · · · 75

배려 · · · · · · · · · · · 202

배척 · · · · · · · · · · 26, 56

배타적 · · · · · · 46, 275, 295

백경락 · · · · · · · · · · 254

백두산 들쭉밭에서 · · · · · · 123

백야에 핀 그리움 · · · · · · · 282

백인중심 · · · · · · · · · 311

백인중심사회 · · · · · · · · 3

백일장 · · · · · · · · · · 38

백지문학 · · · · · · · · · 18

밴쿠버 · · · · · · · · · · 19

밴쿠버 예찬 · · · · · · · · 106

밴쿠버 중앙일보 · · · · · · · 41

밴쿠버(Vancouver) · · · · · · 13

밴쿠버조선일보 · · · · · · · 36

밴쿠버중앙일보 · · · · · · · 36

밴쿠버한국일보 · · · · · · · 36

밴쿠버한인문인협회 · · · · · · 40

번역 · · · · · · · · · · · 36

번영 · · · · · · · · · · · 181

범죄 · · · · · · · · · · · 165

범죄율 · · · · · · · · · · 165

법원 가는 길 · · · · · · · · 190

법원 가는 길 · · · · · · · · 315

법정 후견인 · · · · · · · · 207

법제화 · · · · · · · · · · 289

베네딕트 앤더슨(Benedict Anderson)

· · · · · · · · · · · · · 260

베넷(M. J. Bennett) · · · · · · 25

베니스 블루1 · · · · · · · · 225

베니스 블루2 · · · · · · · · 225

베리(J. W. Berry) · · · · · · 25

베짱이의 노래 · · · · · · · · 281

베트남 · · · · · · · · · 11, 214

변방 · · · · · · · · · 13, 293

변별성 · · · · · · · · · · 297

변은숙 · · · · · · · · 111, 112

변창섭 · · · · · · 18, 300, 319

변호사 · · · · · · · · 195, 268

변화 속의 문학 · · · · · · · 301

병리적 · · · · · · · · · · 197

보상심리 · · · · · · · · · 197

보편화 · · · · · · · · · · 117

복수성 · · · · · · · · · · 148

복지(福地) · · · · · · · · · 106

복지국가 · · · · · · · · · 106

복지제도 · · · · · · · 102, 312

복합문화 · · · · · · · · · 147

복합문화의 날 · · · · · · · 146

복합문화정책 · · · · · · · · 276

봉하마을 소년이 말한다 · · · · 110

부계혈통주의 · · · · · · · · 130

부권의 실추 · · · · · · 208, 315

부끄러움 · · · · · · · · · 106

부도덕 · · · · · · · · · · 165

부동산 중개업 · · · · · · · · 32

부모−자녀 · · · · · · · · · 258

부적응 · · · · · · · 3, 96, 315

부적응자 · · · · · · · · · 211

부정단계 · · · · · · · · · · 27

부정부패 · · · · · · · · · 151

부정적 역기능 · · · · · · · 275

부채의식 · · · · · · · 101, 196

부합 · · · · · · · · · · · 306

북미사회 · · · · · · · · · 211

북미지역 · · · · · · · · · · 21

북한문학 · · · · · · · · · · 4

북한문학사 · · · · · · · · 16

분노 · · · · · · · · · · 188

분리(고립) · · · · · · · · 26

분리주의 · · · · · · · 26, 56

분석 · · · · · · · · · · 22

분수령 · · · · · · · · · 20

분열 · · · · · · · · · 264

분이 · · · · · · · · · 226

분쟁지역화 · · · · · · · 260

분할 · · · · · · · · · 168

불가시적인 · · · · · · · 242

불가항력 · · · · · · · · 257

불꽃나무 · · · · · · · · 123

불면증 · · · · · · · 75, 270

불안 · · · · · · · 106, 165

불안감 · · · · · · · · · 75

불안감 증진 · · · · · · · 270

불안장애 · · · · · · · · 201

불어 · · · · · · · · · · 15

불완전 고용상태 · · · · · · 152

불이익 · · · · · · · · · 101

불평등 · · · · · · · · · 23

붙박이 · · · · · · · · · 101

브라질 · · · · · · · · · 11

브라질 · · · · · · · · · 158

블랙 죠 · · · · · · · · 225

비빔밥 · · · · · · · · · 264

비서구 · · · · · · · · · 23

비아냥(mockery) · · · · · · · 300

비의 교향악 No.9 · · · · · · 225

비주류사회 · · · · · · · 47

비판 · · · · · · · · · · 22

비평문학 · · · · · · · · 3

빈민가 · · · · · · · 165, 166

빌 애쉬크로프트 · · · · · · 49

뽑새 · · · · · · · 158, 226

뿌리 · · · · · · · · · 198

사고방식 · · · · · · · 143, 271

사람에게 시가 들어 있을 때 · · 300

사랑 그 일 도의 하늘에는 · · · · 122

사랑이 무어라 알기도 전에 · · · 122

사무직 · · · · · · · · · 11

사스캐추완 · · · · · · · 43

사스캐츠완문학회 · · · · · 43

사월의 꽃잎-세월호의 어린 영혼에게

· · · 108

사이에 낀(in-between) · · · · 299

사진결혼 · · · · · · · · 202

사회경제적 · · · · · · · 195

사회보장제도 · · · · · · · 106

사회복지 · · · · · · · · · · 315	생활철학 · · · · · · · · 258
사회통합 · · · · · · 26, 56, 242	서구적 · · · · · · · · · 45
산문동인(산문마당) · · · · · · 18	서독 · · · · · · · · · 158
산새 · · · · · · · · · · 124	서발턴(subaltern) · · · · · · 152
산은 산 따라 흘러도 · · · · 123	서발턴의 서사 · · · · · · · · 154
산천 · · · · · · · · · · 102	서부지역 · · · · · · · · 40
살아있음이 이리도 기쁜데 · · · · 122	서비스업 · · · · · · · · 267
삶의 본능 · · · · · · · · · 187	서사 · · · · · · · · · 179
삶의 질 · · · · · · · · · 151	서양 · · · · · · · · · 273
삼천리금수강산 · · · · · · · 67	서영옥 · · · · · · · 42, 90
상상력 · · · · · · · · · 302	서울 · · · · · · · · · 123
상처 · · · · · · · · · · 242	서정건 · · · · · · · 106, 226
상호보완적 · · · · · · · · 139	서정주 · · · · · · · · 37
새싹문학상 · · · · · · · · 121	선거권 · · · · · · · · · 4
새울 · · · · · · · · 31, 58	설원에서 부르는 노래 · · · · · 280
색깔 · · · · · · · · · · 48	설종성 · · · · · · · · · 31
샌프란시스코지부 · · · · · · 21	성 · · · · · · · · · · 154
샐먼이 걸렸다 · · · · · · · · 226	성공 · · · · · · · · · 101
생계부양자 · · · · · · · · · 211	성우제 · · · · · 238, 269, 281, 282
생명의 소리 · · · · · · · · 302	성장기 · · · · · · · · 195
생존전략 · · · · · · · 96, 312	성접대 · · · · · · · · · 112
생활고 · · · · · · · · · 151	성찰 · · · · · · · · · 48
생활방식 · · · · · · · · · 26	성취압박 · · · · · · · · 197
생활보조금 · · · · · · · · · 176	성큼성큼 · · · · · · · · 121
생활영역 · · · · · · · · · 259	세계문학 · · · · · · · · 299

세계자본주의 · · · · · · · · 154

세계크리스천문인협회 · · · · · 42

세대 간 · · · · · · · · · · 258

세력 · · · · · · · · · · · 22

세월에 시정을 싣고 · · · 260, 280

세월의 바닷가에서 · · · · · · 122

세월이 바람 되어 · · · · · · 282

세월호 사건 · · · · · · · · 107

세종대왕 · · · · · · · · · 259

세탁소 · · · · · · · · · · 163

소년한국 · · · · · · · · · 31

소매업 · · · · · · · · · · 267

소병희 · · · · · · · · · · 42

소비에트중앙아시아 고려인문학사 15

소설 · · · · · · · · · · · 36

소설문학 · · · · · · · · · 3

소수문화 · · · · · · · 48, 322

소수민족 · · · · · · 26, 75, 241

소수민족문단 · · · 47, 292, 295, 317

소수집단 · · · · · · · · · 26

소아병적 · · · · · · · · · 275

소외 · · · · · · · · · · · 211

소외감 · · · · · 69, 106, 148, 312

소외의식 · · · · · · · · · 48

소통 · · · · · · · · · · · 78

손바닥 속 인연 · · · · · · · 225

손성호 · · · · · · · · · · 124

손정숙 · · · · · · 256, 268, 282

송명희 · · · · · · · · · · 79

송요상 · · · · · · · · · · 105

숄즈(Robert Scholes) · · · · · 231

수교 50주년 · · · · · · · · 79

수용단계 · · · · · · · · · 27

수잔 최 · · · · · · · · · · 17

수필 · · · · · · · · · 36, 231

수필가 손정숙 · · · · · · · · 3

수필문학 · · · · · · · · · 3

수필시대 · · · · · · · · · 32

수필의 제 요소 · · · · · · · · 231

수필춘추 · · · · · · · · 32, 282

숙녀는 건배를 들고 · · · · · · 124

숙박요식업 · · · · · · · · · 267

순수문학 · · · · · · · 32, 123

순수성 · · · · · · · · 134, 316

순화주의 · · · · · · · · · 24

술시중 · · · · · · · · · · 112

스트레스 · · · · · · · · · 63

스포츠 · · · · · · · · · · 255

스피박 · · · · · · · · · · 154

슬럼구역 · · · · · · · · · 165

슬픔 · · · · · · · · · 69, 75, 270

습속 · · · · · · · · · 259

승화 · · · · · · · · · 139

시 · · · · · · · · · 36

시 낭송강좌 · · · · · · · 41

시간의 섬 · · · · · · · 140

시동인(시동인지) · · · · · 18

시둥지 · · · · · · · · · 43

시려오는 계절 · · · · · · · 69

시문학 · · · · · · · · · 3

시와 수필 대표작 선집 · · · · · 12

시월애 · · · · · · · · · 124

시작 노트의 의미 · · · · · · · 302

시조문학 · · · · · · 32, 123

시카고 · · · · · · · · · 38

시평 빈 집 · · · · · · · 302

시평─윤동주의 〈서시〉 · · · · · 301

시화 · · · · · · · · · 74

식민주의 · · · · · · · · · 153

식민지 · · · · · · · · · 22

신경용 · · · · · · · · · 282

신금재 · · · · · · · · · 42

신분상승 · · · · · · · · · 196

신분상승욕구 · · · · · · · 101

신영봉 · · · · · · 280, 282

신자유주의 · · · · · · · 151

신춘문예 · · · · · · · · · 31

신현숙 · · · · · · · · · 40

실망감 · · · · · · 82, 312

실어증 · · · · · · · · · 68

심규찬 · · · · · · · · · 226

심리적 갈등이 · · · · · · · 198

심상 · · · · · · · · · 32

심포지엄 · · · · · · · · · 37

심현섭 · · · · · · · · · 261

쌀밥 · · · · · · · · · 259

쑥대밭 · · · · · · · · · 87

씨잉 킴의 하루 · · · · · · · 162

아 아 나의 조국 · · · · · · · 116

아네모네 · · · · · · · · · 225

아노미 · · · · · · 72, 272

아니온 듯 다녀가는 길 · · · · · 282

아동문학 · · · · · · · · · 36

아동폭력 · · · · · · · · · 272

아들의 광고사진 · · · · · · · 113

아르헨티나 · · · · · · · 3, 11

아리랑 · · · · · · 262, 263

아리랑, 유네스코 인류무형문화유산이

되다 · · · · · · · · · 262

아리랑의 노래 · · · · · · · 263

아리랑의 숨겨진 이야기 고개 ·· 263

아멘, 아멘, 아멘 · · · · · · · 124

아버지 그는 누구인가 · · · · · 300

아웃사이더 · · · · · · · · · · 50

아웃사이더의식 · · · · · · · · 82

아이덴티티 · · · · · · · · · 230

아이스와인 · · · · · · · · · 224

악몽 · · · · · · · · · · · 200

안개는 섬으로 간다 · · · · · · 123

안봉자 · · · · · · · · · 123, 282

안세현 · · · · · · · · · · · 42

안재빈 · · · · · · · · · 42, 274

안착 · · · · · · · · · · · · 3

안희선 · · · · · · · · · · · 42

알코올 중독자 · · · · · · · · 202

알콩달콩 삼순이네 가족 · · · · · 281

앤더슨 · · · · · · · · · · · 117

앨버타(Alberta) · · · · · · · · 32

앵글로 색슨족 · · · · · · · · 244

야만, 혹은 야만의 이름으로 · · · 226

양가감정 · · · · · · · · · · 93

양부모 · · · · · · · · · · · 198

양성 평등적인 · · · · · · · · 211

양정윤 · · · · · · · · · · · 42

양지로만 흐르는 강 · · · · · · 122

어느 날의 먼동 · · · · · · · · 302

어느 마을에서 · · · · · · · · 64

어떤 약속 · · · · · · · · · 280

어머니 · · · · · · · · · · · 121

어머니의 뜰 · · · · · · · · · 282

어윤순 · · · · · · · · · · · 225

어제는 나를 찾아 강물이 되고 · · 123

어퍼컷 · · · · · · · · · · 143

어학연수 · · · · · · · · · · 11

억압 · · · · · · · · · · · 300

억압받는 · · · · · · · · · · 154

언론현실 · · · · · · · · · · 264

언어 · · · · · · · · · · 3, 259

언어능력 · · · · · · · · · · 63

언어생활 · · · · · · · · · · 74

언어성 · · · · · · · · · · 230

언어적 민족주의 · · · · · · · 117

얼굴 없는 나르시스 · · · 225, 228

얼음꽃문학 · · · · · · · · · 42

엄희용 · · · · · · · · · · 226

업녀 · · · · · · · · · · · 225

에드먼턴 · · · · · · 13, 19, 42

에드몬튼한인얼음꽃문학회 · · 13, 42

에드워드 사이드 · · · · · · · 23

에드워드 사이드 · · · · · · 50, 288

에로스(eros) · · · · · · · · · 187

에밀리아를 부르면서 · · · · · 123

에세이문학 · · · · · · 32, 280, 281

에스닉(ethnic) · · · · · · · · · 236

에스키모 · · · · · · · · · 45, 234

에이전시 · · · · · · · · · · · 155

엔클레이브(enclave) · · · · · · 177

여동원 · · · · 31, 226, 238, 252, 273

· · · · · · · · · · · · · 281, 282

여보세요 여기 캐나다예요 · · · 282

여성동인 · · · · · · · · · · · 43

여자연예인 · · · · · · · · · · 112

역동성 · · · · · · · · · · · · 167

역사 · · · · · · · · · · · · · 13

연 · · · · · · · · 208, 226, 315

연구목적 · · · · · · · · · · · 10

연구영역 · · · · · · · · · · · 4

연극평론가 · · · · · · · · · · 37

연속무늬 지우기 · · · · · · · · 226

연애 · · · · · · · · · · · · · 74

연장선상 · · · · · · · · · · · 275

열린문학 · · · · · · · 32, 122, 123

열패감 · · · · · · · · · · · · 172

영문동인지 · · · · · · · · · · 47

영어 · · · · · · · · · · · · · 15

영웅 · · · · · · · · · · · · · 195

영입 회원 · · · · · · · · · · · 32

영주권 · · · · · · · · · · · · 159

영토 · · · · · · · · · · 167, 261

영화배우 · · · · · · · · · · · 112

옛시조 · · · · · · · · · · · · 260

오 독도여 · · · · · · · · 115, 117

오강남 · · · · · · · · · · 241, 259

오대양 · · · · · · · · · · · · 117

오리엔탈리즘 · · · · · · · · · 23

오승연 · · · · · · · · · · · · 73

오이소박이 · · · · · · · · 124, 217

오혜정 · · · · · · · · · · · · 42

온라인상 · · · · · · · · · · · 178

온타리오 호숫가에서 · · · · · 280

온타리오의 밤 · · · · · · · · · 64

옮겨심은 나무들 · · · · · · · · 71

왜곡된 삶의 모습을 다시 생각하면서

· · · · · · · · · · · · · · · 301

외교부 · · · · · · · · · · 12, 17

외국병 · · · · · · · · · · · · 252

외등 · · · · · · · · · · · · · 68

외로움 · · · · · · · 75, 267, 270

외모 · · · · · · · · · · · · · 130

외상 · · · · · · · · · · · · · 201

외상 후 스트레스장애(post traumatic stress disorder) · · · · · · · · · 201

외씨버선길 · · · · · · · · · · 281

외연 · · · · · · · · · · · · 10

외집단 · · · · · · · · · · · 275

외환위기 · · · · · · · · · · 11

요크대학교 · · · · · · · · · 14

욕구 · · · · · · · · · · · 195

욕망의 지평1 · · · · · · · · 225

우리의 만찬 · · · · · · · 136, 137

우울증 · · · · · · · 75, 188, 270

우월감 · · · · · · · · · · 144

우월의식 · · · · · · · · · 242

우즈베키스탄 · · · · · · · · · 2

움베르토 에코의 '바우도리노' 외(外) · · · · · · · · · · · · · · · 293

워싱턴 · · · · · · · · · · · 2

워싱턴지부 · · · · · · · · · 21

원동력 · · · · · · · · · · 256

원색문화 · · · · · · · · · · 45

원옥재 · · · 226, 247, 254, 281, 282

원융 · · · · · · · · · · · 264

원주희 · · · · · · · · · 42, 108

월간문학 · · · · · · · · · 32, 122

월드컵 · · · · · · · · · · 255

월터루에 내리는 비 · · · · · · · 110

위계질서 · · · · · · · · · · 211

위대한 자유의 부자유 · · · · · 123

위임(delegation) · · · · · · · 195

위장결혼 · · · · · · · · · · 159

위치성 · · · · · · · · · · · 151

윈저(Windsor) · · · · · · · · 32

유계화 · · · · · · · · · · 226

유금호 · · · · · · · · · 129, 203

유네스코 · · · · · · · · · · 262

유대감 · · · · · · · · · · 254

유랑 · · · · · · · · · · · · 24

유럽 · · · · · · · · · · · · 22

유령의 집 · · · · · · · · 216, 226

유리창 밖에는 · · · · · · · · 170

유명한 무명시인 · · · · · · · 124

유민영 · · · · · · · · · · · 37

유배지 · · · · · · · · · · · 84

유병옥 · · · · · · · · · · 123

유색인종 · · · · · · · · · · 3

유인형 · · · · · · 14, 226, 243, 282

유장원 · · · · · · · · · · · 86

유정자 · · · · · · · · · 106, 110

유진원 · · · · · · · · · · · 42

유쾌한 결혼식 · · · · · · · · 224

유통기간 · · · · · · · · · · · 91

유학비용 · · · · · · · · · · · 12

유학생 · · · · · · · · · 11, 160

육대주 · · · · · · · · · · · 117

육체노동자 · · · · · · · · · 269

육체적 · · · · · · · · · · · 270

윤원식 · · · · · · · · · · · 42

윤인진 · · · · · · · · · · · 21

윤재천 · · · · · · · · · · · 37

융합 · · · · · · · · · · · · 264

음식문화 · · · · · · · · 135, 259

음악 · · · · · · · · · · · · 22

의과대학 · · · · · · · · · · 268

의료시스템 · · · · · · · · · 315

의사 · · · · · · · · · · 11, 268

의사소통 · · · · · · · · 15, 258

의식 있는 목소리 · · · · · · · 179

의식주의 · · · · · · · · 74, 287

이 땅의 주인, 원주민 · · · · · 263

이금실 · · · · · · · · · 93, 123

이기인 · · · · · · · · · · · 129

이기주의 · · · · · · · · · · 138

이내들 · · · · · · · · · · · 276

이덕형 · · · · · · · · · · · 14

이데올로기 · · · · · · · · · 26

이데올로기 · · · · · · · · · 82

이동 · · · · · · · · · · · · 10

이동렬 · · · · · · · 260, 280, 282

이디푸스적 아버지 살해욕망(the desire of murdering the father) · 187

이명자 · · · · · · · · · 190, 226

이민 · · · · · · · · · · · · 57

이민 1세 · · · · · · · · · · 101

이민 2세 · · · · · · · · · · 101

이민 2세의 사랑연습 · · · · · · 225

이민 그리고 애환 · · · · · · · 94

이민 별곡 · · · · · · · · 83, 84

이민길 · · · · · · · · · · · 86

이민길1 · · · · · · · · · · · 122

이민길2 · · · · · · · · · · · 122

이민낙서 · · · · · · · · · · 281

이민문학 · · · · · · · · · · 285

이민문학론 · · · · · · · · · 45

이민문학-옮겨 심은 나무들 · · · · 33

이민문학의 사명 · · · · · · · 288

이민사회 · · · · · · · · 90, 91

이민생활 · · · · · · · · · · 129

이민생활 · · · · · · · · · · 267

이민은 만병통치약 · · · · · · · 269

이민자 · · · · · · · · · · · 3, 4

이민자정책 · · · · · · · · · · 147

이민전화 · · · · · · · · · · · 282

이민족 · · · · · · · · · · · · 139

이민파티 그후 · · · · · · · · 225

이방에서의 시 쓰기와 시인의 역할에

관한 소고 · · · · · · · · · · 301

이방인 · · · · · · · · · 62, 70

이방인의 노래 · · · · · · · · 123

이방인의 실루엣 · · · · · · · 214

이산(diaspora) · · · · · · · 23, 24

이산한 · · · · · · · · · · · · 233

이상 · · · · · · · · · · · · · 57

이상갑 · · · · · · · · · · · · 129

이상론 · · · · · · · · · · · · 45

이상묵 · · · · · · 113, 123, 226

이상주의적 · · · · · · · · · · 235

이석현 · · · · · · 14, 31, 282, 285

이순신 · · · · · · · · · · · · 259

이시환 · · · · · · · · · · · · 38

이식 · · · · · · · · · · · · · 45

이역 하늘 아래서 · · · · · · · 121

이영철 · · · · · · · · · · · · 302

이용균 · · · · · · · · · · · · 151

이운룡 · · · · · · · · · · · · 37

이원배 · · · · · · · · · · · · 227

이유식 · · · · 42, 67, 122, 264, 282

이율배반 · · · · · · · · · · · 188

이재락 · · · · · · · · · · · · 14

이정생 · · · · · · · · · · · · 226

이정원 · · · · · · · · · · · · 31

이종배 · · · · · · · · · · · · 42

이종숙 · · · · · · · · · · 42, 108

이종학 · · · · · · · · · · · · 41

이종학 · · · · 129, 161, 214, 225, 226

· · · · · · · · · · · 227, 275

이주 · · · · · · · · · · · 22, 233

이주기간 · · · · · · · · · · · 79

이주노동자 · · · · · · · · · · 233

이주민 정책 · · · · · · · · · · 60

이주상 · · · · · · · · · · · · 226

이주자의 주변화와 거주공간의 분리 ·

· · · · · · · · · · · · · · · 151

이주현실 · · · · · · · · · · · 18

이중국적 · · · · · · · · · · · 118

이중문화적(bicultural) · · · · · 127

이중적 정체성 · · · · · · · 48, 49

이중정체성 · · · · · · · · · · 273

이진종 · · · · · · · · · · · · 42

이질문화 · · · · · · · · · · · 273

이질적인 · · · · · · · · · · · 55

이창래 · · · · · · · · · · 17

이처럼 함께 · · · · · · · · · 124

이태준 · · · · · · · · · · 226

이항운 · · · · · · · · · · 42

이현복 · · · · · · · · · · 38

이희라 · · · · · · · · · · 42

인간관계 · · · · · · · · 91, 275

인간의 모든 감정 · · · · · · · 201

인도 · · · · · · · · · · 40

인디언 · · · · · · · · · · 45

인류학자 · · · · · · · · · 322

인생에 실패는 없다 다만 또 다른 삶이

있을 뿐이다 · · · · · · · · 281

인정 · · · · · · · · · · 148

인종 · · · · · · · · · · 11, 23

인종차별 · · · · · · · · 130, 242

인종차별성 · · · · · · · · · 182

인터넷 · · · · · · · · · · 144

인터넷카페 · · · · · · · · · 34

일본 · · · · · · · · · 2, 14, 260

일종의 자기에로의 전향(turning

against self) · · · · · · · · 188

입시 경쟁 · · · · · · · · · 197

입양 · · · · · · · · · · 198

입양아 · · · · · · · · · · 199

있는 그대로 · · · · · · · · · 300

자격지심 · · · · · · · · · 170

자기 공격 · · · · · · · · · 188

자녀교육 · · · · · · 151, 196, 272

자민족중심주의 · · · · 127, 136, 313

자발적 · · · · · · · · · · 120

자본 · · · · · · · · · · 2, 10

자본주의 · · · · · · · · · 154

자부심 · · · · · · · 4, 118, 258

자산 · · · · · · · · · · 306

자살 · · · · · · · · · · 190

자살과 해체사회 · · · · · · · 197

자식세대 · · · · · · · · · 101

자신감 소멸 · · · · · · · 75, 270

자아상실 · · · · · · · · · 211

자양분 · · · · · · · · · · 45

자연풍광 · · · · · · 102, 106, 312

자영업 · · · · · · · · · · 32

자유문학 · · · · · · · · · 32

자율권 · · · · · · · · · · 74

작가 · · · · · · · · · · 32, 231

작품활동 · · · · · · · · 17, 18

잔칫집과 같은 교회 · · · · · · 122

잡종 · · · · · · · · · · 24

잡종성 · · · · · · · · · · 24

잡종성(hybridity) · · · · · 24, 25

장강(長江)의 미학(美學) · · · · 302

장거리 민족주의 · · · 4, 107, 117, 312

장르 · · · · · · · · · · · · · 231

장명길 · · · · · 129, 203, 225, 226

장석환 · · · · · · 31, 64, 83, 123

장소 · · · · · · · · · · 106, 1466

장자연 · · · · · · · · · · · 112

장자연 리스트 · · · · · · · · · 112

장자연사건 · · · · · · · · · 107

장정숙 · · · · · · 242, 271, 282

장편 · · · · · · · · · · · · · 34

장편소설 · · · · · · · · · · 227

재교육 · · · · · · · · · · · 269

재등단 · · · · · · · · · · 32, 50

재미한인문단 · · · · · · · · 284

재사회화 · · · · · · · · · · 96

재생산 · · · · · · · · · · · 23

재스민에 실린 사랑 · · · · · · 302

재영토화(reterritorialization) · 167, 173

재외국민 · · · · · · · · · 4, 11

재외국민 참정권법 · · · · · · · 4

재외국민정책 · · · · · · · · 120

재외동포 · · · · · · · · · · · 4

재외동포문학상 · · · · · · · · 39

재외동포문학상 · · · · · · · · 162

재외동포현황 · · · · · · · · 12, 17

재외한인문단 · · · · · · · · · 2

재외한인문학 · · · · · · · · · 2

재외한인문학사 · · · · · · · · 16

재이민 · · · · · · · · · · · 158

재이주 · · · · · · · · · · · 11

재일(在日) · · · · · · · · · 240

재일한인문학 · · · · · · · · · 2

재현 · · · · · · · · · · · 179

저급 노동이주자 · · · · · · · 155

저급문화 · · · · · · · · · · 165

저무는 날의 사색 · · · · · · · 224

저소득 · · · · · · · · · · · 152

저장강박증(compulsive hoarding syndrome) · · · · · · · · 203

적응 · · · · · · · · · · 21, 22

적응단계 · · · · · · · · · · 27

적응력 · · · · · · · · · · · 3

적응하기 · · · · · · · · · · 57

전남매일 · · · · · · · · · · 32

전락 · · · · · · · · · · · 51

전략 · · · · · · · · · · · 49

전문직 · · · · · · · · · · · 11

전미자 · · · · · · · · · · · 42

전선희 · · · · · · · · · · 42

전정우 · · · · · · · 224, 226, 228

전지구화 · · · · · · · · · 230

전통 · · · · · · · · · · 45

전통문화 · · · · · 26, 56, 264

전통풍습 · · · · · · · · 287

전향적 · · · · · · · · · · 10

전혜나 · · · · · · · · · · 42

절망 · · · · · · · · · · · 63

절충 · · · · · · · · · · · 74

젊은 화가의 사랑 · · · · · · · 227

접목 · · · · · · · · · · · 45

접목한 사과나무 · · · · · · · 264

접촉 · · · · · · · · · · · 55

접촉과 참여 · · · · · · · · · · 26

접촉과 참여(contact and maintenance) · · · · · · · · · 56

정광희 · · · · · · · · · · 221

정규직 · · · · · · · · · · 267

정균섭 · · · · · · · 226, 250

정덕준 · · · · · · · · · · · 2

정민곤 · · · · · · · · · · 226

정병훈 · · · · · · · · · · 37

정보 · · · · · · · · · · 2, 10

정봉희 · · · · · · · · · · 110

정서 · · · · · · · · · · · 57

정선 · · · · · · · · · · · 263

정신과 병원 · · · · · · · · 207

정신노동자가 · · · · · · · · 268

정신대 · · · · · · · · · · 261

정연희 · · · · · · · · · · 37

정오의 그림자 · · · · · · · · 282

정착사회 · · · · · · · 25, 26

정착지 · · · · · · · · · · 151

정체성 · · · · · · · 3, 14, 21

정체성 인정의 정치 · · · 235, 289

정체성 정치 · · · · · · · 235, 289

정체성 혼란 · · · · · · · · 270

정충모 · · · · · · · · 94, 95

정치 · · · · · · · · · · · 22

정효구 · · · · · · · · · · 57

제 그림자 죽이기 · · · · · · · 226

제1단계 · · · · · · · · · · 25

제2단계 · · · · · · · · · · 25

제2의 고향 · · · · · · · · · 240

제3단계 · · · · · · · · · · 25

제3의 문학 · · · · · · · · · 299

제7회 해외문학 심포지엄 · · · · 37

제국주의 · · · · · · · · · 22

제도 · · · · · · · · · · 13, 75

제휴(affiliation) · · · · · · 288, 305

조국 · · · · · · · · · · · · 102, 260

조기유학 · · · · · · · · · · · · · 11

조미래 · · · · · · · · · · · · · · · 31

조용옥 · · · · · · · · · · · · · · · 42

조율리 · · · · · · · · · · · · · · · 42

조정대 · · · · · · 69, 70, 122, 282

조정대 · · · · · · · · · · · · · · 282

조종수 · · · · · · · · · · 108, 109

조총련계 · · · · · · · · · · · · · 50

조혜란 · · · · · · · · · · · · · · · 42

조혜미 · · · · · · · · · · · · · · 123

조화 · · · · · · · · · · · · · · · 139

종교 · · · · · · · · · · · · · 45, 91

종속 · · · · · · · · · · · · · · · 23

종속관계 · · · · · · · · · · · · · 23

종속적인 · · · · · · · · · · · · 154

좌절감 · · · · · · · · · · · · · 271

주류문화 · · · · · · · · · · 26, 56

주류사회 · · · · · · · · · · 25, 47

주류집단 · · · · · · · · · · · · · 23

주민등록증 · · · · · · · · · · · · · 4

주변 · · · · · · · · · · · · · · · 23

주변문학 · · · · · · · · · · · · 292

주변화 · · · · · · · · · · · · 26, 56

주제 · · · · · · · · · · · · 22, 320

죽은 신문 죽은 사회 · · · · · · 264

죽음본능 · · · · · · · · · · · · 187

줄 · · · · · · · · · · · · · · · · 93

중간 · · · · · · · · · · · · · · · 74

중국 · · · · · · · · · · · · · · · · 2

중국조선족문학의 어제와 오늘 · · 16

중남미 파라과이 · · · · · · · · 158

중산층 · · · · · · · · · · · · · 152

중심 · · · · · · · · · · · · · · · 23

중심권 · · · · · · · · · · · · · 299

중앙아시아 · · · · · · · · · · · 50

중앙아시아고려인 문학 · · · · · · 2

중앙아시아지역 · · · · · · · · · · 2

중편 · · · · · · · · · · · · · · · 34

지구적 · · · · · · · · · · · · · 306

지배 · · · · · · · · · · · · · · · 23

지상천국 · · · · · · · · · · · · · 85

지역문학 · · · · · · · · · · · · · 51

지역문화 · · · · · · · · · · · · 319

지연 · · · · · · · · · · · · · · 275

지울 수 없는 그림자 · · · · · · 122

지형도 · · · · · · · · · · · · · 290

진도 · · · · · · · · · · · · · · 263

진료경력 · · · · · · · · · · · · 207

질그릇 같은 나에게도 · · · · · 122
질그릇 속에서 발견한 인간 구원–늘샘
반병섭 소설의 세계와 그 이해 · 302
집단성원 · · · · · · · · · · 26
집단주의 · · · · · · · · · 275
차별 · · · · · · · · 22, 59
차별경험 · · · · · · 240
차별화 · · · · · · · · 20
차세대 · · · · · · · 17, 18
차세대 한국문학교육 · · · · · 40
차이 · · · · · · · · · 139
차차세대 · · · · · · · · 17
착각 · · · · · · · · 71
착각(illusion) · · · · · · · · · 72
찬양 · · · · · · · · · 102
참여문학 · · · · · · 32
참정권 · · · · · · · 10
창간호 · · · · · · · 40
창립 · · · · · · · · 31, 54
천국의 삐에로 · · · · · · · 225
천재지변 · · · · · · 106
청각장애 · · · · · · 238
청고개를 넘으면 · · · · · 280
청동거울 속의 하늘 · · · 124
청산아 왜 말이 없느냐 · · · · · 280

청소년 · · · · · · · · 197
청소년현상글짓기 · · · · · · · 38
청천하늘에 잔별도 많고 · · · · 280
초국가적 · · · · · · · 2, 10, 151
초기과정 · · · · · · · 26
초록비타민의 서러움 혹은 · · · 124
초록빛 먼 지평선에 · · · · · 282
초창기 · · · · · · · 15
초청강좌 · · · · · · · · 37
총선 · · · · · · · · 4
최광력 · · · · · · · 42
최광현 · · · · · · · 196
최금란 · · · · · · · 282
최성혜 · · · · · · 100, 101
최소화단계 · · · · · · 27
최윤희 · · · · · · · 81
최필원 · · · · · · · 225
최현석 · · · · · · · 201
출간 · · · · · · · · 54
출생 · · · · · · · 198
출신국가 · · · · · · 202
출판사정 · · · · · · 50
춤추는 포크와 나이프 · · · · · 224
충돌 · · · · · · · 183, 208
충동 · · · · · · · · 188

칠천만 · · · · · · · · 115

카멜레온 · · · · · · · 100

카멜레온을 위하여 · · · · · · 99

카자흐스탄 · · · · · · · 2

카테고리 · · · · · · 51

카페 · · · · · · · · 153

캄보디아 · · · · · · 244

캐나다 · · · · · · · · 2

캐나다 밴쿠버지부 · · · · · · · 21

캐나다 이민법 · · · · · · · · 11

캐나다 주정부 · · · · · · 39

캐나다 한인학교 협의회 · · · · 38

캐나다뉴스 · · · · · · · · · 18

캐나다동포문학의 어제, 오늘 그리고
내일 · · · · · · · · · 18

캐나다문학 · · · · · · · · · 3

캐나다문학 속의 한국 이민문학　290

캐나다에 심은 조선호박 · · · · 280

캐나다에서 온 편지 · · · · · · 282

캐나다의 한국문학 · · · · · · 301

캐나다의 화동론(和同論) · · · · 275

캐나다조선일보 · · · · · · · 36

캐나다중앙일보 · · · · · · · · 36

캐나다지부 · · · · · · · · 21

캐나다크리스챤문인협회 · · · · 40

캐나다한국문인협회 · · · · · 5, 13

캐나다한국인상 · · · · · · · 121

캐나다한국일보 · · · · · · 36

캐나다한인 · · · · · · · 19, 80

캐나다한인문단의 형성 · · · · · · 3

캐나다한인문인협회 · · · · · 3, 19

캐나다한인문인협회 회장 · · · · 5

캐나다한인문인협회와 한인 이민문학
· · · · · · · · 294

캐나다한인문학 · · · · · · · 3

캐나다한인문학 연구 · · · · · 4

캐나다한인문학가협회 · · · · · 13

캐나다한인문학비평 · · · · · 7

캐나다한인문학사 · · · · · · 4

캐나다한인사회 · · · · · · 15

캐나다한인소설 · · · · · · 6

캐나다한인수필 · · · · · · 7

캐나다한인시 · · · · · · · · 6

캐나다한인의 민족의식과 모국관 · 241

캐나디안의 문협 · · · · · · · 41

캐나디언문협 · · · · · · · 47

캐나디언의 문협 · · · · · · · 40

캐너더 뉴스 · · · · · · · 31

캐셔(cashier) · · · · · · 164

캘거리 · · · · · · · · 19, 42

캘거리의 겨울 아침 · · · · · 103

캘거리한인문인협회 · · · · · · 42

캘리포니아 · · · · · · · · 38

커뮤니케이션 전문가(interculturalists)

· · · · · · · · · · 128

커뮤니티 · · · · · · · 96

커피머니메이커 · · · · · · · · 281

컨버전스 · · · · · · · 264

컨비니언스 · · · · · · · 155

코드화 · · · · · · · · 22

코리아 · · · · · · · · 113

코리안 디아스포라 · · · · · · · 21

코리안 우먼 · · · · · · · 245

코리언 저널 · · · · · · · 31

코리언뉴스 · · · · · · · 41

코카클럽 · · · · · · · 245

콤플렉스 · · · · · · · 265

콩트 · · · · · · · · 36, 134

쾌락원칙을 넘어서 · · · · · · · 187

크리스천 · · · · · · · · 42

크리올 민족주의 · · · · · · · 117

클라우스(Cal H. Klaus) · · · · · 231

키워드264 · · · · · · · · ·

타나토스(thanatos) · · · · · · · 187

타는 목마름으로 · · · · · · · · 280

타민족 · · · · · · · · 257

타운하우스 · · · · · · · 168

타자화 · · · · · · · 151

탈경계 · · · · · · · · 129

탈식민주의 · · · · · · · 318

탈식민주의 문학 · · · · · · 153

탈식민주의 비평 · · · · · · · 22

탈영토화(deterritorialization) · · · 167

태아가 보이는 세상 · · · · · · 225

테임즈강변에서 달빛사냥 · · · · 123

토론토 · · · · · · · 12, 13

토론토 대학 · · · · · · · 38, 164

토론토에서 히말라야 고산족 마을을

따라 · · · · · · · · · · 281

토착문화 · · · · · · · 45

토착문화인 · · · · · · · 234

톤 · · · · · · · · 83

통계청 · · · · · · · 269

통문화적 비평(cross-cultural

criticism) · · · · · · · 22

통문화적 혼종성 · · · · · 306, 319

통신 · · · · · · · 118

통역 · · · · · · · 188

통찰력 · · · · · · · 264

통합 · · · · · · · 3, 26, 48, 56

통합단계 · · · · · · · · 27

투사 · · · · · · · · · 197

투자이민 · · · · · · · · · 155

투표권 · · · · · · · · · · 4

튀르도 · · · · · · · · · 236

튀르도 · · · · · · · · · 289

문화적 평등 · · · · · · 236, 289

트랜스내셔널리즘 · · · · · 15, 24

파국 · · · · · · · · · 202

파도소리 · · · · · · · · · 70

파라과이 · · · · · · · · · 11

파랑날개 물고기 · · · · · · 123

파생(filiation) · · · · · 288, 305

판매 · 생산업 · · · · · · · 269

패러디 · · · · · · · · · 300

패배 · · · · · · · · · 113

페미니즘 문학 · · · · · · 153

편견 · · · · · · · · · 171

평균근로소득 · · · · · · · 267

평등 달성 · · · · · · · 236

평론 · · · · · · · · · 36

평론가 · · · · · · · · · 284

평론활동 · · · · · · · · 18, 284

평안히 잠드소서 · · · · · · 108

평화의 소녀상Glendale Peace Girl

Statue · · · · · · · · · 261

폐쇄적인 · · · · · · · · · 78

포스트모더니즘 · · · · · · 19

포스트모더니즘 문학 · · · · 294

포스트콜로니얼 · · · · · · 24

포함(inklusion) · · · · · · 169

폭삭 속았수다 · · · · · · 281

폴과 제이슨 · · · · 190, 191, 315

푸르게 걸어가는 길 · · · · · 124

푸른 덫 · · · · · · · · · 226

풀의 기원 · · · · 129, 203, 225

풍경화 · · · · · · · · · 129

풍습 · · · · · · · · · 45

프레드릭 바스(Frederik Barth) · 322

프로이트 · · · · · · · · · 187

피부색 · · · · · · · 3, 63, 75

피식민 주체 · · · · · · · 300

피식민지인 · · · · · · · 154

피의 충동 · · · · · · · · · 135

피폐한 · · · · · · · · · 129

필요성 · · · · · · · · · 10, 15

핏줄 · · · · · · · · · 117

하늘로 띄워드린 편지-어머니 49제에

· · · · · · · · · 84

하얀 카네이션 · · · · · · 226

하위범주 · · · · · · · · · · · · 317
하위주체 · · · · · · · · · · · · 154
하위층 · · · · · · · · · · · · · 154
하위층 사람 · · · · · · · · · · 154
하이브리드 · · · · · · · · · · · 24
학력자본 · · · · · · · · · · · · 197
학벌 · · · · · · · · · · · · · · 197
학연 · · · · · · · · · · · · · · 275
한 밤의 전화벨소리 · · · · · · 227
한경애 · · · · · · · · · · · · · 84
한국 · · · · · · · · · · · 51, 259
한국교육원 · · · · · · · · · · · 39
한국문예창작대학 · · · · · · · 41
한국문인협회 · · · · · · · · 21, 37
한국문인협회 캐나다 밴쿠버지부 · · ·
· · · · · · · · · · · · · · 13, 40
한국문학 · · · · · · · · 10, 20, 299
한국문화 · · · · · · · · · 45, 263
한국문화원 · · · · · · · · · · · 39
한국문화학교 · · · · · · · · · · 39
한국사회 · · · · · · · · · · · · 197
한국소설 · · · · · · · · · · · · 225
한국수필 · · · · · · · · · 32, 281
한국어 · · · · · · · · · · · · · 38
한국어교육 · · · · · · · · · · · 39

한국어학교 · · · · · · · · · · · 38
한국어학교 · · · · · · · · · · · 39
한국연구재단 · · · · · · · · · · 5
한국인 · · · · · · · · · · 134, 260
한국인(Korean in Canada) · · · 55
한국일보 · · · · · · · · · · · · 18
한국학교 · · · · · · · · · · · · 39
한글문학 · · · · · · · · · · · · 19
한글학교 · · · · · · · · · 38, 39
한맥문학 · · · · · · · · · · · · 32
한민족 · · · · · · · · · · · 3, 260
한민족 분산 · · · · · · · · · · 21
한민족문학 · · · · · · · · · · · 15
한민족문학사 · · · · · · · · · 4, 16
한상영 · · · · · · · · · · · 41, 227
한순자 · · · · · · · · · · 281, 282
한영작품집 · · · · · · · · · · · 47
한인 · · · · · · · · · · · · · · 3
한인교포 · · · · · · · · · · · · 254
한인교회 · · · · · · · · · · · · 64
한인문단 · · · · · · · · · · · · 14
한인문인 · · · · · · · · · · · · 20
한인사회 · · · · · · · · · · · · 11
한인중심 · · · · · · · · · · · · 49
한인학교 · · · · · · · · · · · · 39

한일 문학에 나타난 국민의식 ·· 293
한정동아동문학상 ····· 121
한정치산자 ······· 207
한중수교 ······· 560
한카문학 ······· 5, 18
한카문학제 ······ 41
한하운문학상 ····· 224
함상용 ······· 226
함축적 의미 ····· 260
합동작품집 ····· 19
합작문집 ····· 285
해결단계 ····· 25
해외동포문학 ····· 37
해외문인작품 ····· 38
해외문학기행 ····· 41
해체 ······· 213
해피앤딩 ····· 223
행복이라는 이름의 여행 ···· 281
향기가 들리는 마을 ····· 280
향수 ······· 45, 57
향수병 ····· 75, 270
향유 ······· 106
현대 캐나다의 시와 시인 ···· 301
현대문학 ······· 32
현대수필 ····· 32

현대시학 ······· 32
현실 ······· 57
현우성 ····· 129, 226
현지 적응 ····· 3, 48
현지문화 ····· 147, 279
현지신문 ····· 36
현지어 ····· 47
현태리 ······· 301
현태리(테레사 현) ······ 14
혈연 ······· 275
혈통 ····· 4, 130, 259, 316
혐오감 ····· 198, 271
협동시화전 ····· 38
형 ······· 315
형벌 ····· 84
형상화 ····· 22, 48
형성기 ····· 12, 20
호명 ······· 4
호미 바바 ····· 300
호박등이 켜진 하얀 벽돌집 ··· 225
호반문학제 ····· 33, 37, 39
호소력 ····· 50
호주 ····· 16
혼란 ····· 71
혼란스런 딜레마(disorienting dilemmas)

· · · · · · · · · · · · · · · 74, 186

혼란의 순간들 · · · · · · · · 226

혼종/잡종의 공간 · · · · · · · 300

혼종성(hybridity) · · · 287, 299, 306

혼혈 · · · · · · · · · · · · · 130

혼혈문학 · · · · · · · · · 297, 318

홍성화 · · · · · · · · · · · 161, 226

홍현승 · · · · · · · · · · · · 226

화자 · · · · · · · · · · · · · 106

환갑에 철들기 · · · · · · · · 250

활성화 · · · · · · · · · · · 34, 37

활용 · · · · · · · · · · · · · 45

황색인종 · · · · · · · · · · · 60

회원 · · · · · · · · · · · · · 31

회화 · · · · · · · · · · · · · 22

후회 · · · · · · · · · · · · · 57

휴대폰 · · · · · · · · · · · 114

흉내내기 · · · · · · · · · · 300

흐르는 별무리 · · · · · · · · 282

흐르는 세월을 붙들고 · · · · · 280

흔들렸던 터전 위에 · · · · · · 281

희곡 · · · · · · · · · · · · · 36

희생양 · · · · · · · · · · · 195

저자 | 송명희(宋明姬)

고려대학교 국어국문학과 대학원에서 박사학위를 취득했다. 2010년 마르퀴즈 후 즈후 세계인명사전에 등재되었으며, 〈한국문학이론과 비평학회〉와 〈한국언어문학 교육학회〉 회장을 역임했다. 『현대문학』(1980.8)을 통해 문학평론가로 등단했다. 저서에 『타자의 서사학』, 『젠더와 권력 그리고 몸』, 『페미니즘 비평』, 『인문학자 노년을 성찰하다』가 문화체육관광부의 우수학술도서로, 『미주지역한인문학의 어제 와 오늘』이 대한민국학술원의 우수학술도서로 선정되었다.

『여성해방과 문학』, 『문학과 성의 이데올로기』, 『이광수의 민족주의와 페미니즘』, 『탈중심의 시학』, 『섹슈얼리티ㆍ젠더ㆍ페미니즘』, 『현대소설의 이론과 분석』, 『디 지털시대의 수필 쓰기와 읽기』, 『시 읽기는 행복하다』, 『이양하 수필전집』, 『소설 서사와 영상서사』, 『여성과 남성에 대해 생각한다』, 『김명순 소설집-외로운 사람 들』, 『수필학의 이론과 비평』, 『페미니스트 나혜석을 해부하다』, 『한국문학의 담론 분석』, 『에세이로 인문학을 읽다』 등 35권의 저서가 있다.

에세이집에 『여자의 가슴에 부는 바람』, 『나는 이런 남자가 좋다』, 『인문학의 오솔 길을 걷다』, 시집에 『우리는 서로에게 가는 길을 잃어버렸다』가 있다.

현재 부경대학교 국어국문학과 교수, 부경대학교 인문사회과학연구소 소장, 달맞 이언덕인문학포럼 자문위원을 맡고 있다.

캐나다한인문학연구

초판 인쇄 | 2016년 5월 31일
초판 발행 | 2016년 5월 31일

저 자 송명희

책임편집 윤수경

발 행 처 도서출판 지식과교양
등록번호 제 2010-19호
주 소 서울시 도봉구 쌍문1동 423-43 백상 102호
전 화 (02) 900-4520 (대표) / 편집부 (02) 996-0041
팩 스 (02) 996-0043
전자우편 kncbook@hanmail.net

ISBN 978-89-6764-060 93810   정가 27,000원